छल

उपन्यास

छल

डॉ. अचला नागर

लोकभारती प्रकाशन

लोकभारती प्रकाशन
पहली मंजिल, दरबारी बिल्डिंग, महात्मा गांधी मार्ग,
इलाहाबाद-211 001
वेबसाइट : www.lokbhartiprakashan.com
ई-मेल : info@lokbhartiprakashan.com

शाखाएँ : 1-बी, नेताजी सुभाष मार्ग, दरियागंज,
नई दिल्ली-110 002
अशोक राजपथ, साइंस कॉलेज के सामने,
पटना-800 006
36 ए, शेक्सपियर सरणी, कोलकाता-700 017

पहला संस्करण : 2016

मूल्य : ₹ 495

बी.के. ऑफसेट
नवीन शाहदरा, दिल्ली-110 032 द्वारा मुद्रित

CHHAL
Novel by Dr. Achala Nagar

ISBN : 978-93-5221-122-7

बाबूजी,

मेरा सौभाग्य रहा है कि मेरी कहानियों और फ़िल्मों को आपके आशीर्वाद मिले, किन्तु फ़िल्म-लेखन की ओर मुड़ जाने के कारण मैं आपकी यह इच्छा पूरी न कर सकी कि मैं अब उपन्यास भी लिखूँ। विलम्ब अवश्य हुआ, किन्तु यह बात मैं कभी भूली नहीं थी।...अब आपके इस जन्म-शताब्दी वर्ष में 'बेटा अचल कुमार' की ओर से श्रद्धांजलि-स्वरूप यह छोटा-सा प्रयास आपको समर्पित है।

केशू भाई की शानदार गाड़ी बम्बई के वरली सी फ़ेस से गुज़रते टाउन की तरफ़ बढ़ रही है। चेहरे पर गहरा तनाव। समुद्र में उठती-गिरती लहरें जैसे उनके मन की हलचल का बयान कर रही हैं! यह कैसे हो सकता है? तीस सालों से इस धन्धे में हूँ, कभी कोई शिकायत नहीं आई, तो आज कैसे?

पास ही बैठे आतिश चोर नज़रों से उन्हें देख रहे थे। अचानक ही दोनों की नज़रें मिलीं। केशू का चेहरा देखकर आतिश ने उनका कन्धा धीरे से दबाते हुए कहा, ''केशू, आटलू बधू सोचे ना।''

''केम न सोचूँ? आतिश, इतने सालों में पेली दफा हमारे हीरों की क्वालिटी पर किसी ने उँगली उठाई है। मेरी तो समझ में नहीं आ रहा है, गलती किधर हो गई!''

''हूँ, पण हैरान छूँ...। तू तो जानता है, मैं एक-एक नग खुद चेक करके पूरी खातिरी करने के बाद ही पैकिंग और डिसपैचिंग के लिए सौंपता हूँ। आखिर यह दस नग दूसरे हीरों से अलग कैसे हो सकते हैं?''

''वह तो अब ऑफिस जाने पर ही खबर पड़ेगी आतिश! साच्चू बोलूँ छूँ, अगर किसी ने यह जान-बूझकर किया है, तो छोड़ूँगा नहीं उसे।''

आतिश ने केशू भाई के कन्धे पर हाथ थपथपाकर जैसे ही उन्हें शान्त किया, गाड़ी बाबुलनाथ के क़रीब पहुँच चुकी थी और ड्राइवर गाड़ी उस तरफ़ मोड़ने को ही था, तभी केशू उखड़े स्वर में बोले, ''गाड़ी सीधी दफ्तर ले ले।''

आतिश बिना कुछ कहे उन्हें देखता रहा...।

ओपेरा हाउस के पास का इलाक़ा जो हीरा मंडी के रूप में जाना जाता है, जहाँ छोटी-बड़ी बिल्डिंगों में सैकड़ों हीरा व्यापारियों के दफ़्तर, कारख़ाने फैले हुए हैं, इन्हीं में से किसी एक कारख़ाने में आज से छब्बीस-सत्ताईस साल पहले केशू भाई बतौर हीरा मज़दूर काम करते थे। पर आज उनके ख़ुद के कारोबार से सैकड़ों लोग जुड़े हुए हैं।

2

हीरे के काम में आतिश और केशू भाई बचपन से ही हैं। लेकिन तब ये दोनों सूरत में रहते थे। आतिश के पिता प्रफुल्ल भाई आँगड़िया थे यानी व्यक्तिगत

रूप से हीरे एक जगह से दूसरी जगह पहुँचाने का काम करते थे और इस तरह पूरे भारत में उनका भ्रमण लगा रहता था।

केशू के बापू जीवनलाल का हाथ हीरा तराशने में सिद्ध था। उनके मालिक लोग इसी बात पर उन्हें बड़ी इज़्ज़त देते थे। हीरों के ख़ास ऑर्डर का माल उन्हीं के हाथों से तराशा जाता था। इसी गुण पर मोहित होकर बम्बई का एक बहुत बड़ा हीरा उद्योगपति उन्हें अपने साथ बम्बई ले जाना चाहता था, लेकिन उन दिनों जीवनलाल की पत्नी गौराबेन गर्भवती थी और इससे पहले क्योंकि ये दोनों अपने कई बच्चे जन्म होने से पहले ही गँवा चुके थे, इसलिए जीवनलाल ने उनसे कहा कि वह फ़िलहाल सूरत नहीं छोड़ सकते। जीवनलाल ने मन-ही-मन तय कर लिया था कि श्रीनाथ जी की कृपा से इस बार राज़ी-ख़ुशी बालक हो जाए तो उसके बाद वे सपरिवार बम्बई चले जाएँगे। यह बात उन्होंने अपने मित्र और आतिश के पिता प्रफुल्ल भाई से भी कही। इस पर प्रफुल्ल ने कहा, "वाकई बम्बई वह शहर है जहाँ कोई कड़ी मेहनत करे तो कुछ-से-कुछ बन सकता है।"

यह सुनते ही जीवनलाल की आँखों में चमक भर गई, वह बोले, "साच्चू ?"

जवाब में मुस्कुराते हुए प्रफुल्ल ने कहा, "सौ टक्का साच्चू।"

"चल, ठीक है, फिर तो मैं कुछ बनकर ही दिखाऊँगा।"

लेकिन यह सपना आँखों में बसाए हुए ही जीवनलाल का आकस्मिक निधन हो गया। वह सोते-के-सोते ही रह गए। अठारह-बीस साल की उनकी पत्नी गौराबेन जो पूरे गर्भ से थी, अभी ठीक से कुछ समझ भी नहीं पाई थी कि उसे तीव्र प्रसव पीड़ा शुरू हो गई। पड़ोस की औरतें गौराबेन को अन्दर की कोठरी में ले जाकर प्रसव कराने लग गईं और जीवनलाल के काका नट्टू भाई गली के लोगों के साथ जीवनलाल के अन्तिम संस्कार की तैयारियों में लग गए। एक तरफ़ नन्हे केशू का पहला रुदन फूटा तो दूसरी ओर श्मशान में उसके जन्मदाता जीवनलाल की देह पंचभूत में समाहित हो गई।

नवजात शिशु कथरी पर पड़ा रोए जा रहा था, किन्तु गौराबेन दीवार से लगी पथराई-सी बैठी थी। औरतें घर के दरवाज़े पर खड़ी इस नाज़ुक मौक़े पर भी गौराबेन को सँभालने के बजाय, नवजात शिशु को अभागा घोषित करने में लगी हुई थीं।

भारी क़दमों से श्मशान से लौटे नट्टू काका के कानों में जैसे ही ये बातें पड़ीं, वे दहाड़ पड़े, "ऐसे अवसर पर भी तुम बायड़ियाँ अपनी जबान पर काबू नहीं रख सकतीं ? चले जाओ अइयाँ ती!"

औरतें वहाँ से सिर झुकाए चल दीं। नन्हा केशू रोए जा रहा था।

घर में प्रवेश करके नट्टू काका दो पल भरी आँखों से बच्चे को देखते रहे और फिर काँपते हाथों से उसे उठाकर गौराबेन की तरफ़ देखते बोले, "व्हऊ बेटा, आ रड़वा नूँ समय नथी...अब यह छोटा जीवन तेरी ही जिम्मेदारी है...सँभाल इसे।"

गौरा जैसी की तैसी बैठी रही।

नट्टू काका दो क़दम और आगे बढ़े, "दीकरा, तू शायद नहीं जानती, इस बच्चे को लेकर जीवनलाल ने कितने बड़े-बड़े सपने देखे थे। वह जब भी मुझसे मिलता, एक ही बात कहता, 'नट्टू काका, मुझे बम्बई से काम का बुलावा आया है। मैंने सुना है, अगर कोई मेहनत करे तो वह शहर उसे बहुत बड़ा आदमी बना सकता है। एक बार आपकी व्हऊ बालक को जन्म दे दे, फिर मैं सबको लेकर बम्बई चला जाऊँगा, कुछ बनकर दिखाऊँगा...पर यह जीवन तो कहीं और ही निकल गया।" यह कहकर नट्टू काका बिलख-बिलखकर रोने लगे।

गौराबेन धीरे-धीरे उठ खड़ी हुई, नट्टू काका के पास आकर बच्चे को अपनी गोद में लेते हुए बोली, "तमै रड़ो ना काका...आज पाछा हूँ पण कधी नहीं रड़ूँ।" यह कहकर उसने बच्चे को अपने सीने में भींच लिया।

3

गौराबेन केशू के महीने भर का होते ही उसे कन्धे से लगाए, लालजी भाई के कारख़ाने पहुँच गई, जहाँ जीवनलाल काम करता था। उसे वहाँ देखकर सभी की आँखें भर आईं। उसने किसी से पूछा, "मालिक का कमरा किधर है?"

तभी पीछे से प्रफुल्ल भाई की आवाज़ आई, "भाभी, तू अइयाँ?"

गौराबेन ने पलटकर प्रफुल्ल भाई की ओर देखा और आँखें झुकाकर बोली, "म्हने कई काम जोइए, नई तो घर का रोटला कैसे चलेगा?"

"पर भाभी, इधर तेरे लिए क्या काम मिलेगा? इधर तो बस हीरे का काम ही होता है।"

"धीरे-धीरे वह भी सीख लूँगी...अभी तो बस, साफ-सफाई, मजदूरी कुछ भी काम हो।"

प्रफुल्ल भाई ने दो पल सोचा फिर बोला, "चलो, भाभी, मैं तुम्हें मालिक से मिलवाता हूँ।"

प्रफुल्ल गौराबेन को अपने साथ लिये लालजी भाई के कमरे में गया और गौराबेन का परिचय उनसे करवाया। लालजी भाई का चेहरा सन्ताप से भर उठा। वह धीरे-धीरे कुर्सी से उठ खड़े हुए और हाथ जोड़कर भरे स्वर में बोले, "बहुत दुःख हुआ। बेन, आपके धणीं हमारे सबसे अच्छे हीरा कारीगर थे, उनकी कमी आसानी से पूरी नहीं होगी...। तमे चिन्ता ना करो, हमारे से जो भी बन पड़ेगा, हम सहायता करेंगे।"

गौराबेन पूरे आत्मविश्वास और आत्मसम्मान से भर बोली, "मोटा भाई, म्हने सहायता नहीं, काम जोइए...झाड़ू, कटका, साफ-सफाई—कुछ भी। बस, इतना सहारा हो जाए, तो मैं धीरे-धीरे हीरे की कारीगरी भी सीख लूँगी।"

लालजी भाई ने प्रफुल्ल की तरफ़ देखा, प्रफुल्ल की आँखों में जैसे विनती के भाव

थे। लालजी भाई ने स्वीकृति में सिर हिलाया और प्रफुल्ल से बोले, "इन्हें एकाउंटेंट के पास ले जाओ और जीवनलाल का जो भी बकाया हिसाब निकलता हो, वह इन्हें दिलवा दो और गौराबेन, तुम इसे अपना ही घर समझो, और कल से काम पर आ जाओ।"

इस तरह गौराबेन जीवनलाल सांधवी के जीवन में मौसम अचानक ही बदल गया। अगले दिन से ही नन्हे केशू को पीठ पर बाँधकर गौराबेन लालजी भाई के कारख़ाने की साफ़-सफ़ाई और लोगों को चाय-पानी पिलाने के काम में लग गई। वह पाँच मिनट भी ख़ाली नहीं बैठती थी। समय मिलते ही हीरा तराशनेवाले कारीगरों के पास बैठ जाती और हीरा तराशने के काम को समझने की पूरी कोशिश करती। धीरे-धीरे उसका हाथ इस काम में सधने लगा, और लालजी भाई उसे यह काम भी सौंपने लगे।

इसी सबके बीच नन्हा केशू भी लोटते-पोटते धीरे-धीरे चलने लगा और फिर दौड़ने लगा। केशू सभी का लाड़ला था, हाथोंहाथ घूमता रहता था।

एक दिन गौराबेन ने प्रफुल्ल भाई से कहा, "केशू को पढ़ने बैठाना है, कहाँ भेजूँ?"

प्रफुल्ल बोला, "चिन्ता मत कर भाभी...कारखाने के पीछे ही प्राइमरी स्कूल है, जहाँ मेरा आतिश पढ़ता है। वहीं दाखिला करवा देंगे।"

अगले ही दिन केशू का दाख़िला पाठशाला में करा दिया गया।

उसे स्कूल छोड़कर गौराबेन जब जाने लगी तो केशू पहली बार माँ से अलग होने के कारण रोने लगा। प्रफुल्ल का बेटा आतिश दूर से देख रहा था। वह पास आया और केशू का हाथ पकड़कर बोला, "क्या छोकरियों की तरह रोता है रे! तू इधर अकेला थोड़ी है...देख, कितने सारे बच्चे हैं! अने हूँ पण छूँ ना, मैं तुझे कभी अकेला नहीं छोड़ूँगा।"

सुबकते हुए केशू ने आतिश को देखते हुए 'हाँ' में सिर हिला दिया। यह देख रोते हुए भी गौराबेन को हँसी आ गई।

कौन जानता था कि आतिश की कही बात 'मैं तुझे कभी अकेला नहीं छोड़ूँगा' ईश्वर का ही आदेश था! हालाँकि आतिश, केशू से कुछ ही बड़ा रहा होगा लेकिन केशू का ध्यान वह अपने छोटे भाई की तरह रखता था।

गौराबेन खाने की छुट्टी में अपना खाने का डिब्बा लिये स्कूल ही आ जाती, और बच्चों के साथ ही खाना खाती। केशू कभी-कभी बा के हाथ से खाने की ज़िद करता, तो गौराबेन उसके मुँह में निवाले देने लगती। ऐसे में आतिश हाथ रोककर टुकुर-टुकुर माँ-बेटे का लाड़ देखता रहता। एक दिन उससे रहा नहीं गया, और उसने चिढ़कर गौराबेन के निवालेवाला केशू की तरफ़ बढ़ रहा हाथ खींचकर अपने मुँह की तरफ़ कर लिया और केशू देखता रह गया। अब जब दूसरा निवाला वह केशू को खिलाने लगी तो उसने मुँह फिरा लिया।

"शूँ वात छे दीकरा?"

"बा, तूने आतिश को अपने हाथ से क्यों खिलाया?"

आतिश तुनककर बोला, "इसलिए कि यह मेरी भी बा है।"

"नहीं है...तेरी बा तेरे घर में होगी...यह मेरी बा है।"

"मेरे घर में तो माँ है...बा थोड़े न है!"

बालसुलभ बातें सुनकर गौराबेन दोनों बच्चों को अपने क़रीब खींचते हुए बोली, "हाँ, मैं दोनों की बा हूँ...दोनों को अपने हाथ से खिलाऊँगी...सारू, अब दोनों हाथ मिलाओ।"

दोनों बच्चे हाथ मिला हँस दिये।

केशू लगभग बारह साल का हो चुका था और छठी क्लास में पढ़ रहा था। पर पढ़ाई में उसका जी नहीं लगता था। एक दिन गुरु जी ने क्लास के बच्चों को माँ पर निबन्ध लिखने को दिया। सभी बच्चे बड़े ध्यान से लिख रहे थे लेकिन केशू हाथ में पेंसिल लिये कोरे काग़ज़ अपने आँसुओं से भिगोता रहा। क्लास पूरी होने पर जब गुरु जी ने बच्चों से कॉपी लाने को कहा तो आतिश और बाक़ी बच्चे गुरु जी के पास अपने-अपने निबन्ध लेकर पहुँचे लेकिन केशू अपनी सीट पर ही बैठा रहा।

यह देखकर गुरु जी ने उसे पुकारा, "केशू, पोतानी कॉपी लेई ने आव...जल्दी।"

केशू धीरे से उठा और उसने गुरु जी के सामने कॉपी का कोरा पन्ना रख दिया।

उसे देखते ही गुरु जी बोले, "यह क्या केशू, तूने तो एक अक्षर भी नहीं लिखा?"

केशू आँखें झुकाए चुपचाप खड़ा रहा। उसकी आँखों से आँसू बह रहे थे।

यह देख आतिश फ़ौरन ही पास आकर उसे थामते हुए बोला, "केशू, तू शा माटे रड़े छे? क्या हुआ, बता न, क्यों रो रहा है? तूने कॉपी में भी कुछ लिखा नहीं, क्यों?"

अब केशू ज़ोर से रो पड़ा, "मुझे बा की याद आ रही है।" और वह तेज़ी से क्लास से भाग गया।

"जा, आतिश, देख इसे, क्या हुआ!" गुरु जी बोले।

घबराया-सा आतिश भी केशू के पीछे भागा।

भागते हुए केशू सीधा कारख़ाने पहुँचा और माँ गौराबेन जो काम में लगी थी, उसका हाथ खींचते हुए कहने लगा, "बा, छोड़, यह सब...छोड़।"

हैरान-सी गौराबेन यही पूछे जा रही थी, "शूँ वात छे दीकरा? क्या हुआ?"

"नहीं बा, अब तू काम नहीं करेगी। छोड़ यह सब।" केशू को जैसे बालहठ का दौरा पड़ा था। वह माँ को वहाँ से खींचकर ले जाना चाहता था।

इस बीच आतिश भी वहाँ आ चुका था और कारख़ाने के काफ़ी कर्मचारी भी इकट्ठे हो गए थे, यहाँ तक कि उधर से गुज़रते मालिक लालजी भाई भी ठिठककर रुक गए और उन्होंने पूछा, "क्या हुआ केशू दीकरा, तू अपनी बा को कहाँ ले जा रहा है? यह अपना काम कर रही है न!"

रोते हुए आवेश में केशू ने कहा, "मैं बड़ा हो गया हूँ, मेरी बा अब काम नहीं करेगी।"

गौराबेन ने आतिश से धीरे से पूछा, "स्कूल में कुछ हुआ क्या?"

आतिश बोला, ''गुरु जी ने 'माँ' पर निबन्ध लिखने को कहा था, सबने लिख लिया, लेकिन इसने एक शब्द भी नहीं लिखा। गुरु जी ने जब पूछा, इसने ऐसा क्यों किया तो यह रोता-रोता यहाँ चला आया और मैं इसके पीछे-पीछे।''

बात समझते हुए लालजी भाई केशू के सिर पर हाथ फेरते हुए बोले, ''दीकरा, काम तो जिन्दगी भर करना ही है, पर अभी तेरी पढ़ने-लिखने की उमर है।''

लेकिन सुबकियों के बीच भी केशू यही कहे जा रहा था, ''मेरी बा अब काम नहीं करेगी।''

वहाँ खड़े सभी लोगों और गौराबेन की आँखों में आँसू थे।

लालजी भाई की आँखें गौराबेन से मिलीं, वह सहमी-सहमी-सी हाथ जोड़कर बोली, ''माफ करना मालिक, बच्चा है।''

'ना' में सिर हिलाते हुए लालजी भाई ने कहा, ''ना गौराबेन, तुम्हारा दीकरा सच में ही अचानक बड़ा हो गया है।'' फिर केशू का चेहरा हाथों में भरते हुए बोले, ''ठीक छे दीकरा, पैले तू काम सीख ले, अपने बापू जैसा सरस कारीगर बन जा, फिर तू काम करेगा और तेरी बा घर बैठेगी, बरोबर?''

केशू ने सुबकते हुए 'हाँ' में सिर हिला दिया।

समय कई साल और आगे बढ़ गया। केशू एक निपुण हीरा कारीगर बन चुका था। वह कारख़ाने में काम करता था जबकि प्रफुल्ल भाई अपने बेटे आतिश को अपने साथ रखकर आँगड़िया का काम सिखा रहे थे। मालिकों द्वारा बारह गाँव भेजे जानेवाले हीरों की खेप का एक-एक नग कैसे जाँचा-परखा जाता है, कैसे सँभालकर यात्रा में ले जाया जाता है, और फिर हाथ के हाथ ख़रीदार व्यापारी तक कैसे पहुँचाया जाता है, आतिश यह सब अपने दिमाग़ में अच्छी तरह बिठाए जा रहा था।

केशू के हाथ के तराशे हीरों को उसके बापू के फ़न से भी बढ़कर माना जाने लगा था तो आतिश अब स्वतंत्र रूप से बतौर आँगड़िया, देश के विभिन्न शहरों में जाने लगा था। केशू और आतिश भले ही अपने-अपने कामों में काफ़ी व्यस्त हो चुके थे, फिर भी ख़ाली समय मिलते ही दोनों दोस्त मिल बैठते थे और जी भरकर यहाँ-वहाँ की बातें करते। केशू के पास तो सुनाने के लिए अधिक बातें नहीं होती थीं, लेकिन आतिश हर यात्रा से लौटकर ढेरों नई-नई बातें सुनाता, जिन्हें केशू आँखें फाड़े सुनता रहता था।

एक दिन उसने आतिश से पूछा, ''तूने इतने शहर, गाँव घूम लिए लेकिन यह बता, तुझे सबसे अच्छी जगह कौन-सी लगी?''

''बम्बई। केटलू म्होटू शहर छे, किटली सारी भीड़..हजारों-लाखों लोगों का समन्दर!''

केशू झुँझला पड़ा, ''ना रे बाबा, ऐसी जगह आटली भीड़-भाड़, किचिर-पिचिर, उसमें कोई चैन से कैसे जी सकता है?''

''खरी बात बोल्यो तू। उधर कोई चैन से तो नहीं जीता, सब लोग भागते-दौड़ते बेचैन ही दिखते हैं, पर मुझे लगता है, एक बार जिसे चैन मिल गया, वह आलसी

हो जाता है और जो बेचैन रहता है, वही आगे बढ़ सकता है, कुछ कर सकता है। बड़ा आदमी बन सकता है।''

केशू आतिश के विश्वास से भरे मुख को एकटक देखे जा रहा था।

आतिश यह देखकर बोला, ''म्हारू म्होडू शूँ जुवे छे?''

अचानक ही जैसे केशू बच्चा बन गया, आतिश के कन्धे पर सिर टिकाते बोल उठा, ''तो फिर एक बार मैं तेरे साथ बम्बई जरूर जाऊँगा...तू मेरे को ले चलेगा न?''

आतिश बोला, ''नक्की!''

और ऐसा हुआ भी। एक बार जब आतिश ने उसे बम्बई जाने की बात बताई, तो केशू ने ठान ली कि इस बार वह अवश्य बम्बई जाएगा। उसने लालजी भाई से दो दिन की छुट्टी ली और फिर अपनी बा को इस बारे में बताया, तो वह मुस्कुराई और लाड़ से उसके सिर पर हाथ फिराती हुई बोली, ''जा, घूमी फरीने आव। इतना बड़ा हो गया, आज तक सूरत से बाहर ही नहीं निकला!''

बा ने उसकी यात्रा के लिए ख़ूब-सारे मेथी थेपले बनाकर दिये। साथ में तरह-तरह के फरसाण भी।

घर से निकला तो माँ की आँखों में आँसू देख बोला, ''चिन्ता ना कर बा, अब मैं बड़ा हो गया हूँ और फिर दो-एक दिन के लिए ही तो जा रहा हूँ।''

और रात की फ्रंटियर गाड़ी से केशू, आतिश के साथ बम्बई निकल गया।

4

सुबह तड़के गाड़ी बॉम्बे सेंट्रल स्टेशन पर रुकी, जो कि ट्रेन का आख़िरी स्टेशन था। आतिश जो स्टेशन आने के इन्तज़ार में बैठा हुआ था, उसने गहरी नींद में सोए केशू को जगाया।

''केशू...केशू...केशू, उठ, बम्बई आवी गयूँ।''

हड़बड़ाकर केशू उठा।

केशू अभी भी नींद में ही था और बार-बार जम्हाइयाँ ले रहा था, यह देखकर आतिश बोला, ''ऊँघ मत...बम्बे के ठंडे-ठंडे पानी से मुँह धो ले।''

केशू और आतिश दोनों ने नल में से पानी लेकर कुल्ला किया, मुँह धोया और पहनी हुई कमीज़ की बाँहों से पोंछ लिया। मुँह पोंछते हुए केशू यहाँ-वहाँ देखते बोला, ''चहा...''

''चहा यहाँ प्लेटफारम की नहीं, तुझे स्टेशन के बाहर पिलाऊँगा, ईरानी होटल की...साथ में पाव मस्का।''

दोनों बॉम्बे सेंट्रल स्टेशन के बाहर आए। सड़कों पर ज़्यादा भीड़-भाड़ नहीं थी क्योंकि सुबह का वक़्त था। आराम से सड़क पार करके दोनों सामनेवाले ईरानी होटल में दाख़िल हुए।

आतिश पर नज़र पड़ते ही दुकान का पारसी मालिक चिल्लाया, ''आतिश भाई, केम छौ मजा माँ?''

आतिश ने हँसते हुए 'हाँ' में सिर हिलाया, ''आ म्हारो दोस्त केशू।''

''यह भी तुम्हारे ही धन्धे में है?''

''ना, ना, यह तो खूब बड़ा कारीगर है हीरों का। मेरी तरह फक्त पोस्टमैन नहीं है।''

आतिश ने केशू की तारीफ़ें कीं और उसे लेकर एक सुन्दर मेज़पोश और गुलदान रखी मेज़ के किनारे लगी कुर्सी पर जा बैठा और बैरा को चाय और मस्का पाव का ऑर्डर दिया।

ईरानी रेस्टोरेंट सुबह होने के बावजूद खचाखच भरा हुआ था, हर टेबल पर लोग बैठे खा रहे थे और चाय पी रहे थे। केशू के लिए यह नज़ारा अद्‌भुत था। तभी टेबल पर अलग ही रंग और स्वादवाली चाय की प्यालियाँ और 'बन-मस्का' की प्लेटें आ गईं।

आतिश बोला, ''चहा पीकर देख, स्वाद मुँह लग जाएगा।''

केशू ने सुड़ककर चाय पीने के साथ ही आँखें गोल-गोल घुमाकर कहा, ''वाह!''

कालबादेवी की एक धर्मशाला में स्नान आदि से निवृत्त होकर आतिश बोला, ''चल, अब पैले सेठ को उसका माल सौंप आएँ...पाछा अपणे फिरवा जइसे।''

आतिश ने एक टैक्सी रोकी, जो कालबादेवी की भीड़ भरी सँकरी सड़क से निकल, चर्नी रोड और मरीन लाइन से होती हुई ओपेरा हाउस की तरफ़ बढ़ चली। खिड़की के पास बैठा आँखें फाड़े बाहर की तरफ़ देखता केशू उत्तेजना में भर बोला, ''आतिश, जो समन्दर...''

आतिश ने मुस्कुराते हुए कहा, ''बोला न, काम पता लेवें फिर समन्दर देखने चलेंगे। अरे, जब तक दरिया के पानी में भीगें ना तो बम्बई आने का क्या मजा!''

केशू घबराकर बोला, ''ना रे बाबा, ना...पानी में मुझे डर लगता है!''

''तेरा डर ही तो निकालना है। अरे, कब तक बा की उँगली पकड़े रहेगा? तुझे तो उनका सहारा बनना है न!''

केशू ने कुछ पल सोच 'हाँ' में सिर हिलाया।

टैक्सी ओपेरा हाउस के उस इलाक़े में पहुँच चुकी थी, जहाँ अरबों के हीरों का कारोबार चलता है। एक तरफ़ इशारा करके आतिश टैक्सीवाले से बोला, ''बस, इधर ही रोक दो।''

टैक्सी एक बिल्डिंग के बाहर रुक गई। वह एक पुरानी बिल्डिंग थी, जिसमें लगभग आठ-दस मंज़िलें थीं। टैक्सीवाले को पैसे देकर आतिश केशू के साथ उस बिल्डिंग में दाख़िल हुआ। बिल्डिंग में दूसरे छोर तक एक लम्बा गलियारा था, जिसमें रोशनी कम थी। दोनों तरफ़ दरवाज़े थे। केशू यहाँ-वहाँ देखते हुए बोला, ''इधर तेरे सेठ का घर है?''

आतिश उसकी बात सुनकर हँस पड़ा और बोला, ''इधर किसी का घर-वर नहीं है, यह सब धन्धे की जगह है। बोलो तो कारखाना, बोलो तो दफ्तर।''

केशू हैरानी में बोला, "पर आतिश, हमारा कारखाना तो बहुत बड़ा है!"

आतिश मुस्कुराते हुए बोला, "यही तो खासियत है इस शहर की। इतना बड़ा शहर, इतने बड़े धन्धे, बड़े-बड़े आदमी, लेकिन जगह छोटी-छोटी...अरे, इधर तो रहना, घर बसाना भी बहुत कठिन है। ऐसा बोलते हैं, अइयाँ रोटलो मली जाय पण ओटलो न मले।" यह कहते हुए आतिश ने एक दरवाज़े की घंटी बजाई।

दरवाज़ा खुला। आतिश को पहचानकर एक आदमी बोला, "आवो आतिश भाई!"

इस आवाज़ पर कमरे में टेबल पर बैठे काम में लगे दो आदमी, जिनमें से एक लेंस से हीरे परख रहा था और दूसरा रजिस्टर में कुछ लिखा-पढ़ी कर रहा था, आतिश को देख मुस्कुराने लगे।

आतिश ने उन्हें 'जय श्रीकृष्णा' कहकर राज़ी-ख़ुशी पूछी। उनमें से एक केशू को देखकर बोला, "यह कौन है तेरे साथ में?"

"मेरा दोस्त केशू जीवनलाल सांधवी। मगन भाई के पास कोई बैठा तो नहीं है?"

"ना। बिन्दास जा तू।"

आतिश केशू के साथ हॉल में ही खुलनेवाला एक दरवाज़ा उघाड़कर दूसरे कमरे में गया, जहाँ सफ़ारी सूट में लगभग साठ वर्ष का एक आदमी फ़ोन पर किसी से बात कर रहा था। आतिश पर नज़र पड़ते ही वह हल्के से मुस्कुराया, दोनों को बैठने का इशारा किया और फ़ोन की बात ख़त्म होने पर अपना चश्मा ठीक करते हुए बड़े अपनत्व से बोला, "कैसे हो आतिश भाई पटेल?"

आतिश ने मुस्कुराते हुए हाथ जोड़कर जवाब दिया, "मजा माँ सेठ।" फिर हीरे की पोटली और एक पेपर सेठ की तरफ़ बढ़ाते हुए बोला, "यह लालजी भाई ने भेजा है...आप खातिरी कर लो।"

मगन भाई हँसते हुए बोले, "तू क्या इधर पहली दफा आया है? मनसुख भाई के पास ले जा, वह नग गिन लेंगे और तुझे पावती दे देंगे।"

आतिश सिर हिलाते कुर्सी से उठा और केशू को भी चलने का इशारा किया, तभी मगन भाई केशू को देखते हुए बोले, "यह?"

"सेठ, यह जीवन काका का दीकरा है। मतलब जीवनलाल सांधवी का दीकरा केशू भाई सांधवी।"

इतना सुनते ही मगन भाई के चेहरे पर तरलता का भाव फैलने लगा। वह बोले, "जितना अच्छा कारीगर था जीवनलाल, उतना ही अच्छा इनसान भी था, पर बेचारा चटपट हो गया! वाकई कमाल का हीरा कारीगर था।"

"सेठ, अपना केशू भी बड़ा सरस कारीगर है। इस बार की खेप में जो सबसे बड़े साइज के हीरे हैं, वह इसी के हाथ के तराशे हुए हैं। मालिक का इस पर खूब विश्वास बैठ गया है।"

केशू ने शरमाकर आँखें झुका लीं।

मगन भाई कुर्सी से उठकर उसके पास जाकर पीठ थपकते हुए बोले, "शाबाश!" मगन भाई ने पॉकेट में से पर्स निकाला और उसमें से एक चाँदी का सिक्का केशू को देते हुए बोले, "जीवन से मेरा प्रेम का रिश्ता था। जब भी हम मिलते, दिल खोलकर बातें करते थे। आज तुझे पहली बार देखा न, रख ले।"

केशू उस सिक्के को कुछ पल देखता रहा फिर माथे से लगाकर उसे जेब में रख लिया।

आतिश और केशू मगन भाई को हाथ जोड़कर कमरे से बाहर निकल आए।

टेबल की तरफ़ जाकर, आतिश ने हीरे की पोटली और काग़ज़ मनसुख की तरफ़ बढ़ाते हुए अनुरोध के स्वर में कहा, "मनसुख भाई, आज जरा मेरा काम जल्दी करवा देना। वह क्या है, यह केशू पहली बार बम्बई आया है न, तो इसे जरा घुमाना-फिराना है।"

मनसुख से हीरे चेक करवा, रसीद लेकर आतिश केशू के साथ निकलने को ही था कि मनसुख बोला, "खाना खा के जाना।"

लेकिन आतिश ने यह कहकर उसे समझा दिया, "आज जरा जल्दी में हूँ..."

टैक्सी बम्बई की सड़कों पर आगे बढ़ रही थी, केशू खिड़की के बाहर झाँक रहा था। आतिश उसे देखकर मुस्कुराते हुए बोला, "हवा खाकर ही पेट भर लेगा? भूख नहीं लगी?"

केशू ने कोई जवाब नहीं दिया।

आतिश एक तरफ़ इशारा करते बोला, "जो, आ महालक्ष्मी टेम्पल छे—बम्बई का प्रसिद्ध मन्दिर।"

आतिश की देखा-देखी केशू ने भी मन्दिर की तरफ़ हाथ जोड़ दिये। थोड़ी ही देर में टैक्सी हाजी अली के पास पहुँच चुकी थी।

केशू आश्चर्य में भरा बोला, "अरे आतिश, वह देख, दरिया के अन्दर बिल्डिंग... ?"

"बिल्डिंग नहीं, यह हाजी अली की दरगाह है।"

केशू ने एकदम से हाथ जोड़ लिये।

आतिश बोला, "यहाँ हिन्दू-मुसलमान सब बाबा की मजार पर माथा टेकने आते हैं।"

टैक्सी आगे बढ़ते वरली सी फ़ेस पहुँच गई। दोपहर ढल रही थी। समन्दर के पास बनी मुँडेर के क़रीब काफ़ी लोग खड़े समुद्र में ऊँची-ऊँची उठती लहरों को देख रहे थे। उनमें बच्चे, बूढ़े, जवान—हर आयु के लोग थे। आस-पास ही भेलपूरी, सींगदाना, आइसक्रीम और नारियल पानीवाले खड़े अपनी दुकानदारी कर रहे थे।

एक दुकानदार गर्म तवे पर पेटिस बनाते हुए उसे ठक-ठक किए जा रहा था और उसके आस-पास खड़े कुछ लोग खाने में मग्न थे। अचानक ही जैसे केशू की भूख भड़क उठी, "आतिश, गाड़ी रुकवा...भूख लागी छे।"

टैक्सी एक तरफ़ रुक गई। आतिश और केशू ने टैक्सी से उतरकर पहले रगड़ा पेटिस, भेलपूरी खाई, फिर नारियल पानी और फिर सींगदाने की एक-एक पुड़िया लेकर समुद्र से थोड़ी ऊँचाई पर बनी मुँडेर पर जाकर खड़े हो गए। ज्वार का समय होने के कारण समुद्र में ऊँची-ऊँची लहरें उठ रही थीं।

अचानक केशू का मूँगफली खाता हाथ रुक गया, दृष्टि दूर तक गई। वह समुद्र का सिरा ढूँढ़ रहा था...पर कहाँ? वहाँ तो समुद्र और आकाश का अन्तर ही समझ में नहीं आ रहा था। अब उसकी नज़र किनारे की तरफ़ आती एक बड़ी लहर पर टिक गई। केशू को लगा, इस लहर को किनारे तक पहुँचने की कितनी जल्दी है! केशू लहर को देखे जा रहा था और आतिश केशू को। लेकिन यह क्या—जिस लहर को केशू देख रहा था, वह किनारे की चट्टान पर पछाड़ खा के वहीं ढेर हो गई। केशू के चेहरे पर निराशा की परछाईं उतर आई, यह देखकर आतिश बोला, "क्या हुआ केशू, तेरा मुँह क्यों लटक गया?"

"देख न, यह लहर कितने जोश में भरी किनारे की तरफ मगरमच्छ-सी लपलपाती चली आ रही थी, मुझे लगा कि यह किनारे को लाँघकर मुझे छुएगी, लेकिन इसने तो किनारे से टकराते ही दम तोड़ दिया, मर गई यह तो!"

आतिश ने मुस्कुराकर उसके कन्धे पर हाथ रख कहा, "ना केशू, ठीक से देख, यह मरी नहीं है...यह पीछे जा रही है।"

केशू ने आतिश को देख कहा, "हारकर।"

"ना-ना...तूने देखा होगा, ऊँची छलाँग लगानेवाले चार-छह कदम पीछे जाते हैं फिर तेजी से दौड़ खूब ऊँची छलाँग लगाते हैं और अपना लक्ष्य पा लेते हैं। आ लहर पण पाछा आवसे, तू देखना।"

केशू टकटकी बाँधे लहरों का यह खेल देखता रहा। इस बार लहर और भी आक्रामक रूप लिये आगे बढ़ी चली आई और मुँडेर को लाँघकर किनारे खड़े लोगों को भिगो गई, केशू को भी। केशू एक नन्हे बालक की तरह आह्लादित हो उठा, "आतिश, यह लहर तो जिन्दा है, इसने मुझे छुआ...देख, पूरा भिगो डाला!" ख़ुशी से भरा पानी में तर-ब-तर केशू एकटक समुद्र को देखे जा रहा था।

अब आतिश और केशू की टैक्सी उन्हीं रास्तों से होते स्टेशन की तरफ़ आ रही थी, जिस तरफ़ से वे लोग आए थे। केशू ख़ामोशी से बाहर की तरफ़ देखे जा रहा था।...यह वरली पीछे छूट गया, और अब यह हाजी अली की दरगाह। वह सोच रहा था, 'सब कुछ पीछे छूटा जा रहा है। थोड़ी देर में स्टेशन पहुँच जाऊँगा और गाड़ी एक बार फिर मुझे मेरे शहर पहुँचा देगी, पर आतिश तो कहता है, अगर किसी में

मेहनत करने का हौसला हो, तो यही शहर है जो उसे बड़ा आदमी बना सकता है! लेकिन हाँ, समन्दर किनारेवाली मुँडेर तक चढ़ने के लिए लहरों को किनारे तक आकर भी पीछे लौटना पड़ा...मैं भी वापस जा रहा हूँ, लेकिन लौटकर आने के लिए, आगे बढ़ने के लिए, बड़ा आदमी बनने के लिए...'

एक झटके से टैक्सी बॉम्बे सेंट्रल स्टेशन के पास रुकी, साथ ही केशू के विचारों का रेला भी।

5

केशू सूरत वापस लौटकर घर और काम में पहले की तरह रम तो गया, लेकिन अपने मन की उस आवाज़ को उसने दबने नहीं दिया कि बम्बई जाना है और बड़ा आदमी बनना है। केशू अब लगभग बाइस वर्ष का हो चुका था। अच्छा कारीगर होने की वजह से मालिक लोग उसे अच्छा मेहनताना और काफ़ी इज़्ज़त भी देते थे।

गौराबेन भी रुपए-पैसों की तरफ़ से निश्चिन्त हो चुकी थीं और अब वह केशू की गृहस्थी बसाने की तरफ़ से भी बेफ़िक्र हो जाना चाहती थीं। लगभग एक साल से विवाह के लिए कितने ही घरों से लड़कियों के रिश्ते आ चुके थे। एक-दो सम्बन्ध गौराबेन को रुचे थे, लेकिन किसी-न-किसी कारण से बात न बन पाई। अचानक एक दिन प्रफुल्ल भाई पटेल की घरवाली कुछ औरतों के साथ उनके घर आ पहुँचीं, जिनमें एक तो बड़ी आयु की स्त्री थी और दो कमसिन लड़कियाँ, जिनमें से एक अत्यधिक सुन्दर थी।

प्रफुल्ल की पत्नी ने गौराबेन से महिला का परिचय यह कहकर करवाया, "आ म्हारी व्हेवाण छे हेतल बेन।" फिर एक लड़की को दिखाते हुए बोलीं, "इनकी बड़ी दीकरी रसीली के साथ मेरे आतिश का लगन नक्की हो गया है।" फिर एक डिब्बा गौराबेन की तरफ़ बढ़ाते हुए बोलीं, "यह हैं आतिश के सासरे से आए लाडू...मुँह मीठा करो।"

गौराबेन ख़ुशी में भर उठीं और रसीली को गले लगा लिया और बोलीं, "सुखी रहो, खुश रहो... तमे लोको बेसो, मैं चाय लेकर आती हूँ।"

बात करते हुए गौराबेन की आँखें बार-बार साथ आई दूसरी लड़की पर टिक रही थीं। चाय बनाते हुए भी उनके मन में यही चलता रहा कि 'ऐमने साथे आ बीजी छोकरी कोण छे? बहुत सुन्दर है, पता चले तो अपने केशू के लिए बात चलाऊँ?' बाद में उन्होंने प्रफुल्ल की पत्नी से उसके बारे में पूछा तो ज्ञात हुआ कि वह लड़की रसीली के दूर के काका की लड़की है, जो रेलवे में नौकरी के चलते देश के अनेक शहरों में घूम चुके हैं और फ़िलहाल वह सूरत में ही हैं। यह सुनते ही गौराबेन ने केशू से केतकी का लगन करने का मन बना लिया।

आतिश के लगन में मौक़ा देखकर उन्होंने केशू को लड़की दिखा भी दी, देखते ही केशू को लड़की भा गई। लेकिन यह मालूम होने पर कि केतकी बारहवीं पास है और बी.ए. में पढ़ रही है, वह संकोच में आ गया। उसने बा से कहा, "बा, इस सम्बन्ध में तालमेल नहीं बैठेगा, क्योंकि मैं तो गुजराती के माध्यम से फ़क्त छठी तक ही पढ़ा हुआ हूँ, और वह अँगरेजी से बारहवीं पास कर चुकी है...मैं समझता हूँ, यह बात उसे नहीं भाएगी।"

"दीकरा, ये सारी बातें हो चुकी हैं। अपनी कमियाँ छिपाकर जीवनभर के सम्बन्ध नहीं जोड़े जाते," फिर थोड़ा हँसकर केशू का कान पकड़ते बोलीं, "अरे दीकरा, मैंने तो बस सम्बन्ध की बात ही छेड़ी थी, लेकिन जब से उसने तुझे देखा है, बहाने-बहाने से तेरा ही जिकर निकाल लेती है। तेरे गुणगान करते उसका मुँह नहीं थकता...लट्टू हो गई है तुझ पर।"

केशू शरमाकर सिर झुका के मुस्कुराने लगा और धीरे से बोला, "तू जो ठीक समझे बा।"

आतिश-रसीली की शादी के दो महीने बाद ही केशू और केतकी का भी विवाह हो गया।

केतकी सच में ही बहुत सुन्दर थी। केशू का मन उसके लिए जैसे बावला हो चुका था। एक-दो बार तो वह बहाना बनाकर कारख़ाने से सीधा केतकी के पास पहुँच गया। उसे इस तरह काम छोड़कर आया देख केतकी ने दबी ज़बान में उसे टोकते हुए कहा, "इस तरह काम छोड़कर आना तो कोई अच्छी बात नहीं है।"

"जानता हूँ, पर मैं खुद को रोक नहीं पाता, क्या करूँ?" केशू ने केतकी को अपने सीने से लगा लिया और उसकी आँखों में एकटक देखते हुए बोला, "भगवान ने तुझे इतना सुन्दर क्यों बनाया?"

"आपके लिए।"

"साच्चू?"

"सौ टक्का साच्चू!"

यह सुनकर केशू ने केतकी को जैसे ख़ुद में समा लेना चाहा। दोनों पास-पास लेटे हुए थे। केशू केतकी को देखते हुए धीरे-धीरे उसके बालों में उँगलियाँ फिराने लगा। केतकी भी उसे देखे जा रही थी, किन्तु उसके चेहरे पर एक कशमकश थी, जिसे पढ़ते हुए केशू बोला, "कुछ कहना चाहती है...संकोच मत कर, बोल दे।"

केतकी सकुचाते हुए बोली, "दो महीने के बाद मेरी परीक्षा है, मुझे तैयारी करनी है।"

"हाँ, तो कर न!"

"नहीं...मतलब, मेरा कोचिंग कॉलेज तो मम्मी-पापा के घर के पास पड़ता है...यहाँ से रोज आना-जाना कैसे होगा?"

झटके से अलग होते केशू बोला, "मतलब, परीक्षा तक तू अपने पीहर रहना चाहती है? ना-ना, यह नहीं हो सकता!"

यह सुनकर केतकी का चेहरा उतर गया।

केशू बोला, "तू चिन्ता न कर, भले ही मेरे चार चक्कर लगेंगे...पर मैं तुझे छोड़कर भी आऊँगा और लेकर भी आऊँगा। याद रख, अब तेरे बिना मैं एक पल भी अकेला नहीं जी सकता।"

केशू का यह प्रेम देखकर केतकी की आँखें भर आईं और वह केशू से कसके लिपट गई। दो से एक हो चुके केशू और केतकी एक अलग ही दुनिया में जा पहुँचे।

6

केशू भाई का काम, घर-गृहस्थी—सब कुछ यथावत् चल रहा था। इस बीच केतकी ने बी.ए. भी पास कर लिया, ख़ुशी में भरी गौराबेन ने कारख़ाने और मोहल्ले में मिठाई बाँटी। केतकी ने अपने पति और सास से पूछकर घर पर ही बच्चों की ट्यूशन लेनी शुरू कर दी थी। आतिश और केशू का मिलना-जुलना बदस्तूर चलता रहा। लेकिन एक बात जो केवल बा ही देख भर रही थीं, कि सदा हँसने-हँसानेवाला केशू बात करते-करते अक्सर कहीं खो जाता। इतना ही नहीं, खान-पान में भी उसकी रुचि कुछ कम हो गई थी। यह देखकर बा को मन-ही-मन चिन्ता होने लगी।

एक दिन उन्होंने अकेले में केशू से पूछ ही लिया, "क्या तुझे कोई परेशानी है या बहू से कोई अनबन हो गई है?"

"अरे नहीं बा!"

कहकर केशू जाने लगा तो बा ने उसका हाथ पकड़ लिया, "दीकरो, बालक नी भूख जरा पण कम थई जाए, तो माँ का जीव सुलगने लगता है...वैसे भी तू ही तो मेरा जीवन है, मेरी साँसें है।"

"नहीं बा, कुछ नहीं।" यह कह वह माँ से लिपट गया।

दूर खड़ी केतकी यह सब देख-सुन रही थी और जैसे ही केशू अपने कमरे में आया, केतकी ज़िद पर आकर केशू से वही बात पूछने लगी जो बा जानना चाहती थीं, पर केशू उसे भी टालकर कारख़ाने के लिए निकल गया।

इधर कई दिनों से आतिश काम से बाहर ही बाहर घूम रहा था, इसलिए केशू की मुलाक़ात उससे भी नहीं हो पा रही थी और वह मन-ही-मन बेचैन हो रहा था। एक दिन चुपचाप अपनी जगह बैठे वह अपने काम में लगा हुआ था तभी आतिश की आवाज़ उसके कानों में पड़ी, जो किसी से बात कर रहा था। केशू ख़ुशी में भर उठा और हाथ का काम छोड़कर कमरे से बाहर निकल, देखा, आतिश उसी की तरफ़ आ रहा है। दोनों मित्र ऐसे मिले, जैसे बरसों के बिछुड़े मिले हों!

अलग होते ही केशू बोला, "आटला दिवस क्या रह्यो तू? इतने दिन तो कभी नहीं लगते तुझे बाहर गाँव?"

"शूँ वताड़ूँ केशू, एक साथ दो-तीन ठिकाने जाना पड़ा—दिल्ली, जयपुर और बम्बई...और इस बार किसी के साथ वरली सी फेस भी जाना हुआ। उधर तेरी बहुत याद आई यार!"

गम्भीर होते, गहरी साँस छोड़ते केशू बोला, "मैं तो वह जगह और बातें कभी भूला ही नहीं हूँ आतिश! पिछले कुछ समय से हर पल एक बेचैनी-सी महसूस करता हूँ। आज तो मेरे मन की इस उठा-पटक का भान बा को भी लग गया। पूछने लगीं, क्या परेशानी है? फिर केतकी भी वही प्रश्न करने लगी। मैं तो बात टाल गया।"

"इसका मतलब, तूने अपना वह बड़ा आदमी बनने का विचार भी टाल दिया, केम?"

केशू चुप रहा।

"क्यों? समस्या क्या है तेरे बम्बई जाने में? क्या लगन ने तेरे पाँवों में बेड़ियाँ डाल दीं, या तू सामने आनेवाली कठिनाइयों से डरता है?"

केशू अभी भी चुप ही था।

"देख केशू, दुविधा की स्थिति सबसे बुरी होती है। कोई एक निर्णय ले ले—या फिर यही सोच ले कि तू यहाँ सन्तुष्ट है; नहीं, तो बिना ज्यादा सोचे इधर से निकल ले और जो सोचा है, वह कर दिखा।"

अब केशू सीधे आतिश की आँखों में देखकर बोला, "मैं जाऊँगा। जो सोचा है, वह करने की कोशिश ज़रूर करूँगा।"

"शाबाश! आ थई ना केशू भाई सांधवी सरीखी बात!"

आतिश के ऐसा कहने पर केशू भी मुस्कुरा उठा।

"चाल, आज तू घर में बात कर ले, तो मैं बम्बई में एक-दो फोन ऐसी जगहों पर घुमा दूँगा जो तेरी मदद कर सकें।"

'मदद' शब्द सुनते ही केशू की भौंहें तन गईं, "मुझे किसी की मदद नहीं चाहिए आतिश! मैं खुद अपने तरीके से कोशिश करूँगा।"

"तो चाल सारू, बता देना, कब जा रहा है। अच्छा, मैं जरा लालजी भाई से मिलकर आता हूँ।" यह कहकर आतिश वहाँ से निकल गया।

उसी रात खाना खाते हुए बा और केतकी के सामने केशू ने यह घोषित कर दिया कि वह बम्बई जा रहा है। उसकी बात सुनकर बा सिर्फ़ इतना ही बोलीं, "तेरे मन में एकाएक यह विचार कैसे आया?"

"एकाएक नहीं बा, यह विचार कई सालों से मन में पड़ा था, अब पक चुका है। देख बा, मैं जानता हूँ, मैं जो सपना देख रहा हूँ, उसे सच होने में बहुत कठिनाइयाँ

आएँगी, लेकिन मैं तेरा ही दीकरा हूँ...कठिनाइयों को पार कर लूँगा और जो सोचा है, वही बनकर दिखाऊँगा।''

बा मुस्कुराते हुए बोलीं, ''म्हने पोताना दीकरा पर सौ टक्का भरोसो छे, लेकिन हाँ, इस मामले में तेरा अपनी पत्नी से सलाह लेना भी आवश्यक है, पूछ ले इससे।''

केतकी पति और बा को देखते हुए बोली, ''मैं आप दोनों से अलग कैसे जा सकती हूँ? जो आप लोग उचित समझें, वही मेरे लिए भी ठीक है।''

केशू बम्बई पहुँचा और कालबादेवी की उसी धर्मशाला में ठहरा जहाँ आतिश हमेशा रुकता था। पहले दिन काम के लिए निकलने से पहले एकाएक उसे किसी से सुनी बात याद आई कि बम्बई में टिकने और फलने-फूलने के लिए माँ मुम्बादेवी का आशीर्वाद अवश्य लेना चाहिए और केशू तो यहाँ मज़बूती के साथ टिकने के लिए ही आया था। मन्दिर भी दूर नहीं था, सो वह पहले उधर ही बढ़ गया।

मुम्बादेवी का मन्दिर अत्यधिक प्राचीन मन्दिरों में से एक है। मुम्बा माँ की मूर्ति जिस प्रकोष्ठ में स्थापित है, वहाँ के फ़र्श पर चाँदी के सिक्के जड़े हुए हैं। मुम्बादेवी माँ के सामने हाथ जोड़े, आँखें मूँदे खड़े केशू ने माँ का मुख स्मरण करते हुए मन-ही-मन प्रार्थना की, 'माँ, मैं तुम्हारी शरण में आ चुका हूँ, मेरे पाँवों को स्थिर बनाए रखना। जो सोचा है, वह पूरा करने की शक्ति देना' और वह माथा टिकाकर जाने को जैसे ही मुड़ने लगा, किसी का मूर्ति की ओर उछाला गया एक सिक्का उसके पाँवों के पास आ गिरा। उसने वह सिक्का उठाकर पलटकर इधर-उधर देखा, वहाँ कई दर्शनार्थी दर्शन-ध्यान करते खड़े थे। उनके बीच से भी उसे मातारानी की झलक दिखलाई पड़ रही थी। उसने मुस्कुराकर सिक्के को माथे से लगाकर अपनी जेब में डाल लिया।

बाहर निकलते हुए अन्दर आती भीड़ के रेले से उसकी धक्का-मुक्की हुई। उसी धक्का-मुक्की में कोई उसका बटुआ झपटकर भागने लगा तो केशू चिल्लाया, ''अरे चोर, चोर...मेरा बटुआ!'' कहते तेज़ी से बटुआ चुरानेवाले के पीछे भागा, पर चोर जा चुका था।

निराश-सा केशू अपनी जेब में हाथ डाल मन्दिर से बाहर निकला और कुछ महसूस करके मुस्कुरा के उसने हाथ बाहर निकालकर देखा, यह मन्दिर की प्रसादी का सिक्का था। उस रोज़ केशू धर्मशाला ही लौट गया, यह सोचकर कि 'अब तो कल ही काम ढूँढ़ा जाएगा।'

अगले दिन वह सीधे ओपेरा हाउस इलाक़े में मगन भाई के दफ़्तर पहुँचा, जहाँ वह कभी आतिश के साथ आया था। मगन भाई मनसुख से बात करते उसे बाहर के कमरे में ही मिल गए और तुरन्त केशू को पहचानकर बोले, ''अरे, तू तो जीवनलाल ना छोकरो छे न जो आतिश के साथ आया था?''

केशू ने झुक के उनके पाँव छुए तो मगन भाई ने उसे आशीर्वाद देते हुए कहा, ''चल, अन्दर कमरे में बैठते हैं।''

दोनों मगन भाई के कमरे में आ बैठे। मगनभाई उसके हाल-चाल पूछने लगे, "आतिश तो काम से आता ही रहता है, पर तू फिर नहीं आया?"

"अब आ गया हूँ काका, हमेशा के लिए। इधर ही काम करूँगा।"

"पर तू तो लालजी भाई का खास हीरा कारीगर है...उसने तुझे आने दिया?"

केशू बोला, "काका, मालिक के यहाँ मुझे कोई कमी नहीं थी, इज्जत और पैसा दोनों ही मिलता था, लेकिन आगे बढ़ने के लिए आदमी को थोड़ा खतरा तो उठाना ही पड़ता है और मैं आगे बढ़ना चाहता हूँ।"

मगन भाई ने केशू का चेहरा ग़ौर से देखा और मुस्कुराए, "साच्चू दीकरा! जब पेली दफा तेरे से मिला, तभी लगा था, तू कुछ कर सकता है—कुछ बड़ा। चाल सारू, अब जब कि तूने समन्दर में छलाँग लगा ही दी है, तो लहरों से जूझने की ताकत भी पैदा करनी होगी। चल, अब बता, क्या करना चाहता है? कैसे करना चाहता है?"

केशू बोला, "फिलहाल तो मैं हीरा कारीगरी का काम ही करना चाहता हूँ। यहाँ के काम को समझ लूँ, शहर को समझ लूँ, फिर देखूँगा।"

कुछ सोचकर मगन भाई ने एक चिट्ठी लिखकर केशू को दी जिसके ऊपर पता भी लिखा हुआ था।

यह पता ओपेरा हाउस की एक शानदार बिल्डिंग का था, जहाँ नीचे ही एक बहुत बड़ा शो-रूम था, जिस पर 'हरी भाई ज़वेरी' का बोर्ड लगा हुआ था। वहाँ पहुँचकर कुछ पल केशू उस लकदक शो-रूम की शोभा निहारता रहा, फिर दरवाज़े पर पहुँचकर पास खड़े गार्ड से उसने पूछा, "इस समय सेठ कहाँ मिलेंगे?"

उसे ऊपर से नीचे तक देखते हुए गार्ड बोला, "क्या काम है सेठ से?"

केशू ने लिफ़ाफ़ा उसे दिखाते हुए कहा, "मुझे मगन भाई गरोड़िया ने उनसे मिलने के लिए भेजा है।"

"आओ," कहकर गार्ड उसे अन्दर ले गया।

आगे बढ़ते हुए केशू की आँखें शो-केस में सजे हीरे के ज़ेवरों की भव्यता देखकर चकाचौंध हो रही थीं। इधर तो हीरों के एक-से-एक दागीने हैं! इतनी बिकवाली होती है इधर इन दागीनों की? वह यहाँ-वहाँ देख रहा था कि तभी गार्ड रिसेप्शनिस्ट से कुछ बोला तो रिसेप्शनिस्ट ने केशू से कहा, "सेठ अभी कारखाने में हैं।"

"तो फिर मैं कब आऊँ?"

"यहीं बैठो। कारखाना अन्दर बाजू में ही है, सेठ दस मिनट में आ जाएँगे।"

एक कुर्सी पर बैठा यहाँ-वहाँ देखते केशू सोचने लगा। यह इतना बड़ा शो-रूम और इधर ही इनका कारख़ाना भी, हीरों का धन्धा, साथ में ज़वेरी का पण...। तभी उसकी नज़र एक जगह लगे पोस्टर पर गई, जहाँ हरी भाई ज़वेरी की अन्य शाखाएँ कहाँ-कहाँ हैं, उसका विवरण लिखा था। खड़े होकर वह पढ़ने लगा—बम्बई, जयपुर, दिल्ली, मद्रास, कलकत्ता। सारे बड़े-बड़े शहरों में इनके हीरे के दागीनों के शो-रूम

हैं। केशू मन-ही-मन हिल-सा गया। तभी अन्दर से धोती-कुर्ता पहने अतिसाधारण लगनेवाला एक व्यक्ति बाहर निकला, जिसे देखकर रिसेप्शन और काउंटर्स पर बैठे सेल्समैन आदि आदर से खड़े हो गए। रिसेप्शनिस्ट ने पास जाकर उनसे कुछ कहा। वह केशू की तरफ़ देखने लगे। उनसे आँखें मिलते ही जैसे केशू ख़ुद में सिमट-सा गया। सेठ ख़ुद आगे बढ़कर केशू की तरफ़ आकर बोले, "जय श्रीकृष्ण!"

सकपकाकर केशू ने भी हाथ जोड़कर, 'जय श्रीकृष्ण' कहकर मगन भाई का दिया हुआ पत्र उनकी तरफ़ बढ़ा दिया। पत्र पढ़कर सेठ जी मुस्कुराते हुए बोले, "एक तो मैं मगन भाई की बात टाल नहीं सकता...दूसरे, उन्होंने तुम्हारी अत्यधिक प्रशंसा की है।" फिर सेठ जी केशू के कन्धे पर हाथ रखते हुए बोले, "अने तीजी बात, सूरत म्हारू जन्म स्थान छे, अने तू पण सूरत नो छे...चल, कल से ही आ जा। कारखाने का रास्ता पीछेवाली गली से है, म्हने जरूरी मीटिंग माँ जवानूं छे... चालूँ छूँ।"

हरी भाई वहाँ से आगे बढ़ गए और उनके पीछे केशू भी। इस दो मिनट की बातचीत में ही केशू का मन हरी भाई के प्रति श्रद्धानवत् हो चुका था।

हीरे तराशते और इस काम में दिनोंदिन महारत हासिल करते यूँ तो केशू को आठ-नौ वर्ष हो चुके थे, लेकिन बम्बई आने के बाद हीरा कारीगरी के साथ ही उसका दिमाग़ हीरा व्यापार से जुड़े हर छोटे-बड़े कामों की ओर जाने लगा। वह बहुत-कुछ सीख रहा था। इस बीच दो-तीन बार वह अपने घर भी गया। बा, केतकी और आतिश से मिला, पर काम के बारे में ज़्यादा कोई बातचीत नहीं हुई। हाँ, बा ने इतना अवश्य कहा, "कितना कमजोर हो गया है तू! अगर बम्बई में रहने का ही मन बना लिया है, तो केतकी व्हऊ को भी वहीं ले जा...कम-से-कम घर का खाना-नाश्ता तो समय से मिलेगा।"

यह सुनकर केशू की आँखें भर आईं। वह बोला, "और तुझे यहाँ अकेला छोड़ दूँ बा? तू चिन्ता न कर, जिस दिन मैं अपने काम से सन्तुष्ट हो जाऊँगा, खुद का छोटा-सा धन्धा और घर कर लूँगा, फिर तुम सबको यहाँ से ले जाऊँगा...कुछ ही दिनों की तो बात है।"

बा ने अधिक कुछ नहीं कहा, बस, मुस्कुराकर रह गईं क्योंकि उन्हें अपने केशू पर पूरा विश्वास था।

अगली बार जब आतिश बम्बई में केशू से मिला तो केशू सीधा उसे एक पुरानी-सी बिल्डिंग में ले गया, जहाँ नीचे के तल में काफ़ी धीमी रोशनी का बल्ब लगा था और सीलन भी थी। दोनों गलियारे में आगे बढ़ रहे थे, जिसके अन्त में दाएँ हाथ पर बने दरवाज़े के ताले में चाबी लगाकर केशू ने दरवाज़ा खोला। बारिश के दिनों में लकड़ी फूलने के कारण खुलते हुए दरवाज़े ने आवाज़ भी की। कमरे में लगभग अँधेरा ही था। केशू ने एक स्विच दबाया और कमरा पीली रोशनी से भर

उठा। आतिश नज़रें घुमाकर यहाँ-वहाँ देखने लगा। कमरे के एक कोने से सटी एक मेज़ रखी थी जिसके पास दो कुर्सियाँ, लोहे की अलमारी, फ़र्श पर एक तरफ़ चटाई पर डाला हुआ एक गद्दा। कमरे में एक दरवाज़ा भी नज़र आया, जिसे आतिश ने आगे बढ़कर खोला। वह एक छोटा-सा बाथरूम था। दरवाज़ा बन्द करके, पलटकर केशू को देखते आतिश मुस्कुराया और पास आकर केशू को गले लगा के बोला, "शाबाश! तो तूने खूँटा गाड़ ही दिया?"

केशू ने आतिश को कुर्सी पर बैठाते हुए कहा, "सिर्फ खूँटा ही गाड़ा है, इस खूँटे से मजबूत तार बाँधकर उन्हें देश-विदेश तक खींच ले जाने में मुझे तेरा मगज चाहिए, क्योंकि मैं मेहनत तो खूब कर लेता हूँ, लेकिन दिमाग के मामले में तुझ जैसा चौकस नहीं हूँ। और सबसे बड़ी बात, हीरे के धन्धे में खरे हीरा पारखी का होना बहुत मायने रखता है। नसीब से मेरे पास तू है। हरी भाई जैसे बड़े हीरा व्यापारी और जवेरी के साथ एक साल काम करके मैं काफी-कुछ सीख चुका हूँ, लेकिन बिना तेरे मैं अधूरा हूँ। इसलिए मैं चाहता हूँ, हम दोनों मिलकर अपना कारोबार शुरू करें।"

"देख, केशू, मैं सौ टक्का तेरे साथ हूँ, तुझे बहुत बड़ा आदमी बनते देखना चाहता हूँ लेकिन जैसे तेरी खुशी बहुत ऊपर जाने में है, मेरा सन्तोष इतने में ही है कि ईमानदारी से काम करते हुए मैं अपने परिवार का भरण-पोषण कर सकूँ।" फिर केशू का हाथ पकड़कर बोला, "लेकिन मैं तुझे अकेला नहीं छोड़ सकता। तू मुझसे जब जो चाहेगा, मैं करूँगा, पर तेरे कारोबार का हिस्सेदार नहीं बनूँगा।"

आतिश की ये बातें सुनकर केशू की आँखें भर आईं। वह आतिश के दोनों कन्धे पकड़कर बोला, "भले ही आयु में तू मुझसे कुछ ही बड़ा है, लेकिन न जाने क्यों मेरे मन ने तुझे अपना बड़ा ही माना है। तू चाहे तो मेरे कारोबार का हिस्सेदार न बन, मालिक मत कहलवा, लेकिन तेरी सलाह के बिना मेरे धन्धे में पत्ता भी नहीं हिलेगा। तेरी 'हाँ' के बगैर मैं कोई सौदा नहीं करूँगा। मेरे यार, मैं तो फक्त हीरे तराशता हूँ, उन्हें परखना तो तुझे ही आता है।"

अब आतिश की आँखों से भी आँसू बह निकले। उसने खींचकर केशू को सीने से लगा लिया। कुछ पल दोनों यूँ ही खड़े रहे, फिर अलग होकर भीगी आँखों से एक-दूसरे को देखकर मुस्कुराने लगे। केशू ने अपना हाथ आगे बढ़ाया तो आतिश ने भी उसके हाथ पर अपना हाथ रख दिया और दोनों हाथ बँधकर एक हो गए।

झटके से केशू की गाड़ी एक बहुमंज़िला बिल्डिंग के बाहर रुकी और केशू भाई अपने अतीत से वर्तमान में पहुँच गए। नीचे ही एक चमचमाता बोर्ड लगा था : 'केशू भाई सांधवी ज्वेलर्स एंड डायमंड मर्चेंट'।

केशू भाई और आतिश के दरवाज़े तक पहुँचने के पहले ही बन्दूक़धारी सिक्योरिटी गार्ड ने उन्हें सलाम ठोंकते हुए दरवाज़ा खोला। केशू भाई और आतिश सोने के ज़ेवरों के शो-रूम में ही लगी लिफ़्ट से पाँचवीं मंज़िल पर पहुँचे जोकि केशू भाई का निजी ऑफ़िस है, जहाँ आतिश का भी एक केबिन है। दूसरी मंज़िल पर डायमंड ज्वेलरी का शो-रूम, तीसरे पर एक्सपोर्ट बिज़नेस का ऑफ़िस और चौथे पर मेहुल, केतन और बाक़ी प्रमुख कर्मचारियों के केबिन्स हैं।

अपने ऑफ़िस में पहुँचकर केशू भाई ने इंटरकॉम पर किसी से कहा, ''आप सभी कॉन्फ्रेंस हॉल में आ जाओ, हम भी पहुँच रहे हैं।''

कॉन्फ्रेंस रूम में केशू भाई की बड़ी-सी कुर्सी के पास ही आतिश की कुर्सी लगी थी। उनके पास केशू भाई के दोनों बेटे मेहुल और केतन आकर बैठ गए। सामने की कुर्सी पर पैकिंग विभाग के कान्ती भाई राठौड़, डिसपैचिंग विभाग के रमेश शाह और उनके पास एक्सपोर्ट विभाग के इन्चार्ज दिनेश राजवंश आकर बैठ गए।

कुछ पलों की ख़ामोशी के बाद सबको देखते केशू भाई बोले, ''आप लोग यह तो जानते ही होंगे कि मैंने इधर आप लोगों को क्यों बुलाया है?''

सभी ने तनावपूर्ण मुद्रा में 'हाँ' में सिर हिलाया।

सभी की ओर देखकर केशू भाई बोले, ''मिस्टर राजवंश ने दफ्तर से जाने के बाद कल शाम जब मुझे बताया कि हमने 'जॉन एंड संस कम्पनी, लन्दन' के लिए छोटे-बड़े और मँझले साइज के जो हीरे एक्सपोर्ट किए थे, उनमें से दस बड़े नग बाकी बीस नगों से अलग हैं। मतलब, निम्न स्तर के हैं। यह सुनकर मैं हैरान रह गया। साच्चू बोलूँ, अगर शिकायत यह होती कि दस नग कम हैं, तो मान लेता कि गिनने में भूल-चूक हो गई होगी, या पैकिंग में ही गड़बड़ी हुई होगी। हूँ ईम नथी बोलतो कि नगों की गिनती में कमी होना कोई मामूली गलती है, मेरे कहने का मतलब सिर्फ इतना और साफ है कि एक्सपोर्ट क्वालिटी के हीरों में निम्न स्तर के हीरे होने की गुंजाइश ही नहीं होनी चाहिए थी। हाँ, सोने के दागीनों में हम कीमत के अनुसार की गुणवत्ता के आधार पर हर स्तर के हीरे इस्तेमाल करते हैं। लेकिन जिस क्वालिटी के नगों का हमें बाहर से ऑर्डर मिलता है, उसमें हम जरा-सी भी ऊँच-नीच नहीं कर सकते। जिस क्वालिटी का नग ग्राहक को चाहिए, उसे वही मिलेगा, यही हमारे धन्धे का सिद्धान्त है।''

सभी चुपचाप केशू भाई की बातें सुन रहे थे।

केशू आगे बोले, ''अपना काम शुरू किए मुझे सत्ताईस वर्ष और पहला शो-रूम खोले बाईस वर्ष हुए। आज की तारीख में मुम्बई में हमारे तीन शो-रूम हैं, एक्सपोर्ट का काम जो अभी दो साल पहले ही शुरू हुआ है, हमारे हीरों की क्वालिटी के कारण दिनोंदिन बढ़ता ही जा रहा है...कैसे? हमारे हीरों की गुणवत्ता के आधार पर, नगीनों के खरेपन पर। लेकिन आज क्या हुआ? विदेशी ग्राहक ने हमारे हीरों

की गुणवत्ता पर ही सवालिया निशान लगा दिया।'' यह कहते-कहते केशू भाई का चेहरा ग़ुस्से से तमतमाता गया।

वहाँ बैठे सभी ध्यान से उन्हें सुन रहे थे।

वह आगे बोले, ''बल्कि एक तरह से उन्होंने हम पर जालसाजी का अपराध भी मढ़ दिया, जो फर्म के लिए शर्म से डूब मरने की-सी बात है—मेरे लिए और हम सबके लिए।''

सभी की आँखें झुक गईं।

केशू का तमतमाया चेहरा देखकर आतिश चिन्तित होकर सामने रखा पानी का गिलास उनकी तरफ़ बढ़ाते हुए बोले, ''पानी पी ले।''

''ना आतिश, आ जाणे बिना म्हारा गला ती पाणी पण नहीं उतरे कि हम अपनों के बीच में वह जालसाज कौन है जिसने धन्धे में बेईमानी की—तू, मैं, मेहुल, केतन, रमेश, राठौड़ या मिस्टर राजवंश खुद ? कर्मचारी हमारे सैकड़ों हैं, लेकिन मुख्य रूप से हम सब ही हमारे हीरा कारोबार के मुख्य आधार हैं। जो हममें से एक भी हिले तो यह आखा गगनचुम्बी कारोबार भरभराकर गिर जावेगा।''

आतिश राठौड़ को देखते हुए बोले, ''बरसों से मेरा तो यही काम रहा है, हीरों को जाँचना-परखना...और एक्सपोर्ट क्वालिटी के हीरों के बारे में तो मेरे को पहले ही चौकस रहने के लिए बोला गया है...सो विलायत की इस कम्पनी के हीरे भी मैंने ठोंक बजाकर जाँचे थे और राठौड़ को सौंप दिये थे। इसने बरोबर से नगों की गिनती करके ही पैक किया होगा।''

राठौड़ ने स्वीकृति में सिर हिला दिया। अब राजवंश, रमेश को देखते हुए केशू भाई से बोले, ''केशू भाई, राठौड़ जी ने पैकिंग करके हीरे मुझे दिये थे, जिसके साथ मिस्टर आतिश भाई पटेल का क्वालिटी सर्टिफिकेट और खुद राठौड़ जी का तैयार किया गया डायमंड पीसेज की संख्या का डीटेल भी था। यह सब डिसपैच के लिए मैंने रमेश शाह को पहुँचा दिया था...क्यों रमेश जी ?''

रमेश ने भी 'हाँ' में सिर हिलाया। इस बीच केतन को कई बार हिचकियाँ आने लगीं तो वह पानी पीने लगा।

सबको अपनी तरफ देखता पाकर उसने धीरे से सॉरी कहा। कुछ पल चुप रहने के बाद आतिश बोले, ''सुनने में तो सब-कुछ बरोबर ही लगता है...अभी यही बात मेरे जमाने की और मेरे ही देस की होती, तो सारी जिम्मेदारी मैं आँगड़िया पर डालता...पर अभी तो अपणे जे कुरियर कम्पनी ती माल बाहरगाँव मोकलें छे, वह पण बड़ी विख्यात कम्पनी है। बड़े-बड़े हीरा व्यापारी इसी कम्पनी की सेवाएँ ले रहे हैं...फिर भी चाहो तो एक बार उनसे भी बात की जा सकती है।''

राजवंश ने ना में सिर हिलाते हुए कहा, ''ऐसा नहीं हो सकता सर! एक्सपोर्ट के कामों में मैं हमेशा रमेश के सामने रहता हूँ। इस एसाइनमेंट पर मेरी आँखों के सामने ही 'बर्ड कूरियर कम्पनी' ने मोहर लगाई थी।''

केशू भाई ने आतिश को देखा और गहरी साँस छोड़ते हुए बोले, ''तो इसका मतलब यही हुआ कि चोर हममें से ही कोई है।'' अब केशू भाई ज़ोर से टेबल पर दोनों हाथ मारते खड़े हुए और बोले, ''और अगर ऐसा हुआ तो हमारा यह जहाज डूबने में ज्यादा देर नहीं लगेगी...चाल आतिश!''

सभी उठ खड़े हुए। केशू और आतिश वहाँ से निकल गए।

केशू तेज़ी से अपने केबिन में जाकर सोफ़ा पर सिर थामे बैठ गए। आतिश भी उनके पास ही बैठकर उनके हाथ को अपने हाथ से थपकते हुए बोले, ''जो केशू...हूँ आम तो नथी बोली सकतो कि बात मामूली छै...लेकिन तू अगर मन इतना छोटा कर लेगा तो अपनी इतनी बड़ी रियासत कैसे सँभालेगा?''

''कब तक सँभालूँगा मैं इस रियासत को आतिश...अकेले कोई नहीं सँभाल सकता इतना कुछ, यही सोचकर पहले मेहुल को लेकर आया, यह जानते हुए भी कि बचपन में दिमागी बुखार से कमजोर हो चुका मेरा बेटा अधिक कुछ नहीं कर पाएगा, इसीलिए तो केतन का विदेश जाना रोक के उसे इस धन्धे से जोड़ लिया। सोचा, दोनों भाई मिलकर हमें काम करते देखेंगे, सीखेंगे और उसमें अपनी नई सोच को जोड़ेंगे, लेकिन यह क्या हो गया? हमारे माथे पर पेली दफा जैसे काला टीका ही लग गया। मेरी समझ में यह नहीं आता, हीरे अगर बदले तो बदले कैसे? कौन कर सकता है ये?''

''जो केशू, अगर सच्चाई तक पहुँचना ही है तो तुझे पुलिस की मदद तो लेनी ही पड़ेगी, पण इतना तो तू भी समझता होगा कि अगर हमने ऐसा किया तो चुटकी बजाते ही यह बात मार्केट में फैल जाएगी, अने हम पर से लोगों का विश्वास टूट जाएगा और धन्धा तो विश्वास पर ही चलता है न केशू...हूँ, आम बोलूँ छूँ, फिलहाल हमको यह करना चाहिए कि जिस क्वालिटी के हीरे बदली हुए हैं, उसी में के दस नग कल के कल विलायत भिजवा दें वहाँ के व्यापारी को...धन्धे की साख रह जाएगी। हवे चाल उठ, अने हाँ, यह जो कुछ भी हुआ, वह इधर के इधर ही छोड़कर जाना...धन्धे की बात धन्धे के ठिकाने और घर की बात घर के ठिकाने...समझी गयो?''

वरली सी फ़ेस का इलाक़ा, जहाँ केशू भाई सांधवी ने पहली बार बड़ा आदमी बनने का जो सपना देखा था, उनके जीवन में बहुत महत्त्व रखता है। लगभग तीस साल पहले यहाँ के समन्दर की लहरों से उनका रिश्ता ऐसा जुड़ा कि आज तक जैसे-का-तैसा ही बना हुआ है। मुम्बई में अपना निजी कारोबार शुरू करने के कुछ ही समय बाद वह बा और केतकी को मुम्बई ले आए। पहले कालबादेवी इलाक़े में किराये की एक खोली ली और चार साल बाद ही पैडर रोड में तीन कमरे का एक फ़्लैट। फिर आज से लगभग दस साल पहले केशू भाई ने बड़े चाव से वरली

सी फ़ेस पर समुद्र के ठीक सामने बने बँगलों में से एक बँगला ख़रीद लिया और उसे तुड़वाकर अपने ढंग से दोबारा बनवाया, जो आज 'सांधवी विला' के नाम से जाना जाता है।

'सांधवी विला' बहुत बड़े एरिया में फैला हुआ है। शानदार गेट पर बारी-बारी से ड्यूटी पर खड़े सिक्योरिटी गार्ड्स, जिनकी पैनी नज़र से बचकर परिन्दा भी गेट के अन्दर नहीं पहुँच सकता। इतनी सुरक्षा तो आवश्यक है, क्योंकि आज का केशू भाई सांधवी कोई छोटा-मोटा आदमी नहीं है। शायद मुम्बादेवी माँ के उस प्रसादी सिक्के का ही प्रताप रहा हो कि केशू भाई सांधवी की गिनती आज मुम्बई के चुनिन्दा बड़े व्यापारियों में की जाती है। उनके बँगले के सामने के हिस्से में बहुत बड़ा लॉन है, जिसकी घास भी ऐसे काटी गई है कि लगता है, जैसे हरे मखमल का कोई गलीचा बिछा हो! चारों तरफ़ विभिन्न फूलों की क्यारियाँ और संगमरमर की बनी कुछ कलात्मक बेंचें।

इस बँगले में एक बैकयार्ड भी है, जहाँ एक तरफ़ स्वीमिंग पूल है और उससे कुछ दूरी पर लम्बी कतार में बने सर्वेंट क्वार्टर्स हैं, जिनमें उनके गार्ड, ड्राइवर और घर के सेवक रहते हैं।

सेवकों में एक तो हैं महाराज जी, जो रसोड़ा सँभालते हैं। एक रामचन्द्र, जो पढ़ा-लिखा है और जिसका काम घर में आए फ़ोन अटेंड करना, बाज़ार से देखभाल कर अच्छी सब्ज़ियाँ, फल वगैरह लाना है। दो नौकर जगदीश और दीपेश इस चार मंज़िला बँगले की साफ-सफ़ाई के लिए अलग से रखे गए हैं, जो सुबह-सुबह वेक्यूम क्लीनर से घर की सफ़ाई शुरू कर देते हैं और साहब लोगों के जागने के बाद उनके कमरों की। बेड की चादरें बदलना, धोनेवाले कपड़े वॉशिंग मशीन में चलाना, उन्हें सुखाना और इस्तरी करना वगैरह काम भी यही करते हैं। दीपेश दो महीने पहले ही काम पर लगा है और 'सांधवी विला' के सभी गुजराती सेवकों के बीच अकेला नेपाली सेवक है। वह शायद पहली बार ही ऐसी जगह रह रहा है जो उसे बचपन में सुनी कहानियों के राजमहल से कम नहीं लगती। वह भाग-भागकर फ़ुर्ती से काम करता है। उसकी आँखों में सदा ही एक अलग तरह की चमक बनी रहती है और मुँह पर 'जी शाब...जी मेमशाब।'

इन सबमें सबसे पुराने और घर के सदस्य समान हैं दयाभाई और रेवतीबेन। जब केशूभाई का लगन भी नहीं हुआ था तभी से दयाभाई और रेवतीबेन सूरत में उनके पड़ोसी थे। स्वभाव से बहुत ही प्रेमी और अपनाहट से भरे। जब केशू सुबह से रात तक कारख़ाने में व्यस्त रहते तो ये लोग ही बा के आस-पास बने रहते और बा से भी जो बन पड़ता, इन लोगों के लिए किया करती थीं। फिर जब लगन करके केतकी आ गई और साल भर बाद ही केशू मुम्बई चले आए, तो बिना कहे ही इन दोनों पति-पत्नी ने घर-बाहर के काफ़ी काम सँभाल लिए। दयाभाई ने घर

में किसी पुरुष की कमी महसूस नहीं होने दी। केशू और केतकी की पहली सन्तान मेहुल के जन्म के बाद से तो जैसे ये पति-पत्नी पूरी तरह से सांधवी परिवार से जुड़ गए।

दयाभाई आयु में केशू भाई से लगभग आठ वर्ष ही बड़े हैं...लेकिन ठाकुर जी ने उन्हें सन्तान-सुख नहीं दिया, शायद इसीलिए मेहुल के घर में आते ही जैसे वही इनकी ख़ुशियों का बहाना बन गया। बच्चा दिनभर इन्हीं के हाथों में रहता। बस, जब भूखा होता और रोता, तभी रेवती उसे केतकी की गोद में छोड़ती। इस तरह मेहुल दयाभाई और रेवती से बहुत हिल गया था। ज़रा-सी भी देर अगर इन दोनों में से कोई न दिखे, मेहुल रो-रोकर सबको डरा देता।

सबके मुम्बई जाने की बात सुनकर दयाभाई और रेवती का दिल बैठ गया, 'कैसे जीएँगे हम मेहुल के बिना... ?' यह चिन्ता बा और केतकी को भी थी कि एक तो नई जगह, नए लोगों के बीच व्यवस्थित होना, ऊपर से केशू भाई की अपने काम की व्यस्तताएँ, कहीं मेहुल हुड़क-हुड़क के बीमार पड़ गया तो क्या करेंगे? इस पर बा ने फ़ोन पर केशूभाई से कह दिया, ''हमारे साथ दयाभाई और रेवती भी आ रहे हैं...दयाभाई को अपने साथ काम में लगा लेना और रेवती से केतकी व्हऊ को सहारा बना रहेगा, क्योंकि छह-आठ महीने में वह दोबारा से मुझे दादी बनानेवाली है।''

यह सुनकर केशू एक बार तो घबरा गए, ''शूँ बोले छे बा?''

बा हँसते हुए बोलीं, ''हाँ, साच्चू छे। तू एक बार फिर पप्पा बननेवाला है।''

अब तो केशू को यह बात पूरी तरह से सही लगने लगी कि बा और केतकी को घर-गृहस्थी के कामों में मदद देने के लिए कोई अपना चाहिए ही...और इस परदेस में दयाभाई और रेवती से बढ़कर भला कौन अपना हो सकता है? हालाँकि ख़ुद का काम शुरू करते ही केशू आतिश से ज़िद किए जा रहे थे कि अब वह भी परिवार को लेकर मुम्बई चले आएँ, लेकिन आतिश के लिए यह सम्भव नहीं था, क्योंकि उन्हें अपनी दो छोटी बहनों का विवाह करना था। पिता प्रफुल्ल भाई और माँ का स्वास्थ्य भी नरम ही रहता था और वे सूरत छोड़ने के लिए राज़ी भी न थे। इसीलिए केशू के मुम्बई आ जाने के लगभग आठ वर्ष बाद ही आतिश पूरी तरह से सूरत छोड़ सके, क्योंकि तब तक बहनों के विवाह हो चुके थे और माता-पिता का दो सालों के अन्तराल में निधन हो चुका था।

जब आतिश मुम्बई आए तब केशू कालबादेवी से पैडर रोड के तीन बेडरूम हॉल के फ़्लैट में आ चुके थे। उन्होंने आतिश से साथ रहने की ज़िद की लेकिन आतिश नहीं माने...और फिर, जब बारह साल पहले केशू ने आतिश के सामने वरली सी फ़ेस के छह मंज़िला बँगले का नक़्शा रखा तो आतिश बिदक पड़े, ''ये छह मंजिल की कुतुबमीनार किसके लिए?''

"देख, सबसे नीचे पार्किंग, पेला माला ड्राइंग रूम, डाइनिंग, चार मेहमानों के रूम अने मन्दिर, दूसरा माला तेरा और तीसरा माला मेरा...मतलब, मेरा कमरा, बा का कमरा। ऊपर के तीन माले मेहुल, केतन और नन्दिनी...हो गए न छे?"

"तू अच्छी तरह जानता है, तेरी यह बात मैं नहीं मानूँगा, फिर भी, देख केशू, कितनी भी गहरी दोस्ती क्यों न हो, बीच में एक दीवार का फासला तो होना ही चाहिए। रही नन्दिनी की बात, अभी तो वह बच्ची है...पर लगन पाछी तो ते पोताना सासरे जासे की नईं?" यह कहते ख़ुद आतिश ने नक़्शे में से दो मंज़िलों का प्लान काट दिया।

इस तरह अब इस 'सांधवी विला' में चार ही मंज़िलें हैं। इधर केशू अपने बँगले में रहने चले गए, उधर आतिश ने भी सान्ताक्रुज में एक छोटा-सा फ़्लैट ख़रीद लिया और वह कालबादेवी से वहाँ शिफ़्ट हो गए। फ़िलहाल उनके घर में बस वह और उनकी पत्नी रसीली ही हैं। बड़ी बेटी संजना चार वर्ष पहले विवाह के बाद अपने सासरे जा चुकी है और छोटी बेटी नन्दिनी जो अब बाइस वर्ष की है, उसे केशू ने एम.बी.ए. की पढ़ाई के लिए अहमदाबाद के एक बहुत प्रतिष्ठित कॉलेज में दाख़िल करवाया है। वह वीक एंड में अक्सर मुम्बई आती रहती है, या अचानक ही केशू केतकी, आतिश और रसीली के साथ अहमदाबाद जाकर नन्दिनी से मिल आते हैं।

दरअसल जिस दिन नन्दिनी का जन्म हुआ था, उसी दिन मुम्बई में केशू का पहला शो-रूम खुला था। ख़ुद केशू और केतकी की अपनी पुत्री न होने के कारण वह नन्दिनी को अपनी बेटी ही मानते हैं। यहाँ तक कि दो वर्ष पूर्व केशू ने मुम्बई के नामचीन वकील और अपने मित्र बृजभूषण मेहता के पुत्र शान्तनु मेहता से उसकी सगाई भी करवा दी, जो ख़ुद भी एक उभरता हुआ वकील था। इस सगाई पर आतिश और रसीली ने आपत्ति की थी, 'इतने बड़े घर में तुम लोगों ने रिश्ता तो तय कर दिया, लेकिन उनके मन का लगन करने की हमारी हैसियत ही कहाँ है?' इस पर केशू का जवाब था, 'पेली वात...तू मेरे से अलग है क्या जो तेरी और मेरी हैसियत में फर्क है? अने बीजी वात, तू नन्दिनी के लगन की चिन्ता क्यों करता है...यह तो उसके जन्म के साथ ही तय हो गया था कि जब भी लगन होगा, नन्दिनी का कन्यादान मैं ही करूँगा? इसलिए नन्दिनी के मामले में तू बीच में मत ही बोल।'

इस बात पर आतिश चुप रह गए थे, क्योंकि इसमें कोई सन्देह नहीं कि शान्तनु और नन्दिनी की जोड़ी हर तरह से बहुत अच्छी है।

शान्तनु बृजभूषण मेहता का एक बहुत लायक बेटा, छोटी बहन श्रीलता का अच्छा भाई और एक अच्छा वकील भी है। वह घर में हो या बाहर—अपने डैड और छोटी बहन का पूरा ख़याल रखता है। शान्तनु की माँ का स्वर्गवास बहुत पहले ही हो चुका है। छोटी बहन श्रीलता की शादी होकर टूट चुकी है और इसी कारण वह काफ़ी चिड़चिड़ी हो गई है। ऐसे टूटे-बिखरे घर को शान्तनु पूरी ज़िम्मेदारी से

सँभाले हुए है। नन्दिनी से रिश्ते के लिए 'हाँ' कहने से पहले बस उसने उससे एक ही बात कही थी, 'मेरे डैड की इज्जत करना और मॉम के बाद इस सूने पड़ चुके घर को एक हँसता हुआ घर बना देना।'...और नन्दिनी ने इस बात को मुस्कुराते हुए फ़ौरन ही स्वीकार भी कर लिया था—क्योंकि शान्तनु, जिसे वह बचपन से ही केशू काका के घर में आते-जाते देखती रही थी, उसे बहुत पसन्द था।

'सांधवी विला' के विशाल हॉल का इंटीरियर देखकर लगता है, जैसे आप गुजरात की किसी हवेली में आ गए हैं! हॉल का एक हिस्सा समुद्र की ओर खुलता है। उस तरफ़ बड़ी-बड़ी फ्रेंच विंडोज़ भी बनी हुई हैं। उन्हें इस तरह मेहराबदार बनाया गया है कि हर बड़े शीशे के बीच-बीच में नक्काशीदार खम्भों का अहसास होता है। पूरे हॉल में भी जगह-जगह मेहराब और खम्भे हैं। सामने पूरी दीवार पर राधा-कृष्ण और गोपियों के रास का चित्र बना हुआ है। समुद्र की ओर खुलनेवाली खिड़की के पास ही एक अंडाकार विशाल डायनिंग टेबल है, जिसके चारों तरफ़ बारह कुर्सियाँ लगी हुई हैं। हॉल से जुड़े कॉरिडोर में एक तरफ़ लिफ़्ट खुलती है और दूसरी तरफ़ ऊपर से आता ज़ीना। हॉल में दो-तीन जगह अलग-अलग तरह के सोफ़ा सेट रखे हुए हैं। इसी तल्ले के एक हिस्से में पूजा घर बना हुआ है, जहाँ श्रीनाथ जी की एक बड़ी मूर्ति के अतिरिक्त शिव जी, हनुमान जी, अम्बे माँ, सीताराम, साईंबाबा—लगभग सभी के चित्र भी रखे हुए हैं और सामने ही पालने में लड्डू गोपाल विराजमान हैं। बड़े-बड़े दक्षिण भारतीय शैली के दीपकों से मन्दिर सुरुचिपूर्ण ढंग से सजा हुआ है। मन्दिर के पास रखी गुजराती चौकी पर बैठी बा बड़े मनोयोग से पूजा का कोई बर्तन चमकाने में व्यस्त हैं। वह धीरे-धीरे गुनगुना रही हैं, 'नागर नन्दा जी ना लाल...रास रमन्ता म्हारी नाथणी खोवाणी...।'

डायनिंग टेबल के पास, आँखों पर चश्मा चढ़ाए बैठी केतकी डायरी में से नाम और फ़ोन नम्बर एक नोटबुक पर लिख रही है। तभी लिफ़्ट खुली और उसमें से केतन की पत्नी आयशा और मेहुल की पत्नी पारुल ड्रॉइंग हॉल में आईं। पारुल गर्भवती है। उसने पारम्परिक गुजराती तरीक़े से साड़ी बाँधी हुई है, वहीं आयशा जीन्स और टी शर्ट में है। दोनों के हाथों में शॉपिंग बैग है। आयशा 'माँ, माँ' कहती केतकी की तरफ़ बढ़ी, साथ ही पलटकर बा को देख बोली, "आप भी आइए न बा!"

बा बोलीं, "आवी।"

इस बीच केतकी ने चश्मा टेबल पर रखा और बहुएँ बैग में से सामान निकालकर टेबल पर रखने लगीं। बा भी आकर एक कुर्सी पर बैठ गईं। आयशा केतकी और बा के सामने साड़ियाँ रखते हुए बोली, "यह आप लोगों की साड़ियाँ, कल शाम के फंक्शन के लिए।"

केतकी फ़ौरन बोल उठी, "अरे बेटा, क्यों लाई यह साड़ी? पहले से ही कुछ साड़ियाँ तो ज्यों-की-त्यों रखी हुई हैं, उन्हीं में से कोई पहन लेती।"

''क्यों माँ, कल आपके पति का पचासवाँ बर्थडे है, तो आप क्या ऐसे ही कुछ भी पहन लेंगी? अरे, मैंने तो आपके लिए कल का ब्यूटीशियन से भी अपॉइंटमेंट ले लिया है, वह कल पाँच बजे यहाँ पहुँच जाएगी।''

बा हँसते हुए बोलीं, ''केतन नी व्हऊ...मेरी केतकी व्हऊ को सुन्दर दिखने के लिए कुछ भी करने की जरूरत नहीं है। इसे तो ठाकुर जी ने पहले ही इतना सुन्दर बनाया है कि फक्त चाँदला चूड़ी और सादी-सी साड़ी में ही यह स्वर्ग की अप्सरा लगती है।''

पारुल एक शेरवानी खोलकर सामने रखते हुए बोली, ''बा...माँ...यह देखिए, पापा के लिए मैंने यह शेरवानी पसन्द की है...अच्छी है न?''

''हाँ, अच्छी है...पर केशू के कपड़े वगैरह तो वकार और सचिन दीकरा लेकर आनेवाले थे?''

केतकी बोली, ''हाँ, इसको वापस करवा दो।''

पारुल का चेहरा उतर गया, यह देखकर बा बोलीं, ''कोई बात नहीं, यह वाली शेरवानी वह सवेरे पूजा के बाद पहन लेगा और दूसरीवाली शाम को। केतकी व्हऊ, मुझे तो सबसे बड़ी चिन्ता इस बात की है कि कोई खास मेहमान छूट न जावे।''

''नहीं बा! वैसे तो सचिन भाई बहुत ही जिम्मेदार इनसान हैं, फिर भी मैं एक लिस्ट तैयार कर रही हूँ। अगर यह नाम उनकी लिस्ट में नहीं होंगे तो वह इन्हें भी उसमें जोड़ लेंगे।'' पारुल बोली, ''माँ, कल सुबह का नाश्ता और दिन के खाने की पूरी लिस्ट मैंने महाराज जी को दे दी है।''

''वैसे सचिन भाई और वकार भाई को अब तक आ जाना चाहिए था। वह आएँ तो यह भी पता चले कि शाम की पार्टी के लिए उन्होंने केटरिंगवालों को खाने में क्या-क्या ऑर्डर किया है।''

तभी लिफ़्ट खुली और पीछे से वकार की ज़ोरदार खनकती आवाज़ उभरी, ''हम आ गए, हम आ गए!''

सभी ने मुड़कर देखा—वकार, जन्नत, सचिन और मन्दा लिफ़्ट में से बाहर आ उनकी ओर बढ़ रहे थे।

उन्हें देखते ही बा बोल पड़ीं, ''लो, नाम लिया और आ गए!''

सभी ने आगे बढ़ते बा के पैर छुए। बा ने आशीर्वाद दिया और दोनों बहुओं ने इन चारों के पैर छुए। पारुल यह कहते वहाँ से निकली, ''मैं पानी लेकर आती हूँ।''

वकार बोले, ''अरे दुल्हन, सिर्फ पानी से गुजारा नहीं होगा...बढ़िया-सी चाय और खाने के लिए भी कुछ लाओ!''

इस पर जन्नत बोली, ''अरे दोपहर का खाना खाए अभी दो घंटे भी तो नहीं हुए हैं आपको, फिर...?''

यह सुनकर वकार बोले, "देखा बा, देखा, आपकी बहू कितनी टोका-टाकी करती है? अब क्या कहें, इतना बेकार खाना बना था आज का कि हम तो भूखे ही रह गए!"

जन्नत सच में ही ग़ुस्से में भर उठी। वह बा के सामने रोते-रोते वकार की शिकायतों के ढेर लगाने लगी।

बा जन्नत को लिपटाते और वकार को डाँटते बोलीं, "खबरदार जो मेरी जन्नत व्हऊ को रुलाया! जरा सचिन को देख, कितना ध्यान रखता है मन्दा व्हऊ का! एक दिन शरमाते बता रही थी कि रोज शाम को इसके लिए गजरा लेकर आता है।"

यह सुनते ही मन्दा और सचिन नए जोड़े की तरह शरमा गए। इसी बात पर कुछ सोचकर केतकी ख़ुद में ही सिमटने लगी। उसे ख़याल आया है कि किसी भी शुभ अवसर पर जब घर की औरतें मेहँदीवाली से मेहँदी लगवाती हैं, या पार्लर जाती हैं तो केतकी को हमेशा कोई न कोई बहाना ढूँढ़कर रखना पड़ता है, क्योंकि बरसों से केशू कमरा बन्द करके ख़ुद ही उसे मेहँदी लगाते हैं। आज सुबह उठते ही उन्होंने कहा था, 'मेहँदी पिसवा के रखना, डिनर के बाद तुम्हें लगाऊँगा।' कितना प्यार करते हैं यह मुझे! लगता ही नहीं कि हमारे लगन को तीस साल होनेवाले हैं। उसका ध्यान तब टूटा जब सभी के हँसने की आवाज़ें हॉल में गूँजने लगीं। केतकी ने देखा, महाराज जी और दीपेश ने दोनों बहुओं की सहायता से गरमा-गरम जलेबी और भजिया मेज़ पर लगाकर रख दिये। सभी उस नाश्ते पर मानो टूट पड़े तभी दूर से आती केशू भाई की आवाज़ ने सबको चौंका दिया, "बा, आज इतवार थोड़े ही है जो यह सब-के-सब यहाँ हाथ साफ करने चले आए?"

केशू भाई के इन शब्दों को सुनकर सभी सन्न रह गए।

वकार ने धीरे से कहा, "यह ऑफिस से इतनी जल्दी कैसे आ गया बा? आठ-नौ बजे के पहले तो घर में घुसता नहीं।"

इतने ही धीरे से केतकी भी बोली, "आधे काम तो अभी रह ही गए।"

सबको देख केशू भाई ने कहा, "क्यों भई, मेरे आते ही सबको साँप क्यों सूँघ गया?"

बा बोलीं, "मेहुल और केतन कहाँ हैं?"

पलभर के लिए केशू भाई के चेहरे पर तल्ख़ी-सी उभरी लेकिन वह ख़ुद को फ़ौरन ही सँभालते हुए बोले, "उन लोगों को ऑफिस में अभी बहुत काम था। मैं फ्री हो गया तो चला आया।"

तभी सचिन बोले, "आ जा, नाश्ता अभी गर्म ही है।"

"अभी जरा कमरे में जाकर आता हूँ।" केशू भाई वहाँ से चले गए।

अब केतकी बोली, "सचिन भाई, वकार भाई...और तो कोई खास काम नहीं रह गया, बस, जरा पूछना था, कल शाम की पार्टी के लिए केटरर को मेन्यू क्या

दिया है और गेस्ट लिस्ट भी मिलकर चेक करनी थी और सभी कार्ड बँट गए हैं या नहीं?''

वकार बोले, ''भाभी, हम कौन से अभी यहाँ से जानेवाले हैं! मौका मिलते ही कहीं भी दस मिनट के लिए बात कर लेंगे।''

अब बा ने उठकर लिफ़्ट की तरफ़ जाते हुए कहा, ''चालो व्हऊवो, तुम सब मेरे कमरे में आ जाओ।''

बा की बात सुनकर सारी औरतें आपस में बतियाती बा के पीछे-पीछे चल दीं।

उस दिन शाम तक वकार, सचिन, उनकी पत्नियाँ और केतकी बा के कमरे में ही रहे और अगले दिन की सभी तैयारियों के बारे में पक्की बातचीत कर डाली। सभी इस बात से ख़ुश थे कि इस बीच केशू उस कमरे में नहीं आए, क्योंकि सचिन और वकार यह मानकर चल रहे थे कि वह सब अपने मित्र को कल के लिए कोई सरप्राइज देनेवाले हैं, जब कि केतकी यह जानती थी कि केशू को अच्छी तरह याद है कि कल अक्षय तृतीया है—यानी उसका जन्मदिन, फिर भी यह बात बताकर वह किसी का उत्साह कम नहीं करना चाहती थी। अपने कामों में व्यस्त रहते हुए भी सभी के मन में रह-रहकर यह सवाल भी उठ रहा था कि आज केशू सबको छोड़कर अचानक अपने कमरे में कैसे चले गए? गए सो तो ठीक, पर इतनी देर में एक बार यहाँ झाँका तक नहीं। घड़ी को देखते हुए वकार केतकी से बोले, ''केक का ऑर्डर देना है भाभी, इसलिए अभी निकलना होगा।''

जल्दी-जल्दी शाम की चाय पीकर वकार और सचिन अपनी पत्नियों के साथ अगले दिन आने की बात कहकर चले गए।

रात में घर के सब कामों से निपटकर केतकी अपने कमरे में घुसी—एक हाथ पीछे किए हुए। उसने देखा, केशू एक शानदार पैडस्टिल लैम्प के क़रीब रखे सोफ़े पर किसी फ़ाइल में आँखें गड़ाए बैठे हैं। वह उसमें इतने लीन हैं कि केतकी के दरवाज़ा बन्द करके आने की आहट भी उन्हें नहीं हुई। केतकी को यह बात इसलिए अटपटी लगी, कि सामान्यत: वह केतकी की प्रतीक्षा करते ही मिलते थे और आज के लिए तो इन्होंने ख़ुद ही कहा था कि मेहँदी तैयार रखना। क़रीब जाकर केतकी ने जैसे ही उनके कन्धे पर हाथ रखा, केशू चौंक गए, यहाँ तक कि केशू के इस तरह चौंकने से केतकी भी घबरा गई और बोली, ''शूँ वात छे मेहुल ना पप्पा?''

ख़ुद को सहज दिखाते केशू बोले, ''ना-ना...कुछ नहीं।''

केतकी उनके क़रीब ही बैठकर उनकी तरफ़ देखने लगी।

केतकी को एकटक अपनी ओर देखते हुए केशू बोले, ''ऐसे क्या देख रही है?''

''तुम्हारी तबीयत तो बरोबर है न?''

''हाँ-हाँ, मुझे क्या होना है?''

केतन, पारुल और आयशा—सभी ने आगे बढ़कर केशू के पैर छूते हुए कहा, ''हैप्पी बर्थ डे पप्पा!''

''जन्मदिवस की शुभकामनाएँ पप्पा!''

''अरे, आज तो आपका बहुत स्पेशल बर्थ डे है—फिफ्टीएट बर्थ डे!'' केतन पिछले दिन की खटास मिटाने के लिए अचानक ही लड़ियाते हुए पिता से लिपट गया और बोला, ''आई लव यू पप्पा!''

केशू ने भी केतन को सीने में भींच लिया । मेहुल थोड़ा संकोची स्वभाव होने के कारण पीछे खड़ा रहा। यह देख केतकी उसकी पीठ पर हाथ रखकर आँख के इशारे से बोली, 'तू भी जा न पप्पा के पास!'

मेहुल सकुचाता हुआ आगे बढ़ा और केशू भाई के पैर छूने के लिए झुका तो केशू ने उसे भी सीने से लगा लिया। बा ने सभी को आज का विशेष प्रसाद दिया, फिर केतकी से पूछा, ''दोपहर के भोजन पर आतिश, सचिन, वकार—यह सब आ रहे हैं न?''

केशू ने कहा, ''बा, तू इस सबकी चिन्ता मत कर। रसोड़े में बनते व्यंजनों की खुशबू इन सब तक कब की पहुँच चुकी होगी।''

सन्ध्या समय 'सांधवी विला' सुगन्धित फूलों की सजावट और रोशनी से नहाया हुआ था। बँगले के बाहरवाले लॉन के बीचोबीच रखी एक मेज़ पर फूलों की विशेष सज्जा की गई थी। इसके चारों ओर बड़ी संख्या में गोल आकार की मेज़-कुर्सियाँ लगाई गईं, जिन पर सुरुचिपूर्ण मेज़पोश बिछे हुए थे। दो पंक्तियों में लगी मेज़ों पर केटरर्स ने भोजन की व्यवस्था लगभग कर दी थी। केशू भाई को छोड़कर परिवार के सभी पुरुष—जिनमें आतिश, सचिन और वकार भी शामिल थे—बाहर आ गए और सारी व्यवस्थाओं पर अन्तिम दृष्टि डालने लगे। जिसे जो कमी लगी, उसे तुरन्त ही पूरा करवाने का प्रयास करने लगे। थोड़ी ही देर में मेहमानों की गाड़ियाँ आने का सिलसिला भी शुरू हो गया। आतिश, केतन, मेहुल उनका स्वागत करते हुए उन्हें बैठने को कहने लगे। धीमे-धीमे चलता संगीत वातावरण में जैसे मिठास घोल रहा है। वकार और सचिन ने वेटर से मेहमानों तक स्टार्टर्स पहुँचाने का आदेश दे दिया, जिनमें विभिन्न प्रकार के व्यंजन और सॉफ़्ट ड्रिंक्स थे। अचानक ही सचिन की दृष्टि बीचवाली मेज़ पर पड़ी और वह वकार से बोला, ''चल, अन्दर से केक लाकर टेबल पर रख देते हैं।''

इतना सुनते ही वकार अपने सिर पर हाथ मारते हुए बोले, ''या अल्लाह, केक अभी आया ही कहाँ है, वह तो फैजान लेकर आनेवाला था और लाट साहब अभी तक पहुँचे नहीं हैं!''

सचिन यह सुन घबरा गया और बोला, ''तो फोन लगाकर पूछो न उससे फौरन...''

अन्दर हॉल में बा जन्नत और मन्दा के साथ तैयार बैठी हुई थीं और बार-बार ज़ीने की तरफ़ देखते कहे जा रही थीं, ''आयशा, पारुल, केतकी अने केशू हजी पण नथी आव्या।''

तभी लिफ़्ट में से आयशा और पारुल सजी-धजी मुस्कुराते बाहर आईं।

जन्नत उन्हें देखकर बोली, ''आयशा, पारुल, तुम लोग भाईजान और केतकी भाभी को लेकर नहीं आईं?''

आयशा ने पारुल को देखते हुए कहा, ''सॉरी आँटी! हमें लगा, हम ही लेट हो रहे हैं...मम्मी-पप्पा तो अब तक बाहर लॉन में पहुँच भी गए होंगे।''

बा के चेहरे पर मुस्कान उभर आई, जिसे दबाते हुए वह बोलीं, ''चलो, कोई बात नहीं। तुम दोनों अपनी जन्नत काकी और मन्दा काकी को लेकर बाहर चलो, मैं केशू और केतकी को लेकर आती हूँ।''

पारुल बोली, ''पर बा, आपको अकेला छोड़कर?''

''अरे, ना-ना, मैं अकेली नहीं हूँ! रेवती रसोड़े में मेरे लिए पानी लेने गई है, उसके साथ आ जाऊँगी।''

बहुएँ जन्नत और मन्दा के साथ ड्राइंगरूम से बाहर निकल गईं।

बा के चेहरे पर मुस्कुराहट खिल गई और वह मन्दिर की तरफ़ देखते हुए, हाथ मरोड़कर नज़र उतारने के अन्दाज़ में बुदबुदाईं, ''हे श्रीनाथ जी महाराज, दीकरे व्हऊ ने कोई नी नजर न लागे!''

केशू भाई और केतकी अपने कमरे में तैयार हो टकटकी बाँधे एक-दूसरे को निहार रहे थे। केशू ने केतकी के दोनों हाथ प्यार से थामे हुए थे। अचानक ही केतकी का मोबाइल बजा, उसने चौंककर मोबाइल उठाया, ''हाँ, केतन...हाँ, बस आ रहे हैं...नहीं-नहीं, फक्त बे मिनट माँ,'' फिर फ़ोन बन्द कर झुँझलाते हुए केशू से बोली, ''कितनी देर से कह रही हूँ, मेहमान आ गए हैं, सब हमें पूछ रहे हैं, नीचे चालौ...और तुम हो कि मेरा हाथ ही नहीं छोड़ रहे।''

केशू भाई मुस्कुराते हुए बोले, ''तेरा हाथ छोड़ने के लिए थोड़े ही पकड़ा था?''

''ख़बर छे...हाथ पकड़े हुए ही सही, नीचे तो चलो!''

''पता नहीं क्यों, मुझे डर लग रहा है।''

''किस बात का...''

केशू बोले, ''सुन्दर तो तू पहले ही है, लेकिन आज इतनी सुन्दर लग रही है कि सब तुझे ही देखेंगे। इस बेचारे बर्थ-डे बॉय की तरफ तो कोई नजर ही नहीं उठाएगा।''

इस पर केतकी हँसते हुए केशू के सीने से लग गई और बोली, ''मुझसे जलते हो?''

''ना...वह तो दूसरे जलते होंगे, यह सोचकर कि केशू भाई सांधवी जैसे लंगूर को स्वर्ग की यह अप्सरा कहाँ से हाथ लग गई!''

केतकी इतराते हुए बोली, ''यह बात! तो अब इस अप्सरा का कहना मानकर यहाँ से चलिए वर्ना मैं अकेली ही चली जाऊँगी।''

केतकी ने जैसे ही एक क़दम आगे बढ़ाया, केशू ने केतकी को अपनी तरफ़ मोड़कर उसके माथे को चूम लिया और बोले, ''बस, अब तुझे किसी की नजर नहीं लगेगी, चाल हवे।''

लॉन ख़ूबसूरती से सजा था। लगभग सभी मेहमान आ चुके थे और केशू भाई का बेसब्री से इन्तज़ार कर रहे थे। इसलिए जैसे ही केशू को केतकी के साथ आते देखा, सभी फ़ुर्ती से उठकर उनकी तरफ़ बढ़ गए और शुभकामनाओं की बरसात होने लगी। आज के इन अतिथियों में महानगर के विभिन्न क्षेत्रों के जाने-माने व्यक्ति, हीरा व्यवसायी और ऑफ़िस के कर्मचारी भी उपस्थित थे।

इधर केशू, आतिश और परिवारी जन मेहमानों के साथ व्यस्त थे, तो उधर सचिन देशमुख और वकार केक को लेकर परेशान, क्योंकि फ़ैज़ान न तो अभी तक ख़ुद पहुँचा था, न ही उसका फ़ोन लग रहा था। सचिन ने घड़ी देखी और फिर एक तरफ़ खड़े हँसते-बोलते जमावड़े को देखकर सोचने लगे, एक घंटे का समय मिल जाए, तो भागकर बान्द्रा चला जाऊँ और केक ले आऊँ...हाँ, ऑर्डर से बनवाया ख़ास केक तो नहीं मिलेगा, फिर भी काम तो चलाना ही है। इसी बीच दूसरी ओर से उठे हँसी-ठहाके पर ध्यान जाते ही वकार ग़ुस्सा दबाते हुए बोले, ''सचिन, इस वक्त अगर यह केक का मसला खड़ा न होता, तो हम लोग भी वहाँ मजा कर रहे होते।''

तभी उनके कानों में एक आवाज़ पड़ी, दोनों ने मुड़कर देखा तो एक युवा केशू भाई से बात कर रहा था, ''सर, आपके बारे में सुना तो बहुत है, लेकिन आपके दर्शन आज पहली बार कर रहा हूँ...मैं एक छोटा-मोटा पत्रकार हूँ, अभी इस फील्ड में आया हूँ...लेकिन अपने पिता के मुँह से आपके बारे में बहुत-कुछ सुन चुका हूँ...वह अपने समय के काफी बड़े पत्रकार थे।''

केशू भाई उत्सुकता से उस युवा से बोले, ''दीकरा, अभी तक तुमने न तो अपना नाम बताया, न ही अपने पिता का...और यह छोटा-मोटा पत्रकार क्या बात हुई, किसी भी काम की शुरुआत में सभी छोटे-मोटे ही होते हैं। वह तो परिश्रम और भाग्य जब मिलते हैं, तो आदमी कुछ बन जाता है। फिर भी मैं भाग्य से ज्यादा कर्म में ही विश्वास रखता हूँ।''

यह सुन वह युवा पत्रकार बोला, ''जी, मेरा नाम सुभाष है...और मेरे पिता जी का नाम प्रभात कुमार सिंह था।''

यह सुन केशू भाई प्रसन्न होकर बोले, ''अरे, वाह! मेरी उनसे भेंट हो चुकी है...बड़ी ईमानदार कलम थी उनकी और ईमानदारी की मैं बहुत कदर करता हूँ। लोग कहते हैं, बड़ा आदमी बनने के लिए साम, दाम, दंड, भेद—कोई भी हथकंडा अपनाने से पीछे नहीं हटना चाहिए। बेशक, कारोबार करना दिमाग का काम है, पर

मैंने अपने दिल को कभी अनसुना भी नहीं किया। सीधी बात—या तो किसी आदमी पर विश्वास किया जा सकता है, या अविश्वास। इसके बीच का कोई भी भाव मुझे पसन्द नहीं। अपनी सोच में मैं शुरू से ही बहुत पक्का रहा हूँ बेटा! जिस दिन सोच लिया, कुछ बड़ा करना है तो बस, उसी में जुट गया। लेकिन हाँ, कुछ करने और बड़ा सोचने की बात पहली बार जिसने मेरे मगज में डाली, वह है यह आतिश पटेल—मेरा बचपन का दोस्त और उससे भी कहीं ज्यादा...'' फिर आतिश को बाँहों में समेटते हुए बोले, ''इसके बिना मैं अधूरा हूँ।'' यह कहते केशू का गला भर आया।

आतिश संकोच में गड़े जा रहे थे। आतिश की पीठ थपकते आगे केशू बोले, ''आज भी इससे सलाह किए बिना मैं कोई काम नहीं करता। कभी-कभी तो इसकी चुप्पी ही इसका जवाब होता है, जिसे मैं समझ लेता हूँ।''

सुभाष ने पूछा, ''सर, आपके इतने बड़े बिजनेस में आतिश पटेल जी किस पद पर काम करते हैं?''

केशू भाई आतिश को देखते हँसते हुए बोले, ''हाँ, बिजनेस तो मेरी ही है लेकिन यह सबसे ऊँचे पद पर है, मुझसे भी ऊपर, इसीलिए बड़ी लम्बी नाक लगाए घूमता है। मेरा ही नहीं, बा का बल्कि पूरे परिवार का मन था कि हम सब, मेरा और आतिश का परिवार, इस बँगले में साथ-साथ रहेंगे, पर ना। घर के नक्शे में से दो माले काटकर बोला, 'अगर दोस्ती लम्बे समय तक निभानी है तो दोस्तों के बीच में एक दीवार की दूरी तो होनी चाहिए।'''

लोग एक-दूसरे को देखते इस बात पर वाह-वाह कर रहे थे। तभी बा को देखकर वकार बोले, ''बा, मैं और सचिन जरा काम से बाहर जा रहे हैं। बस, गए और आए।''

''पेला इधर आओ।'' दोनों सकपकाए से बा की तरफ़ बढ़े।

सुभाष उन दोनों को देखकर केशू भाई से पूछ बैठा, ''केशू भाई, जिन्होंने अभी आपकी माता जी को बा बुलाया, ये कौन हैं?''

सचिन और वकार को देखते केशू भाई ठहाका लगाते हुए बोले, ''बा बुलाया है, तो बा के बेटे ही होंगे, केम बा?''

बा जो कुर्सी पर बैठी थीं, आतिश, केशू, वकार और सचिन की ओर देखकर बोलीं, ''आ चारों म्हारा दीकरा छें।'' फिर एक तरफ़ खड़ी केतकी, रसीली, जन्नत और मन्दा को दिखाते बोलीं, ''और ये चारों मेरी व्हुएँ।''

सुभाष हैरानी से बोला, ''सर, मैंने तो सुना था, आप अपने माता-पिता की एक मात्र सन्तान हैं?''

केशू टोकते हुए बोले, ''जन्म से मैं अवश्य बा की अकेली सन्तान हूँ, लेकिन कर्म से इन्हें पहले आतिश मिला और फिर सचिन और वकार। मैंने तो सूरत के स्कूल में मात्र छठी तक की पढ़ाई गुजराती माध्यम से की थी...और गुजराती लिखना-पढ़ना ही जानता था। फिर जब मुम्बई आकर पहला खाता खुलवाने बैंक

गया, तो वहाँ सचिन ने मेरी बहुत मदद की और यह वकार अहमद...जब थोड़ा पैसा जमा हो गया तो गाड़ी खरीदने का शौक चढ़ा...नई गाड़ी खरीदने के पैसे तो थे नहीं, किसी ने जोगेश्वरी के एक गैराज का पता बताया और कहा, वहाँ सेकंड हैंड गाड़ियाँ सही दाम पर मिल जाती हैं, वह गैराज इसी का था। मेरी वह पहली गाड़ी आज भी मेरी महबूबा बनी बाकी गाड़ियों के साथ खड़ी है और वह उसी दिन सड़क पर निकलती है जिस रोज मुझे जन्नत भाभी के हाथों की बनी मसाला चाय पीने की हुड़क उठती है। मैं और मेरी पत्नी मजे से पुराने गाने सुनते हुए वरली से वकार के घर जोगेश्वरी चले जाते हैं। पहले खार में सचिन का घर, सांताक्रूज में आतिश का घर, और फिर जोगेश्वरी में वकार का घर। इसलिए वकार जन्नत भाभी के साथ अपने घर से निकलकर, आतिश और रसीली भाभी, और फिर सचिन और मन्दा भाभी को अपनी गाड़ी में लेते हुए यहाँ पहुँचता है। लगभग हर रविवार को बा अपने बेटे-बहुओं से मिलती हैं, उन्हें खूब लाड़ करती हैं, और सेवा करवाती हैं।''

बीच में वकार बोल उठे, ''बस, एक ही बात बहुत गलत है। बा के लाड़-प्यार ने हमारी बीवियों को इतना बिगाड़ दिया है कि बा से मिली नहीं कि भीगी बिल्ली से शेरनी बन जाती हैं...अपने मियाँओं की शिकायत-पर-शिकायत लगाती हैं।''

वकार की बात सुन सभी हँस पड़े और जन्नत वकार को प्यार-भरे ग़ुस्से में घूरने लगी।

तभी गेट के बाहर कार का हॉर्न सुन सभी का ध्यान उधर गया। गार्ड ने गेट खोल दिया। एक कार अन्दर आई जिसमें से कोई उतरा, लेकिन सूरत से पहले सामने केक का एक बहुत बड़ा बॉक्स नज़र आया जिसे देखते ही सचिन और वकार तेज़ी से उस तरफ़ लपकते हुए बोले, ''लगता है, फैजान केक ले आया।''

वे दोनों कार के पास पहुँचे तो ड्राइविंग सीट की तरफ़ से दरवाज़ा खोलकर शान्तनु बाहर आया, ''नमस्ते, अंकल!''

केक का बड़ा-सा बॉक्स नीचे कर खिलखिलाती हुई नन्दिनी ने भी वकार और सचिन का अभिवादन किया। दूर से नन्दिनी पर नज़र पड़ते ही केशू भाई 'नन्दिनी दीकरा' कहते तेज़ी से उनकी तरफ़ भागे चले आए और वकार उनके पहुँचने से पहले ही नन्दिनी से केक का बॉक्स लेकर वहाँ से चल दिये।

केशू नन्दिनी को गले लगाते प्रेम से गद्‌गद हो बोले, ''तू अचानक कैसे आ गई दीकरा, तेरी तो परीक्षा चल रही है?''

''कैसे नहीं आती काका? आज कितना स्पेशल डे है! वैसे भी आज मेरा लास्ट पेपर था।''

''अरे तो फोन कर दिया होता, गाड़ी एअरपोर्ट पहुँच जाती!''

प्यार से शान्तनु को देखते नन्दिनी बोली, ''वह काका...शान्तनु ने कहा, यह मुझे रिसीव करने आ रहे हैं।''

तभी एक भारी-सी आवाज़ सुनाई दी, "शान्तनु, तुमने तो घर पर फोन किया था कि तुम अपने किसी क्लाइंट के साथ बिजी हो, लेट आओगे?"

शान्तनु और केशू ने एक साथ घूमकर देखा, शान्तनु के पिता और केशू के पुराने मित्र बी.बी. यानी बृजभूषण मेहता खड़े थे, जिन्हें देखते ही शान्तनु झेंपकर मुस्कुराने लगा और केशू भाई बी.बी. के कन्धे पर हाथ रख बोले, "वकील साहब, यह तो बहुत छोटा-सा बहाना है! क्या मैं जानता नहीं, जवानी के दिनों में आप क्या-क्या गुल खिलाया करते थे...आए दिन झूठ बोल-बोलकर भाभी को सरप्राइज दिया करते थे?"

अचानक ही बी.बी. गम्भीर हो गए, "शायद इसीलिए नाराज होकर वह इतनी जल्दी मुझे छोड़कर इस दुनिया से चली गई।"

बी.बी. की आँखों में आँसू तैरते देख एक तरफ़ शान्तनु और दूसरी तरफ़ से नन्दिनी उनसे लिपटते हुए बोले, "प्लीज, डैड...!"

बी.बी. ख़ुद को सँभालते हुए बोले, "सॉरी, बेटा, केशू भाई की बात सुन थोड़ा इमोशनल हो गया था।"

केशू सभी को अपने साथ लिये मेहमानों की तरफ़ बढ़ गए।

इस बीच वकार और सचिन बर्थ डे केक टेबल पर रख चुके थे। वकार ने ज़ोर से केशू भाई को पुकारा, "अमाँ केशू मियाँ, अब यहाँ आकर यह केक भी काट दो!"

"हाँ, चालो, चालो," कहते सभी केशू भाई के साथ केकवाली टेबल तक आ पहुँचे। उनके हाथ में छुरी पकड़ाई गई तो वह यहाँ-वहाँ देखते हुए बोले, "बा...बा, क्याँ छे?"

केतकी बा का हाथ पकड़कर उसी तरफ़ आ गई। दोनों केशू के दाएँ-बाएँ आ खड़ी हुईं, और केशू का हाथ पकड़कर केक कटवाया। 'हैप्पी बर्थ डे टू यू' का म्यूज़िक गूँजने लगा, तो सभी मेहमान तालियाँ बजा साथ गाने लगे। बा ने केशू को केक खिलाया और केशू ने बा और केतकी को। एक साथ कितनी तस्वीरें खिंचने लगीं। केशू ने बा के पैर छुए।

फ़ोटोग्राफ़र ने फ़ैमिली फ़ोटोग्राफ़ खींचने के लिए सबको क़रीब आने के लिए कहा, तो केशू, बा, केतकी के पास पहले सिर्फ़ मेहुल, पारुल, केतन और आयशा ही आकर खड़े हुए, पर केशू भाई ने यहाँ-वहाँ देखते पुकारा, "नन्दिनी, अइयाँ आव।"

नन्दिनी केशू के पास जैसे ही आकर खड़ी हुई, केशू भाई ने पत्रकार सुभाष से कहा, "यह तो सभी जानते हैं कि मेहुल और केतन मेरे बेटे हैं, लेकिन यह बात कुछ ही लोग जानते हैं कि मेरी एक बेटी भी है, जिसके जन्मदाता भले ही आतिश पटेल और उनकी पत्नी हैं लेकिन इसके जन्म के समय ही यह बात हममें नक्की हो गई

थी कि नन्दिनी मेरी दीकरी कहलाएगी और इसका कन्यादान भी मैं ही करूँगा।'' फिर वह शान्तनु को देखते हुए बोले, ''और ठाकुर जी चाहेंगे तो यह अवसर भी शीघ्र ही आएगा।''

8

अगली सुबह थके-हारे मेहुल और केतन तो देर सुबह तक अपने-अपने कमरों में सोए हुए थे, पारुल और आयशा भी, लेकिन बा, केशू और केतकी अपने नियमानुसार जाग गए थे और केशू की बाल्कनी में उनकी चाय का दूसरा दौर चल रहा था, साथ ही कल के फंक्शन की बातें भी। एकाएक ही जैसे केशू को कुछ याद आया, ''मैंने तो किसी काम में हाथ तक नहीं लगाया। जो किया, आतिश, वकार और सचिन भाई ने...जरा इनसे पूछूँ तो सही, कितना थके।''

आतिश के घर में मोबाइल की घंटी बजी, हाथ का अख़बार छोड़ते आतिश ने फ़ोन उठा लिया, ''हाँ, बोल।''

हँसते हुए केशू बोले, ''आतिश, तू पक्को वाणियों छे, फक्त काम की बात करता है। अरे, मैंने तो बस इसलिए फोन लगाया कि तुम लोगों ने कल इतने बड़े फंक्शन की तैयारी कर डाली और मुझे कानों-कान खबर नहीं पड़ी! अचानक से नन्दिनी भी आ गई, तब्यत खुस कर दी यार! तने एक बात और बोलूँ, कल जब नन्दिनी और शान्तनु को साथ-साथ खड़े देखा तो लगा, साक्षात् सीता-राम की जोड़ी सामने खड़ी है...खूब सरस!''

यह सुन आतिश बोले, ''हाँ-हाँ, ठीक छे, ठीक छे...और कोई बात, कि मैं अखबार पढ़ लूँ?''

''हाँ-हाँ, तू तो अखबार ही पढ़।'' फ़ोन बन्द करते केशू भाई बोले और मन-ही-मन बुदबुदाए, 'यह आतिश भी न, बस, काम की बातों से ही खुश रहता है...बीजू कई ती ऐमने मतलब नथी।'

अब केशू भाई ने दूसरा नम्बर लगाया। नम्बर लगते ही चहककर बोले, ''सलामवालेकुम जनाब वकार अहमद!''

दूसरी तरफ़ अपने अच्छे-ख़ासे बड़े घर में, जिसके पीछे ही उनका गैराज भी था ,वकार बग़ीचे में पड़ी खाट पर बैठे चाय पी रहे थे और पास में ही कुर्सी पर बैठी जन्नत सब्ज़ी काट रही थी। फ़ोन सुनते ही केशू से दुगुना चहकते हुए वकार बोले, ''वालेकुमसलाम केशू मियाँ! क्या चल रहा है?''

''अरे यार, मैं तो कल रात के माहौल से बाहर ही नहीं निकल पा रहा हूँ...तुम सबने मिलकर खूब रंग जमाया।''

''क्यों नहीं जमाते मियाँ, हमारे यार ने जिन्दगी के पचास खूबसूरत साल जो

गुजार डाले! हम तो बस, अल्लाह से तुम्हारे सौ साल पूरे होने की दुआ के लिए ही इकट्ठा हुए थे।''

''अरे, हाँ, मैं यह बोल रहा था कि संजना का तो राजकोट से दिन में ही फोन आ गया था, सचिन भाई की मंजरी और दामाद जी ने भी अमेरिका से बात की थी, नन्दिनी ने तो ऐन वक्त पर आकर तब्यत ही खुस कर दी...जन्नत भाभी ने परसों ही बता दिया था कि हिना बिटिया एक्जाम देते ही अपने मामू के यहाँ इलाहाबाद चली गई, लेकिन यह बताओ मियाँ, फैजान कहाँ रह गया? या फिर भीड़भाड़ में मैं ही उसे नहीं देख पाया?''

यह सुनते ही वकार ने आँखें तरेरकर जन्नत को देखते हुए कहा, ''लो बेगम, तुम्हीं बताओ केशू को कि कल फैजान जश्न में शरीक क्यों नहीं हुआ।''

अचानक फ़ोन हाथ में आ जाने से जन्नत हड़बड़ा-सी गई और फ़ोन पर अटक-अटककर बात करने लगी, बीच-बीच में वकार को भी देख लेती, ''वह, भाईजान, दरअसल इम्तहान चल रहे हैं न... तो फैजान दोस्त के साथ पढ़ाई करने के लिए उसके घर चले जाते हैं...आने में देर हो जाती है, इसीलिए... ।''

वकार उसे ऐसे घूर रहे थे, जैसे खा ही जाएँगे।

केशू जन्नत की बात सुनते ही बोले, ''ना-ना, भाभी, इतना परेशान होने की जरूरत नहीं है। मैं तो बस ऐसे ही पूछ रहा था...वात आम छे, ऐसे ही मौके होते हैं, जब अपने सारे बच्चे एक साथ दिख जाते हैं तो अच्छा लगता है...जरा वकार को फोन देना।''

जन्नत ने मुँह फुला वकार की तरफ़ फ़ोन बढ़ा दिया और वकार ने फ़ोन लेकर चुपचाप अपने कान से लगा लिया।

उधर केशू प्रेम-विह्वल होकर बोले, ''वकार, हू आम बोलूँ छूँ...हम चारों में जो प्रेम है, वैसा ही हमारे बच्चों में भी बना रहे...चल, अभी जरा सचिन भाई के यहाँ भी बात करनी है।'' यह कहकर केशू भाई ने फ़ोन काट दिया।

उधर वकार तैश में खाट से उठते जन्नत को उँगली दिखाते बोले, ''तुम यह जो कर रही हो न जन्नत, ठीक नहीं कर रही हो। हम देख रहे हैं, हमेशा ही तुम बेटे की करतूतों पर पर्दा डालती रहती हो। जिस दिन हाथ से निकल जाएगा, रोती रहना। कोई सुनवइया नहीं मिलेगी।'' यह कहकर वह लॉन से घर के अन्दर चले गए।

सचिन अभी भी सोए हुए थे। मन्दा रसोई में थी। मोबाइल उनके पास ही रखा हुआ था। घंटी बजते ही हाथ पोंछकर फ़ोन उठाकर मन्दा ने हॅलो कहा, दूसरी तरफ़ केशू भाई थे। मन्दा की आवाज़ सुनकर बोले, ''अरे मन्दा भाभी, सचिन के फोन पर भी आपका कब्जा?''

''कब्जा-वब्जा कुछ नहीं केशू भाई, यह अभी सो रहे हैं...जग न जाएँ इसीलिए इनका मोबाइल अपने पास रख लिया था...उन्हें जगाऊँ क्या?''

''नहीं-नहीं, भाभी, ऐसी कोई खास बात नहीं है...बस, यूँ ही फोन किया था...बाद में बात करता हूँ।'' फ़ोन बन्द हो गया।

लेकिन फिर से दोबारा बज उठा। इस बार फ़ोन उठाकर हॅलो कहने के साथ ही मन्दा एकाएक गम्भीर हो गई। कुछ देर तक वह चुपचाप फ़ोन सुनती रही। उसके आँसू बह रहे थे, फिर उसने अचानक ही फ़ोन बन्द करके पल्लू से आँखें पोंछ लीं।

अपने कमरे में केतन लैपटॉप में फ़ाइलें चेक कर रहा है। आयशा अपने कपबोर्ड का सारा सामान बेड पर फैलाए बड़बड़ा रही है, ''सुबह से रात हो जाती है लेकिन इस घर के काम ही नहीं निबटते। इस चक्कर में मुझे अपनी चीजें सँभालने के लिए टाइम ही नहीं मिलता।''

आँखें लैपटॉप में गड़ाए ही केतन बोला, ''आयशा, अपने हाथ से बनाई एक कप कॉफी पिला दे न!''

आयशा चिढ़कर बोली, ''किचन में ही इंटरकॉम लगा है...महाराज जी को बोलो, वह कॉफी बनाकर दीपेश के हाथों भिजवा देंगे।''

''महाराज कॉफी अच्छी नहीं बनाते, तभी तो तुमसे बोल रहा हूँ...जा, जल्दी।''

''नो वे...घर में छह-छह नौकरों के होते घर की बहुओं को नौकरानी बनाकर रखा हुआ है तुम लोगों ने। घर के मेम्बर्स जो हैं, वे तो हैं ही, लेकिन बा के वह सो कॉल्ड तीनों बेटे और उनके फैमिली मेम्बर्स ऐसे ऑर्डर चलाते हैं, जैसे सच में ही उनका घर है!''

केतन ग़ुस्से में डाँटते हुए बोला, ''शटअप आयशा! मैं बचपन से ही पप्पा के इन फ्रेंड्स को इसी तरह फैमिली का हिस्सा बने देख रहा हूँ...और यह बात मैं तुम्हें शादी से पहले भी बता चुका था कि मैं ज्वाइंट फैमिली में रहता हूँ।''

''हाँ, बताया था तुमने, लेकिन तुमने यह भी कहा था कि तुम्हारे और भी बहुत सारे अपार्टमेंट्स हैं। मुझे लगा, थोड़े दिनों बाद ही हम किसी अलग घर में शिफ्ट कर जाएँगे।''

''अगर तुम्हें ऐसा लगा था तो यह तुम्हारी प्रॉब्लम है, मैंने तुम्हें ऐसा कुछ कमिट नहीं किया था और करना ही क्या पड़ता है तुम्हें इस घर में? ज्यादा-से-ज्यादा इतना ही न, कि बा की बात मानकर पूरी फैमिली एक साथ डिनर करे और घर की बहुएँ उस वक्त सबको खाना परोसें? संडे के दिन जब पप्पा के फ्रेंड्स लोग घर आएँ, तो उनका खयाल रखें और उस दिन कुछ स्पेशल लंच बना दें, बस, यही न?''

''तो यह सब करना आसान है क्या? वैसे ही इन दिनों पारुल भाभी तो बेबी के बहाने छुट्टी पा जाती हैं, हर काम में मैं ही अकेली पिसती रहती हूँ।''

केतन गुस्से में लैपटॉप बन्द करते बोला, ''अगर इतनी ही प्रॉब्लम है तो शादी करने के लिए मेरे गले क्यों पड़ी थीं?''

आयशा गुस्से में तमतमाते हुए बोली, ''मैं पड़ी थी गले तुम्हारे? मैं?''

"बिलकुल। मेरे लिए लड़कियों की कोई कमी नहीं थी, लेकिन तुम्हें ही यह 'सांधवी विला', केशू भाई सांधवी की प्रॉपर्टी, पैसा—सब खींच रहा था न! वैसे भी तुम्हारे पैरेंट्स तो इस इंटरकास्ट मैरिज के फेवर में थे ही नहीं। लेकिन तुम इतनी सैल्फिश हो कि यह सब धन-दौलत पाने के लिए तुमने अपने माँ-बाप तक को छोड़ दिया।"

यह सुनकर आयशा रोते हुए बोली, "केतन, नाउ यू आर क्रॉसिंग योर लिमिट...घटिया आदमी हो तुम, घटिया!"

केतन ग़ुस्से में चिल्लाया, "आयशा, नाउ शटअप, जस्ट शटअप!"

इसी बीच आयशा का मोबाइल बज उठा। फ़ोन बजा जा रहा था, आयशा सुबक रही थी। केतन ने ग़ुस्से से कहा, "आयशा, पिक द फोन...माँ का फोन है।"

आयशा ने आँखें पोंछते हुए फ़ोन उठा लिया और बोली, "जी, माँ!"

फोन पर हड़बड़ाई-सी केतकी ने कहा, "पारुल को लेबर पेन शुरू हो गए हैं, मैं उसके साथ हॉस्पिटल जा रही हूँ। तू महाराज जी से बा के लिए मूँग की दाल की खिचड़ी बनवाकर उन्हें खिला देना।"

आयशा धीरे से बोली, "ओ. के. माँ!" और वहाँ से रूम के बाहर जाने लगी।

केतन फिर से लैपटॉप खोलते हुए बोला, "कॉफी भिजवा देना।"

9

गाड़ी में कुछ ज़रूरी सामान लिये रेवती आगे की सीट पर बैठी है। पीछे केतकी पारुल को सँभाले बैठी है, जो बीच में दर्द से कराह उठती है। केतकी उसे प्यार से सहलाते बोली, "दीकरा, बस, सब ठीक हो जाएगा। थोड़ी हिम्मत राख।"

पारुल छोटे बच्चे की तरह केतकी को जकड़े हुए थी। यह देख केतकी को पुरानी बातें याद आने लगीं कि जब पहली बार पारुल अपनी फई रेवती काकी के साथ मुम्बई घूमने-फिरने आई थी, तब एक साधारण से सूती शलवार सूट में होने के बावजूद वह कितनी आकर्षक लग रही थी! बा के मुँह से तो उसे देखकर यहाँ तक निकल गया था, 'आ छोकरी तो म्हारा मेहुल ना माटे एकदम सही छे...जैसे तू मुझे पहली नजर में पसन्द आ गई थी, वैसे ही यह छोकरी आ गई है।' यह सुनकर पारुल शरमा गई थी। बाद में सभी के मुँह पर यह बात चढ़ गई कि 'सच में ही अगर पारुल के घरवाले मेहुल से रिश्ते के लिए राजी हो जाएँ तो हम फौरन ही लगन कर देंगे।'

रेवती काकी संकोच में भर उठी थीं, 'कहाँ आप लोग और कहाँ हम...कोई जोड़ी नहीं है। मेरे भाई और भाभी बड़ी मुश्किल से घर चला पाते हैं, इसलिए पारुल को भी आठवीं के आगे नहीं पढ़ा सके।'

इस पर बा बोली थीं, 'तो शूँ थयू...तुझे तो खबर है, हमारा मेहुल भी बारहवीं कक्षा के आगे कहाँ पढ़ पाया। जब उसे दिमाग का ताव चढ़ा था, तो तू ही तो उसे रात-रातभर आँगन में डुलाती रहती थी। श्रीनाथ जी की कृपा से मेरा मेहुल बच गया, पण मगज से थोड़ा कमजोर ही रह गया...वैसे भी इस घर में किसी तरह की कमी तो है नहीं, हम लोग तो खुद सूरत जाकर ही मन्दिर में लगन करके इसे व्हऊ बना यहाँ ले आएँगे।' और सब कुछ ऐसे ही हुआ था, लेकिन शादी के एक साल बाद ही पारुल के पिता का निधन हो गया।

शोक की घड़ी में केशू और केतकी, पारुल की माँ देवकीबेन के साथ खड़े रहे, यहाँ तक कि केशू भाई ने देवकीबेन से यह भी कहा, 'आप यहाँ अकेली कैसे रहेंगी, हमारे साथ मुम्बई चलिए और अपनी दीकरी के पास रहिए।'

इस पर देवकीबेन ने रोते हुए कहा था, 'आपने कहा, यही मेरे लिए बहुत है भाई साहब! यहाँ पारुल के बापू की मेहनत की निशानी उनकी खड़ी की हुई किराने की दुकान है, वह दुकान अब मुझे ही सँभालनी होगी। मैं मुम्बई आती-जाती रहूँगी। अब यह पारुल ही तो मेरे जीने का सहारा है।'

मेहुल के विवाह को अब तीन वर्ष हो चुके हैं और जैसा कि देवकीबेन ने कहा था, वह कभी-कभी अपनी बेटी के पास आकर रह भी जाती हैं।

''भाभी, अस्पताल आ गया।'' ड्राइवर की आवाज़ सुन केतकी चौंकी और ख़ूब एहतियात से रेवती के साथ मिलकर पारुल को गाड़ी से बाहर निकाला।

पारुल दर्द से बेहाल हुई जा रही थी, यह देखते ही हॉस्पिटल के अटेंडेंट्स फुर्ती से स्ट्रेचर लेकर आ गए। नर्स की सहायता से पारुल को उस पर लिटाया गया और स्ट्रेचर तेज़ी से ओ.टी. की तरफ़ ले जाया गया। पीछे-पीछे केतकी और रेवती भी चल रही थीं। केतकी ने केशू को फ़ोन कर उन्हें मेहुल को लेकर हॉस्पिटल आने को लिए कहा। अटेंडेंट और नर्स स्ट्रेचर डिलीवरी रूम में ले गए।

केतकी का फ़ोन पाते ही केशू सीधे उठकर मेहुल के केबिन में जाकर उसे उठाते हुए बोले, ''चाल...चाल, जल्द चाल!''

''किधर पप्पा?''

''अरे उठ तो सही!''

और पिता-पुत्र दोनों ही ऑफ़िस के बाहर निकलकर गाड़ी में बैठे। केशू ड्राइवर से बोले, ''लीलावती अस्पताल की तरफ़ ले ले।''

''क्या बात है पप्पा...हॉस्पिटल?''

''अरे, तेरी माँ पारुल को लेकर अस्पताल गई है डिलीवरी के लिए।... अरे जल्दी चला न द्वारका!''

जब तक केशू और मेहुल अस्पताल पहुँचे, तब तक केतकी को पौत्र-जन्म की सूचना मिल चुकी थी। वह अभी ख़ुशी में भरी बा को यह सूचना दे ही रही थी कि

तभी अन्दर आते केशू ने उसकी बातें सुन लीं और आवेश में भर मेहुल को गले लगाते बोले, "अरे मेहुल, हूँ दादा बनी गयो, दादा...अने तू पप्पा!"

केशू की आवाज़ सुनकर केतकी एक सोलह साल की लड़की की तरह भागते हुए केशू और मेहुल की तरफ़ आई। केशू को लगा, जैसे वह उनसे लिपटकर कहेगी, 'तमने खूब खूब वधावणी' लेकिन यह देख उनका मुँह उतर गया कि केतकी ने यह बात उनसे नहीं, मेहुल से कही।

ख़ुशी में भरा मेहुल बोला, "माँ, क्या हम बच्चे को देख सकते हैं?"

"हाँ-हाँ, क्यों नहीं! चलो, हम सब चलते हैं।" फिर केशू को देखकर बोली, "आप भी आइए न मेहुल के पप्पा!"

केशू मुँह फुलाए बोले, "एक बार पण दादा को वधावणी तो दी नहीं...वात करे छे!"

इस बीच माँ और बच्चे को प्राइवेट रूम में लाया जा चुका था। केशू, मेहुल और केतकी दरवाज़ा खोलकर दबे पाँव अन्दर गए। उन्होंने देखा, पारुल के चेहरे पर गहरी थकान थी। वह आँखें मूँदे बेड पर लेटी हुई थी, लेकिन पास ही पालने में लेटा केशू भाई सांधवी का पौत्र—मेहुल का पुत्र—अपनी अधखुली आँखों से कॉट में कपड़ों में लिपटा लेटा था। केशू भाई उसे देख जैसे मुग्ध हो गए। दादा-दादी और पिता एकटक परिवार के इस नए सदस्य को देखे जा रहे थे। केशू भाई की आँखें भर आईं। वह फ़ोन लगाकर बच्चे की तरफ़ बढ़ते हुए बोले, "बा, पगे लागूँ...पड़दादी बनने की खूब-खूब वधावणी! सच बा, सामने इसे देखकर भी विश्वास नहीं कर पा रहा कि मैं सच में ही दादा बन गया हूँ!" फिर थोड़ा रुककर केतकी से बोले, "बा पूछ रही हैं, अस्पताल से छुट्टी कब मिलेगी?"

केतकी बोली, "परसों सवेरे।"

केशू फ़ोन बन्द करते हुए बोले, "चल केतकी, अब जरा बाकी दादा-दादियों को भी खबर कर दें, वर्ना सब मुँह फुलाकर बैठ जाएँगे...खास करके वकार।"

"यह भी कह देना, माँ और बच्चा परसों घर पहुँच जाएँगे।"

केशू फ़ोन करने के लिए बाहर निकल गए। केतकी अपने पोते को रीझी-रीझी-सी देखते हुए बोली, "मेहुल, यह तो बिलकुल अपनी माँ पर ही गया है...वैसा ही गोरा-चिट्टा, वैसा ही सुन्दर नाक-नक्श।"

मेहुल जो पारुल के पास खड़ा उसे देख मुस्कुरा रहा था, यह सुनकर पलटकर अपनी माँ को देखते बोला, "माँ, तुम कहती हो न, जो लड़का अपनी माँ पर जाता है, वह बहुत लकी होता है?"

इस पर केतकी ने मुस्कुराते हुए 'हाँ' में सिर हिला दिया।

आज 'सांधवी विला' में रोज़ से ज़्यादा गहमा-गहमी है। रविवार न होने के बावजूद केशू भाई के मित्र सपरिवार यहाँ पहुँच चुके हैं। दरवाज़े पर फूलों का अतिसुन्दर

वन्दनवार बँधा हुआ है और दरवाज़े के बाहर नयनाभिराम रंगों से सजी रँगोली। आज इस 'सांधवी विला' को गौराबेन जीवनलाल सांधवी यानी बा की चौथी पीढ़ी का बेसब्री से इन्तज़ार है। सचिन सोफ़ा पर बैठे बार-बार घड़ी देख रहे हैं।

केशू हँसते हुए बोले, "सचिन भाई, ऐसा लगता है, इस मेहुल के छोकरे ने सारी घड़ियाँ सुस्त कर दी हैं, समय आगे ही नहीं बढ़ रहा है।"

वकार तिनकते हुए बोले, "मियाँ, तुम तो ऐसा न कहो...तुम्हारा तो पेट भरा है, देख जो आए हो पोते को! अरे, हम तो खबर सुनते ही अस्पताल में पहुँचनेवाले थे, लेकिन केतकी भाभी ने कहा, 'बच्चा घर आ जाएगा तो जी भरकर देखिएगा।' कसम से, रात भर ठीक से सो नहीं पाए।"

जन्नत झुँझलाकर बोली, "सच भाईजान, यह इन्तजार तो हमसे भी बर्दाश्त नहीं हो रहा है। बस, यही सोचे जा रहे हैं, एक बार हमारा पोता हमारी बाँहों में आ जाए, फिर किसी को भी छूने नहीं देंगे।"

रसीली हँसते हुए बोली, "पेला तो बा ही तुम्हें आज बालक को छूने नहीं देंगी।"

यह सुन वकार और जन्नत ने चौंककर एक-दूसरे को देखा, दोनों के चेहरे के भाव समझते हुए रसीली आगे बोली, "मेरा मतलब, अभी जच्चा-बच्चा को हममें से कोई नहीं छूएगा। भले ही बा बरसों से मुम्बई में रह रही हैं...कोयले की सिगड़ी से आगे बढ़कर गैस का चूल्हा वापरने लगीं... टी.वी, मोबाइल सब-कुछ उनकी आदत में आ गया, लेकिन बा ने अपने संस्कार और पुरानी परम्पराएँ जरा भी नहीं छोड़ी हैं, और भी कुछ ऐसा है जिसमें केतकी अने हूँ पण बा से अलग नहीं जा सकती।"

रसीली की बात सुनकर जन्नत बोली, "रसीली भाभी, आप तो हमें डराए जा रही हैं। आखिर ऐसा क्या है जो हम नहीं जानते?" फिर वकार को देखते वह बोली, "चौबीस-पच्चीस साल तो हम लोगों को भी हो गए हैं बा के साथ उठते-बैठते!"

इस पर रसीली बोली, "वह तो है, लेकिन मेहुल और केतन तो तुम लोगों के मेल-मुलाकात से पहले ही हो चुके थे...वह भी सूरत में...इसीलिए तुम लोग यह नहीं जानते कि जब तक जच्चा-बच्चा दसवें दिन का स्नान करके शुद्ध नहीं हो जावेंगे, बा छुआछूत मानेंगी। अगर कोई छुएगा तो उसे स्नान करना पड़ेगा।"

यह सुन वकार परेशान होते हुए बोले, "इसका मतलब, दस दिन तक हम अपने पोते को गोद में खिला भी नहीं पाएँगे?"

थोड़ी दूर पर खड़े केशू मोबाइल देखते हुए बोले, "तुझे पता है, अगर रसीली भाभी आकर ठाकुर जी को नहला-धुला के पूजा न कर जाएँ, तो भगवान तो अघोरी ही बैठे रह जाएँ...हम घरवालों में से कोई पण ठाकुर जी और रसोड़ा बिलकुल नहीं छू सकता।"

जन्नत यह सुन मुँह लटकाकर बोली, "मतलब आज तो न हम बच्चे को गोद में ले पाएँगे, न उसके हाथ पर कुछ रख पाएँगे?"

तभी बा की आवाज़ सुनकर सारी बहुएँ खड़ी हो गईं, बा बोलीं, "अरे जन्नत व्हऊ, थोड़ा सबर रखो, फिर जो चाहे, जितना चाहे, अपने पोते को देती रहना।"

मन्दा, रसीली, सचिन और आतिश ने आगे बढ़कर बा के पाँव छुए। जन्नत बा के गले लगी और वकार बा के दोनों हाथ पकड़कर बोले, "फोन पर तो बधाई दे चुके हैं बा, लेकिन जो मजा आमने-सामनेवाली बातचीत में है, वह फोन पर कहाँ! सच कहते हैं बा, जब दादा बनकर हमारे पाँव जमीन पर नहीं टिक रहे हैं तो आपका क्या हाल रहा होगा! आप तो परवाली दादी बन गई हैं...यानी परदादी!"

बा ने भावुक होकर एक नज़र केशू को देखा और मन्दिर की दिशा में हाथ जोड़ते हुए बोलीं, "सब ठाकुर जी की कृपा है।" फिर भरे गले को सँभालते बोलीं, "कल से बार-बार केशू के बापू का खयाल आ रहा है। उन्होंने जिन्दगी में कोई सुख नहीं देखा, यहाँ तक कि अपने दीकरे का मुँह भी नहीं देखा।"

केशू माहौल को बोझिल होते देख बा का मुँह एक दीवार पर लगे अपने पिता के विशाल पोर्टेट की तरफ़ करते हुए बोले, "बापू जी ऊपर ती बधू कई जोएँ छे बा...आप तो नामकरण और सोने की सीढ़ी चढ़ने का महूरत निकलवाओ।"

यह सुन सभी एक साथ बोले, "सोने की सीढ़ी...मतलब?"

आतिश बा के पास आकर उन्हें कन्धे से लगा के बोले, "हमारी बा पड़दादी बन गई न...तो इस मौके पर हमारे गुजरात में एक बहुत बड़ा फंक्शन होता है।"

रसीली बीच में ही बोल पड़ी, "हाँ, और इस फंक्शन में अपनी हैसियत के अनुसार सोने की सीढ़ी बनवाई जाती है, जिस पर अपने दाएँ पैर का अँगूठा रखकर पड़दादी..." यह कहते-कहते रसीली अचानक चुप हो गई तो उसकी पीठ पर हाथ रख, हँसते हुए बा ने बात पूरी करते हुए कहा, "स्वर्ग की ओर बढ़ जाती है। अरे भई, बड़े-बुर्जुगों को अपने बढ़ते कुटुम्ब के लिए जगह भी तो बनानी पड़ती है।"

यह सुन जन्नत घबरा के बोली, "नहीं बा, ऐसा मत बोलिए...अभी तो आप सौ साल जिएँगी।"

वकार बोले, "हमारे लिए आप छत हैं बा...आपके रहते हम लोग अपनी उम्र तक भूल चुके हैं।"

तभी दरवाज़े की तरफ़ से मिली-जुली आवाज़ें उभरीं, 'हमारा पोता आ गया...बच्चा आ गया!' यह कहते सभी लिफ़्ट की तरफ़ भागे।

केतकी बच्चे को थामे हुए थी, नन्दिनी पारुल को और मेहुल सबसे पीछे था। इन सबके अन्दर आते ही सबकुछ भूलकर एक बार तो जन्नत और वकार लगभग बच्चे को छूने ही वाले थे कि बा पर नज़र पड़ते ही दोनों पीछे खिसकते हुए बोले, "नहीं बा, हम तो बस दूर से ही देख रहे हैं।"

अब सचिन और मन्दा भी उठकर क़रीब आए। बच्चे पर नज़र पड़ते ही एक साथ बोले, "हा मुलगा तर आपल्या आई सारखा दिसतोय।"

इस पर बा बोलीं, "अपने लिए तो यह अच्छा नसीब लिखाकर आया ही होगा, पण आ बालक परिवार माटे भी भाग्यशाली छे...केतकी व्हऊ, जच्चा-बच्चा को मेहमानोंवाले कमरे में ले जा, वहाँ इसका पूरा इन्तजाम कर दिया है। रसोड़ा भी पास ही है। जब जो चाहेगी, इसे मिलता रहेगा।"

तभी स्त्री स्वर में एक आवाज़ उभरी, "जय श्रीकृष्णा! खूब खूब वधावणीं!"

सभी ने मुड़कर दरवाज़े की तरफ़ देखा, सामने पारुल की माँ देवकीबेन खड़ी थीं और पीछे ही उनका बैग लिये रामचन्द्र।

केशू भाई शोर मचाते हुए आगे बढ़कर बोले, "अरे व्हेवाण जी, हमारे से तो पेला नानी जी को बधाई!"

देवकी ने आगे बढ़कर बच्चे को देखा, फिर चेहरे पर मुस्कुराहट लिये बोलीं, "जीवतो रह दीकरा, खूब सुख पाओ!"

बा बोलीं, "केतकी व्हऊ, ऐसा करो, बराबरवाले मेहमानों के कमरे में ही देवकीबेन का सामान रखवा दो।"

देवकी भरे स्वर में हाथ जोड़कर बोलीं, "बा, रीत के अनुसार पहला प्रसव तो पीहर में ही होना चाहिए था, पर यही सोच के कि यहाँ इतने सारे लोग हैं, बड़े-बड़े अस्पताल हैं, इसलिए इसका प्रसव होना यहीं ठीक समझा। पर अगर आपकी आज्ञा हो तो अपनी दीकरा के पास रहकर मैं ही इसकी देखभाल करूँ?"

बा बोलीं, "अरे देवकी, कैसी बातें करती है? तू व्हऊ की माँ है, तेरा तो पूरा हक बनता है। इसमें पूछना क्या! जैसा तेरा मन हो।"

यह सुन देवकी ने आगे बढ़कर बच्चे को लेने के लिए केतकी के आगे हाथ फैला दिये और केतकी ने मुस्कुराते हुए बच्चा उसकी नानी को दे दिया। बच्चे को सीने से लगाते ही देवकी की आँखें बरसने लगीं।

बा देवकी के दुःख को महसूस करते हुए बोलीं, "ना देवकी, मन छोटा मत कर! अब क्या किया जाए जो इसके नाना दोहित्तर का मुँह देखने के लिए नहीं रहे! पर मेरे केशू को देख, उसने तो अपने बापू जी को ही नहीं देखा!"

पलभर के लिए वातावरण गम्भीर हो गया, जिसे बदलने के लिए केशू भाई ज़ोर से ताली बजाते बोले, "बस-बस, जो जहाँ पहुँच गया है, वहाँ से वापस लौट आवे...व्हेवाण जी, आप थोड़ा विश्राम कर लीजिए और फिर अपनी दीकरी दोहित्तर को सँभालिए...और केतकी, तू भी स्नान-विस्नान करके ज़रा इस चंडाल चौकड़ी की क्षुधा मिटाने का प्रबन्ध कर दे।"

केतकी सिर हिलाती वहाँ से चली गई।

अचानक ही जन्नत को जैसे कुछ याद आया, वह बोली, "अरे रसीली भाभी,

वह सोने की सीढ़ीवाली बात तो आधी ही रह गई! मतलब कि बा के उस पर पैर छुवाने के बाद आगे क्या होगा?''

रसीली बोली, ''वह सारा सोना परिवार की दीकरियों में बाँट दिया जाता है। अब केशू भाई की दीकरियाँ तो यही सब हैं—संजना, नन्दिनी, मंजरी और हिना। इन्हीं सब में सोना बँट जाएगा।''

यह बात कान में पड़ते ही केशू भाई सचिन के पास जाकर बोले, ''सचिन भाई, जब से आए हो, चुपचाप बैठे हो, तबीयत तो ठीक है न?'' सचिन ने हाँ में सिर हिलाया तो केशू भाई बोले, ''चलो, यह बढ़िया है। अब मैं महाराज जी से कहकर खाना लगवाता हूँ। केतकी भी बस आती ही होगी।'' फिर यहाँ-वहाँ देखते हुए बोले, ''यह बा और मन्दा भाभी जाने कहाँ चली गईं, देखता हूँ।''

नीचे ही बने एक गेस्ट-रूम में बेड पर बैठी बा, मन्दा का सिर अपने सीने से लगाए, उसकी पीठ सहलाते हुए बोलीं, ''बस, मन्दा, चुप हो जा। मैंने बोला न, सब ठीक हो जाएगा।''

मन्दा बुरी तरह रोते हुए बोली, ''कैसे ठीक हो जाएगा बा? ये तो नितिन का नाम सुनते ही भड़क जाते हैं। अब मैं इन्हें कैसे बताऊँ कि मेरे नितिन पर क्या बीत रही है? बा, केशू भाई के जन्मदिन के अगले ही दिवस नितिन ने फोन पर रोते-रोते मुझे सारी बात बताई, कि जिस लड़की के प्रेम में पड़कर दो साल पहले उसने अपना घर, माता-पिता—सब कुछ छोड़कर उससे लगन किया, घर जमाई बन गया, उसी ने मेरे बालक को अपनी जिन्दगी और घर से निकाल दिया। दो महीने में अलग होने की पक्की लिखा-पढ़ी भी हो जाएगी।''

बा चौंककर बोलीं, ''अरे तो अब नितिन कहाँ है?''

''ठीक से तो नहीं बताया लेकिन अब वह अपनी ससुराल में नहीं रहता।''

बा गहरी साँस छोड़ते हुए बोलीं, ''हे म्हारा ठाकुर जी, मैं जानती हूँ, मेरा नितिन सीधा-सादा है...न जाने कैसे उस छोकरी के चक्कर में फँस गया!''

मन्दा रोते हुए बोली, ''पर बा, इस तरह मेरा बच्चा अकेले कब तक और कहाँ पड़ा रहेगा?''

''वह सारी चिन्ताएँ अब आप मुझ पर छोड़ दो भाभी!''

बा और मन्दा ने मुड़कर देखा, वहाँ केशू भाई खड़े थे, ''भाभी, तुम्हारे पास नितिन का नम्बर है?''

मन्दा ने चुपचाप अपना मोबाइल केशू की तरफ़ बढ़ा दिया। केशू फ़ोन पर नम्बर लगाकर फ़ौरन ही बोले, ''आई नहीं...तेरा केशू काका बोल रहा हूँ...बस-बस, बस, अरे तू तो मेहुल का बड़ा भाई है और बच्चों की तरह रोता है?...अच्छा, सुन, तू जहाँ भी है, वहाँ से निकलकर सीधा 'सांधवी विला' चला आ...ना-ना, मुझे कुछ नहीं सुनना...बस!'' केशू भाई ने यह कहकर फ़ोन काट दिया और मन्दा के

पास जाकर उसके सिर पर हाथ रखते बोले, "भाभी, चिन्ता मत करो, मैं सब सँभाल लूँगा। देखो, हम सब जानते हैं, कि सचिन भाई को हाई बी.पी. की समस्या है, उन्हें किसी भी प्रकार का टेंशन नहीं देना है लेकिन मेरा आपसे वादा है कि हमारा बच्चा कल हमारे साथ होगा।" फिर अपने मस्ती के मूड में आकर केशू बा से बोले, "अरे बा, बड़ी जोर की भूख लगी है, जमवा माटे चाल ना!"

बा बड़े ही प्यार और गर्व से अपने पुत्र को देखते हुए हल्के से मुस्कुराकर उठ गईं और डायनिंग टेबल की ओर चल दीं।

10

रात आधी से ऊपर गुज़र चुकी थी लेकिन केशू भाई की आँखों में नींद नहीं थी। वह अपने कमरे की बाल्कनी में खड़े दूर-दूर तक फैले सागर को निहारने लगे। इस समय समुद्र बिलकुल शान्त था। किनारे पर लगे लैम्पपोस्ट की रोशनी में कभी-कभी करवटें-सी बदलती लहरें दिखलाई पड़ जातीं। पिछले तीस वर्षों में केशू भाई ने समन्दर के सभी रूप देख लिये थे। कभी बालपन-सी चुलबुली लहरों का खेल, कभी जवानी की जोशभरी लहरों का किनारे से मिलने का दीवानापन, कभी भयाक्रान्त करती इसकी दैत्याकार लहरें और कभी ये—जो आज सामने हैं।

एक बार केशू ने बा से पूछा था, 'बा, संसार में दुःख और आँसू ज्यादा और सुख और शान्ति कम क्यों हैं? तब बा ने कहा था, यह जो पूरी पृथ्वी है, इसमें धरती मात्र एक-चौथाई और जल तीन-चौथाई है। वैसे ही सुख कम और दुःख ज़्यादा है।

'कितना सच कहा था बा ने!...जीवन में बारी-बारी से सुख-दुःख, आँसू और मुस्कान आते-जाते रहते हैं...ठाकुर जी चाहेंगे तो कल का नया दिन सचिन भाई के घर में एक नई ख़ुशी लेकर आएगा, जिसका प्रभाव उनके स्वास्थ्य पर भी अच्छा ही पड़ेगा। पन्द्रह की आयु से आज पचास की उम्र तक मैंने खूब परिश्रम किया, लेकिन अब अगले दस वर्षों में धीरे-धीरे अपनी जिम्मेदारियों से मुक्त होना चाहता हूँ। घर में नई पीढ़ी का सदस्य आया है, उसके साथ अपना बचपन दोहराना चाहता हूँ। बा और केतकी को वर्ल्ड टूर पर ले जाना चाहता हूँ। तीन वर्ष पहले मेहुल को धन्धे से जोड़ा और एक वर्ष पहले केतन को...लेकिन मैं यह अच्छी तरह से जानता हूँ कि मेहुल की सामर्थ्य की सीमा कहाँ तक है। ऐसा नहीं कि वह गैरजिम्मेदार है, लेकिन उसकी बचपन की बीमारी ने उसकी गतिविधियों को सीमित कर दिया, इसीलिए केतन को मैंने धन्धे में उतारा। हालाँकि दो-तीन साल की पढ़ाई के लिए वह अमेरिका जाना चाहता था, लेकिन सब-कुछ समझा के मैंने उसे रोक लिया। हाँ, उसने काम तो सीख ही लिया है, कर भी रहा है, लेकिन उसके रहते धन्धे में जो हीरों की गड़बड़ी हुई, उस बात ने मुझे कहीं निराश भी किया। क्या उसे अब अपने

कारोबार के बारे में सब-कुछ समझ नहीं लेना चाहिए, या फिर वह लोगों को पहचानने में ही असमर्थ है? उस बात को छह महीने हो चुके हैं, आतिश के कहने पर मैंने पुलिस से मदद लेने की बात भी भुला दी लेकिन मन में वह फाँस कहीं फँसी रह गई है जो वक्त-बेवक्त मुझे चुभती है। सोचता हूँ, घर का तीसरा छोकरा नितिन कल आ ही रहा है—नितिन, मेहुल और केतन के बड़े भाई जैसा है, उसे कुछ अलग प्रशिक्षण दूँगा ताकि वह सही-गलत, अच्छे-बुरे की पहचान के बाद ही किसी काम में आगे बढ़े...हूँ, यही ठीक रहेगा।' तभी छोटे बच्चे के रोने की आवाज़ से चौंककर केशू यहाँ-वहाँ देखने लगे।

कान लगाकर सुना तो समझ में आया, उनके नीचे ही वह गेस्ट रूम है जहाँ पारुल और उनके पोते के साथ केतकी सोई हुई है, और यह उन्हीं के बच्चे के रोने की आवाज़ है।

'आज पहला दिन है न, इसीलिए ध्यान नहीं आया...चलो, अब मैं भी सो जाऊँ, कल एक बहुत बड़ी जिम्मेदारी पूरी करनी है।'

अगले दिन मेहुल और केतन ने ऑफ़िस के लिए जाते समय देखा, केशू भाई अभी तक तैयार नहीं हुए हैं; बल्कि मज़े में बच्चे को गोद में लिये बैठी पारुल के पास खड़े होकर ताली बजा-बजा के अपने पौत्र से बातें बना रहे हैं।

"तने खबर छे हूँ कोण छूँ...जल्दी बोल, जल्दी बोल...अरे, मैं तेरे पप्पा का पप्पा हूँ, तेरा दादा।" इसी समय बच्चा मुस्कुरा पड़ा, यह देखकर ख़ुशी में भरे केशू भाई ने सभी को बुला-बुला के कहा, "अरे बा, अरे केतकी, आयशा, अँइया आवो।"

सभी घबराकर भागे-भागे आए, "क्या हुआ...क्या हुआ?"

"अरे, देखो तो...अपने दादा को एक ही दिन में पहचानने लगा! कैसे आँखें मिला रहा है मुझसे!"

केतकी ने झल्ला के कहा, "देखा बा, ऐसे चिल्ला-चिल्ला के पुकार रहे हैं कि घबरा के हाथ का काम छोड़कर आना पड़ा।"

बा हँसने लगीं और बोलीं, "अभी नया-नया दादा बना है न, तो ढिंढोरा पीटेगा ही।"

इस बीच मेहुल और केतन ऑफ़िस के लिए निकल चुके थे। वापस रसोई की तरफ़ जाते हुए केतकी आयशा से बोली, "बेटा, मैं जरा पारुल के लिए शीरा बना रही हूँ, तू दीपेश और जगदीश को मेरे रूम में ले जाकर अच्छी तरह रूम साफ करवा दे। जब से अस्पताल के लिए घर से निकली हूँ, अपने रूम में झाँक तक नहीं पाई।"

"ओके माँ," कहते आयशा हल्के से मुँह बनाते, मन-ही-मन बड़बड़ाते ऊपर चल दी, 'अभी तो दो-तीन दिन ही निकले हैं, पूरे सवा महीने तक पारुल भाभी मैटरनिटी लीव पर रहेंगी और सारे काम मेरे सिर पर।'

झिझकता-सा नितिन अन्दर आकर यहाँ-वहाँ देखने लगा। केशू भाई एक तरफ़ बैठे मोबाइल में कुछ देख रहे थे। तभी उन्हें अपने पाँवों पर एक स्पर्श महसूस हुआ, उन्होंने चौंक के देखा, सामने नितिन खड़ा था।

हाथ से मोबाइल छोड़ केशू भाई ने बिजली की-सी फुर्ती से खड़े होकर नितिन को सीने से लगा लिया। कुछ पल यूँ ही गुज़र गए। दोनों की आँखें बरस पड़ीं। वैसे ही खड़े-खड़े नितिन बोला, "काका, मुझे माफ कर दीजिए।"

अब अलग होकर केशू भाई पहले उसके और फिर अपने आँसू पोंछे, उसे अपने पास सोफ़ा पर बैठाया और पीठ थपकते बोले, "चलो, आज एक सरस काम हो गया...हमारा सवेरे का भूला दीकरा साँझ को घर लौट आया।"

नितिन ने धीरे से 'हाँ' में सिर हिलाया।

केशू बोले, "नितिन बेटा, माँ-बाप का क्रोध बर्फ की ऐसी शिला जैसा होता है, जो दिखने में बहुत बड़ी और सख्त लगती है, लेकिन उसे पिघलने में दो पल भी नहीं लगते। अच्छा, सुन, अभी तू बा और अपनी केतकी काकी से मिल, भोजन कर ले, फिर अपन खार चलेंगे। तेरे पप्पा के यहाँ। ठीक है न?"

नितिन ने फिर 'हाँ' में सिर हिला दिया।

नितिन का गाल थपकते केशू भाई बोले, "बिलकुल चिन्ता मत कर...तुझे अपने केशू काका पर भरोसा है न?"

नितिन ने एक शब्द भी न बोलते हुए एक बार फिर 'हाँ' में सिर हला दिया।

केशू अपने कमरे में तैयार होने गए। पलंग पर उनका सफारी सूट, घड़ी, रूमाल—सब तैयार रखा था। बाथरूम की तरफ़ जाते मुस्कुराते हुए केतकी से बोले, "केतकी, तू कई पण नथी भूलती।"

तभी केशू भाई का मोबाइल बज उठा। यह आतिश का फ़ोन था, जिसने सीधे यह सवाल किया, "तू ऑफिस क्यों नहीं आया?"

केशू भाई इतना ही बोले, "वह सब दफ्तर आकर बताता हूँ।"

11

केशू की काले रंग की मर्सीडीज़ मुम्बई के घने ट्रैफिक से गुज़रती हुई बान्द्रा के सिगनल पर रुक गई। इस समय नितिन को पल-पल का इन्तज़ार भी बरसों जैसा लगने लगा। वह सोचने लगा, 'जिस घर में मैं आधी रात को भी लम्बी डोर बेल बजा के आई-बाबा को जगाने में जरा भी नहीं हिचकता था, आज उसी घर में जाते हुए मैं डर और संकोच में गड़ा जा रहा हूँ।'

केशू जो बीच-बीच में नितिन के चेहरे को पढ़ रहे थे, यह देख उसे आश्वस्त करने के लिए उसके कन्धे पर हाथ रख दिया। तभी सिगनल हरा हुआ और गाड़ी आगे बढ़ गई।

खार स्टेशन के क़रीब ही चार मंज़िला पुरानी बिल्डिंग की तल मंज़िल पर ही सचिन देशमुख का दो बेडरूम हॉल का फ़्लैट है। ड्राइवर सचिन का घर जानता था इसलिए गाड़ी ख़ुद-ब-ख़ुद घर के बाहर रुक गई। नितिन के चेहरे पर साफ़-साफ़ टेंशन दिखलाई पड़ रही थी। केशू भाई एक नज़र उस पर डालते तेज़ी से बाहर निकलकर बिल्डिंग में चले गए।

घर की डोर बेल सुनते ही मन्दा ने आशा में भर आगे बढ़कर दरवाज़ा खोला, लेकिन सामने अकेले खड़े केशू भाई को देख उसका चेहरा उतर गया।

केशू भाई ने इशारों-इशारों में बताया, नितिन बाहर गाड़ी में है, फिर आगे बढ़ मन्दा के कन्धे पर हाथ रख कहा, ''भाभी, सब ठीक होगा। अच्छा, सचिन भाई कहाँ हैं?''

मन्दा बोली, ''वहीं बेडरूम में, फेस बुक लेकर बैठे हैं।''

अब केशू भाई सहज भाव से बेडरूम में जाते हुए बोले, ''कस काय सचिन भाऊ?''

सचिन चौंककर उन्हें देखते हुए बोले, ''तू इस टाइम इधर? ऑफिस नहीं गया?''

केशू भाई ने पास बैठते हुए कहा, ''हाँ, आप तो मुझसे आठ साल बड़े हो! कहाँ गया, कहाँ नहीं—सब पूछने का अधिकार है आपको।'' फिर केशू भाई सचिन के दोनों हाथ पकड़कर बोले, ''साच्चू बोलूँ सचिन भाई, कल जब आप सब मेहुल के बाबा को देखने घर आए थे और लगभग सारा दिन ही हमारे साथ थे, मेरी नज़र जितनी बार आप पर पड़ी, आप एकदम गुमसुम से लगे। आपकी तबीयत-पानी की चिन्ता तो हम सभी को लगी रहती है, इसीलिए मन नहीं माना तो यहाँ चला आया।''

सचिन मोबाइल पर ही उँगलियाँ घुमाते बोले, ''तबीयत का क्या...अब तो जीवन ऐसे ही चलनेवाला है। मंजरी अपने घर-संसार की हो गई, अब बस हम दोनों पति-पत्नी ही हैं...जब तक बप्पा को साथ मंजूर है।''

केशू भाई उन्हें गले लगाते बोले, ''शुभ-शुभ बोलो भाई...और हाँ, परिवार के एक बच्चे का नाम तो आपने लिया ही नहीं?''

केशू की आँखों में झाँकते हुए सचिन बोले, ''इस परिवार का अब कोई बच्चा नहीं है।''

पीछे किचन से ट्रे में पानी लाती मन्दा यह सुन ठिठक गई। उसका एक हाथ अपने मुँह पर टिक गया। मुँह-ही-मुँह में बोली, 'देवा रे देवा, ऐसा अशुभ नहीं बोलने का!'

उधर फ़ौरन ही केशू भाई बोले, ''एक बात बताओ सचिन भाई, मंजरी इतनी दूर विदेश में बैठी है, वह आपकी अपनी है और जो बच्चा जरा-सा रास्ता भटक गया, उसका आप नाम लेने को भी तैयार नहीं हैं? गलत बात! मानता हूँ, नितिन ने गलती की, बिना किसी से सलाह लिये एक अजनबी छोकरी से लगन कर लिया। उससे भी बड़ी गलती कि छोकरी के पल्लू में बँधे-बँधे उसके घर रहने को चला गया। यह सब उसने जो भी किया, जवानी के जोश में किया।''

सचिन ग़ुस्से में भरे बोले, "गलत किया न, फिर भी हमने उसको कुछ नहीं बोला...अब जहाँ रहे, खुश रहे, हमारे को क्या!"

केशू धीरे से बोले, "उसकी खुशी तो चाहते हैं न आप?"

सचिन केशू की आँखों में देखने लगे।

केशू आगे बोले, "लेकिन वह खुश नहीं है, बड़ी तकलीफ में है हमारा दीकरा।"

सचिन के चेहरे पर बढ़ती घबराहट देखकर फुर्ती से आगे बढ़कर मन्दा ने उनकी तरफ़ पानी का गिलास बढ़ाया। सचिन ने ना में सिर हिलाया, 'नहीं चाहिए।'

केशू भाई चुप रहे। वह देखना चाहते थे कि सचिन का जो ज़ख़्म उन्होंने अभी कुरेदा है, उससे उन्हें दर्द हुआ या नहीं। केशू की ख़ामोशी सचिन की घबराहट बढ़ा रही थी, यह देखकर चिन्तित मन्दा ही बीच में बोल उठी, "क्या केशू भाई...इनकी हालत तो देखो! आप जानते हो न, इन्हें नितिन का नाम सुनना भी पसन्द नहीं है?"

"हाँ, पता है, लेकिन यह भी पता है कि यह नितिन के बाबा हैं, आप आई...अब अगर आप दोनों को यह पता चले कि नितिन बहुत बड़ी मुसीबत में घिरा हुआ है, तब भी क्या आप लोग अपनी जिद पकड़े रहोगे? अपनी औलाद को औलाद नहीं कहोगे? अकेले जीने-मरने के लिए छोड़ दोगे?"

सचिन तड़ाक से चिल्लाकर बोले, "खबरदार जो तूने नितिन के जीने-मरने की बातें कीं! साफ-साफ बोल न, बात क्या है?"

"आप सभी कुछ सुनना चाहते हो? नितिन की तकलीफों के बारे में जानना चाहते हो? बोलो सचिन भाई, क्या चाहते हो आप? इतना भी इसलिए पूछ रहा हूँ क्योंकि आप सिर्फ दोस्त ही नहीं, मेरे बड़े भाई जैसे हो। ये लिहाज न होता तो मैं वह पहले ही कर चुका होता, जो आपको करना चाहिए था।"

अब सचिन जैसे सन्नाटे में आ गए, यह देखकर मन्दा भरभरा के पति के पास बैठ उनके गले में बाँहें डालकर रोते हुए बोली, "नितिन के बाबा, हमारे नितिन को बचा लो! वह बहुत परेशानी में है। उसने मुझे फोन पर सब-कुछ बता दिया था, लेकिन आपकी तबीयत और गुस्से का सोचकर मैंने आपको न बताकर केशू भाई को बताया।"

बात पूरी करते हुए केशू भाई बोले, "और वह सब आप अगर जानना चाहते हैं, तो मैं नहीं बताऊँगा...नितिन बाहर मेरी गाड़ी में बैठा है, चाहो तो उसे बुला लो, वर्ना मैं उसे अपने साथ ले जा रहा हूँ।" यह कहकर केशू भाई ने मोबाइल पर नितिन का नम्बर लगा के फ़ोन सचिन को थमा दिया।

काँपते हाथों से फ़ोन कान पर लगा सचिन बोले, "नितिन, घर के अन्दर आ, बाहर मुँह छिपाए क्यों बैठा है?" यह कहकर सचिन ने फ़ोन केशू को दे दिया।

सबकी निगाहें दरवाज़े पर लग गईं।

टूटा, बिखरा, बढ़ी हुई दाढ़ी में अजनबी-सा लग रहा नितिन अन्दर आकर

अपने माता-पिता के सामने अपराधी-सा सिर झुकाकर खड़ा हो गया। उस पर नज़र पड़ते ही सचिन और मन्दा ने तेज़ी से उसकी तरफ़ बढ़कर कसकर उसे लिपटा लिया। तीन शरीर बँधकर जैसे एक हो गए और तीन जोड़ी बरसती आँखों के पानी में जैसे तमाम गिले-शिकवे धुल गए!

केशू भाई की अश्रुपूरित आँखों से सन्तोष की मीठी मुस्कान झलक पड़ी। बिना एक शब्द भी बोले वह वहाँ से चुपचाप बाहर निकल गए।

ऑफ़िस में अपना काम करते हुए भी आतिश की नज़रें कई बार घड़ी पर टिक चुकी थीं। किधर गया यह केशू? राजवंश कितनी बार उसके बारे में पूछ चुका है।

तभी दरवाज़ा खोलकर केशू भाई अन्दर आकर उसके सामने की कुर्सी पर बैठते हुए, जैसे निश्चिन्त-से होकर दोनों हाथ अपने सिर के नीचे दबाकर मुस्कुराने लगे।

उन्हें ग़ौर से देखते हुए आतिश बोले, "वात शूँ छे? किधर से आ रहा है?"

मुस्कुराते हुए केशू बोले, "एक बहुत बड़ी चिन्ता मिटा के आ रहा हूँ...नितिन को उसके आई-बाबा से मिलवाकर आ रहा हूँ।"

"नितिन को?"

केशू भाई ने नितिन के बारे में आतिश को पूरी बात बताई। उसके बाद दोनों कोहनियाँ मेज़ पर रख, आतिश को सीधी नज़रों से देखते हुए बोले, "जिस काम में मुझे किसी से पूछना-ताछना नहीं था, वह तो मैंने तय कर डाला, अब आगे का काम तेरी 'हाँ' के बगैर मैं नहीं कर सकता।"

आतिश ग़ौर से केशू भाई को देखे जा रहे थे।

केशू भाई आगे बोले, "वात आम छे आतिश, तीन साल पेलाजा जब नितिन ने एम.बी.ए. पास किया था, मैं उसे हमारे कारोबार से जोड़ना चाहता था, क्योंकि लड़का दिमाग का तेज है और अपने पिता की तरह ईमानदार भी है। लेकिन उस समय उसका ध्यान काम-धन्धे से ज्यादा प्यार-मोहब्बत में उलझा हुआ था, जिसकी सजा उसके घरवालों को मिली सो मिली, अब वह खुद भी बड़ी चोट खा चुका है। अपने किए का उसे पछतावा भी है। इसलिए मैं चाहता था कि वह घर के घर में रहकर हमारे साथ काम करे। अने बीजी वात, जब से वह एक्सपोर्ट के ऑर्डर में हीरों की हेराफेरी हुई है, त्यारे सुधी म्हारा जीव ने चैन नथी...रह-रहके एक ही प्रश्न मन में उठता है कि हमारे बीच ऐसा कौन है जिसने यह काम किया? तेरी यह बात भी बिलकुल सही थी कि हम अगर पुलिस को ख़बर करेंगे तो हमारे धन्धे की साख पर आँच आएगी, लेकिन जो हुआ, उसे भुलाया भी तो नहीं जा सकता। हमारे धन्धे में एक मुख्य स्थान कारखाना है, जहाँ हीरे तराशे जाते हैं, जो कि हमारी इसी हेड

ब्रांच में है। दागीनों से जुड़े शो रूम्स का काम हमारा ही होते हुए भी अलग है। उसमें काम करनेवाले भी अलग हैं। हीरों के काम में कारखाने में कारीगर और दफ्तर में हीरे परखनेवाले, गिनती करनेवाले, पैकिंग करनेवाले, डिसपैचिंग करनेवाले और विदेशी ग्राहकों से सौदा पटानेवाले कर्मचारी ही हर बात के लिए जवाबदार हैं। आ माटे मैंने सोचा, इन दोनों महत्त्वपूर्ण ठिकानों के बीच कोई ऐसी कड़ी हो जो दोनों से जुड़ी रहे और दोनों ही ठिकानों की पूरी खबरें हमें देती रहे और नितिन वह आदमी हो सकता है...शू बोले छे तू?''

कुछ पल सोचने के बाद आतिश ने स्वीकृति में सिर हिला दिया।

उत्साह में भरे केशू भाई ने कहा, ''चाल, तो आज ही नितिन को बोल दूँगा कि कल से दफ्तर आ जावे, साथ ही मैं अपने छोकरों को भी पहले से बोल दूँगा कि नितिन कोई बाहरी आदमी नहीं है, घर का ही बच्चा है—उनके बड़े भाई जैसा, इस वास्ते उसे इज्जत भी वैसी ही दें।''

''हाँ, मेहुल तो सीधा-सादा है, जैसा बोलो, वैसे ही करता है, लेकिन केतन अलग स्वभाव का है। अपने तरीके से काम करना चाहता है। हालाँकि आज तक उसने बेअदबीवाली कोई बात नहीं की, फिर भी उसकी यही कोशिश रहती है कि अपनी बात को ऊपर रखे।''

केशू भाई ने मुस्कुराते और अपने कान पकड़ते हुए कहा, ''वात आम छे आतिश, बचपन से ही इस छोकरे को मैंने कुछ ज्यादा ही सिर पर चढ़ा लिया। जो इसके मुँह से निकले, वह चीज फौरन ही इसके हाथ में पकड़ा दी। पढ़ाई-लिखाई में बहुत तेज रहा, इसलिए भी मुझे इसपे नाज रहा, और तो और, जब इसने दूसरी जात की आयशा से लगन करने की जिद की और बा नाराज हो गईं तो मैंने पहली बार बा के हाथ जोड़कर केतन की खुशी के लिए उन्हें राजी कर लिया। वैसे उनके ना बोलने का तर्क भी गलत नहीं था। उन्होंने कहा था, बात दूसरी जाति की नहीं है, वात आम छे कि दोनों ही बच्चे अलग तरह के खान-पान और परिवेश में बड़े हुए हैं, उन्हें एक-दूसरे के अनुकूल ढलने में दिक्कत होगी और बा की कही बात सही निकली। लगन के दो महीने बाद ही आयशा ने अपने बेडरूम की बाल्कनी में छोटी-सी किचन बनवानी चाही, जहाँ वह अपने मन का नॉनवेज खाना बना सके। यह तो अच्छा हुआ, हमारे बीच में बोलने के पेला ही केतन ने ना पाड़ दी। उसने साफ बोल दिया, नॉनवेज खाना घर में नहीं बनेगा...बहुत शौक है तो बाहर से मँगाकर खा लिया करो। यह एक नहीं, ऐसी ही अनेक छोटी-छोटी बातें होती हैं जो पति-पत्नी के बीच कलह का कारण बन जाती हैं और जिन्हें शादी के पहले ही आपस में निपटा लेना चाहिए... खैर, छोड़, मैं भी न कहाँ से कहाँ पहुँच गया!'' केशू भाई ने उठते-उठते कहा, ''एक बात और आतिश, नितिन को तू सभी विभागों की जानकारी देना और सभी लोगों से कहना, यह हमारे ही परिवार का सदस्य है।''

इसी बीच प्यून टेबल पर दोपहर का गुजराती अख़बार रखकर चला गया। केशू भाई की नज़र एक हेडलाइन पर पड़ी तो अख़बार उठा फ़ौरन वह उस ख़बर को बाँचने लगे और अचानक ही ख़ुशी में भर पेपर पर हाथ मारते बोले, "वाह रे भगवान, तारा घेर देर छे, अँधेर नहीं!" फिर पेपर आतिश को देते बोले, "तू पण वांच।"

आतिश अख़बार पढ़ते बोले, "अरे वाह, शान्तनु जी ने राकेश कुमार को अन्दर करवा दिया?"

केशू भाई बोले, "अरे, इसे तो बहुत पहले ही जेल हो जानी चाहिए थी, आतिश! तने याद छे, यह राकेश हमारे सरीखा छोकरा ही था जब मगनभाई के दफ्तर में डिसपैचिंग का काम करता था, लेकिन इसने उस देवता समान आदमी को भी नहीं छोड़ा, दीमक की तरह घुसकर उनके धन्धे को खा गया।"

आतिश बोले, "मगन भाई तो इसका पहला शिकार थे, फिर तो इसके मुँह खून ही लग गया। एक के बाद एक कई लोगों को इसने बर्बाद कर डाला लेकिन कोई इसका कुछ नहीं बिगाड़ सका।"

केशू भाई ने हँसते हुए कहा, "जिसे श्रेय मिलना होता है, उसे ही मिलता है। कान्हूड़ा ने हमारे शान्तनु के हाथ में सुदर्शन चक्र पकड़ा दिया और उसने अपने क्लाइंट विक्रम सोनी की रक्षा करते हुए उस राकेश कुमार की गर्दन नाप ली, गया पन्द्रह साल के लिए अन्दर!"

आतिश ने फ़ोन उठाते कहा, "शान्तनु को बधाई दे दें?"

केशू भाई ने उनका हाथ रोकते हुए कहा, "कैसी बात करता है तू? अरे मेरा होनेवाला जमाई है, ऊपर से मेरे पुराने दोस्त का दीकरा...शाम को दफ्तर से निकलकर मिठाई लेते हुए पहले बी.बी. के घर चलते हैं।" फिर मुस्कुराते हुए कहा, "पर हाँ, सबसे पहले अपनी नन्दिनी को बधाई दे दूँ।"

केशू भाई ने कई बार नम्बर लगाया लेकिन फ़ोन नहीं लगा। वह बोले, "फोन व्यस्त आ रहा है...समझी गयो...मैं उसे बधाई देने की सोच रहा हूँ, वह शान्तनु को बधाई दे रही होगी!"

इस बात पर एक-दूसरे को देख दोनों मित्र हँस पड़े।

मीडियावालों से पीछा छुड़ाकर बड़ी मुश्किल से शान्तनु अपनी गाड़ी तक पहुँच पाया। आज उसे अपने घर पहुँचने की बहुत जल्दी थी। डैड के कितने फ़ोन आ चुके हैं। राकेश कुमार को सज़ा दिलाकर आज उसने अपने खाते में एक बहुत बड़ी जीत दर्ज़ कराई है। डैड अक्सर कहते हैं, 'लोग तुम्हें तुम्हारे नाम से कम, मेरे नाम से ज्यादा जानते हैं...मैं उस दिन का बेसब्री से इन्तजार कर रहा हूँ, जब तुम कोई

बड़ा केस जीतो और लोग तुम्हें तुम्हारे नाम से जानें।' आज शायद ऐसा ही कुछ हुआ। डैड बहुत ख़ुश हैं।

उसने कार अपने बँगले के गेट के अन्दर लेनी चाही, देखा, थोड़ा आगे ही केशू भाई की काली मर्सीडीज़ खड़ी थी। पहले गाड़ी में से केशू और आतिश बाहर निकले, और ड्राइवर ने मिठाई के डिब्बे लाकर उन्हें पकड़ाए।

अपनी गाड़ी से उतर मुस्कुराता हुआ शान्तनु विनम्र भाव से आगे बढ़ा और झुककर केशू के पैर छूने चाहे, केशू भाई ने फ़ौरन ही उसे खींचकर गले लगाकर उसकी पीठ थपथपाई और कहा, "शाबाश दीकरा, शाबाश! और यह शाबाशी सिर्फ इसलिए नहीं है कि तूने पहली बार इतना बड़ा केस जीता, साच्चू बोलूँ तो तूने आज एक ऐसे अपराधी को सजा दिलवाई है, जिसने न जाने कितने पसीने से पैसा कमानेवालों को बर्बाद कर डाला। विशेष रूप से मैं मगन भाई का नाम लेना चाहूँगा, जिनके आशीर्वाद से ही आज मैं यहाँ तक पहुँच सका।"

शान्तनु बोला, "आइए, अंकल, अन्दर चलिए।"

सभी अन्दर चल दिये।

बी.बी. मेहता शान्तनु के साथ केशू भाई और आतिश को वहाँ आया देख उठ खड़े हुए, "अरे, आप?"

इसी बीच शान्तनु ने आगे बढ़कर पिता के पैर छुए और बी.बी. ने गर्व से भर उसकी पीठ थपथपाई, "आई एम प्राउड ऑफ यू माई सन!"

"थैंक यू डैड!" केशू भाई और आतिश की ओर देख शान्तनु बोला, "अंकल, प्लीज, आप लोग बैठिए, मैं चेंज करके अभी आया।"

अपने कमरे की तरफ़ जाते-जाते शान्तनु किचन में जाकर सीधे फ्रिज़ की तरफ़ बढ़ गया। पानी की बोतल फ्रिज़ से निकाल जैसे ही गिलास में पलटने लगा, उसने देखा, गैस स्टोव के पास खड़ी नन्दिनी चाय छान रही है। वह अभी तक शान्तनु को नहीं देख पाई थी। नन्दिनी को देख शान्तनु के होंठों पर मुस्कुराहट उभर आई। दबे पाँव आगे बढ़कर उसने टॉप में से झाँकती नन्दिनी की खुली गर्दन पर फ्रिज़ का ठंडा पानी डाला तो नन्दिनी 'आउच' कहकर उछल पड़ी, उसके हाथ से छलनी गिर गई। इससे पहले कि नन्दिनी कुछ कहे, शान्तनु ने उसे अपनी तरफ़ खींचते हुए कहा, "तुम यहाँ क्या कर रही हो?"

छूटने की कोशिश करते हुए नन्दिनी ने कहा, "छोड़ो मुझे!"

"नहीं छोड़ूँगा...पहले बताओ, अचानक यहाँ..."

नन्दिनी उसकी बात काटते हुए बोली, "अरे बाबा, तुम्हें कांग्रेच्युलेट करने के लिए..."

उसके चेहरे के क़रीब अपना चेहरा बढ़ाते शान्तनु ने शरारती अन्दाज़ में कहा, "तो करो न कांग्रेच्युलेट!"

उसे पीछे ढकेलते नन्दिनी बोली, "देखो, तुमने बनी-बनाई चाय गिराकर मेरा काम बढ़ा दिया, अब दोबारा से चाय बनानी पड़ेगी।"

"वह सब बाद में, पहले कांग्रेच्युलेट तो करो...सही ढंग से, वर्ना छोड़ूँगा नहीं..."

उसकी बाँहों से ख़ुद को छुड़ाते नन्दिनी एकदम से बोली, "देखो, कोई आ जाएगा!"

"आने दो। होनेवाले मियाँ-बीवी ही तो हैं...अब जल्दी करो।"

नन्दिनी जैसे ही उसकी तरफ़ थोड़ा बढ़ी तो रसोई की तरफ़ आते जॉन की आवाज़ सुनाई पड़ी, "फ्रिज़ में सब्जी बाद में रखूँगा, पहले चाय चढ़ा दूँ।"

जॉन की आवाज़ सुनते ही दोनों अलग हो गए। बोतल लिये शान्तनु नन्दिनी को घूरकर देखने लगा तो नन्दिनी ने उसे जीभ चिढ़ाई और फिर से स्टोव पर चाय चढ़ाने लगी।

जॉन दोनों को किचन में देखकर बोला, "अरे बेबी, आप?"

"हाँ...वह मैं।"

इस बीच शान्तनु बाहर चला गया।

नन्दिनी प्लेटफ़ार्म साफ़ करते हुए बोली, "जॉन अंकल, आप बिस्किट्स वगैरह निकालिए बाहर, चाय मैं ले जाऊँगी।"

जॉन सिर हिलाते बोला, "ओ.के. बेबी!"

कपड़े चेंज कर शान्तनु जब हॉल में आया, तो उसने देखा, उसके डैड, केशू और आतिश के बीच कुछ दिलचस्प बातें चल रही हैं। सभी हल्के-फुल्के मूड में हैं। बी.बी. हँसते हुए बोले, "अब तो 'बी.बी.', 'बी.बी.' कहना छोड़ दे यार...जल्दी ही मैं ससुर बननेवाला हूँ।"

यह सुन केशू भाई ने हँसते हुए कहा, "तू ससुर बन जाएगा तो क्या बी.बी. नहीं रहेगा?"

इस पर शान्तनु को हँसी आ गई। सभी उसकी तरफ़ देखने लगे और बी.बी. कहने लगे, "तुम ही समझाओ इसे शान्तनु, एक बार हम सब एक पार्टी में थे, वहाँ मेरे सीनियर एडवोकेट, जज—सभी थे और यह केशू भाई यही कहे जा रहे थे, 'बी.बी., सुन ना! बी.बी., सुन ना' तो जज जगत नारायण श्रीवास्तव जी हैरानी से हम दोनों को देखते हुए बोले, 'बी.बी. यह आपको...'"

बात पूरी होने के पहले ही सब-के-सब पेट पकड़कर हँसने लगे।

केशू हँसते-हँसते बोले, "बी.बी. न बोलूँ तो और क्या बोलूँ यार?"

इस पर बी.बी. ने कहा, "अरे, मेरा नाम बृजभूषण है। बृज भी बुला सकता है...अरे जॉन, चाय कहाँ रह गई भाई...?"

तभी हाथ में चाय-नाश्ते की ट्रे लिये हॉल में नन्दिनी आती दिखलाई दी। बी.बी. नन्दिनी को देख मुस्कुराए, जबकि केशू भाई और आतिश चौंककर बोले, "तू अँइया छे?"

शान्तनु को देखते हुए नन्दिनी बोली, ''हाँ, पप्पा...वह मैंने टी.वी. पर न्यूज देखी तो...''

केशू भाई ने उसकी बात पूरी करते हुए कहा, ''बधाई देने चली आई...सारू, सारू...अच्छा है, लगन के पेला ही सासरे में घुल-मिल जाएगी तो विदा के समय रोएगी पन नहीं।''

प्यार-भरे ग़ुस्से से केशू भाई को देख नन्दिनी बोली, ''काका, नहीं। इतनी जल्दी है आपको मुझे घर से बाहर निकालने की?'' यह कहकर नन्दिनी कप में चाय डालने लगी।

बी.बी. बोले, ''इनका तो नहीं पता नन्दिनी बेटा, लेकिन मैं तो चाहता हूँ, जल्दी-से-जल्दी शादी हो और मेरा बरसों से सूना पड़ा यह घर एक बार फिर मुस्कुराने लगे।'' फिर थोड़ा गम्भीर होते हुए बोले, ''मयूरी जब से गई तब से यह घर बेआवाज हो गया है। आतिश भाई, जल्दी-से-जल्दी कोई उत्तम मुहूर्त निकलवाइए और इस घर में भी थोड़ी चहल-पहल करवा दीजिए!''

केशू भाई और आतिश ने एक-दूसरे को देखा फिर नन्दिनी को देखते केशू भाई बोले, ''अभी बोल...मैं तो तेरा कन्यादान करने के एक-एक दिन गिन रहा हूँ, पर तू चाहती है, पेला ऑफिस ज्वाइन करके थोड़ा काम सीख लेवे...मैंने तो तेरा केबिन बनाने के लिए भी बोल दिया है।''

आतिश बोले, ''हाँ, तो...जॉब करने के लिए किसने मना किया? पहले शादी और फिर जॉब। वैसे भी महीना-दो महीना आगे-पीछे होने से कोई जॉब हाथ से थोड़े चली जाएगी, घर की बात ही तो है।''

नन्दिनी और शान्तनु की आँखें एक-दूसरे से मिलीं। उसे देखते हुए शान्तनु बोला, ''डैड, इंगेजमेंट होते ही यह एम.बी.ए. करने अहमदाबाद चली गई। अभी तो आई है...कम-से-कम थोड़े टाइम तो हम दोनों फ्री बर्ड्स की तरह घूमें-फिरें, लाइफ एन्जॉय करें...फिर तो घर-गृहस्थी में उलझना ही है। तब तक इसे काका के ऑफिस में काम करने दीजिए।''

बी.बी. के चेहरे पर उदासी देखकर केशू भाई बोले, ''मैंने सब फाइनल कर दिया। अभी पन्द्रह-बीस दिन के बाद मेहुल के छोकरे का नामकरण होगा। हमारे सूरत से प्रसंग करवाने के लिए पंचोली जी आएँगे, उन्हीं के आगे बच्चों की जन्मपत्री रख देंगे। जो सबसे अच्छा मुहूर्त वह बताएँगे, उसमें ही यह लगन होगा, फिर भले ही वह महीने भर बाद का ही क्यों न निकल रहा हो।'' फिर नन्दिनी को प्यार से थपकते हुए बोले, ''अने जॉब नी शूं चिन्ता—सारा कारोबार मेरे बाद तुम बहन-भाइयों को ही मिलकर सँभालना है...और हाँ, सचिन भाई का दीकरा नितिन पन कल से ही दफ्तर आनेवाला है।'' चाय का कप नीचे रखते हुए बोले, ''चलो भई, हँसी-मजाक, चहा-पानी सब हो गया। अब घर चला जाए।''

इस पर बी.बी. बोले, "अरे यार, थोड़ा और बैठो न, चार कदम पर ही तो तुम्हारा घर है!"

केशू भाई बोले, "पर आतिश को तो सान्ताक्रुज जाना है, ऊपर से ट्रैफिक का टाइम...चाल नन्दिनी, वैसे तू कहाँ जाएगी—मेरे साथ या अपने पप्पा के साथ?"

नन्दिनी बोली "मुझे छोटू को खिलाना है, दो-चार दिन वरली में ही रहूँगी।"

यह सुन केशू भाई उसे प्यार से लिपटाते हुए बोले, "चाल।"

बी.बी. भी उठकर उनके पीछे-पीछे आए। उन्हें रोकते हुए आतिश बोले, "नहीं-नहीं, आप बैठिए...जय श्रीकृष्ण!" कहकर केशू भाई, आतिश और नन्दिनी दरवाज़े की ओर बढ़ गए।

डिनर के बाद शान्तनु अपने कमरे में आया। उसने देखा, पलंग पर नई चादर बिछी हुई है...फूलदान में कई रंगों के गुलाब सजे हुए हैं। अरे, नन्दिनी यह सब कब कर गई?...मैंने देखा ही नहीं! वह एक-एक फूल को निकालकर उसे छूने लगा...सूँघने लगा। उसके होंठों पर मुस्कान फैल गई। उसे जैसे नन्दिनी के आने की दस्तक का आभास हुआ हो, वह स्वयं में बुदबुदाने लगा, 'नन्दिनी, सच, अब देर मत करो! आ जाओ मेरे पास...फैला दो अपनी खुशबू पूरे घर में...' और फिर वह बत्ती बन्द करके बिस्तर पर लेट गया। दोनों हाथ चादर पर फैलाकर यूँ फिराने लगा, जैसे नन्दिनी उसके बहुत क़रीब हो! धीरे से बोला, 'गुड नाइट नन्दिनी!'

12

आतिश ने अपने ऑफ़िस के कमरे में लॉकर खोलकर उसमें कुछ सामान रखकर उसे बन्द किया, तभी नितिन ने वहाँ आकर आतिश के पैर छूते हुए कहा, "आतिश काका, प्रणाम।"

आतिश ने उसे देखकर ख़ुशी में भरे उसकी पीठ थपथपाते हुए कहा, "बैठ, बेटा, तेरे बारे में केशू मुझे सब-कुछ बता चुका है। अब तू किसी प्रकार की चिन्ता मत करना। तू वापस से घर और घरवालों के बीच आ गया है। हाँ, कुछ दिनों तक तूझे वह गड्ढा भरने में अटपटा लगेगा जो हालात की वजह से बन गया है... ना-ना, मुझे गलत मत समझना दीकरा... हम सब बड़े अपने हर बच्चे को अच्छी तरह से जानते-समझते हैं, लेकिन हमारे बच्चों को तुझे अपने साथ का ही मानने में थोड़ा समय लग सकता है, पर तू निश्चिन्त होकर अपना काम कर।"

नितिन जो 'हाँ' में सिर हिलाए जा रहा था, धीरे से बोला, "केशू काका ने मुझसे कहा है कि मुझे बिजनेस के सभी डिपार्टमेंट्स का सुपरविजन करना होगा, लेकिन इस बारे में किसी को कुछ नहीं बताना है, पर काका, लोग मुझसे पूछेंगे ही न कि मैं यहाँ क्या करता हूँ।"

आतिश उसकी पीठ सहलाते बोले, "कोई नहीं पूछेगा, तू अपना काम कर। चल, मैं तुझे कारखाना और दफ्तर दिखा के लाता हूँ।" यह कहकर आतिश उसे लेकर वहाँ से निकल गए।

आतिश नितिन को लेकर कारख़ाने में आए और वहाँ की बारीकियों, जैसे कि कच्चा माल, फिर उसे अलग-अलग आकार और छोटे-बड़े साइज में तराशा जाना—सब उसे बताया। उसे यह भी समझाया कि जो हीरा जितने श्रम और बारीकी से तराशा जाता है, उसका मूल्य भी उतना ही बढ़ जाता है। तराशे गए हीरे वह ख़ुद यहाँ आकर ले जाते हैं, फिर अपने कमरे के लॉकर में रखते हैं, वहीं से निकालकर उन्हें परखते हैं और उनकी गुणवत्ता के आधार पर केशू भाई के साथ बैठकर उनके मूल्य निर्धारित करते हैं। जब से केतन आया है, वह भी उनके साथ इन सब कामों में बैठता है।

अभी आतिश और नितिन डिसपैचिंग डिपार्टमेंट में रमेश से मिलकर बाहर निकले ही थे कि सामने से राठौड़ के साथ आते हुए केतन दिखाई पड़ गया। केतन जो राठौड़ को कुछ समझा रहा था, नितिन पर नज़र पड़ते ही चौंककर धीरे से बोला, "नितिन देशमुख?"

राठौड़ भी मुड़कर देखने लगा।

इधर नितिन, केतन को देखते ही मुस्कुराते हुए तेज़ी से उसकी तरफ़ बढ़ा। पास आकर केतन को गले लगाते बोला, "केतन!"

थोड़ा असहज अनुभव करते, धीरे से अलग होते केतन ने कहा, "आप दिल्ली से कब आए?"

अब आतिश, जो उनके पास आ चुके थे, बोले, "नितिन दिल्ली छोड़कर वापस अपने घर आ गया है। अब यह हम लोगों के साथ इधर ही काम करेगा।"

यह सुनते ही केतन के चेहरे के भाव तेज़ी से बदलने लगे। राठौड़ कभी नितिन को, तो कभी केतन को देखने लगा। तभी आतिश राठौड़ को देखते हुए बोले, "नितिन केशू के लिए वैसे ही है, जैसे मेहुल, केतन, नन्दिनी। वैसे और भी दो-तीन नाम हैं, लेकिन उसके लिए पहले समझना पड़ेगा। फिलहाल तो यह जान लो कि नितिन हमारे साथ काम में जुड़ चुका है।"

यह सुनकर राठौड़ के मुँह से निकला, "सर, नितिन जी कौन-सा सेक्शन देखेंगे?"

आतिश हँसते हुए बोले, "एम.बी.ए. पास छोकरा है, मिलनसार और तेज दिमाग भी है, तो केशू भाई सोच-समझ के ही इसके लायक कोई काम देंगे।"

आतिश केतन और राठौड़ के हाव-भाव देखकर समझ गए कि नितिन के आने से ये दोनों ख़ुश नहीं हुए।

आतिश के घर में रसीली मेज़ पर खाना लगा चुकी थी, उधर आतिश हाथ पोंछकर टेबल की तरफ़ आते हुए बोले, "आज जमवा माँ शूँ बनाव्यू छे?"

रसीली, जिसका मुँह चढ़ा हुआ था, बर्तनों की आवाज़ करते खाना परोसते बोली, "दाल, चोखा, शाक अने रोटला बीजू शूँ।"

आतिश रसीली को देखते बोले, "इतना गुस्से में क्यों बोल रही है? क्या हुआ?"

"बोलने का फायदा, कोई समझनेवाला भी तो हो!" यह कहकर फिर ख़ुद भी कुर्सी पर बैठ गई और बड़बड़ाने लगी, "पेला तो नन्दिनी दो साल की पढ़ाई करने के लिए अहमदाबाद चली गई, अब जब से लौटकर आई है, आए दिन 'सांधवी विला' में पड़ी रहती है।"

यह सुन आतिश ग़ुस्से में बोले, "रसीली, नन्दिनी तेरी छोकरी है, दुश्मन नहीं है। जब देखो, उसी की शिकायतें लेकर बैठ जाती है। अरे, कल ही तुझे बताया कि मेहता जी जल्दी लगन करना चाहते हैं। हम लड़कीवाले हैं, हमें उनकी बात माननी ही पड़ेगी। चार दिन पाछे नन्दिनी परायी हो जाएगी और तू है कि..."

आतिश की बात सुनकर रसीली बोली, "इसीलिए तो...अरे, माँ हूँ मैं उसकी, कभी मेरी छाती से भी लगकर बैठे! जब देखो, केतकी के पल्लू से ही बँधी रहती है।"

"अब तू भाभी से भी द्वेष करेगी? अरे जब से मेहुल का छोकरा आया है, उसी में नन्दिनी का ध्यान पड़ा रहता है। बोलके गई है, दो-चार दिन उसे जी भरकर खिलाकर आएगी...हजी तू शान्ती ती जम अने म्हने पण जमवा दे।" यह कहकर आतिश खाना खाने लग गए।

13

'सांधवी विला' में खाने की टेबल पर मेहुल, केतन, नन्दिनी, केशू भाई और बा बैठे खा रहे हैं, आयशा खाना परोस रही है, तभी केशू भाई बा से बोले, "बा, यह केतकी हमारे साथ बैठकर खाना कब शुरू करेगी? जब से इसका पोता आया है, इसने तो मुझे छोड़ ही दिया है!"

बा हँसते हुए बोलीं, "कुछ ही दिवस की बात है...पारुल व्हऊ सवा महीने का स्नान कर लेगी तो सभी साथेज जमवा बेससें। अभी केतकी व्हऊ अपनी व्हऊ को अलग से बनाया जच्चा-बच्चावाला खाना अपने सामने ही बैठाकर खिलाती है, केम कि प्रसव के बाद उचित खान-पान न मिलने से शरीर में हमेशा के लिए कमजोरी आ जाती है।"

इसी बीच आयशा ने केतन की प्लेट में कुछ डालना चाहा तो केतन चिल्लाकर बोला, "अरे, सर्व करने की तमीज भी नहीं है, मेरी शर्ट खराब कर दी!"

"सॉरी! पर चिल्लाने की क्या जरूरत? बाउल थोड़ा हिल गया और ग्रेवी गिर गई...।"

"हाँ-हाँ, तभी तो कह रहा हूँ, तमीज नहीं है सर्व करने की।"

बा बोलीं, "केतन, इतनी ऊँची आवाज में पत्नी से बात नहीं करते, हो जाता है कभी-कभी।"

बा की बात पर नन्दिनी बोली, "बिलकुल। केतन भाई, आपको भाभी से इस तरह बात नहीं करनी चाहिए।"

केतन ने चिढ़कर सबको देखते हुए कहा, "मेहुल भाई, पप्पा, आप लोगों को भी कुछ बोलना हो तो बोल दो।"

केशू भाई ने हँसते हुए कहा, "ना दीकरा, पर तुझे भी इतना बुरा नहीं मानना चाहिए।...अरे, जैसे तू इस घर का दीकरा, आयशा पण इस घर की दीकरी। हमारे घर में व्हऊ-दीकरा में फर्क नहीं किया जाता, समझी गयो ? सॉरी बोलो आयशा को!"

आयशा डाइनिंग टेबल से उठने लगी तो नन्दिनी भी यह कहते वहाँ से उठ गई, "मेरा भी हो गया।"

बा भी उठने लगीं तो लपक के सहारा देकर नन्दिनी ने उन्हें उठाया और दोनों चल दीं। केशू चुपचाप यह सब देखते रहे। अब टेबल पर सिर्फ़ केतन, मेहुल और केशू भाई ही रह गए।

दाल, चावल मिलाते हुए केतन ने केशू भाई से कहा, "पप्पा, आज ऑफिस में नितिन भाई को देखा। आतिश काका कह रहे थे, वह हमारे ऑफिस में काम करनेवाले हैं?"

"हूँ, सही सुना।" खाते-खाते केशू भाई बोले।

इस पर मेहुल ने कहा, "अरे वाह! गुड न्यूज! पर वह दिल्ली छोड़कर आ गए क्या?"

केशू भाई ने 'हाँ' में सिर हिलाया।

केतन बोला, "पर पप्पा, पिछले ढाई-तीन साल से वह किसी के कांटेक्ट में नहीं थे, अब अचानक आ गए। हमें तो यह भी नहीं पता कि वह दिल्ली में क्या करते थे और वहाँ से क्यों छोड़कर आए। अब ऐसे आदमी को फौरन ही इतने बड़े बिजनेस से जोड़ लेना मेरी समझ में तो नहीं आता।"

हैरानी से उसे देखते केशू भाई ने कहा, "केतन दीकरा, एक वात याद राखजे, समय बड़ा बलवान होता है, उसके आगे कोई कुछ नहीं। मान ले, कभी हमारे धन्धे में प्रॉब्लम आ जावे, सब-कुछ खलास हो जावे, तो क्या सचिन भाई, आतिश या वकार तेरा दर्द नहीं बाँटना चाहेंगे, बोल? यह जो दिल है न, इसे थोड़ा बड़ा करना सीख। अगर प्यार से खाओ तो फक्त एक रोटी का एक-एक निवाला भी सबका पेट भर सकता है—मेहुल, केतन, आई बात समझ में?"

दोनों ने 'हाँ' में सिर हिला दिया।

नितिन को बिज़नेस में शामिल करना, केशू भाई के समझाने के बावजूद केतन को हज़म नहीं हो रहा था। वह मन-ही-मन खीज उठा। खाने की टेबल से

उठकर वह अपने कमरे में आया तो उसने देखा, आयशा सोफ़ा पर कुशन के सहारे आराम से बैठी अपने किसी मित्र से नए स्पा के बारे में बातें कर रही है। बीच-बीच में ज़ोर-ज़ोर से हँसती भी जा रही है। पहले से ही चिढ़ा केतन अचानक ही आयशा पर चिल्लाने लगा, "तुम्हें स्पा, ब्यूटीपार्लर, शॉपिंग—इन सबके अलावा कुछ सूझता है?"

यह सुनते ही अपनी दुनिया में मगन आयशा बुरी तरह से चौंककर उसे देखकर बोली, "मुझसे कुछ कहा?"

"हाँ-हाँ, तुमसे ही कहा यूजलेस वुमेन..."

आयशा फ़ौरन फ़ोन काटकर केतन के सामने खड़ी होकर बोली, "आर यू ओ.के.?"

"यस-यस, आई एम ओ.के.! पूरे घर में एक मैं ही तो ठीक-ठाक बचा हूँ, बाकी सब-के-सब सुबह से रात तक दान-पुण्य में लगे रहते हैं। यह घर नहीं, धर्मशाला बनता जा रहा है। जिसका जब मन चाहे, यहाँ आए, रुके, खाए-पीए और चला जाए। चलो, वहाँ तक भी ठीक है, लेकिन अब तो हद ही हो गई, बाहरी लोगों को घर के बिजनेस में लगाया जा रहा है...!"

आयशा बोली, "तुम किसकी बात कह रहे हो?"

"नितिन। उसी नितिन देशमुख की, कल तक जिसका नाम भी कोई मुँह से नहीं निकालता था। क्योंकि अपने पैरेंट्स को लात मारके वह किसी का घरजमाई बन गया था, लेकिन अब, जब वहाँ उसे लात पड़ी तो पाँव जमाने के लिए यही एक ठिकाना मिला। न जाने कैसे एक ही दिन में उसने पप्पा को पटा लिया और 'सांधवी डायमंड्स' में भी घुस गया!"

"मतलब...?"

"अरे यार, पप्पा ने उसे हमारे बिजनेस से जोड़ लिया है। मैं सोच रहा था और साल-छह महीने में बिजनेस के गुण सीख लेने के बाद काम को नए पैटर्न पर लाऊँगा, क्योंकि मेहुल भाई तो जितना कर रहे हैं, उससे आगे कभी बढ़ ही नहीं पाएँगे। उनका दिल खुश करने के लिए और माँ की बात रखने के लिए पप्पा ने उन्हें पॉवर ऑफ अटॉर्नी दे रखी है। चलो, अभी तो पप्पा और आतिश काका हर बात पर नजर रखते हैं, लेकिन यह सच है कि मेहुल भाई बर्थ डेट के हिसाब से भले ही अट्ठाइस साल के हो चुके हैं, लेकिन दिमागी तौर पर अट्ठारह से आगे बढ़े ही नहीं। इन हालात में कभी भी धोखा हो सकता है। कोई भी बाहरवाला इन्हें खोखला करके भाग सकता है। अरे मैं तो यही सोचे बैठा था, कि और छह महीने एक्सपीरियंस ले लूँ फिर पॉवर ऑफ अटॉर्नी की बात करूँ। लेकिन मेरी समझ में नहीं आ रहा है, आखिर पप्पा के मन में क्या है?...क्या सोच के वह नितिन को लाए हैं?"

"नितिन की क्वालीफिकेशन क्या है?"

"एम.बी.ए.। उसके लिए पप्पा ने ही उसे हारवर्ड भेजा था। आज जब से मैंने उसे ऑफिस में देखा है, मैं यही सोचे जा रहा हूँ कि पप्पा इसे क्लर्क की कुर्सी पर बैठाने के लिए तो लाए नहीं होंगे...तो फिर चक्कर क्या है?"

"तुमने पूछा नहीं?"

"पूछा था, तो मुझे एक रोटी को बाँटकर खाने का ज्ञान देने लगे। पर मैं ऐसा होने नहीं दूँगा। अपने बिजनेस को खैरात में नहीं बाँटने दूँगा मैं।"

केतन के चेहरे पर क्रोध के साथ दृढ़ता उभर आई। यह देखकर आयशा बोली, "सचिन अंकल के बेटे को बिजनेस में एंट्री दे दी, नन्दिनी का कन्यादान तो यह करेंगे ही, अब बचा कौन? तुम्हारे वकार अंकल के बच्चों के लिए भी तुम्हारे पापा के मन में कुछ प्लान जरूर ही होंगे।" तभी दरवाज़े पर ज़ोर-ज़ोर से खट-खट हुई, आयशा और केतन ने एक-दूसरे को देखा, "इस वक़्त कौन आ गया?" कहते आयशा ने आगे बढ़कर दरवाज़ा खोला। दरवाज़े पर नन्दिनी, मेहुल और पारुल खड़े हँस रहे थे।

आयशा के चेहरे के सामने अपना हाथ घुमाते हुए नन्दिनी ने कहा, "हॅलो, आर यू ओ.के?"

दोनों ही सामान्य हुए तो केतन आगे बढ़कर बोला, "रात के दस बज चुके हैं, इस वक्त मुझे डिस्टर्ब करने का मतलब?"

नन्दिनी ने अकड़ते हुए कहा, "अरे वाह, यह सवाल तो मुझसे केशू काका तक नहीं करते...मेहुल भाई, पारुल भाभी, कम ऑन।" और आगे बढ़कर बेड पर बैठ गई और उनको भी बैठने का इशारा करते हुए बोली, "आप सब भी बैठो न, काड्र्स खेलेंगे।"

केतन बोला, "नहीं, मेरा मन नहीं है..."

नन्दिनी ने रौब से कहा, "देखो भाई, सब जानते हैं, जब नन्दिनी यहाँ होती है तो उसी की चलती है। ज्यादा ना-नूँ करोगे तो काका से शिकायत कर दूँगी।" फिर हँसते हुए केतन के पेट में झूठ-मूठ का मुक्का मारकर कार्ड बाँटने लगी।

नन्दिनी की इस हरकत पर चिढ़ा हुआ केतन बड़बड़ाया, "अच्छा है, तू थोड़े दिन में ससुराल चली जाएगी...सारी किट-किट खत्म!"

"अरे नहीं न...काका ने मेरा रिश्ता भी बहुत सोच-समझ के किया है। पीहर के इस बँगले से तीन बँगले छोड़कर मेरा सासरा है, जब जी चाहेगा तब चली आऊँगी और तुम लोगों की जान खाऊँगी। चलो, अब शो करो!" केतन और आयशा की नजरें एक बार फिर मिलीं और फिर सब खेल में लग गए।

बा के कमरे में हल्की-सी रोशनी थी। बा बेड पर लेटी धीरे-धीरे गुनगुना रही थीं, 'नागर नन्दा जी ना लाल, रास रमन्ता म्हारी नाथणी खोवाणी।' तभी दबे पाँव केशू भाई कमरे में आए और बा के पैताने बैठकर उनके पाँव दबाने लगे।

हाथों का स्पर्श महसूस करते बा बोलीं, "अरे केशू, शा माटे रोज-रोज पग दबाववा बेसी जाए छे!"

"म्हने सुख मले छे बा!" यह कहकर बड़े प्रेम से केशू धीरे-धीरे बा के पाँव दबाने लगे।

बा बोलीं, "बस, हो गया।"

"नहीं बा, हजी जमणों पग बाकी छे। नहीं दबाऊँगा तो मुझे कूतरा काट लेगा"

यह सुनकर बा हँस पड़ीं।

दूसरा पैर दबा लेने के बाद केशू भाई जैसे ही खड़े होने लगे तभी बा बोलीं, "बे मिनट बेस, तुझसे कुछ जरूरी बात करनी है।"

केशू बा के पास बैठ गए।

"वो आठ दिवस पाछी मेहुल के छोकरे का नामकरण संस्कार है, केतकी ने सभी को सूचना भी दे दी है, नटटू काका को भी। उनका आशीर्वाद तुझे और मेहुल को तो मिला ही, अब मेरे पड़पौत्तर को भी मिल जाए तो मुझे सन्तोष रहेगा। प्रसंग में आने के लिए आज फोन पर मैंने उन्हें याद दिलाई तो बोले, 'व्हऊ-बेटा, जिस दिन छोकरा होने की खबर मिली, मैं तो उसके अगले दिवस ही निकल पड़ा होता, लेकिन लालजी भाई के स्वर्गवास के तुरन्त बाद उनके दीकरों के बीच खून-खराबे की नौबत तक आ गई। उनकी बेचारी पत्नी ने, जो मेरे और लालजी भाई के सम्बन्धों को जानती थीं, मुझे घर बुलाकर बच्चों को समझाने के लिए कहा। लेकिन मेरी कुछ चली नहीं। बात कोर्ट-कचहरी तक पहुँच गई और अदालत ने जायदाद के कागजों पर हिस्से बाँट करवा दिये, जिसमें कोठरी तक नहीं बची।'" इतना कहकर बा ने गहरी साँस छोड़ी, आँखें पोंछीं और हाथ बढ़ाकर केशू का हाथ थपकते बोलीं, "आ माटे म्हारी एक इच्छा छे।" कहते-कहते बा रुक गईं।

केशू बोले, "बा, आगे बोल ना..."

बा दुखी स्वर में बोलीं, "शूँ बोलवानूँ...अखबार में पढ़ो, टी.वी. पर देखो, घर-घर में यही सब चल रहा है। जन्म-मरण तो वैसे भी ठाकुर जी ने अपने ही हाथ में रखा है।" फिर हाथ जोड़कर ऊपर देखते हुए बोलीं, "ठाकुर जी तेरी हज़ारी उमर करें दीकरा...फिर भी सबको अपनी सुरक्षा का प्रबन्ध करके रखना ही चाहिए। आ माटे हूँ बोलूँ छूँ, अपनी आखी जायदाद अने धन्धे की लिखा-पढ़ी पक्के कागज पर करवा के रख दे और उसमें ऐसा लिखवाना कि तेरा सब-कुछ तेरी धर्मपत्नी का और उसके बाद तेरी सन्तानों का। अब सन्तान में पण तुझे जिसके नाम लिखवाने हों, लिखवा ले...समझी गयो न?"

'हाँ' में सिर हिलाते उठते हुए केशू ने कहा, "बा, हर बात तुझी से तो समझा हूँ मैं और तेरी बात तो मेरे लिए ईश्वर का आदेश होती है। अच्छा, बा, अब सोने जाता हूँ, पगे लागूँ।"

बा उनके सिर पर हाथ रखकर बोलीं, ''जीवता रह दीकरा।''

केशू भाई ने बाहर निकलकर दरवाज़ा धीरे से बन्द कर दिया।

14

वकार गैराज के लिए निकलने को थे कि किचन की तरफ़ देखकर चिल्लाए, ''अरे मेरी जन्नत महल, आज नाश्ता मिलेगा या नहीं?''

''बस, लाए...'' और कुछ ही देर में जन्नत गरमागरम पराँठे और साथ में बादाम का हलवा लेकर आ गई। टेबल पर रखते हुए बोली, ''लीजिए, गरमागरम पराँठें और बादाम का हलवा!''

''बादाम का हलवा? अचानक इसका खयाल आपको कैसे आ गया?''

''अरे वह फैजान बड़े दिनों से याद कर रहे थे—अम्मी, बादाम का हलवा बनाइए...''

''और आपने उस नालायक की जिद पूरी कर दी...!''

''अब देखिए, सुबह-सुबह बच्चे को कोसना बन्द कीजिए! कितनी दरगाहों-मजारों पर मन्नत माँगने के बाद हमें बच्चे का मुँह देखने को मिला था।''

तभी भागी-भागी हिना वहाँ आकर बोली, ''गुड मॉर्निंग अब्बू!''

वकार चहकते हुए बोले, ''अरे जीती रहो बिटिया! तुमने बादाम का हलवा खाया?''

''अभी नहीं। अम्मी ने कहा, पहले अब्बू और भाईजान खा लें, फिर खाना।''

ग़ुस्से में भरे वकार बीवी को देखकर चुप रह गए।

तभी हिना कपबोर्ड में से एक ड्रेस निकालकर ख़ुद पर लगाते हुए बोली, ''अब्बू, देखिए, कैसी है यह ड्रेस?''

वकार ने सिर हिलाते हुए कहा, ''अच्छी है।''

''परसों हमारे भतीजे का नाम रखने की रस्म है न, उसी दिन के लिए अम्मी ने सबके लिए कपड़े बनवा लिये हैं। आपके और भाईजान के लिए शेरवानी और अम्मी ने अपने लिए रानी कलर की साड़ी ली है, यह देखिए!''

एक नज़र साड़ी पर डालते, पराँठा चबाते मुँह ही मुँह में वकार बोले, 'बूढ़ी घोड़ी लाल लगाम!'

इस पर जन्नत भड़क गई, ''क्या कहा... क्या कहा...हम बूढ़े हैं? पैंतालीस साल की उम्र में क्या कोई बूढ़ा हो जाता है?''

''उससे क्या! अरे क्या तुम दादी नहीं बन गईं? और दादियों को कुछ तो अपना लिहाज बरकरार रखना ही चाहिए। वैसे तुम्हारा खुद का लड़का भी तेइस बरस का हो चुका है, अभी ब्याह हो जाए तो बाप बनने में क्या देर लगेगी?''

अब जन्नत रो पड़ी और रोते-रोते बोली, "आप तो बस हमारे और हमारे बेटे के पीछे ही पड़े रहते हैं...गुस्सा तो बहुत आता है कि बा से शिकायत करें, बस, यही सोच के चुप रह जाते हैं कि उन्हें दु:ख होगा।"

"नहीं-नहीं, शिकायत करने की बात मन में आई है तो कर ही दो, खा लेंगे हम बा से डाँट! कल संडे है, 'सांधवी विला' जाना ही है, निकाल लेना अपने मन की भड़ास।"

जूठे बर्तन उठाते सुबकते हुए जन्नत बोली, "कल हम 'सांधवी विला' नहीं जाएँगे।"

ग़ुस्से में भरे वकार बोले, "जन्नत, अब तुम्हारी इतनी हिम्मत बढ़ गई कि बरसों से चला आ रहा दस्तूर ही तोड़ दोगी? एक पुराना रिश्ता ही तोड़ दोगी?"

"अरे, नहीं-नहीं, आप ग़लत समझ रहे हैं। हम तो यह कहना चाह रहे थे कि परसों रस्म में जाने से पहले कल इतवार के दिन हम लोग रसीली भाभी के घर जाएँगे"

"क्यों?"

"देखिए, यूँ तो हमने बच्चे और मेहुल की दुलहन के लिए जो भी लेना था, सब ले लिया है, मन्दा भाभी भी तोहफे ले चुकी हैं। हम लोगों ने सोचा कि रसीली भाभी गुजराती हैं, रस्मों के बारे में अच्छी तरह जानती हैं, इसलिए एक बार अगर हम उन्हें अपना सामान दिखा देंगे और पूछेंगे कि कोई कमी रह गई हो तो बता दें—फिर हम उसे भी पूरा कर सकते हैं। बस, इसीलिए कलवाले इतवार को हम सब आतिश भाई साहब के यहाँ मिलेंगे और परसों सीधे जश्न में ही 'सांधवी विला' पहुँचेंगे।"

"सब एकतरफा ही सोच लिया और वहाँ बा हम सबकी राह ताकती बैठी होंगी तो?"

"रसीली भाभी ने बा को प्रोग्राम बता दिया है।"

वकार अपना ब्रीफकेस उठाकर जाने को मुड़े कि तभी दरवाज़े से फ़ैज़ान बालों में कंघी घुमाते दिखाई दिया तो उसे देख वकार बोले, "लीजिए, आ गए आपके साहबजादे! हलवा गरम करके पेट भर खिला दीजिए।"

परेशान-सा फ़ैज़ान कभी माँ को तो कभी बाप को देखते हुए बोला, "क्या हुआ अम्मी?"

जन्नत फिर से रोते हुए बोली, "हमसे क्या पूछते हो, अपने अब्बू से ही पूछो!"

फ़ैज़ान वकार की तरफ़ देखने लगा तो वकार बोले, "मियाँ, आजकल बहुत कम दिखलाई पड़ते हो, रहते कहाँ हो?"

हड़बड़ाया-सा फ़ैज़ान कभी अम्मी, तो कभी अब्बू को देखते हुए बोला, "और कहाँ अब्बू...बस, वही एक सब्जेक्ट में रह गए थे न, तो फिर से एक्जाम की तैयारी में लगे हुए हैं।"

"अच्छा, इस बार पास तो हो जाओगे न?"

जन्नत वकार को ऐसे घूरे जा रही थी, जैसे खा ही जाएगी, "कैसे बाप हैं आप? अरे कभी-कभी तो अपने बेटे से मोहब्बत से बोल लिया कीजिए!"

"यह कोई ऐसा काम तो करके दिखाएँ, खैर...हाँ, तो जनाब फैजान, हमारी बात कान खोलकर सुनो और याद रखो, परसों केशू चचा के यहाँ भतीजे का फंक्शन है और इस बार तुम वहाँ जरूर पहुँचोगे। पिछली बार केशू मियाँ की सालगिरह पर तो तुम्हारी वजह से हमारी नाक कटते-कटते रह गई। तुम्हें केक लेकर पहुँचना था, लेकिन तुम तो लापता हो गए। इस बार ऐसा कुछ नहीं होना चाहिए बल्कि हम सब घर से साथ ही निकलेंगे।"

"जी, अब्बू!" फ़ैज़ान घर के अन्दर चला गया और वकार घर के बाहर निकल गए।

15

पिछले कई दिनों से 'सांधवी विला' में गहमागहमी चल रही है। सामनेवाले लॉन की घास सुरुचिपूर्ण ढंग से छाँटी गई और गमले नए सिरे से रँगे गए। बँगले के अहाते में लगे सभी लैम्पपोस्ट में अधिक रोशनी के बड़े-बड़े बल्ब लगाए गए। पीछे कार पार्किंग के पास ही एक हिस्से को कनात से ढँककर भट्ठीखाना बनाया गया है और अब नट्टू काका की प्रतीक्षा की जा रही है, वह आएँ और अपने साथ सूरत से लाए हलवाइयों से अपनी देख-रेख में विशेष व्यंजन बनवाएँ।

घर के अन्दर का कोना-कोना चमचमा रहा है। मेहुल की सास देवकीबेन भी आ चुकी हैं। अपने घर से अपने दोहित्तर, पुत्री, जमाई आदि के लिए वह जो भेंटें लाई हैं, उन्हें बा को दिखाते संकोच में बोलीं, "बा, आप लोग इतने बड़े आदमी हैं, यह साधारण-से उपहार देते हुए मुझे अच्छा नहीं लग रहा है।"

बा उनकी पीठ पर हाथ रख आश्वस्त करती हुई बोलीं, "देवकीबेन, प्रेम से दिया गया एक फूल भी बहुत बड़ा उपहार होता है, क्योंकि उसके साथ उसकी खुशबू भी तो मिलती है, ठीक ऐसे ही आप जो यह सब लाई हैं, इनके साथ आपकी भावनाएँ और आपके आशीर्वाद जुड़े हुए हैं।"

बा की बात से देवकी की आँखें भर आईं और वह सिर हिलाते हुए सारा सामान समेटने लगीं तभी केतकी रसोई से निकलकर वहाँ आई और बोली, "बा, आपने रसोई में जो-जो भोजन बनाने के लिए कहा था, वह सब तैयार हो चुका है।"

"पर केतकी व्हऊ, तुझे याद है न, आज से जब तक नट्टू काका यहाँ रहेंगे, कच्ची रसोई का भोजन..."

बा की बात के बीच में ही केतकी बोल पड़ी, ''हाँ, बा, आज भी महाराज जी ने रेशमी पीताम्बर पहनकर ही भोजन बनाया है। अने हाँ, मैं यह बताने आई थी, अभी-अभी इनका फोन आया था। बोले, दस-पन्द्रह मिनट में नट्टू काका के साथ घर पहुँच जाएँगे।''

बा बोलीं, ''सारू...अरे हाँ, एक विशेष बात, मेहुल की व्हऊ को तो खबर है न कि नट्टू काका के सामने सिर ढँक के रखे? अब केतन के लगन में तो काका आ नहीं सके थे और आयशा व्हऊ उन्हें जानती तक नहीं...मेरा कहने का मतलब, आयशा व्हऊ पहली दफा उनके पैरों पड़ेगी, इसलिए एक हजार एक रुपया ती पगे पड़वावी देजो और यह भी बता देना कि नट्टू काका के सामने सिर ढँककर ही रहे।''

तभी उधर से गुज़रती आयशा, जो जीन्स और टॉप पहने हुए थी, यह सुनकर ठिठक गई। देवकी, बा, केतकी—तीनों ही मुड़कर आयशा को इन कपड़ों में देखकर चौंक पड़ीं। केतकी बोली, ''अरे आयशा, तू अभी तक तैयार नहीं हुई?''

''तैयार ही तो हूँ माँ, देखिए।''

केतकी हड़बड़ाती-सी आगे बढ़कर उसे कन्धे से थामते लिफ़्ट की तरफ़ ले गई। उसने क्या कहा, यह तो सुनाई नहीं पड़ा, पर आयशा केतकी की बात सुनकर बोली, ''माई गॉड! बा के नट्टू काका यहाँ कितने दिन रहनेवाले हैं?''

''खबर नहीं। अगर नन्दिनी का लगन महीना-पन्द्रह दिन के अन्तर में रहा, तो हो सकता है, तेरे पप्पा उन्हें रोक भी लें।''

यह सुन घबराकर आयशा बोली, ''तो क्या माँ, मैं रोज-रोज साड़ी पहनूँगी...और ऊपर से पल्लू भी लेना पड़ेगा?''

केतकी प्यार से उसका सिर सहलाते बोली, ''दीकरा, यह जो नट्टू काका हैं न, केतन के दादा जी के काका लगते हैं। बा आज तक उनके सामने नाक तक घूँघट खींचे रहती हैं और मैं भी।'' तभी बाहर से गाड़ी के हॉर्न की आवाज़ सुनकर केतकी बोली, ''लगता है, वे लोग आ गए...जा, जल्दी से जा, साड़ी पहन के आ जा!''

चिढ़ी हुई-सी आयशा अपने कमरे की ओर मुड़ गई। तभी मुख्य द्वार खुला, दरवाज़े के पूरी तरह खुलने तक केतकी ने पल्लू से सिर ढँक लिया। दूर बैठी बा ने, जो देवकीबेन से बातों में लगी थीं, केतकी के सिर ढँकते ही दरवाज़े की तरफ़ देखा और वहाँ नट्टू काका को देख फ़ौरन ही नाक तक घूँघट खींच लिया।

केशू, लगभग पच्चासी के हो चुके नट्टू काका को ऐसे सहेज के अन्दर ला रहे थे, जैसे यह उनकी बहुत अनमोल चीज़ हों! भले ही नट्टू काका काफ़ी उम्र के हैं, लेकिन अभी भी उनके मुख पर चैतन्यता और शरीर में सौष्ठव नज़र आता है। गौर वर्ण, चश्मा चढ़ी बड़ी-बड़ी आँखों में आयु का अनुभव स्पष्ट दिखाई पड़ता है। वह कद से नाटे, लेकिन आगे बढ़ते क़दमों से फ़ुर्तीले लगते हैं।

बा और केतकी ने आगे बढ़कर बारी–बारी नट्टू काका के पैर छुए और नट्टू काका ने बा को 'सुखी थावो' और केतकी को 'अखंड सौभाग्यवती थावो' का आशीर्वाद दिया।

नट्टू काका के घर में आते ही नौकर–चाकरों की हलचल बढ़ गई। कोई पानी लेकर आया, कोई ए.सी. चालू करने के लिए भागा, पर उन्होंने उसे फ़ौरन ही रोक दिया, "म्हने नहीं जोइए...। केशू, तुम लोग आखा दिवस ए.सी. में रहते हो?"

केशू और केतकी की आँखें मिलीं, केतकी ने हँसी को दबा लिया और केशू से नज़रें चुराते बोली, "नहीं, काका,...वात आम छे कि आखो दफ्तर एअरकंडिशन छे...तो अब आदत भी...तमे बेसो।"

नट्टू काका यहाँ–वहाँ देखते सिर हिलाकर बैठते हुए बोले, "खबर छे, आधुनिक जीवनशैली पण बिगड़ी गई छे। इसी कारण नए–नए रोग बढ़ रहे हैं। चल, मुझे भट्ठीखाना दिखा दे, काम चालू करवाऊँ।"

"काका, पेला नाश्ता तो कर लो।" केशू भाई ने विनम्रता से कहा।

"वह तो गाड़ी में बेठने के पेला ही कर लिया था, थेपला खा के आया हूँ।"

वह उठने को हुए कि तभी केतकी की नज़र लिफ़्ट के खुलते दरवाज़े की तरफ़ गई। उसमें से दोनों बहुएँ बाहर निकल रही थीं।

केतकी बोली, "काका, बस बे मिनट...आपने केतन की व्हऊ को नहीं देखा, उसको आशीर्वाद तो दे दीजिए।"

यह सुन नट्टू काका फिर बैठ गए।

तभी बा आगे बढ़कर बच्चे को पारुल की गोद में देते हुए बोलीं, "आज तू बच्चे के साथ पगे पड़।"

जैसे ही पारुल बच्चे को लिये पाँव छूने के लिए झुकने लगी, पहले ही काका पारुल के सिर पर दोनों हाथ रख के बोले, "अखंड सौभाग्यवती थावो व्हऊ..." फिर बच्चे को गोद में लेते एकटक उसे देखते भावुक स्वर में बोले, "तेरा दादा जब गोद में आया था न, तब तेरे से भी छोटा था, आँखें पण ठीक से नहीं खुली थीं, अने आज..." केशू को देखते बोले, "तूने इसे भी दादा बना दिया...जीवतो रह दीकरा!" और उन्होंने जेब में से सौ का नोट निकालकर बच्चे की मुट्ठी में रख दिया, इसी सबके बीच लम्बा घूँघट निकाले किसी स्त्री ने उनके पैर छुए, लेकिन उसने पारम्परिक गुजराती ढंग से साड़ी नहीं पहनी थी।

नट्टू काका थोड़ा चौंकते हुए बोले, "यह कौन है?"

केतकी की आँखों का इशारा पाकर केतन भी वहीं आ के खड़ा हो गया, अब केतकी बोली, "काका, आप केतन के लगन पर नहीं आए थे, आज केतन और उसकी व्हऊ को आशीर्वाद दीजिए।"

दोनों ने पैर छुए तो काका ने दोनों को दिल खोलकर आशीर्वाद दिये, तभी बा ने केतकी को कोहनी मारीं "पैरों पड़ाई?"

केतकी ने आयशा के कान में धीरे से फुसफुसाया, "पैरों पड़ाई?"

यह सुन आयशा बोली, "सॉरी, मैं तो भूल गई।"

तभी माँ का इशारा पाकर केतन ने जेब से कुछ नोट निकाल आयशा को दिये, आयशा ने वह नट्टू काका के चरणों पर रख दिये।

नट्टू काका ने दोनों हाथ उठाकर आशीर्वाद दिया, "खूब फलो-फूलो अने सांधवी कुल का नाम रौशन करो।" अब नट्टू काका फुर्ती से सीधे खड़े होकर यहाँ-वहाँ देखने लगे, "भट्ठी क्यां छे और भट्ठी पूजा कौन करेगा? अने नन्दिनी इधर ही है या आतिश के घर?"

तभी नन्दिनी की आवाज़ आई, "मैं इधर ही हूँ नट्टू काका...पगे लागूँ!"

उसने पास आकर नट्टू काका के पैर छुए तो काका बोले, "तेरी पढ़ाई-लिखाई पूरी हो गई?"

केशू बोले, "काका, इस शुभ कार्य के तुरन्त बाद ही इसके लगन की तारीख भी निकलनेवाली है। अब आप इतने दिनों बाद आए हैं तो इसका लगन करके ही जाएँगे।"

अचानक कमर पर दोनों हाथ रख केशू को देखते काका बोले, "तू क्या समझता है, तू ही अकेला है जो काम में व्यस्त रहता है? म्हने पण समाज के बहुत काम देखने पड़ते हैं। चार दिन पण सूरत से बाहर रहूँ तो सब परेशान हो जाते हैं। हवे बधा कोई चालो अने भट्ठी पूजा नी रसम करो।" नन्दिनी को देखते हुए काका बोले, "यह शुभ कार्य बालक की फई के हाथों होता है, चालो हवे।"

काका की बात सुन सभी भट्ठी की ओर चल पड़े।

सालों बाद आज ऐसा रविवार आया है जब आतिश, सचिन और वकार अपनी-अपनी पत्नियों के साथ केशू भाई के यहाँ न जाकर आतिश के घर में जमा हुए हैं। इस बारे में रसीली केतकी को पहले ही बता चुकी थी। इस पर केतकी ने कहा, "अरे वाह, ऐसे कैसे? रविवार को तो नट्टू काका आ जाएँगे, भट्ठी-पूजन होगा, तुम लोगों को तो वहाँ होना ही चाहिए।"

इस पर रसीली ने कहा, "नहीं, वह जन्नत और मन्दा को सान्ताक्रूज में कुछ काम था इसलिए वकार भाई और सचिन भाई ने यहाँ आने का प्रोग्राम बना लिया।"

इस पर केतकी ने कहा, "सारू, पर कल सवेरे जल्दी आ जाना...नामकरण का मुहूर्त साढ़े दस बजे का निकला है।"

आतिश का घर छोटा होने के कारण सभी लोगों को बैठने के लिए सोफ़ा काफ़ी नहीं था इसलिए डायनिंग टेबल की कुर्सियाँ भी खींच ली गईं। आतिश की बड़ी बेटी संजना अपने पति केशव और पुत्र नीरव के साथ कल रात ही मुम्बई पहुँच चुकी थी।

जन्नत, वकार—दोनों ही गोल-मटोल गोरे-चिट्टे नीरव को पकड़कर अच्छी तरह से प्यार करना चाहते थे, लेकिन वह किसी के हाथ लगाते ही रोने लगता। इस बीच संजना और रसीली ने मेज़ पर थेपले, खांडवी और जलेबी का नाश्ता बड़ी-बड़ी प्लेटों में लगाकर रख दिया। चाय गैस पर चढ़ी हुई थी। वकार फ़ौरन ही जलेबी और खांडवी पर टूट पड़े, पर सचिन ने जैसे ही जलेबी की तरफ़ हाथ बढ़ाया, आतिश ने उनका हाथ रोकते हुए कहा, ''ना...तू यह सब नहीं खाएगा, संजू तेरे लिए उपमा लेकर आ रही है।''

सचिन ने यह सुनकर मुँह बना लिया।

थोड़ी देर में चाय भी आ गई और सभी चाय-नाश्ते में जुट गए।

जन्नत लगातार बोले जा रही थी, ''हमने तो कल के लिए खास साड़ी बनवाई है।''

इस पर वकार बोले, ''रानी कलर की!''

इतना सुनते ही जन्नत वकार को ग़ुस्से में घूरने लगी तो फ़ौरन ही वकार बोले, ''ठीक है, हम कुछ नहीं बोलेंगे।''

चाय-नाश्ते के तुरन्त बाद मन्दा, जन्नत और रसीली—तीनों ही नामकरण पर दिये जानेवाले सामान फैलाकर बैठ गईं।

जन्नत एक सोने की चेन दिखाते हुए बोली, ''यह बच्चे के लिए, यह बच्चे के कपड़े और यह उसके माँ-बाप के। हमने अपनी मर्जी से बा के लिए भी एक साड़ी खरीदी है... रसीली भाभी, आप भी तो दिखाइए।''

रसीली बोली, ''हमारे यहाँ तो यह खुद ही जाकर सामान ले आते हैं। जो लाए हैं, वह यही सब है।'' और वह बच्चे के कपड़े, एक छोटी-सी डिबिया में छोटा-सा सोने का लॉकेट और एक तरफ़ रखे कुछ लिफ़ाफ़े दिखाने लगी।

अब मन्दा ने संकुचित भाव से एक डिब्बा खोलकर बच्चे की कलाई के लिए मणी पोत दिखाया जिसके काले दानों के बीच कहीं-कहीं सोने के दाने पड़े हुए थे, साथ में बच्चे के दो जोड़ी कपड़े भी, ''हम तो बस, इतना ही कर सके...वह क्या है कि नितिन के बाबा की दवाइयों का खर्चा बहुत है, नितिन का कोई काम अभी शुरू ही नहीं हुआ। वैसे नितिन बोल रहा था, वह बच्चे के लिए कोई अच्छी गिफ्ट लेकर आएगा।''

औरतों की बातों के बीच टोकते हुए आतिश बोले, ''मन्दा भाभी, इसमें इतना संकोच करने की क्या जरूरत है? वैसे भी हम कितनी भी भारी से भारी चीजें क्यों न ले आएँ, केशू से बराबरी का व्यवहार तो नहीं कर सकते न!''

वकार बोले, ''क्यों मियाँ...क्यों मियाँ...क्यों नहीं कर सकते? ऐसे मौके कोई बार-बार थोड़े ही आते हैं! रसीली भाभी, रस्मों के हिसाब से कोई कमी हो तो बताइए...?''

जन्नत बोली, ''हाँ, भाभी, दादा-दादी या चचा-फूफी की तरफ से बच्चे के लिए कुछ देना बनता हो तो बताइए, यही पूछने के लिए ही तो हम सब यहाँ आए हैं।''

रसीली बोली, ''नहीं...बस, यह शगुन के लिफाफे हम बा के पैर छूकर और बाकी सबको आशीर्वाद के तौर पर देंगे।''

सचिन बोले, ''यह तो हमें भी देने चाहिए।''

वकार ने कहा, ''हाँ, बिलकुल। जब बा हम सबकी माँ हैं तो रस्में निभाना हम सभी का फर्ज हुआ न...मैं अभी बाहर से दर्जन भर लिफाफे ले आता हूँ, हमारे और सचिन भाईजान के घर से भी नेग के हो जाएँगे।''

यह सुनकर जन्नत, मन्दा और सचिन—सभी ने सन्तुष्ट भाव से सिर हिलाया। अचानक ही रसीली बोली, ''एक बात और बतानी थी, कल नामकरण का प्रसंग 'नक्कीज सवारे' साढ़े दस बजे शुरू हो जावेगा, तो हम सबको बहुत जल्दी 'सांधवी विला' पहुँच जाना है।''

जोश में भरे वकार बोले, ''ठीक है, हम गाड़ी लेकर छह बजे घर से निकल पड़ेंगे।...पहले आप सबको लेंगे, फिर सचिन भाई को और फिर ठीक साढ़े आठ बजे तक वरली पहुँच जाएँगे, बस!''

16

भोर की पहली किरण के साथ ही 'सांधवी विला' के बाहर और भीतर फूलों की सजावट शुरू हो गई। कम समय में काम पूरा हो जाए इसलिए एक साथ काफ़ी आदमी लगाए गए। नन्दिनी अभी रात के कपड़ों में ही उन लोगों को खड़े खड़े बताती जा रही थी, कहाँ किस रंग के फूल लगेंगे। एक जगह उसने दीपेश और जगदीश से कहकर म्यूज़िक सिस्टमवालों के लिए टेबल भी रखवा दी, जिस पर मंगलाचरण और वाद्य की धुनें बजती रहेंगी।

उधर नट्टू काका भट्ठीखाने में अपने सूरत के कारीगरों को समझाने लगे, ''मिठाई तो कल बन गई, आज दाल, चोखा, कंसार, चार तरह के शाक और पापड़ परोसे जाएँगे। पूजा लगभग एक बजे तक सम्पन्न हो जाएगी, अने तब तक भोजन तैयार हो जाना चाहिए।''

काका की बात सुनकर सभी हलवाई फुर्ती से अपने-अपने काम में लग गए।

घर के अन्दर हॉल में एक जगह से कुछ फ़र्नीचर हटाकर नामकरण और सोने की सीढ़ी के प्रसंग के लिए जगह बनाई गई। गुजराती शैली का कलात्मक पाटला बिछाया गया, जिस पर मेहुल और पारुल बच्चे को लेकर बैठेंगे। उनके दाएँ हाथ पर पंचोली जी के बैठने के लिए भी पाटला बिछाया गया। बा ने पहले ही कह दिया

था, अपने पड़पौत्र का यह शुभ प्रसंग वह पास बैठकर ही देखेंगी इसलिए केशू, केतकी और बच्चों ने तय किया कि नामकरण के तुरन्त बाद ही बा का विशेष प्रसंग आरम्भ हो जाएगा—इसीलिए मेहुल और पारुल के पाटले के बिलकुल पास ही बा के लिए एक फूलों से सजी आराम कुर्सी रखवा दी गई। यह सब प्रबन्ध लगभग हो चुके थे। पंचोली जी अपनी पूजा-सामग्री का निरीक्षण करने लगे। देवकी एक तरफ़ रखे सोफ़ा पर रेवती और दयाभाई की सहायता से छोछक का सामान सजाने लगीं। छोछक यानी पुत्री के यहाँ पुत्ररत्न का जन्म होने पर उसके पीहर से आए शगुन का सामान, जिसमें बच्चे, पुत्री, जमाई और उसके परिवार के लिए उपहार दिये जाते हैं। देवकी की हैसियत को देखते हुए बा और केतकी ने उन्हें पहले ही कह दिया था कि वह अपने दोहित्तर के लिए जो लाना चाहें, लाएँ, बाक़ी सभी को सवा रुपए और नारियल से चाँदले कर दें।

इस पर देवकी ने रोते हुए कहा था, 'मेरी एक ही तो दीकरी है जिसके कारण ठाकुर जी ने आज दोहित्तर का मुँह दिखाया। अब खुशी के इस अवसर पर जो भी बन पड़ेगा, अवश्य करूँगी।' और सच में ही देवकी बेन बच्चे के लिए हलकी-सी सोने की चेन, जमाई के लिए अँगूठी, पारुल के लिए कान की बालियाँ और परिवार में सभी के लिए कपड़े-लत्ते लेकर आईं।

अभी सुबह के लगभग आठ बजे थे, बा मन्दिर में बैठी ठाकुर जी को नए वस्त्र पहना रही थीं, एकाएक वह रेवती को आवाज़ लगाने लगीं। उसके वहाँ आने पर बोलीं, "केटला वाग्या?"

"आठ बज चुके हैं बा!" रेवती ने कहा।

"जरा पोतानी भत्रीजी के कमरे में जाकर देख, उसने मेरे पड़पौत्तर को नहला-धुला के तैयार कर दिया? वैसे भी अब सबको तैयार होके नीचे आ जाना चाहिए।"

यह सुन रेवती वहाँ से चली गई।

अपने कमरे में मेहुल बिलकुल तैयार खड़ा था और पारुल भी जो लगभग तैयार हो चुकी थी, ख़ुद को आईने में देखते हुए अपनी माँग भरने लगी। इधर मेहुल अपने पुत्र को बाँहों के झूले में झुलाते उससे बातें करने में मगन था, "बाबा, इधर देख, अपने पापा को देख।" मेहुल बच्चे के सामने चुटकी बजा-बजाकर उसका ध्यान खींचने की कोशिश करने लगा, बच्चा मुस्कुराने लगा तो मेहुल बोला, "अरे पारुल, देख तो, अपना बाबा कितना समझदार है! मैंने इसके आगे चुटकी बजाई तो यह मुझे देखकर हँसने लगा!"

ख़ुद को एक बार अच्छी तरह आईने में देखते हुए पारुल बोली, "हाँ-हाँ, अब यह सवा महीने का हो गया है, जल्दीज ओलखवा पण लागसे।"

तभी दरवाज़े के बाहर रेवती ने पारुल को पुकारा, "दीकरा, बा बुलावें छे, तमे लोको जल्दी नीचे आवो।"

"बस, बे मिनट फई।" फिर मेहुल से बोली, "मैं जरा बाबा के डाइपर वगैरह का बैग ले लूँ, फिर चलते हैं।"

नन्दिनी अपने रूम में बिलकुल तैयार खड़ी थी। उसने सफ़ेद में ज़री के काम की लाल बूटियोंवाला लहँगा-चोली पहना हुआ था। नन्दिनी छरहरी काया, तीख़े नाक-नक़्श और गौर वर्ण की है, इसलिए उस पर यह वेशभूषा फूट-फूटकर खिल रही थी। अभी वह लिपस्टिक लगा ही रही थी कि उसका मोबाइल बज उठा। फ़ोन शान्तनु का था।

"हाय!" दूसरी तरफ से शान्तनु बोला, "क्या कर रही हो?"

"बस, रेडी होकर रूम से बाहर ही निकलनेवाली हूँ।"

"एक मिनट, एक मिनट...यह बताओ, तुमने क्या और किस कलर का पहना है?"

ख़ुद को आईने में देखते मुस्कुराते नन्दिनी बोली, "हूँ...मतलब कॉम्पटीशन देना चाह रहे हो?"

"नहीं, तुमसे मैच करना चाह रहा हूँ।"

"ओ.के....एक मिनट।" और नन्दिनी ने अपनी फ़ोटो क्लिक करके शान्तनु को भेज दी। अब नन्दिनी ने मैचिंग पर्स उठाया, उसमें मोबाइल वग़ैरह रखा और बाहर निकल गई।

केतन और आयशा दोनों ही बहुत ख़ूबसूरत लग रहे थे। शीशे के सामने खड़ी आयशा को देखते हुए केतन उसके पास आकर उसके गले में बाँहें डाल बोला, "आज मेरी बीवी को किसी दिलजले की नजर न लगे!"

आयशा केतन का हाथ अलग करते झुँझलाकर बोली, "नजर तो तब लगेगी न, जब तुम्हारी बीवी को कोई देखेगा, लेकिन नहीं, मुखड़े पर तो हाथ भर का घूँघट पड़ा रहेगा।"

"अरे यार, इतना टेंशन क्यों लेती हो?"

"कैसे न लूँ? वह तुम्हारे साढ़े चार फीट के नट्टू काका लट्टू की तरह पूरे घर में घूमते-फिरते रहते हैं।"

आयशा का हाथ पकड़कर दरवाज़े तक ले जाते केतन ने उसे तसल्ली देते हुए कहा, "डोंट वरी, वह तो पूरे समय भट्ठीखाने में ही बिजी रहेंगे, कभी सामने पड़ जाएँ तो मुँह ढँक लेना...कम, कम, लेट्स गो।" और फिर केतन और आयशा कमरे से बाहर निकल गए।

अब हॉल में केशू और केतकी को छोड़ पूरा परिवार आ चुका था। बा मुँह-ही-मुँह में बड़बड़ाने लगीं, "बधा लोको आवी गया, पर मेरे दीकरे व्हऊ का अता-पता ही नहीं!"

उसी समय वकार, सचिन और आतिश के परिवार हो-हल्ले के साथ आ पहुँचे,

"मुबारक हो बा, खूब-खूब बधावणी बा!" सभी ने बा के पैर छुए और घर के बच्चों ने उन लोगों के। नन्दिनी संजना के गले लग गई, फिर नीरव को जो अपनी नानी की गोद में था, अपनी गोद में लेना चाहा लेकिन उसने रोते हुए चेहरा घुमा लिया तो नन्दिनी बोली, "अरे, मैं तेरी मासी हूँ!"

रसीली मुँह बनाते बोली, "मासी तो यह तुझे तब समझे जब तू घर में दिखे! चल, अब रुला मत इसे।"

रसीली के ऐसा कहने से नन्दिनी का चेहरा थोड़ा बुझ-सा गया लेकिन तभी हिना आकर उससे लिपट गई और बोली, "नन्दिनी आपा, आज आप कितनी खूबसूरत लग रही हैं!"

उसे ग़ौर से देख नन्दिनी बोली, "हिना? तू हिना ही है न? कितने टाइम के बाद देखा तुझे, कितनी लम्बी हो गई है!"

हिना बोली, "लेकिन मुझे आपके जैसा लम्बा होना है, पर कैसे? अम्मी कहती हैं, अब मैं और नहीं बढ़ूँगी।"

जन्नत, मन्दा, रसीली बा के पास बैठ गईं। वकार मेहुल और केतन से बातें करते हुए अचानक बोले, "अरे, सब तो सामने दिखलाई पड़ रहे हैं पर यह केशू मियाँ कहाँ है?"

बा बोलीं, "वह और केतकी अभी नीचे ही नहीं उतरे।"

"क्या?" और फ़ौरन ही वकार दो-दो सीढ़ी लाँघते केशू के कमरे के बाहर पहुँचकर दरवाज़ा भड़भड़ाने लगे।

अन्दर से केशू की आवाज़ आई, "कोण छे?"

"अमाँ हमारे अलावा किसकी जुर्रत जो तुम्हारे दरवाजे को हाथ लगाए! चलो, जल्दी बाहर आओ।"

"हाँ-हाँ, बस, दो मिनट।"

और दो मिनट की जगह पाँच मिनट बीत गए लेकिन दरवाज़ा नहीं खुला। दरअसल हमेशा की तरह केतकी साड़ी के पल्लू में अपने पति से साड़ी में पिन लगवा रही थी। केशू जो उस समय सिल्क के डिज़ाइनर धोती-कुरते और पटके में थे, जब पिन लगाने थोड़ा झुके, तो अचानक पटका भी साड़ी के साथ नत्थी हो गया और फिर जैसे ही उन्होंने मुड़कर दरवाज़ा खोलना चाहा, वह केतकी से अलग ही न हो पाए, उधर बाहर से वकार चीख़-पुकार मचाए हुए थे, "अमाँ मियाँ, कुछ तो उम्र का लिहाज करो...मौके की नजाकत समझो।"

इस बीच बड़ी मुश्किल से केशू ने पहले पिन खोली और फिर अलग होकर दरवाज़ा। इस बीच दोनों पति-पत्नी अस्त-व्यस्त हो चुके थे। वकार केशू को सिर से पाँव तक देखते हुए बोले, "दादा जी, जरा तशरीफ जल्दी लाइएगा।" यह कहकर वकार चल दिये।

उधर केशू अपने माथे पर हाथ मारते हुए बोले, "गधेड़ो।" और केतकी साड़ी के पल्लू में मुँह छिपाकर हँस पड़ी।

'सांधवी विला' प्रसंग पूजा के लिए पूरी तरह तैयार था। सब अपने-अपने स्थान पर बैठ चुके थे और बा अपनी कुर्सी पर। पंचोली जी ने अपने पाटले पर बैठ मंगलाचरण आरम्भ कर दिया। सभी बहुएँ बा के इर्द-गिर्द बैठ गईं। वकार, सचिन, नितिन, आतिश, उनके जमाई केशव और अन्य मेहमान विभिन्न सोफ़ों पर बैठ गए। पंचोली जी ने मेहुल और पारुल को बच्चे के साथ पाटले पर बैठने को कहा। ठीक उसी समय दरवाज़े पर बृजभूषण मेहता, शान्तनु और श्रीलता को देख केशू और नन्दिनी हाथ जोड़े तेज़ी से उनकी तरफ़ बढ़े।

केशू बोले, "अरे, आइए-आइए, आपका ही इन्तजार था।"

अब आतिश, वकार और सचिन भी अपनी जगह खड़े हो गए और आगे बढ़ गए। केशू उन्हें सोफ़ा की तरफ़ ले गए।

बी.बी. संकोच में बोले, "मैं तो कब का तैयार हो गया था, आपके जमाई जी ने ही लेट करवा दिया...यह अपने कपड़ों का ही चुनाव नहीं कर पा रहे थे।"

नन्दिनी जो केतन और मेहुल के साथ एक तरफ़ खड़ी थी, शान्तनु को देखकर फ़ौरन ही उनकी तरफ़ आ गई। बी.बी. के पैर छुए तो बी.बी. ने उसे आशीर्वाद दिया। नन्दिनी और शान्तनु की आँखें मिलीं। शान्तनु को सफ़ेद सूट, लाल शर्ट और सफ़ेद टाई में देखकर वह हल्के से मुस्कुराई, उसे फ़ोन पर कही बात याद आ गई, 'तुमसे मैच करना चाह रहा हूँ।' वहाँ उपस्थित लगभग सभी की आँखें नन्दिनी और शान्तनु की जोड़ी पर टिकी हुई थीं।

पास बैठी रसीली का हाथ पकड़ते बड़े प्यार से बा बोलीं, "रसीली व्हऊ, तारी दीकरी जमाई नी जोड़ी राम सीता ती कम न थी।"

रसीली की आँखें भर आईं । बा का हाथ दबाते बोली, "सब आपका ही आशीर्वाद है बा!"

पंचोली जी ने पूजा के मंत्र आरम्भ कर दिये। तभी बा यहाँ-वहाँ देखते हुए बोलीं, "अरे केतन, जरा देख तो, नट्टू काका कहाँ हैं? पूजा शुरू होने वाली है।"

केतन बाहर जाने को हुआ कि तभी दरवाज़े से नट्टू काका अपना पीताम्बर सँभालते अन्दर आते दिखलाई पड़े। कन्धे पर रेशमी अँगोछा पड़ा था। उन्हें देखते ही बा ने अपना घूँघट खींच लिया और बा को ऐसा करते देख सभी बहुएँ जल्दी-जल्दी सिर ढँकने लगीं। जन्नत और मन्दा ने भी बिना कुछ समझे देखा-देखी में अपना-अपना सिर ढँक लिया, फिर इशारों में जब उन्होंने रसीली से पूछा, 'क्या

हुआ' तो वह नट्टू काका की तरफ़ इशारा करके धीरे से बोली, "यह बा के काका-ससुर हैं। अरे मेहुल के लगन में भी तो आए थे, भूल गईं?"

जन्नत को जैसे याद आ गया हो। अब मंत्रोच्चार के बीच पंचोली जी ने मेहुल और बच्चे को चाँदला किया। सामने चौकी पर चावल से बनाए गए नौ चौखानों में रखी गई साबुत सुपारियों पर गंगाजल, कुमकुम, अक्षत, पुष्प चढ़ाए, फिर चौखानों में रखे नौ दीपक प्रज्वलित कर कहा, "नवग्रह शान्ति पूजा सम्पन्न हुई।"

अब पंचोली जी ने बा को देखते हुए कहा, "जहाँ तक मुझे स्मरण है, बालक की राशि मेष है।"

बा ने 'हाँ' में सिर हिलाया।

"अत: बालक का नाम अ, ओ, ऊ, च आदि अक्षरों में हो तो उत्तम। रीति के अनुसार नामकरण बालक की फई करती है...कोण छे फई?"

यह सुनकर सबसे पहले नन्दिनी सामने आ गई, लेकिन केतकी ने संजना और हिना को धीरे से आगे ढकेलते हुए कहा, "तुम लोग भी तो इसकी बुआ हो।"

पंचोली जी तीनों को देखते हुए बोले, "आप तीनों में से नाम कौन रखेगा?"

हाथ उठाते नन्दिनी बोली, "मैं।"

रसीली ने चिढ़कर कहा, "केम, संजना भी तो फई है।"

इस पर केतकी बोली, "हाँ-हाँ, नन्दिनी, संजना, हिना और मंजरी...वह यहाँ नहीं है तो क्या, लेकिन बुआ तो है ही।"

अब केशू भाई नन्दिनी की उदासी देखकर अर्थपूर्ण स्वर में बोले, "हाँ-हाँ, उसने तो मुझे नाम मेल करके भेजा है...हजी जोवूं छूँ।" फिर जाते-जाते ठिठककर बोले, "बा, ऐसा करते हैं, मंजरी का नाम तो मैं देखकर कागज पर उसके नाम के साथ लिख दूँगा, बाकी की ये तीनों बुआएँ भी अपना नाम और बच्चे का नाम लिखकर पर्ची मोड़ दें, फिर चारों पर्चियाँ आपके सामने रखकर संजना के बेटे के हाथों एक पर्ची खुलवा देते हैं। जिस फई की पहली पर्ची खुलेगी, वही नाम मंजूर किया जाएगा। तुम तीनों अपनी-अपनी पर्चियाँ बनाओ तब तक मैं मंजरी की मेल देखकर उसकी पर्ची बनाकर लाता हूँ।"

नन्दिनी, हिना और संजना—तीनों अलग-अलग कोने में खड़ी पर्चियाँ बनाकर मोड़कर वापस लौट आईं। उसी समय केशू भी एक पर्ची लाकर बोले, "यह है मंजरी की पर्ची...लाओ, तुम तीनों भी मुझे अपनी-अपनी पर्चियाँ दे दो, मैं बा के सामने रख देता हूँ।"

फिर चारों पर्चियों में से नन्हे नीरव ने एक पर्ची उठाई जिसे पंचोली जी को दे दिया गया। उन्होंने पर्ची खोली और सबको देखते हुए उद्घोषणा की, "ओजस! यह नाम बालक की नन्दिनी फई का दिया हुआ है।"

यह सुनकर बृजभूषण का चेहरा खिल उठा। उन्होंने बा के पैर एक बार फिर छुए और एक तरफ़ चिन्तित से खड़े केशू भाई के कन्धे पर हाथ रखते हुए बोले, "बधाई हो!"

केशू भाई चौंककर बोले, "हैं?...हाँ-हाँ, तमने पण...बस, मैं यही सोच रहा था, इतने कम समय में विवाह की सारी तैयारियाँ..."

तभी वकार सचिन और आतिश को लिये सामने आकर बोले, "तुम क्यों घबराते हो मियाँ, हम सब हैं न! अरे जरूरत होगी तो रोज़ आएँगे...आखिर हमारी नन्दिनी बिटिया का ब्याह है, कोई हँसी-ठट्ठा थोड़े ही है।"

तभी दरवाज़े के पास से केतन की आवाज़ आई, "खाना लग गया है, नट्टू काका सबको बाहर बुला रहे हैं।"

यह सुन सब खाने की ओर बढ़ गए।

पीछेवाले लॉन में भट्ठीख़ाने के पास ही तम्बू-कनातों से घेरकर एक काफ़ी बड़ा स्थान बनाया गया था, जिसमें सुन्दर मेज़पोशों से ढँकी मेज़ों पर खाना लगा हुआ था। कुछ अतिथि पहले ही खाना शुरू कर चुके थे। अब सभी घरवाले कुर्सियों पर बैठने लगे। न केवल नट्टू काका, कच्ची रसोई बनानेवाले और परोसनेवाले सभी व्यक्ति रेशमी पीताम्बर और गमछे पहने हुए थे। थालियों में कम-से-कम अठारह-बीस व्यंजन तो होंगे ही...कच्ची रसोई में दाल, चावल, कढ़ी के अतिरिक्त चार प्रकार के शाक, पूड़ी, कचौड़ी, खीर और छह प्रकार की मिठाइयाँ, अनेक प्रकार के अचार, पापड़, साथ में गुजराती छाछ। पूरा भोजन नट्टू काका की देख-रेख में उनके लाए गुजराती कारीगरों के हाथों से बना हुआ था। खानेवाले 'वाह-वाह' करने लगे। बृजभूषण जी से तो जैसे रुका ही नहीं गया, वह नट्टू काका से बोले, "काका जी, शान्तनु-नन्दिनी के विवाह में भोजन का प्रबन्ध आप अपनी निगरानी में ही रखिएगा...और आपसे निवेदन है, चार दिन पहले दो रसोइए मेरे घर भी भिजवा दीजिएगा क्योंकि मेरे घर में भी कुछ रिश्तेदार तो आएँगे ही, किन्तु उन्हें सँभालनेवाला घर में कोई नहीं है।"

नट्टू काका बोले, "तमे चिन्ता न करो व्हेवाई जी। आपने कहा तो समझो, हो ही गया।"

पार्श्व में म्यूज़िक सिस्टम पर कर्णप्रिय मंगलगान बज रहे थे। एक टेबल पर मेहुल, पारुल, केतन, आयशा, संजना, केशव, हिना, नितिन, नन्दिनी, शान्तनु और श्रीलता बैठ गए जिनका आपस में हँसी-मज़ाक चल निकला, विशेष रूप से होनेवाले नए जमाई शान्तनु को ही निशाना बनाया जाने लगा लेकिन नन्दिनी भी कुछ कम नहीं। हर बात का ऐसा जवाब दिया कि सब-के-सब बगलें झाँकते रह गए। पास की ही टेबल पर केशू और उनकी पूरी मंडली जमा है, बृजभूषण भी यहीं हैं। बस, केतकी का इन्तज़ार हो रहा है। तभी बच्चों की टेबल पर सबको हँसी-मज़ाक करते

देख केशू बोले, "यह तो बस नन्दिनी के लगन का ट्रेलर है, शादी पर देखना, ये लोग क्या-क्या हंगामे करते हैं।"

सचिन बोले, "यह उम्र ही ऐसी है और रौनक भी इन्हीं सबसे बनी रहती है।"

अचानक ही केशू ने वकार से पूछा, "अरे वकार, फैजान नजर नहीं आ रहा है? पचासवीं सालगिराह वाले दिन तो इतनी भीड़भाड़ थी कि मैं देख ही नहीं पाया कि कौन आया, कौन नहीं, लेकिन आज तो मैं बड़ी देर से फैजान को देख रहा हूँ...कहाँ रह गया वो?"

जवाब में वकार ने जन्नत को खा जानेवाली नजरों से देखा, जन्नत ने सिटपिटाकर आँखें झुका लीं। इन दोनों को यूँ गुमसुम देखकर थोड़ी चिन्ता में केशू बोले, "क्या बात है जन्नत भाभी, सब ठीक तो है न?"

जन्नत ने नज़रें चुराते हुए कहा, "अब क्या कहें भाईजान, यह तो बस बात-बात पर गुस्सा हो जाते हैं। दरअसल बेचारे फैजान तो सुबह चार बजे तक पढ़ाई करते रहते हैं, उसके बाद ऐसी गहरी नींद लगती है कि उठाये नहीं उठते।"

"कोई बात नहीं...कोई बात नहीं...बच्चा पढ़ाई में लगा है तो अच्छी बात है न।"

तभी गोद में रोते हुए ओजस को लिये केतकी बाहर आई। उस पर नज़र पड़ते ही केशू बोले, "क्या कर रही थी अन्दर?"

"पहले तो बा और पंचोली जी का भोजन लगवाया, फिर जैसे ही आने लगी, यह ओजस रोने लगा।" कहकर केतकी ओजस को अपनी बाँहों में हिलाने लगी।

"चाल हवे जमवा बेस।"

"तुम लोग शुरू करो। पारुल खाना खा ले तो ओजस को उसे सौंपकर मैं भी आ जाऊँगी...तमे लोको शुरू करो।"

सभी ने भोजन करना आरम्भ कर दिया।

बा के कमरे में धीमी रोशनी का बल्ब जल रहा था। बा तकियों के सहारे बैठी हुई थीं कि तभी केतकी उनकी तरफ़ दवाई और पानी का गिलास बढ़ाते हुए बोली, "बा, तमारी दवाई।"

केशू पैताने बैठे हुए धीरे-धीरे पैर दबा रहे थे। गिलास वापस देते हुए बा बोलीं, "आज साँझ तक घर में कितना हल्ला-गुल्ला था, सब अपने-अपने घर चले गए और घर फिर सूना हो गया।"

केशू हँसते हुए बोले, "बा, बोलो तो ओजस को इधर ले आऊँ...रो-रो के सारा सन्नाटा भगा देगा।"

केशू की इस बात पर बा और केतकी दोनों ही हँस पड़ीं, बा बोलीं, "एक वात तो छे, नन्दिनी ने अपने भतीजे का नाम खूब सरस रखा 'ओजस'!"

“अरे इसीलिए तो कह रहा था कि मेरी नन्दिनी ही नाम रखेगी...पर आपकी लाड़ली केतकी व्हऊ ने यह कहकर उलझा दिया कि नाम रखने का हक सभी बुआवों का है, मेरी बेचारी नन्दिनी का तो मुँह ही उतर गया। तमे आ वात तो जाणों छो, कि मैं नन्दिनी को उदास नहीं देख सकता, इसलिए मैंने चक्कर चला दिया।”

इतना सुनते ही बा और केतकी हैरानी से केशू को देखने लगीं। केतकी बोली, “क्या किया आपने मेहुल के पप्पा?”

बा बोलीं “हाँ, जवाब दे न?”

अब केशू ने मज़े लेकर पर्चियोंवाला पूरा किस्सा बा और केतकी को सुना दिया। बा और केतकी के मुँह खुले रह गए।

“हौ,” केशू हँसते-हँसते बोले, “पता नहीं, इस छोकरी का मेरे साथ किस जनम का सम्बन्ध है! भले ही इसने केतकी की कोख से जनम नहीं लिया, लेकिन यह सदा से ही मेरे अपने दीकरों से बढ़कर रही है, शायद इसलिए कि मुझे शुरू से ही दीकरी की लालसा थी।”

बा बोलीं, “नन्दिनी सो गई क्या? आटली बखत तो म्हारे पासे एक वार जरूर आवे छे।”

केतकी ने कहा, “बा, वह संजना कल राजकोट जा रही है न, इसलिए रसीली भाभी ने कहा, एक-दो दिन दोनों बहनें साथ-साथ रह लेंगी। वैसे बा, अब नन्दिनी के लगन में भी महीना-सवा महीना ही रह गया है। काम बहुत हैं, समय कम।”

केशू भाई बोले, “चिन्ता मत करो, नन्दिनी की शादी मेहुल और केतन से भी बढ़-चढ़कर होगी, मैं कल ही होटल की बुकिंग करानेवाला हूँ।”

बा टोकते हुए बोलीं, “केम? लगन घर से नहीं करेगा? इतना बड़ा बँगला है, क्या कमी है?”

“बा, जगह कम पड़ जाएगी, क्योंकि हमारे समधी जी का भी मेल-जोल का दायरा बहुत फैला हुआ है। दोनों तरफ के मेहमान मिलकर कम-से-कम हजार-बारह सौ तो हो ही जाएँगे।”

इस पर केतकी बोली, “एक बात सुनो, तुम तो जानते ही हो, सारे मेहमान एक साथ कहाँ आते हैं, सब अपनी सुविधा से आते-जाते हैं। बँगले से लगन करने का सबसे बड़ा फायदा यह होगा कि पीछेवाले लॉन में नट्टू काका की देख-रेख में खाना बनता रहेगा, आगे के लॉन में रिसेप्शन का स्टेज लग जाएगा। दोनों तरफ लम्बी-लम्बी खाने की टेबल और बीच में आराम से पाँच सौ कुर्सियाँ तो आ ही जाएँगी, जरूरत पड़ी तो सौ-पचास घर के हॉल में भी बैठ सकते हैं।”

बा ने 'हाँ' में सिर हिलाते हुए कहा, “हाँ, केशू, यह बात तो है! नट्टू काका की देख-रेख में असली गुजरात का जो खाना बनेगा, उसका मुकाबला कोई होटल कहाँ कर सकता है! तुझे याद होगा, केतन के लगन में काका नहीं आए थे और

जल्दी-जल्दी में शादी होने के कारण तूने किसी बड़े होटल में ही रिसेप्शन रखा था, लेकिन भोजन कितना खराब था, किसी को पसन्द नहीं आया था।''

केतकी बोली, ''वैसे भी तुमने नट्टू काका से बात तो कर ली है कि सारे कारीगर गुजरात से लेकर आना, अपनी देख-रेख में हजार लोगों का भोजन बनवाना है?''

''हाँ, कहा तो था लेकिन मन में यही सोच रहा था, क्या यह ठीक होगा... ?''

बा बोलीं, ''अब यह सब सोच-विचार मत कर, केम कि अब अगर तू उन्हें मना करेगा, तो उन्हें बुरा लगेगा। तू तो बस इतना कर, हमारे बाहर गाँव से आए मेहमानों को ठहराने के लिए कोई जगह नक्की कर ले, वह भी बँगले के आस-पास।''

कुछ सोचते हुए केशू भाई ने कहा, ''हूँ, ठीक छे, कल ही केतन को बोलता हूँ।''

बा बोलीं, ''अब तुम दोनों भी जाकर सो जाओ, बहुत थक गए होगे।''

केशू भाई और केतकी बा के पैर छूकर वहाँ से अपने कमरे की ओर बढ़ गए।

केतन बेड पर लेटा अपने हाथ से अपना सिर दबा रहा था। आयशा सोफ़ा पर बैठी बॉडी क्रीम लगा रही थी कि तभी केतन ने उसे पुकारा, ''आयशा, प्लीज, मेरा सिर दबा दो, शाम से ही सिर पकड़ा हुआ है।''

''तुम्हें तो सिर्फ सिरदर्द हो रहा है, पर मेरी तो सिर से पाँव तक हालत खराब है। ओह गॉड, इन दो दिनों में भागते-भागते एक-एक हड्डी दुःख रही है। उससे भी बढ़कर वह घूँघट का चक्कर, हर दो मिनट में मुँह लपेटो। यह तुम्हारे नट्टू काका भी अस्सी-पच्चासी के तो होंगे ही, पर फुर्ती तो देखो, अभी यहाँ तो अभी वहाँ!''

केतन झल्लाते हुए बोला, ''तो हो गया न, अब क्यों रो रही हो?''

''रो इसलिए रही हूँ कि अगली बार नन्दिनी की शादी में तो वह आठ-दस दिन के लिए आनेवाले हैं, आखिर तक मेरा क्या होगा?''

केतन चिड़चिड़ाकर बोला, ''बस करो आयशा! अगर सिर नहीं दबाना है तो लाइट ऑफ करो और सो जाओ। जब देखो, बक-बक, बक-बक!'' चिढ़ा हुआ केतन तकिए से सिर दबाकर करवटें लेने लगा।

17

घड़ी में ग्यारह बज चुके थे। जमुहाई लेती जन्नत वहाँ आकर आरामकुर्सी पर बैठे वकार को देखकर बोली, ''यहाँ क्यों बैठे हैं अभी तक? सुबह जल्दी के उठे हुए हैं, जाकर सो जाइए न!'' उसने क़रीब आकर देखा, वकार संजीदा से बैठे थे। जन्नत पास की कुर्सी खींचकर उनके क़रीब बैठते हुए बोली, ''क्या बात है, आप यूँ गुमसुम से कैसे बैठे हैं?''

"बस, यही सोच रहे थे बेगम कि केशू मियाँ कितने बड़े इनसान हैं, कितना बड़ा दिल रखते हैं! कितनी मोहब्बत, कितना प्यार देते हैं हम सबको वर्ना हम क्या और हमारी औकात क्या!" फिर यादों में खोते हुए बोले, "चौबीस साल हो गए उस बात को, जब करीब केतन की उम्र के ही केशु भाई सांधवी हमारे गैराज में एक सेकंड हैंड गाड़ी खरीदने आए थे। हमने उन्हें अपने पास बैठाकर जोगेश्वरी से मीरा रोड तक की राइड भी दी थी। यूँ समझो कि जाते और आते में हमारे बीच जो जान-पहचान हुई, वह आज दोस्ती में भी कहीं आगे बढ़ चुकी है। भला बताओ, इतना बड़ा आदमी हम जैसे मामूली गैराजवालों को इतना भाव देता है! सच कहें, आज हमारा दिल भर आया जब केशू मियाँ ने फैजान के बारे में पूछा, उसे याद किया।" इतना कहते वकार का गला भर आया, "सच तो यह है जन्नत कि अब लोगों के बीच प्यार-मोहब्बत जैसे लफ्ज बेमानी हो गए हैं, सिर्फ मतलबपरस्ती ही बची है। ठीक है, तुमने कहा तो हमने मान लिया कि रात देर तक पढ़ने की वजह से सुबह जल्दी फैजान की आँख नहीं खुली। अरे जब भी जागते, थोड़ी देर के लिए चले आते तो केशू मियाँ खुश हो जाते।"

सिर झुकाकर यह सब सुनते हुए जन्नत ने धीरे से कहा, "हाँ, बात तो आप ठीक ही कह रहे हैं। एक बार बीच में हमारे पास फोन भी आया था, कि अम्मी, बड़ा मन है आने का, लेकिन हमें कोचिंग के लिए निकलना है।"

तभी दरवाज़े पर आहट हुई और दोनों ने उस तरफ़ देखा। अपनी चाबी से दरवाज़ा खोलकर सीटी बजाते फ़ैज़ान जैसे ही अन्दर आया तो सामने ही वकार को देखकर सकपका-सा गया। लेकिन फ़ौरन ही ख़ुद को सँभालते ख़ुशी में भरकर एक साँस में बोला, "अरे अब्बू-अम्मी, आप लोग कब आए? खूब एन्जॉय किया होगा न आप सबने? चची ने हमारे लिए टिफिन जरूर भेजा होगा?"

यह कहकर जैसे ही वह तेज़ी से अन्दर जाने लगा कि तभी वकार ने उसे रोकते हुए कहा, "एक मिनट फैजान...माना कि तुम अपनी पढ़ाई में मसरूफ हो, लेकिन केशू चचा को कम-से-कम एक फोन तो कर सकते थे। जानते हो, कितना याद कर रहे थे वह तुम्हें?"

"सॉरी अब्बू, टाइम ही नहीं मिला, हम कल सुबह केशू चचा से बात करके सॉरी बोल देंगे।"

"ठीक है, जाओ, अब सो जाओ।"

सचिन और मन्दा गहरी नींद में थे कि तभी सचिन की आँख खुल गई और वह बाथरूम की तरफ़ गए। यह देखकर कि नितिन के कमरे में लाइट जल रही है, उन्होंने अन्दर झाँका तो देखा, नितिन टेबल पर कुछ काम कर रहा है। सचिन ने

अन्दर जाकर प्यार से नितिन के सिर पर हाथ रखते हुए पूछा, ''आजून पर्यन्त झोपला नाहीं?''

नितिन चौंककर पिता को देखकर हलकी मुस्कुराहट के साथ बोला, ''हाँ, बाबा, दरअसल केशू काका और आतिश काका ने मुझे कुछ इम्पॉर्टेंट काम सौंपा था, वह पूरा हो गया है। कल मुझे उसकी रिपोर्ट देनी है।''

सचिन उसकी पीठ थपकते हुए बोले, ''बरं, केशू और आतिश दोनों ही तेरी बहुत प्रशंसा करते हैं, सुनकर अच्छा लगता है। आज तुझे परिवार में इतना घुले-मिले देखकर खुशी हुई। बप्पा चाहेंगे तो हम चारों मित्रों में जो प्रेम है, वह हमारे बच्चों में भी बना रहेगा,'' यह कहकर सचिन वहाँ से अपने कमरे में चले गए।

रोज़ की तरह आज सुबह भी केशू भाई लॉन में प्राणायाम कर रहे थे कि तभी ओजस के रोने की आवाज़ सुन आँखें खोल यहाँ-वहाँ देखने लगे तो उन्हें बच्चे को बहला-बहलाकर चुप कराती केतकी दिखलाई पड़ी। यह देख केशू फ़ौरन उठकर 'क्या हुआ, क्या हुआ' कहते केतकी की तरफ़ बढ़े। केतकी धीरे-धीरे चुप होते ओजस को देखते हुए बोली, ''कुछ नहीं, बस, भूखा है।''

''हाँ, तो ऐमने दूध पिवावी दे।''

केतकी हँसते हुए बोली, ''अभी यह माँ का दूध पीता है और इसकी माँ बाथरूम में है, दो मिनट में आकर इसे चुप कराएगी।''

तभी प्राणायाम के स्थान पर रखा मोबाइल बज उठा, केशू भाई ने तेज़ी से वहाँ जाकर फ़ोन उठाया, ''हाँ, आतिश, बोल, सवारे-सवारे फोन केम करयो?''

आतिश ने बताया कि आज संजना राजकोट जानेवाली है, उसे घर से निकलने में थोड़ी देर हो जाएगी, इसलिए वह उसकी बाट न देखे और ऑफ़िस निकल जाए, वह भी दो बजे तक दफ़्तर पहुँच जाएगा। यह सुनते ही केशू भाई बोले, ''लेकिन तूने तो बारह बजे नितिन के साथ मीटिंग रखी है?''

इस पर आतिश बोले, ''उसे मैं बता चुका हूँ कि अब हम लोग दो बजे मिलेंगे।''

''सारू,'' यह कहकर केशू ने फोन रख दिया और फिर से प्राणायाम करने लग गए।

18

ऑफ़िस में नितिन अपने कमरे में था कि तभी एक चपरासी ने आकर कहा, ''आपको बड़े साब ने अपने रूम में बुलाया है। आतिश साब भी उधर ही हैं।''

'हाँ' कहते हुए नितिन अपना लैपटॉप उठाकर रूम से बाहर निकल गया।

केशू और आतिश गम्भीर मुद्रा में बैठे हुए थे कि तभी नितिन ने अन्दर आते हुए कहा, "काका, अन्दर आ जाऊँ?"

केशू भाई का इशारा पा नितिन अन्दर आ गया। लैपटॉप टेबल पर रखकर पहले उसने दोनों के पाँव छुए, फिर कुर्सी पर बैठ गया। अभी वह लैपटॉप खोल ही रहा था कि केशू भाई ने बेल पर हाथ मारा। फ़ौरन ही दरवाज़े से चपरासी झाँका तो केशू भाई उससे बोले, "जब तक मैं न बोलूँ, इधर कोई नहीं आएगा—मेहुल, केतन भी नहीं।"

चपरासी सिर हिलाते हुए दरवाज़ा बन्द करके वहाँ से चला गया।

कुछ ही देर के बाद केतन ने केशू के कमरे में जाना चाहा, लेकिन चपरासी ने उसे रोकते हुए कहा, "बड़े साब ने किसी को भी अन्दर जाने के लिए मना किया है।"

"क्या? कौन-कौन हैं अन्दर?"

"बड़े साब, आतिश साब और नितिन भाई।"

नितिन का नाम सुनते ही केतन का चेहरा तमतमा गया। पलभर के लिए उसका हाथ दरवाज़े के हैंडल पर गया लेकिन फिर उसने फ़ौरन ही हाथ हटा लिया और मुड़कर तेज़ी से अपने केबिन में चला गया। अपनी चेयर तक जाते हुए उसने रास्ते में दो-तीन चीज़ों को ठोकर मारी और अपनी सीट पर बैठकर टेबल पर ज़ोरदार मुक्का मारा, "बहुत सिर पर चढ़ा लिया है पप्पा ने इस नितिन को। अरे वाह, इसे इतनी इंपॉरटेंस मिल रही है कि इसके पप्पा के साथ होते हुए मैं अन्दर नहीं जा सकता—मैं...मैं...उनका अपना बेटा?"

यह कहते हुए उसने पेपर वेट को हाथ से दूर फेंका जो ज़मीन पर गिरकर बड़ी देर तक आवाज़ करता घूमता रहा।

कुछ ही देर में चपरासी ने मेहुल, केतन, रमेश शाह, राठौड़ और राजवंश को फ़ौरन कॉन्फ्रेंस रूम में पहुँचने के लिए कहा।

कॉन्फ्रेंस रूम की तरफ़ जाते हुए केतन को मेहुल और रमेश मिले। मेहुल ने पूछा, "पप्पा ने इतना अर्जेंट क्यों बुलाया?"

केतन चिढ़कर बोला, "मुझे क्या पता!"

इस बीच राजवंश और राठौड़ भी अपने-अपने केबिन से निकलकर उनके साथ आ चुके थे। सभी के चेहरों पर कुछ ऐसे भाव थे कि आख़िर ऐसा क्या हो गया कि बड़े साहब ने सबको फ़ौरन बुलाया है!

सभी जब कॉन्फ्रेंस रूम में दाख़िल हुए तो देखा, केशू भाई और आतिश वहाँ पहले से ही बैठे हुए हैं और एक तरफ़ नितिन थोड़ा टेंशन में लैपटॉप पर हाथ रखकर खड़ा है। केशू भाई ने सभी से बैठने के लिए कहा। सभी बैठ गए और नितिन भी।

केशू भाई सबको देखते हुए बोले, "आज से लगभग छह महीने पेला एक एक्सपोर्ट के ऑर्डर के मामले में पेली दफा एक बहुत बड़ा घालमेल हुआ था। उस घटना से मेरे मन को गहरा आघात लगा था, इसलिए नहीं कि हमारे को दस कीमती हीरे दोबारा से भेजने पड़े, हमारे को घाटा हुआ, ना...यह मेरे लिए कोई बड़ी बात नहीं थी। बड़ी बात थी तो ये कि हमारे घर में इतनी बड़ी हेरा-फेरी कौन कर सकता है। मैं तो मामला पुलिस में देनेवाला था, लेकिन आतिश ने यह कहते हुए मुझे रोक दिया कि बात बाहर जाएगी तो हमारे धन्धे को नुकसान पहुँचेगा। ठीक है, हमने अपने ग्राहक से माफी माँगते हुए दूसरे नग भेज दिये। साच्चू बोलूँ, मैं दिनभर हँसता-बोलता, काम करता रहा, लेकिन अन्दरखाने मैं बहुत परेशान था। फिर मेरे बहुत ही खास मित्र सचिन देशमुख का दीकरा जिधर काम करता था, उधर से छोड़कर वापस चला आया। तमे लोकों को शायद मालूम हो या न हो कि इसने हारवर्ड यूनिवर्सिटी से एम.बी.ए. की डिग्री ली हुई है, इसे मैंने इधर रख तो लिया लेकिन निश्चित नहीं कर पाया था कि इस होनहार छोकरे को क्या काम दूँ। उस समय मैंने इससे सिर्फ इतना बोला कि तू धन्धे को समझ, साथ ही यहाँ के कर्मचारियों से भी जान-पहचान बढ़ा। मैं सोचकर बताऊँगा कि तुझे क्या काम दूँ और जानते हो, इसने इसी बीच कितना बड़ा काम कर डाला?"

सभी के चेहरों पर यह जानने की उत्सुकता हुई कि बड़े साहब क्या कहना चाह रहे हैं।

केशू भाई बोले, "वह काम यह था कि इसने इस दफ्तर और हीरे तराशने के कारखाने के बीच का फासला मिटा दिया।" सभी के चेहरों पर रंग आ-जा रहे थे। केशू भाई आगे बोले, "हम लोग तो यहाँ अपने-अपने कमरों तक सीमित रहते हैं, बस, दिन में दो-चार बार आतिश का चक्कर जरूर लगता है, किन्तु अल्पभाषी होने के कारण यह अपने जिस काम से वहाँ जाते हैं, वह चुपचाप करके लौट आते हैं। लेकिन नितिन सबसे बातचीत करके, अपनाहट का नाता जोड़कर, कारखाने के हर कारीगर के करीब पहुँच गया।" नितिन की ओर इशारा करते हुए केशू भाई बोले, "नितिन, अब तू अपना काम शुरू कर।"

नितिन ने अपना लैपटॉप खोलकर ऑन किया और कुछ ही पलों में कॉन्फ्रेंस रूम में लगी बहुत बड़ी स्क्रीन पर हीरे तराशने का कारख़ाना नज़र आने लगा। कारीगर अपने-अपने काम में व्यस्त हैं। नितिन कभी किसी के, तो कभी किसी के साथ अपनत्व से बैठा बातें कर रहा है। वह उनसे पूछता है, 'यह क़ाम आपने कहाँ से सीखा? इस कारखाने में कब से हो, वगैरह।' किसी-किसी जगह तो वह लंच टाइम में कारीगरों के लिए मेज़ पर लगे खानों में से खाना निकालकर उनके साथ खाते हुए दिखा। इसी फुटेज में एक कारीगर के कन्धे पर हाथ रखकर वह पूछता है, 'क्या नाम बोला आपने अपना, भवानी सिंह राठौड़? अरे वाह, एक और राठौड़ जी ऑफिस के बड़े पद पर काम करते हैं, आपको पता है यह बात?'

'हाँ, साब, आज से कुछ छह महीने पहले उन्होंने ही तो मुझे इधर काम पर रखवाया।'

'अच्छा, पहले से उन्हें जानते हो?'

'मेरे सगे काका हैं साब।' इसके बाद किसी और दिन की बातचीत में जिसकी पुष्टि फुटेज के साथ लिखी तारीख़ से होती है। इसमें नितिन कहता है, 'चलो, अच्छा है, यहाँ आपका कोई सगेवाला है। मैं तो मुम्बई में नया हूँ और इस काम में भी...वैसे मालिक लोग सब अच्छे हैं न?'

'खबर नहीं, फक्त आतिश साब ही सुबह-शाम आते हैं, कारीगरों को गिनकर कच्चा माल दे जाते हैं और फिर गिनती करके तराशे हुए हीरे ले जाते हैं।'

'मतलब, आतिश सर के अलावा इधर कोई नहीं आता, आपके काका भी?'

'वह इधर किसी को आने की इजाजत नहीं है न...पर हाँ, याद आया, चारेक महीना पेला जब आतिश साब तीन दिन के लिए बीमार पड़ गए थे, तो उनकी ड्यूटी मेरे काका ने ही पूरी की थी...बिना तराशे हीरे देकर और तराशे हुए हीरे लेकर वही आते-जाते थे।'

नितिन भवानी से पूछता है, 'आपको काम के लिए जितने नग दिये जाते हैं, क्या वह हर कारीगर के नाम के साथ कहीं लिखे भी जाते हैं?'

'बरोबर। साथ में दस्तखत भी लिये जाते हैं।'

'तो आपके काका ने भी ऐसा ही किया होगा?'

यह सुनकर भवानी हल्के से मुस्कुराता है, यह देख नितिन कहता है, 'क्या हुआ, हँसी क्यों आ रही है?'

'अरे नहीं, उस दिन की बात याद आ गई।'

'कौन-सी बात? देखो भवानी, यह मत समझना कि मैं आपसे ये बातें किसी मतलब से कर रहा हूँ, बात सिर्फ इतनी ही है कि मैं इधर नया हूँ, तो इधर की थोड़ी जानकारी लेना चाहता हूँ। हाँ, तो क्या बोल रहे थे?'

'यही कि काका ने मुझे दो दिन दिये तो दस-दस नग, लेकिन साइन पाँच-पाँच पर करवाया और बोले, वैसे तो कोई पूछेगा नहीं, पर अगर बात निकले तो बोलना, तुझे आज पाँच नग ही मिले थे। सुनकर मैं थोड़ा घबराया, कुछ पूछने को ही था तभी उन्होंने जेब से हजार-हजार के पाँच नोट निकालकर मेरी जेब में सरका दिये। मैं उन्हें देखता रह गया, तो वह बोले—इसीलिए तो तुझे इधर रखवाया है। तेरा भी भला, मेरा भी भला।' और नितिन के कान के पास मुँह लाकर धीरे से भवानी कहता है, 'मैं कहता हूँ, तुम भी काका के साथ बना के रखो, सबका ही भला होगा।' नितिन 'हाँ' में सिर हिलाते कहता है, 'यह आपने अच्छा किया जो राठौड़ जी के बारे में बता दिया। हम ठहरे मिडिल क्लासवाले, मुम्बई जैसे शहर में पगार में परवड़ता किधर है...चलो, फिर मिलता हूँ।'

इसके साथ ही स्क्रीन ब्लैंक हो गई। सब भौंचक्के से एक-दूसरे को देख रहे थे। राठौड़ के चेहरे पर हवाइयाँ उड़ रही थीं।

अब नितिन बोला, "यह फुटेज जो आपने देखी, वह मोबाइल फोन से बनाई वीडियो की थी। इसे देखने के बाद मैंने आतिश काका की टेबल पर रखा वह रजिस्टर देखा, जिसमें वह हर हीरा कारीगर के नाम के साथ उस डेट में उसे दिये गए बेतराशे और तराशे गए नगों की एंट्री करते हैं। लगभग साढ़े छह महीने पहले की एंट्रीज मैं चेक करने लगा और देखा, तीन दिन जब काका बीमार थे, उन तारीखों में जहाँ राठौड़ ने एंट्री की थी, उसमें भवानी सिंह राठौड़ को दिये और लिये गए नगों की संख्या पाँच ही लिखी गई है, जब कि आपने अभी खुद देखा और सुना कि दो दिन उसे दस-दस हीरे यह कहकर दिये गए थे कि अगर कोई पूछे तो वह उनकी संख्या पाँच ही बताए। पर पूछता कौन, वहाँ तो कोई जाता ही नहीं था। इसके तीन दिन बाद जब आतिश काका आए तो इस रजिस्टर में उन्हें कोई गड़बड़ीवाली बात नजर नहीं आई। इससे यह बात साबित हो गई कि दो दिनों में दस हीरों की एंट्री नहीं हुई और यह वही हीरे थे जिन्हें काका के वापस आने के बाद विदेश को भेजे जानेवाले एक्सपोर्ट क्वालिटी के हीरों से पैकिंग के समय बदला गया।"

राठौड़ ने खिसियाई आँखों से देखा कि सब उसी की तरफ़ देख रहे हैं और उसका सिर झुक गया।

नितिन जब यह सब बोल रहा था तो मारे गुस्से के आतिश की मुट्ठियाँ कस जाती थीं। वह ख़ुद को रोक नहीं पाए और उन्होंने राठौड़ का कॉलर कसके पकड़ लिया और उससे कहा, "जिस थाली में खाता है, तू उसी में छेद करेगा? इतना नीचे गिर गया तू? वह दिन भूल गया, जब गिड़गिड़ाते हुए यह कहते मेरे पैरों में गिर पड़ा था, 'मोटा भाई, मुझे इधर काम पर रख लो, क्योंकि मेरी एक आँख में खराबी आ जाने से हीरे तराशने का काम मैं नहीं कर सकता और आप तो मुझे बरसों से जानते हो,' अने आ वात साच्ची छे कि मैं इसे पेला से जानता था, यह पढ़ा-लिखा भी है, यह सोच के मैंने इसको इधर एक्सपोर्ट के डिसपैचिंग के काम पर रखवा दिया। इसने तो मुझे यह तक नहीं बताया कि इधर इसने अपना कोई रिश्तेदार भी रखवाया है, केम कि नौकरी के फार्म में हम यह जरूर भरवाते हैं कि क्या इधर उसका कोई सगेवाला काम करता है?"

इतना कहते-कहते आतिश दोबारा आवेश में बढ़कर राठौड़ पर झपटे ही थे कि केशू भाई ने उनका हाथ पकड़कर पीछे खींच लिया और नितिन को देख बोले, "नितिन, वह दूसरावाला राठौड़ किधर है?"

नितिन बोला, "जी, वह तो कारखाने में है, बुलाऊँ क्या?"

केशू भाई ने नफरत के भाव से भरकर कहा, "नहीं...मेहुल, इन दोनों काका-भतीजे की नौकरी से छुट्टी। इन दोनों का हिसाब कर दे।"

राठौड़ हाथ जोड़ते रोते हुए बोला, "बड़े साब, मुझे माफ कर दो। मुझसे बहुत बड़ी भूल हो गई।"

"ऐसी भूल के लिए मैं अपने दीकरे तक को माफ न करूँ...फिर तमे लोको क्या चीज हो! गेट आउट!"

राठौड़ सिर झुकाए कमरे से बाहर निकल गया। कुछ पलों के लिए वहाँ ख़ामोशी छा गई। पर केशू भाई ने मुस्कुराते हुए नितिन को देखा और उसकी पीठ थपथपाते हुए कहा, "शाबाश दीकरा! तू मेरी उम्मीदों से बढ़कर निकला। अब मैं जल्दी ही हमारी कम्पनी की एक बड़ी जिम्मेदारीवाली कुर्सी पर तुझे बैठाने जा रहा हूँ।"

इतना सुनते ही केतन के चेहरे पर ईर्ष्या का रंग आ गया।

केशू भाई ने आगे कहा, "मेहुल, सबसे पेला तो तू वह काम कर जो हमसे छूट गया था।" सभी सवालिया नज़रों से केशू भाई को देख रहे थे, "जब हमने अपने शो-रूम में सी.सी.टी.वी कैमरे लगवाए थे, तो हमें दफ्तर और कारखाने में भी लगवाने चाहिए थे...इस भूल को कल के कल ही ठीक करवा लेना।"

"जी, पप्पा!"

फिर केतन को देखते हुए बोले, "अने केतन दीकरा, तू पण दिन में एक-दो बार कारखाने हो आया कर। सब कारीगरों को जान-समझ ले, वहाँ की सिक्योरिटी टाइट करवा दे।"

केतन ने ठंडे स्वर में कह तो दिया 'जी पप्पा' लेकिन नितिन को इतना महत्त्व दिये जाने ने उसे बेचैन कर दिया।

19

ऑफ़िस से आने के बाद रोज़ की तरह केशू भाई ने ओजस को पुकारा, "ओजस, आवी जा दीकरा, तेरे दादा जी आ गए। आवी जा, आवी जा!"

केतकी ओजस को लेकर आई तो फ़ौरन ही केशू बच्चे को गोद में लेकर उससे बातें करने लगे, "ओजस, तू म्हने ओलखे छे...वताड़...दादा जी को पहचानता है, बोल न?" ओजस मुस्कुरा पड़ा तो केशू भाई हँसते हुए बोले, "केतकी, देख जरा, यह मुझे पहचानता है...मेरा पौत्तर मुझे पहचानता है...वाह रे ठाकुर जी, तूने मुझे सातों सुख दे दिये...मेरे पौत्र बनकर मेरी गोद में ही चले आए—अपनी लीला दिखाने!"

इसी बीच दीपेश ने चाय लाकर सामने रख दी। केतन और मेहुल को सामने लिफ़्ट की तरफ़ जाते देख केशू भाई ने पुकारा, "मेहुल, केतन, अरे अपने कमरे में चहा पी के जाओ।"

मेहुल तो लौट पड़ा, लेकिन केतन सीधा लिफ़्ट में दाख़िल हो गया। यह देखकर केतकी बोली, ''इसे क्या हुआ?''

केशू भाई चाय सुड़कते मुस्कुराते हुए बोले, ''बीवी के पास पहुँचने में देरी करेगा तो डाँट नहीं पड़ेगी, केम मेहुल?''

मेहुल ने मुस्कुराते हुए कहा, ''अरे नहीं पप्पा, आपकी बहुएँ तो बहुत अच्छी हैं, बिलकुल माँ जैसी।''

केशू भाई ने पूछा, ''बा क्याँ छे—नीचे कि अपने रूम में?''

केतकी बोली, ''बा मन्दिर में रेवती बेन के साथ बैठी दीपावली के लिए बत्तियाँ बना रही हैं।''

केशू भाई उठते हुए बोले, ''तो चाल, मैं भी कपड़े-वपड़े बदली करके थोड़ी देर में नीचे आता हूँ।''

आयशा अपने रूम में फ़ोन पर किसी दोस्त से बात कर रही थी, जो अपने पति और मित्रों के साथ एक महीने की छुट्टियाँ बिताने क्रुज पर जा रही है।

इसी समय केतन मुँह बनाकर अपनी टाई खींचते रूम में आया। उसने आयशा को देखा तक नहीं। यह देख आयशा धीरे से 'आई विल कॉल यू लैटर' कहकर फ़ोन काट दिया। फिर उठकर केतन की तरफ़ बढ़कर मुस्कुराते हुए कहा, ''हाय केतन, आज का दिन कैसा रहा?''

केतन ने जवाब न देकर अपनी जैकेट उतारकर बेड पर पटक दी। अपनी टाई खींचकर उतारने लगा कि आयशा बोली, ''क्या हुआ केतन, तुम कुछ परेशान दिख रहे हो?''

केतन ने चिढ़कर कहा, ''हाँ-हाँ, मैं परेशान हूँ और प्लीज, तुम मुझे और परेशान मत करो।''

''मैंने क्या किया? जरा मिरर में अपनी सूरत देखो तो समझ जाओगे कि तुम कितने परेशान हो।''

''हाँ, मैं परेशान हूँ, क्योंकि अपने खुद के ऑफिस में मेरी दो कौड़ी की इज्जत नहीं है।''

आयशा ने पास आकर उसके कन्धे पर हाथ रखा, प्यार से बैठाया और ख़ुद उसके क़रीब बैठते हुए बोली, ''अब बताओ, क्या हुआ?''

केतन भड़कता हुआ बोला, ''होगा क्या, अभी तक तो पप्पा घर में ही बाहरवालों को सिर पर बिठाकर रखते थे, लेकिन अब तो ऑफिस में भी बाहरवाले ही मालिक बन गए हैं। यह नितिन जो तीन महीने पहले ही हमारे ऑफिस में घुसा है, उसे इतना इम्पॉर्टेंट काम सौंपकर हीरो बना दिया गया।''

आयशा उसकी तरफ़ पानी का गिलास बढ़ाते हुए बोली, ''रिलैक्स...रिलैक्स... पानी पियो। तुम्हें भी ऑफिस में काम करते अब एक साल होने जा रहा है, तुम भी आगे बढ़कर हक से बोलना सीखो कि तुम बिजनेस में क्या करना चाहते हो। तुम्हें भी इम्पॉर्टेंस लेना आना चाहिए। मैं बोलती हूँ, एक दिन पापा के साथ अलग से बैठो और सब-कुछ क्लीयर कर दो कि बाहरवालों की दखलअन्दाजी तुम्हें पसन्द नहीं है।''

उधर अपने कमरे में चाय पीते हुए मेहुल ने पारुल से कहा, ''तने खबर छे पारुल, नितिन भाई ने पप्पा की कितनी बड़ी प्रॉब्लम सॉल्व कर दी? साच्ची वात छे, अगर यह सब पता न चलता तो गड़बड़ी आगे भी हो सकती थी।''

''हाँ, मेहुल, पप्पा बताते हैं, नितिन भाई विदेश से एम.बी.ए. करके आए हैं। मैं तो बोलती हूँ, आप उन्हीं के साथ ज्यादा उठा-बैठा करो और उनसे सीखो।''

मेहुल ने 'हाँ' में सिर हिला दिया।

एक-एक करके सभी भोजन करने के लिए डायनिंग टेबल पर आकर बैठ गए। बा को न देखकर केशू भाई ने केतकी से पूछा, ''बा ने जमवानूँ नथी?''

''बा का खाने का मन नहीं था, बस, थोड़ा-सा दूध-दलिया ले लिया।''

महाराज जी मेज़ पर खाना रख चुके थे। पारुल सबकी थालियों में खाना लगाने लगी कि तभी आयशा रसोई से कुछ बनाकर ले आई और केतन के सामने रख दिया।

''यह लो केतन...तुम्हें मलाई कोफ्ता खाना था न, मैंने तुम्हारे लिए बनाया है।'' और वह केतन की प्लेट में परोसने लगी।

यह बात कानों में पड़ते ही केशू भाई को कुछ अटपटी-सी लगी तो उन्होंने आयशा से कहा, ''यह तो अच्छी बात है आयशा व्हऊ कि तू केतन की पसन्द का खयाल रखती है, लेकिन कम-से-कम पास बैठे लोगों से भी तो पूछ लिया कर कि उन्हें पसन्द है या नहीं?''

आयशा थोड़ी हड़बड़ाई-सी बोली, ''अरे नहीं पापा, मैं तो ला ही रही थी, वह केतन ने खास बनाने के लिए कहा था, इसलिए...लीजिए, आप भी लीजिए।''

केशू भाई ने दोनों हाथ प्लेट पर रखते हुए कहा, ''शुक्रिया! बस, अगली बार कोई भी व्यंजन अगर बनाओ तो यह मत कहना कि तुमने किसी खास के लिए बनाया है। साँझे परिवारों में ऐसे नहीं चलता। सबकी पसन्द का खयाल रखना पड़ता है।''

इस बीच पहले से ही तमतमाया चेहरा लिये बैठा केतन बोल पड़ा, "पर आपका साँझा परिवार तो इतना बड़ा है कि किस-किसकी पसन्द का खयाल रखा जाए?"

यह सुनते ही जहाँ जिसका हाथ था, वहीं रुक गया। केशू भाई अचानक से थाली में चम्मच छोड़ते हुए बोले, "केतन, क्या बोलना चाह रहा है तू? क्या चल रहा है तेरे मन में? साफ-साफ बोल—वताड़?"

केतकी, मेहुल, पारुल, आयशा—सभी सहम से गए। केतन तपाक से बोला, "यही पप्पा कि आपका बड़ा परिवार अब मुझसे मेरा परिवार ही छीन रहा है। जहाँ तक अपने बड़े परिवार में आप अपना प्यार बाँटते थे, वहाँ तक ठीक था, लेकिन अब तो आपने उसे ही इम्पॉर्टेंस देना शुरू कर दिया है, वह भी हमें नीचा दिखाकर।"

केतकी केतन के पास जाकर उसे झिड़कते हुए बोली, "यह क्या उल्टा-सीधा बोले जा रहा है केतन?"

"उल्टा-सीधा नहीं माँ, मुझे सही में लग रहा है, जैसे मैं केशू भाई सांधवी की कोई गोद ली हुई सन्तान हूँ। इनकी अपनी सन्तानें तो हैं नितिन, नन्दिनी, हिना।"

केतन आगे कुछ कहे, उसके पहले ही केतकी डाँटते हुए बोली, "चुप! आज तुझे हो क्या गया है?"

"यह बात तो आप पप्पा से पूछिए। पहले तो इन्होंने बिना किसी को बताए नितिन को जॉब दे दी, फिर हमें यह तक नहीं बताया कि उन्हें क्या काम दिया गया है—सब-कुछ गुप्त! वह तो आज जब सबके सामने नितिन ने अपने महान कार्य के बारे में बताया, तब हमें मालूम पड़ा। वह हीरो बन गया और आपके दोनों बेटे निखट्टू-से सबका मुँह ताकते रह गए।"

यह सुनकर केशू भाई का चेहरा तमतमा गया। हाथ की मुट्ठियाँ कस गईं। पल भर के लिए तो उन्होंने अपनी आँखें मूँद लीं और फिर कुछ ही पल में उनकी आँखें और मुट्ठियाँ खुल गईं। वह केतन और मेहुल को देखते, मुस्कुराते हुए उनकी तरफ़ बढ़े और दोनों के कन्धे पर हाथ रख बीच में खड़े हो, दोनों के सिर अपने गाल से सटाते हुए बोले, "केतन, तू घेलो थई गयो छे कि शूँ, अरे तुम दोनों तो केशू की जान हो!" यह कहते उनकी आँखें नम हो गईं, फिर केतकी को देखते हुए बोले, "केतकी, बता इस छोकरे को कि इसे तूने ही जन्म दिया है।"

केतकी ने अपनी आँखें पोंछीं। अब दोनों लड़कों से थोड़ा अलग होते, उन्हें देखते केशू भाई बोले, "जो दीकरा...नितिन ने जो किया, वह किसके लिए किया? 'सांधवी डायमंड्स' के लिए ही न? वर्ना जो बात आज से महीनों पहले हुई थी, वह दोबारा भी घट सकती थी। विदेशी ग्राहकों ने भी गलती समझ के एक बार तो माफ कर दिया, लेकिन दोबारा से अगर ऐसा कुछ हुआ होता, तो हमारे धन्धे पर से लोगों का भरोसा ही उठ जाता। मैं तो यह कहूँगा कि आज हमने जो देखा और सुना, उसने हम सबकी आँखें खोल दीं। हमें आगे से सतर्क रहना पड़ेगा, बल्कि मैं तो यह भी

बोलूँगा कि दागीनों के कारखाने पर भी तुम लोग ध्यान दो और देखो कि दागीने का जितना दाम तय किया है, उसमें सोने की कितनी कीमत है और हीरों की कितनी। यह तो तुम जानते ही हो, कि जेवरों में हीरों की कीमत उनकी गुणवत्ता के आधार पर आँकी जाती है।"

केतन और मेहुल अपने पिता को एकटक देखे जा रहे थे। उन्हें देखते हुए केशू भाई बोले, "और मान लो दागीनों के हीरों में अगर हेरा-फेरी हुई, तो यह हमारे ग्राहकों के साथ धोखा होगा। बेचारे ग्राहक, उनके सामने एक हीरा ऊँची किस्म का और वैसा ही एक हीरा निम्न श्रेणी का रखोगे तो वह फर्क नहीं समझ पाएँगे, आ माटे दीकरा, हम सभी को अपनी नजर पैनी करनी होगी।" केशू भाई फ़ौरन ही अपना मूड बदलते प्यार से दोनों बेटों के गाल पर हलकी-सी चपत लगाते बोले, "जाओ, अब जाकर सो जाओ।" ख़ुद भी केशू भाई जाने को हुए कि फ़ौरन ही पलटकर केतकी के पास जाकर बोले, "केतकी, काले विजयादशमी छे शुभ दिवस। हम लोग कल से ही नन्दिनी के विवाह के शुभ कार्य आरम्भ कर देंगे, समय बहुत कम है, बीच में दीपावली भी आनेवाली है, लेकिन सबको मिल-जुलकर सब-कुछ एक साथ ही करना होगा।"

केतकी ने 'हाँ' में सिर हिलाया।

केशू आगे बोले, "अने हाँ, कल सवारे मुझे याद दिलाना, इस बारे में हमें बी.बी. से भी बात करनी है।" यह कहकर केशू भाई अपने कमरे की ओर चले गए।

20

सुबह तड़के से ही 'सांधवी विला' में त्यौहार की रौनक दिखलाई पड़ने लगी। बँगले के मुख्य द्वार पर फूलों की अतिसुन्दर वन्दनवार बाँधी जा चुकी थी और अब घर की गाड़ियों पर भी तोरणें बाँधी जा रही थीं। घर में सबसे पहले केशू भाई और केतकी ने बा के पैर छूते हुए कहा, "बा, दशहरा नी खूब-खूब वधावणी!"

अब मेहुल और पारुल ओजस को लिये आए, बा के पाँव छुए, तो केतकी ने ओजस को गोद में लेते हुए कहा, "आज तमारी पहली विजयादशमी छे...चाल, बा ने पगे लागूँ कर...जय-जय कर।"

बा ओजस के सिर पर प्यार से हाथ रखते हुए बोलीं, "जीवतो रह दीकरा...ख़ूब सुखी थाव!"

केतन और आयशा भी नीचे आ गए और घर के सभी सेवक भी। सभी बड़ों के पैर छूकर दशहरे की शुभकामनाएँ देने लगे और बड़ों का आशीर्वाद पाने लगे।

महाराज जी ने पूछा, "बा, आज रसोई में क्या बनेगा?"

बा बोलीं, "आखा मग, चोखा, शीरो अने पूड़ी...बाकी जो केतकी व्हऊ बोले।"

केशू भाई फ़ोन लेकर एक सोफ़ा पर बैठ गए और अपने मित्रों, सगे-सम्बन्धियों को शुभकामनाएँ देने लगे और जिनके फ़ोन आ रहे थे, उन्हें धन्यवाद देते बोले, "अब व्हेवाई जी को फोन लगाऊँ।"

यह कहते वह जैसे ही बी.बी. का नम्बर लगाने को हुए कि उससे पहले ही उनका फ़ोन बज उठा और बी.बी. का नाम जैसे ही स्क्रीन पर दिखा, केशू भाई ने चहकते हुए कहा, "दशहरे की हार्दिक शुभकामनाएँ समधी जी!"

"समधी जी? अरे मैं बी.बी. से समधी जी कब से हो गया?"

इस पर केशू भाई बोले, "जब से बिटिया के विवाह का मुहूर्त निकला तब से। अरे अब दिन ही कितने बचे हैं! आज दशहरा हो गया, बीस दिवस पाछी दीपावली और उसके दस दिन बाद ही देवउठान एकादशी! यूँ समझो, आज से एक ही महीना है, तो कल हम लोगों ने निश्चित किया कि आज से लगन के कार्यों का शुभारम्भ कर दिया जाए।"

दूसरी तरफ़ से बी.बी. भी केशू भाई को दशहरे ही शुभकामनाएँ देते हुए बोले, "कैसी विचित्र बात है कि कल तुमने आज से विवाह के कार्य शुरू करने का सोचा और मैं भी कल से यही सोच रहा था कि अपने मास्टर बेडरूम को बच्चों के लिए रेनोवेट करवा दूँ और मैं खुद नीचेवाले बेडरूम में शिफ्ट कर जाऊँ।"

इस पर फ़ौरन ही केशू भाई बोले, "क्यों भई, अपना बेडरूम बच्चों को क्यों दे रहे हो? अरे उस बेडरूम के साथ तुम्हारी हजारों यादें जुड़ी होंगी?"

यह सुनकर पलभर के लिए बी.बी. मौन हो गए, आँखों की पुतलियाँ आँसुओं की नमी से चमकने लगीं, फिर फ़ौरन ही सँभलकर बोले, "अरे नहीं यार, तुमसे उम्र में काफी बड़ा हूँ मैं, सच कहूँ तो ऊपर अपने रूम में जाने के लिए एक सीढ़ी चढ़ना भी घुटनों के दर्द की वजह से भारी पड़ने लगा है। वैसे भी नीचे के रूम्स तो खाली ही पड़े हैं। खैर, तो तय रहा कि आज से हम शादी के काम शुरू कर देते हैं। सबसे पहले तो निमंत्रण-पत्र।"

इस पर हँसते हुए केशू भाई बोले, "अरे ना-ना, निमंत्रण-पत्र तो डिजिटल के इस जमाने में दो दिन में छप जाते हैं। सबसे जरूरी काम होता है वह सूची तैयार करना, जिसमें मेहमानों के नाम होते हैं। कोई छूट न जाए, इस बात का डर रहता है। अच्छा, हाँ, एक जरूरी बात! गणेश स्थापना, हल्दी, मेहँदी—यह सब रस्में तो तुम अपने घर में करोगे, लेकिन दो दिन प्रीतिभोज हमारे अपने घर में ही रहेगा, एक तो मेहँदी, संगीतवाले दिन और फिर लगन के रोज। तो बी.बी., इन दोनों ही आयोजन में तुम्हारे लगभग कितने मेहमान होंगे, इस बात का अन्दाज अगर तुम तीन-चार रोज में दे सको तो हमें सुविधा हो जाएगी। वात आम छे रसोई और खाने-पीने का पूरा प्रबन्ध हमारे नट्टू काका ही करेंगे, कारीगर भी सूरत से ही लाएँगे,

इसलिए हमारे और तुम्हारे मिलाकर लगभग कितने मेहमान होंगे, यह बात हमें नट्टू काका को पहले से ही बतानी होगी।''

''ठीक है, बताता हूँ,'' यह कहकर बी.बी. ने फ़ोन रख दिया।

इसी बीच जॉन की आवाज़ सुनकर बी.बी. ने पलटकर देखा, ''मास्टर, ब्रेक फास्ट रेडी है?''

''हाँ। श्री और शान्तनु को बुलाया?''

''यस मास्टर! बस, वे आ ही रहे हैं।''

बी.बी. डायनिंग टेबल पर बैठ गए। पहले शान्तनु नीचे आया और बी.बी. के पैर छूते हुए बोला, ''हैप्पी दशहरा डैड!''

''जीते रहो, सुखी रहो! अभी केशू भाई का भी फोन आया था दशहरे की बधाई देने के लिए...तुमने उन्हें और नन्दिनी को विश किया?''

शान्तनु थोड़ा झिझकते हुए बोला, ''वह डैड...सोच रहा था, सांधवी विला जाकर सबको एक साथ ही विश कर दूँ और वहीं से नन्दिनी के साथ आतिश पापा के घर सान्ताक्रुज हो आऊँ।''

मुस्कुराते हुए बेटे की पीठ थपथपाते बी.बी. बोले, ''समझदार है मेरा बेटा और हाँ, एक बात और, केशू भाई ने यह भी कहा है कि आज के शुभ दिन से वह विवाह की तैयारियाँ भी शुरू कर देंगे।''

तभी उनकी नज़र नीचे आती श्रीलता पर गई, ''आ जा बेटा, आ जा, तेरा ही इन्तजार कर रहे थे।''

हमेशा की तरह आज भी श्रीलता के चेहरे पर एक रूख़ापन-सा है, जैसे उसे किसी बात से लेना-देना न हो! वह टेबल पर बैठी और बिना कुछ बोले नाश्ता शुरू कर दिया।

शान्तनु और बी.बी.—दोनों की नज़र बार-बार उस पर टिक जाती। बी.बी. ने अचानक से उसे कहा, ''हैप्पी दशहरा बेटा!''

श्रीलता ने चौंक के देखते हुए रूखा-सा जवाब दिया ''ओह, हाँ, आपको भी डैड!''

''बेटा, तुम तो जानती ही हो, तुम्हारे भाई की शादी होनेवाली है। काम बहुत ज्यादा है और समय कम। तुम्हारी मॉम होतीं तो शायद इंगेजमेंट के फौरन बाद ही शादी की तैयारियाँ भी कर डालतीं, पर अब तो जो भी करना है, इसी महीने के अन्दर करना है। कुछ काम तो ऐसे हैं जो मुझे ही करने हैं, लेकिन नन्दिनी के जेवर और कपड़ों की शॉपिंग करना मेरे बस का काम नहीं है। इसलिए मैं चाहता हूँ कि तुम और नन्दिनी मिलकर यह काम जल्दी ही पूरा कर डालो।''

शादी की बातें सुनते हुए श्रीलता के चेहरे पर कड़वाहट-सी तैरती जा रही थी। बी.बी. की बात पूरी होते ही भौंहें ताने विचित्र-सा मुँह बनाकर श्रीलता बोली, ''सॉरी डैड, यह सब मुझसे नहीं होगा।''

"क्यों?"

"क्यों क्या? क्या आप नहीं जानते कि शादी के नाम से ही मुझे नफरत है और भाई, मैं तो आपसे भी कहती हूँ, अपनी बहन की टूटी शादी और बिखरी जिन्दगी देखने के बाद भी आप शादी करना चाहते हैं?"

इस पर शान्तनु चुप रहा, लेकिन बी.बी. नाराज़गी से बोले, "तुम्हारी शादी का टूटना तो लम्बा टॉपिक है जिस पर बहुत बार बात हो चुकी है और हमें यही लगा कि इस सबमें अनुराग से ज्यादा तुम्हारी नासमझियाँ ही रही हैं।"

श्रीलता तैश में बोली, "ओ.के...ओ.के..." और फिर एक झटके से उठकर बाहर चली गई।

शान्तनु उसे पुकारना चाहा लेकिन बी. बी. ने उसे हाथ पकड़कर बैठा लिया और चिन्तित से बोले, "मुझे अब इस बात की अधिक चिन्ता है कि नन्दिनी के इस घर में आ जाने के बाद श्री उसे चैन से जीने भी देगी या नहीं।" और उन्होंने अपना सिर पकड़ लिया।

"सब ठीक हो जाएगा डैड, आप परेशान मत होइए।" यह कहकर शान्तनु ने पिता को हिम्मत बँधाई।

नन्दिनी के विवाह के कामकाज का शुभारम्भ न केवल 'सांधवी विला' और बृजभूषण मेहता के घरों में चल रहा था, बल्कि आतिश, सचिन और वकार के घरों में भी उसकी गहमा-गहमी थी। सबके कपड़े तैयार हो रहे थे। नन्दिनी को दिये जानेवाले उपहारों के बारे में सोचा जा रहा था और न सिर्फ़ इतवार, अब तो हर दूसरे-तीसरे दिन ही आतिश, वकार और सचिन का परिवार वरली पहुँच जाता। वहाँ जैसे-जैसे बा बतातीं, उनकी बहुएँ वैसे-वैसे करती रहतीं। इन लोगों के होने से केतकी को शॉपिंग में बहुत मदद मिल रही थी, क्योंकि नन्हे ओजस के कारण पारुल तो निकल नहीं पाती और आयशा को अपनी शॉपिंग से ही फुरसत नहीं थी।

नन्दिनी और उसके ससुरालवालों को दिये जानेवाले उपहारों के अतिरिक्त, इतने वर्षों के व्यवहार के अनुसार केशू भाई सांधवी के घर से उपहार जाएँगे भी—सैकड़ों साड़ियाँ, सोने के गहने, मेवा-मिठाई के डिब्बे। बाहर गाँव से आनेवाले मेहमानों के लिए नज़दीक की ही बिल्डिंग में चार फ़्लैटों का इन्तज़ाम किया गया। 'सांधवी विला' की बाहरी दीवारों पर भी कई सालों के बाद नया रंग चढ़ाया गया। रात को कितनी भी देर हो जाए, केशू, बा और केतकी एक बार साथ बैठकर यह ज़रूर देखते कि अब क्या काम बाक़ी रह गया है। बा ने यह पहले ही कह दिया था कि शादी के निमंत्रण-पत्र दीपावली के पहले छपकर आ जाने चाहिए ताकि दीपावली के तुरन्त बाद ही लग्न पत्रिकाएँ बाँटी जा सकें।

जिस दिन घर में केशू भाई के सभी मित्र और उनके परिवार भी उपस्थित थे, केशू भाई ने एक निमंत्रण-पत्र खोलकर देखा और फिर बा को दिखाया। हाथोंहाथ पत्रिका घूमने लगी और सभी की आँखें नम होने लगीं। तभी कहीं बाहर से नन्दिनी घर में आई और हाथ में ली हुई हाँडी टेबल पर रख दी। नन्दिनी पर नज़र पड़ते ही झूठे गुस्से में केशू बोले, ''कहाँ घूमती रहती है तू? खबर छे, चार दिवस बाद ही इस घर को छोड़कर जानेवाली है?'' यह कहते-कहते उनका गला भर्रा गया।

यह सुनकर नन्दिनी फ़ौरन दौड़कर उनके गले लग गई।

माहौल अचानक भारी हो गया, यह देख अपना रोना दबाते हुए केतकी बोली, ''मेहुल ना पप्पा, इतना रोने की जरूरत नहीं है। अपना समय याद करो, आप मुझे ही नहीं, अपनी दोनों बहुओं को भी तो किसी माँ-बाप से अलग करके लाए थे, अब एक दीकरी दे रहे हो तो इतना रोने की क्या जरूरत है?''

इस पर सभी रोते-रोते हँस पड़े।

इस बीच दीपेश और महाराज जी शाम का नाश्ता और चाय टेबल पर लगा चुके थे। तभी वकार की नज़र टेबल पर रखी हाँडी पर पड़ी और वह 'चमचम' कहते हाँडी पर झपटे। उनके पीछे केशू भाई चिल्लाते हुए दौड़े और बोले, ''अरे हाथ मत लगाना! मेरी दीकरी चमचम मेरे लिए लाई है!''

वकार हाँडी को सीने से चिपकाते बोले, ''खबरदार जो आगे बढ़े तो!''

अब सचिन भी क़रीब आकर दोनों हाथ कमर पर रखकर बोले, ''यह तो गलत बात है वकार! नन्दिनी तो चमचम हम चारों के लिए लेकर आई है, तुम कहाँ लेके भागे जा रहे हो?''

कम बोलनेवाले आतिश जो इतनी देर से बस घूरे ही जा रहे थे, फ़ौरन ही झपटके वकार से हाँडी छीनकर दौड़े-दौड़े बा के पास पहुँच गए। ''बा, जो तो सही, तारो वकार दीकरो अकेले ही सारी चमचम हजम करना चाहता है। ले बा, अपने हाथ से सबको बाँट दे।''

चार उम्रदराज़ बच्चे मिठाई के लिए अपनी माँ के आगे लड़-झगड़ रहे हैं और इस माँ के मुख पर सन्तोष की एक ऐसी मुस्कान है, जिसका वर्णन करना कठिन है। आज इस साँझा परिवार के साथ ही 'सांधवी विला' की हर दीवार जैसे खुलकर हँस रही है!

अचानक ही रसीली उठकर बा के पास बैठ बोली, ''बा, तमारा साथे जरूरी वात करवी हती।''

''बोल।''

''बा, नन्दिनी का कन्यादान केतकी करेगी तो सारी रस्में भी वही करेगी। अने तमे जाणों छो कि लगन की रस्मों में मामा के घर से आया मामेरा कितना जरूरी है! भाई जो मौड़ चुनड़िया अपनी बहन को ओढ़ाता है, वही पहनकर बहन सारी रस्में करती है, जमाई को दरवाजे में भी वही पहन के लेती है, तो बा...''

गहरी साँस छोड़ते बा बोलीं, "हाँ, रसीली व्हऊ, खबर छे। बेचारी केतकी व्हऊ के पीहर में अब कोई बचा ही नहीं है, इसलिए मैं सोच रही थी..."

तभी बा की बात काटते रसीली बोली, "नहीं बा, मैं यही तो बताना चाहती थी, मेरे दोनों भाई चाहते हैं कि वे मामेरा लेकर आएँ और अपनी केतकी बेन को मौड़ चुनड़िया ओढ़ाकर पीहर की रसम पूरी करें।"

बा भावुक होकर रसीली को लाड़ से अपनी तरफ़ खींचते हुए प्रेम से बोलीं, "जीवती रह दीकरा! वैसे भी हमारे परिवारों का सम्बन्ध तीन पीढ़ी पुराना हो चुका है, कुछ भी तो अलग नहीं रहा। चाल, तूने आज मेरी यह चिन्ता भी दूर कर दी।" यह कहते-कहते बा कहीं खो-सी गईं। "केशू से कहूँगी, रसीली के दोनों भाई केतकी के लिए मामेरा लेकर आ रहे हैं, इसलिए लगन के बाद उसी रिश्ते से उन लोगों को बिदाई भी देनी होगी।"

रात का खाना-पीना होते-होते काफ़ी देर हो चुकी थी। वकार बाहर गाड़ी पर पहुँचकर हॉर्न पर हॉर्न दिये जा रहे थे, "अरे जल्दी निकलो भाई, जोगेश्वरी तक पहुँचना है।"

सभी औरतें बातें करते हुए बाहर तक आ गईं। अचानक ठिठककर मन्दा बा से बोली, "दिवाली के कारण तीन-चार दिन आना नहीं हो पाएगा—पकवान बनाने हैं, पूजा का सामान लेना है, अकेली हूँ बा, कोई बहू-बेटी तो घर में है नहीं।" यह कहते उसका गला भर आया।

बा उसके सिर पर हाथ रखते बोलीं, "व्हऊ भी आ जाएगी, चिन्ता मत कर।"

वहीं नन्दिनी केतन का हाथ पकड़े पास ही खड़ी थी। रसीली उसे देखे जा रही थी। उसकी आँखें छलछला उठीं। कुछ कहने को होंठ खुलने को थे, लेकिन चुप रह गई, फिर अचानक बोल ही पडी, "केतकी, नन्दिनी दो साल से तो अहमदाबाद में थी, पीहर में यह इसकी आखिरी दिवाली है, फिर तो अगले साल अपने सासरे में ही होगी। मैं चाहती थी, अपने सासरे जाने से पहले दो-तीन दिन मेरे साथ रह ले।" कहते-कहते उसका गला रुँध गया। वह चुप हो गई।

केतकी रसीली को प्यार से अपनी तरफ़ खींचते बोली, "रसीली भाभी, नन्दिनी पहले आपकी बेटी है, बाद में मेरी। मैं तो बोलती हूँ, आज ही साथ ले जाओ इसे...दिवाली करके आ जाएगी।"

नन्दिनी केतकी को घूरने लगी। केतकी ने पूछा, "क्या हुआ?"

नन्दिनी मुँह बनाते बोली, "वहाँ मैं कार्ड्स किसके साथ खेलूँगी? पर ठीक है, जैसा आप लोग बोलो।" और वह सबके साथ गाड़ी में बैठकर चली गई।

21

सभी के घरों में दीपावली की हलचल शुरू हो गई। वकार ने भी इसी बीच काफ़ी दिनों से मन का सोचा हुआ पूरा कर डाला। दरअसल उनके गैराज में काफ़ी

समय से रंग-रोगन नहीं हुआ था, तो इस बार उन्होंने यह काम करवाने की सोची। केशू भाई के दफ़्तर और कारख़ाने को बिजली की लड़ियों से सजाया गया। गहनों के शो-रूम तो अपनी आकर्षक सजधज के कारण दूर से ही ग्राहकों का मन मोह रहे थे। धनतेरस की बिक्री के लिए दुकानों पर अलग से कर्मचारी तैनात किए गए। केशू भाई अपने बेटों के साथ दिवाली की हर तैयारी का निरीक्षण करने लगे। अकाउंटेंट को बुलाकर उन्होंने इस बात की तसल्ली की कि उसने सभी कर्मचारियों और हीरा कारीगरों के दो बोनस के लिफ़ाफ़े तैयार किए या नहीं। 'हाँ' में उत्तर सुनकर केशू भाई सन्तुष्ट हो गए।

केतन ने हैरानी में पूछा, "डबल बोनस क्यों पप्पा?"

"एक लिफाफा तो हर साल की तरह दिवाली का, अने दूसरा मेरे घर पौत्तर आने का।" यह कहकर केशू भाई नितिन के केबिन में चले गए।

नितिन जो काम में इतना खोया हुआ था कि उसे केशू भाई के आने की भनक तभी पड़ी, जब उन्होंने उसकी पीठ पर हाथ रखा।

नितिन चौंककर खड़े होते बोला, "काका!"

"काम में इतना डूबा हुआ है कि तुझे आजू-बाजू का भान तक नहीं, खूब तरक्की करेगा।" यह कहते हुए केशू भाई ने नितिन के हाथ में एक मोटा-सा लिफाफा रखते हुए कहा, "यह पकड़।"

"यह क्या है काका?"

केशू भाई हँसते हुए उसका गाल थपकते बोले, "दिवाली के पटाखों के लिए। कई सालों के बाद इस बार तू अपने घर की दिवाली कर रहा है।"

नितिन ने झुक के केशू भाई के पाँव छुए। केशू भाई ने प्यार से उसकी पीठ थपथपाई।

अभी वह नितिन के केबिन से निकलकर गलियारे में आए ही थे कि तभी तेज़ी से चलके उनके पास आकर राजवंश बोला, "सर, कांग्रेच्युलेशन! वह हांगकांगवाली डील फाइनल हो गई है, आपको जल्दी ही उसे साइन करने जाना होगा।"

"जल्दी बोले तो? वात आम छे, दो दिवस के बाद दिवाली है और उसके दस दिन बाद 25 नवम्बर को नन्दिनी का लगन है, जिसका काम-काज आठ दिन पहले ही शुरू हो जाएगा, नट्टू काका आ जाएँगे, मतलब 'सांधवी विला' पूरी तरह से शादी-ब्याह का घर बन जाएगा तो फिर ये..."

"परेशान मत होइए सर!...आप 26 तारीख को यहाँ से निकलेंगे रात साढ़े बारह की फ्लाइट से, क्योंकि मीटिंग 28 तारीख को है।"

केशू भाई चैन की साँस छोड़ते हुए बोले, "चाल काँई वाँदो नथी...26 को नन्दिनी और मेरे जमाई शान्तनु भी स्विट्जरलैंड के लिए निकलेंगे और एक रात के

बाद में।'' ऊपर देखकर हाथ जोड़ते हुए बोले, ''श्रीनाथ जी, इसी प्रकार कृपा बनाए रखें।'' केशू भाई वहाँ से यह कहकर अपने गलियारे की तरफ़ बढ़ गए।

दिवाली के दिन केशू भाई ने पहले दफ़्तर में लक्ष्मीपूजन किया, जिसमें आतिश और नितिन भी मौजूद रहे। पूजा के बाद नितिन अपने घर निकल गया और केशू भाई मेहुल, केतन और आतिश के साथ 'सांधवी विला' के लिए।

'सांधवी विला' भी आज रोशनी की झालरों से जगमगा रहा है। पंडित जी पहले से ही उपस्थित हैं। केशू भाई ने सपरिवार लक्ष्मी-पूजन किया और पूजा के उपरान्त सभी ने बा के चरण-स्पर्श किए। घर के नौकर-चाकरों को बा के हाथ से लिफ़ाफ़े और मिठाई के डिब्बे दिलवाए गए।

बा महाराज जी से बोलीं, ''महाराज जी, जरा जुवो मोहनथाल अगर अच्छे से जम गया हो तो केशू और आतिश को चखा दो...आ लोको ने खूबज गमे छे।''

केशू भाई घड़ी देखते बोले, ''जो खिलाना है, जल्दी खिला दे बा, लेकिन थोड़ा-सा। आज तो मैं अपनी भाभियों के घर दिवाली मनाने जा रहा हूँ। केतकी, सब जगह के लिए मिठाई के डिब्बे तैयार हैं?''

केतकी ने 'हाँ' में सिर हिलाया।

अब बच्चों की तरफ़ देखते बोले, ''तुम लोगों का तो अपना ही प्रोग्राम होगा...नहीं तो साथ में चलो।''

''नहीं पप्पा, हमारे कुछ फ्रेंड्स आ रहे हैं।''

''पत्ते जमेंगे!...हाँ-हाँ, खबर छे, आज तो रातभर पत्ते जमेंगे!''

इस बीच महाराज जी मोहनथाल ले आए। उसमें से पहले एक टुकड़ा आतिश को खिलाकर फिर केशू ने ख़ुद स्वाद ले-लेकर खाया, ''सारू कीदू बा, जो तूने इतना सरस मोहनथाल बनाने का राज अपनी व्हऊ तक को नहीं बताया, तेरे हाथ का बना अलग ही होता है।''

इस बीच केतकी मन्द-मन्द मुस्कुरा रही थी और बा भी। बा लाड़ से केशू के गाल पर थपकी मारते हुए बोलीं, ''इस साल मोहनथाल मेरी केतकी व्हऊ ने ही बनाया है।''

''शूँ?...तभी मैं सोचूँ, इस बार मोहनथाल में क्या कमी रह गई!'' फिर कुछ सोचकर बोले, ''हाँ, बा, इसमें मोतिया का वह इत्र तो डाला ही नहीं जो तेरे मोहनथाल की खासियत है?''

तभी आतिश घड़ी देखते बोले, ''अब तू यहाँ से चलेगा कि नहीं, घर नी पूजा माँ वार थाये छे!''

''चलो, चलो...चाल केतकी!''

केतकी ने रामचन्द्र को टेबल पर रखे मिठाई के डिब्बों को गाड़ी में रखने के लिए कहा और रेवती से बा के पास ही रहने का अनुरोध किया। फिर आतिश, केशू भाई और केतकी बाहर निकल गए।

वरली से चली गाड़ी खार में सचिन के घर के बाहर रुकी। एक बार डोरबेल होते ही नितिन ने ऐसे दरवाज़ा खोला, जैसे इन्हीं का इन्तज़ार हो! आज सचिन ने पूजा के लिए विशेष रूप से धोती पहनी हुई थी। केशू भाई ने उसकी जी भरकर तारीफ़ की और कहा, "आज तो खूब जँच रहे हो सचिन भाई! तुम तो धोती ही पहना करो।"

मुस्कुराते सचिन बोले, "चलो, बैठो, पूजा करते हैं।"

पूजा-आरती सम्पन्न हुई तो सचिन ने मन्दा से घर के बनाए पकवान लाने के लिए कहा। मन्दा यह कहते रसोई की तरफ़ गई, "आता घेऊन येते।"

केशू भाई वहीं से बैठे चिल्लाए, "भाभी, मेरे लिए तो बस कंजरी लाना।"

मन्दा पलटकर मुँह बनाते बोली, "क्या केशू भाई, पच्चीस सालों से सिखा रही हूँ कि कंजरी नहीं, करंजी।"

केशू भाई कान पकड़ते बोले, "हाँ-हाँ, सॉरी भाभी, कंजरी।"

यह सुन सब हँस पड़े और मन्दा मुँह बना किचन में चली गई।

थोड़े-थोड़े पकवान चखने के बाद केशू भाई खड़े होते बोले, "सचिन भाई, चलता हूँ। दो दिवस के बाद तो आप सबको रोज ही घर पर आना होगा।"

इस पर केतकी फ़ौरन ही बोली, "मैं क्या बोलती हूँ, रोज-रोज आना बहुत मुश्किल होगा, आप सब हफ्ते भर के लिए उधर ही चले आइए न!"

केशू भाई चहकते बोले, "अरे वाह, आ वात म्हारा मगज माँ केम ना आवी, चार दिन के बाद नट्टू काका आ रहे हैं, अपने कारीगरों को लेकर। आप सब भी आ जाओ। घर, शादी का घर तो लगना चाहिए, केम आतिश, बरोबर न?"

आतिश ने 'हाँ' में सिर हिलाया। नितिन, मन्दा और सचिन इन लोगों को बाहर तक छोड़ने आए और ड्राइवर ने गाड़ी स्टार्ट की।

केशू भाई शीशा गिराकर चिल्लाकर बोले, "नितिन, तीन-चार दिन बाद सामान बाँध के चले आना, नक्की?"

गाड़ी आगे बढ़ गई।

रसीली और नन्दिनी पूजा की तैयारी कर चुकी थीं। इस दफ़ा पहली बार नन्दिनी ने माँ से पूछ-पूछकर दरवाज़े पर रँगोली भी बनाई। इसी बीच राजकोट से

संजना का फ़ोन आया। उसने पहले दिवाली का प्रणाम किया, फिर पूछा, "आप सबने दिवाली की पूजा कर ली?"

"बस, तेरे पप्पा और केशू काका आ जाएँ तो करते हैं।" यह कहकर रसीली ने नन्दिनी को फ़ोन दे दिया।

संजना बोली, "इस बार तेरी भी घर में आखिरी दिवाली है, अगले साल तू भी अपने सासरे में होगी, क्या करूँ, मेरा बहुत मन था कि इस साल मैं, तू, मम्मी और पापा साथ बैठकर लक्ष्मी पूजन करते, पर मेरी सास ने कहा, यह तिव्हार तो सासरे का ही होता है।"

नन्दिनी बोली, "पर संजू दीदी, मैं तो अपने सासरे की पूजा के बाद यहाँ भी पूजा किया करूँगी और सांधवी विला में भी। शादी का यह मतलब थोड़े है कि हम अपने घरवालों को ही भूल जाएँ?"

यह सब सुनकर रसीली ने चुपचाप आँचल से आँखें पोंछी, तभी दरवाज़े के बाहर केशू भाई की गाड़ी आकर रुकी। नन्दिनी फ़ोन हाथ में पकड़े हुए गाड़ी के पास आकर बोली, "काका...काकी," और केतकी से ऐसे लिपट गई, जैसे कितने दिनों के बाद मिली हो!

उधर फ़ोन पर यह शोर सुनकर संजना बोली, "जरा केशू काका और काकी को फोन दे न, मैं उन्हें भी विश कर दूँ!"

नन्दिनी ने केशू भाई को फ़ोन देते कहा, "दीदी है—संजू दीदी।"

फ़ोन पर केशू सीधे बोले, "संजू दीकरा, मेरा तो मन ही नहीं था कि नामकरण के फंक्शन के बाद तुझे सासरे भेजूँ। अरे आई थी तो नन्दिनी के लगन तक तो रुकती, हवै म्हारी वात सामल, मेरे सारे खास मेहमान जिनमें मेरे तीनों दोस्तों के परिवार अने नट्टू काका शामिल हैं—सब लगन के एक सप्ताह पेला सांधवी विला पहुँच जाएँगे, तू अने जमाई जी पण अपनी टिकट करा के आ जाओ।" यह कहकर फ़ोन नन्दिनी को देकर वह घर के अन्दर चले गए और पूजा में बैठ गए।

पूजा सम्पन्न होने पर केशू ने रसीली के पाँव छूते हुए कहा, "माँ अने भौजाई बरोबर।"

रसीली मुस्कुराते हुए बोली, "बेसो। मैं अपने देवर के लिए केसरिया खीर लेकर आई।"

कुछ देर बैठकर केशू भाई केतकी को उठने का इशारा करते हुए बोले, "चाल, उठ केतकी! सब ठिकाने खूब खाया-पीया, अब फक्त जन्नत भाभी के हाथ की मसालेवाली चाय पीनी बाकी है।"

केशू भाई और केतन को जाते देख नन्दिनी का चेहरा उतर गया। वह धीरे से बोली, "मैं भी चलूँ?"

केतकी उसे लाड़ से लिपटाते हुए बोली, "ना दीकरा, रसीली भाभी को दुःख पहुँचेगा। एक-दो दिन रुक जा, फिर तो आना ही है।"

केशू भाई और केतकी वहाँ से जैसे ही निकले, तो रसीली ने उन्हें कहा, "आवजो।"

वकार बहुत बेचैनी से केशू भाई और केतकी का इन्तज़ार कर रहे थे। "अरे, ये लोग कहाँ अटक गए? अब तक तो आ जाना चाहिए था!"

जन्नत किचन से चिल्लाकर बोली, "आपको तो हर साल ऐसा ही लगता है। आज के त्यौहारवाले दिन घर से निकलकर अपने सभी दोस्तों से मिलने आते हैं भाईजान, यह क्या कम है?"

"हाँ, यह तो है। वैसे तुमने सारी तैयारी तो करके रखी है न?"

"आपने जो-जो कहा, वह सभी कुछ तो बनाया है।" फिर खिलखिलाते हुए जन्नत बोली, "वैसे कितना कुछ भी बना लो, भाईजान को तो बस हमारे हाथ की चाय चाहिए।"

तभी घर के बाहर से गाड़ी के आने की आहट सुनकर बाहर की तरफ़ भागते वकार बोले, "अरे भई, हिना और फैजान को भी आवाज दे दो।"

वकार जब तक अपने बाहरी गेट पर पहुँचे तो देखा, केशू भाई और केतकी गाड़ी से उतरकर उनके घर की तरफ़ बढ़ रहे हैं। पीछे आ रहे ड्राइवर के हाथ में कई सारे उपहारों के डिब्बे हैं। वकार केशू भाई से ऐसे मिले, जैसे बरसों के बाद मिले हों!

"अमाँ यार, कितनी देर लगा दी? हम तो इन्तजार में ही आधे हो गए!"

ऊपर से नीचे तक वकार को देखते केशू भाई बोले, "हाँ, यार, कम-से-कम दस-बीस किलो वजन तो घट ही गया लगता है।"

वकार लाड़ में केशू के पेट पर मुक्के मारते उन्हें बाँहों में भरकर अन्दर ले गए। घर के अन्दर सबसे पहले हिना और फ़ैज़ान ही सामने पड़े तो उन्होंने बड़ी इज़्ज़त से 'आदाब चचा...आदाब चची...' कहा।

केशू भाई और केतकी दोनों को प्यार से लिपटाते बोले, "जीते रहो!" लेकिन फ़ौरन ही केशू भाई फ़ैज़ान को थोड़ा अलग करते हुए बोले, "अरे पहले मुझे अपने दीकरे को ठीक से देखने तो दो, पूरे दो साल बाद दिख रहा है तू।" वह फ़ैज़ान पर भरपूर नज़र डालते केतकी से बोले, "देख तो केतकी, यह तो एकदम हीरो लग रहा है! बाप, चचा सबसे ऊँचा निकल गया!" उसे लिए-ही-लिए वह सोफ़ा पर बैठ गए और बोले, "अब यह बता, तू अपने भतीजे के नामकरण में क्यों नहीं आया? पता है, वह 'काका-काका' कहकर तुझे कितना याद कर रहा था?"

सभी के चेहरों पर मुस्कुराहट आई लेकिन वकार अपनी बीवी को ग़ुस्से में घूरने लगे, जैसे इतने दिनों तक फ़ैज़ान के केशू भाई से न मिल पाने की वजह वही हो! तभी ड्राइवर ने तमाम उपहार लाकर सामने रख दिये। केतकी ने उनमें से दो बड़े पैकेट उठाकर एक फ़ैज़ान और एक हिना को दिया और बोली, "देख लो बेटा, अगर पसन्द न हो तो बदली करवा देंगे।"

बच्चों ने फ़ौरन ही अपनी ड्रेसेस निकालकर देखीं और ख़ुशी में भरे बोले, "वाव!" अपनी शेरवानी देखकर फ़ैज़ान बोला, "यह तो मैं नन्दिनी दीदी के संगीत में पहनूँगा।"

वकार उसे सुनाते हुए बोले, "अरे वाह, जब कूल्हे मटकाने की बारी आई तो बिना कहे ही जाने को तैयार!"

जन्नत चिढ़कर बोली, "अब कितना कोसेंगे बेचारे को! भाईजान, हम बा से शिकायत नहीं कर पाते, लेकिन आपके दोस्त ने हमें बहुत परेशान कर रखा है। जब देखो, मेरे बच्चे के पीछे पड़े रहते हैं। अरे एक पर्चे में रह गए थे, दोबारा इम्तहान देना था, उसी की तैयारी में लगे थे बेचारे, अब फारिग हो गए हैं। भाभी, अब आप इन्हें शादी की कोई भी जिम्मेदारी सौंपें, ये उठाएँगे।"

फ़ैज़ान की पीठ थपकते हुए केशू भाई बोले, "चाल, तो ठीक है, तीन दिन बाद हमारा पूरा परिवार 'सांधवी विला' में पहुँच रहा है। आप सब भी सामान बाँध के आ जाओ।"

वकार चहकते हुए बोले, "अरे वाह, मियाँ, वाह! पूरा हफ्ता साथ-साथ गुजारेंगे, मजा आ जाएगा!"

जन्नत को थोड़ा पशोपेश में देख केतकी बोली, "क्या बात है जन्नत भाभी?"

"नहीं, हम सोच रहे थे कि हमने तो चार-पाँच रस्मों के हिसाब से कपड़े तैयार कर लिये थे, अब हफ्ते भर के हिसाब से कपड़े रखने पड़ेंगे।"

वकार बोले, "जरूर रख लेना। वैसे भी तुम्हारे गोल-मटोल जिस्म में किसी और के कपड़े अटनेवाले तो हैं नहीं।"

केशू भाई वकार को झिड़कते बोले, "खबरदार जो मेरे सामने मेरी जन्नत भाभी को कुछ बोला! अच्छा, छोड़ो यह सब। अरे भाभी, इतनी दूर से आपके हाथ की चाय पीने भागा-भागा चला आता हूँ...चाय कहाँ है?"

"बस, अभी लाए!" यह कहते जन्नत और हिना किचन की तरफ़ गईं।

इधर केतकी घड़ी देखते हुए केशू भाई से बोली, "सुनो, जरा जल्दी करो, अभी नन्दिनी के सासरे भी जाना है।"

देखते-ही-देखते जन्नत और हिना ने मेज़ पर चाय और नाश्ता लगा दिया।

केशू भाई चाय का कप उठाकर चाय प्लेट में डालते बोले, "भाभी, माफ करना, इस वक्त तो बस चाय ही चलेगी...बाकी यह आपके हाथ की बनी मठरियाँ

और अचार एक डिब्बे में डाल देना, कल सुबह चाय के साथ साफ कर जाऊँगा।"

कुछ ही देर में केशू भाई और केतकी उठ गए। सभी उन्हें छोड़ने गाड़ी तक आए। गाड़ी में बैठते-बैठते केशू भाई बोले, "तो सब इतवार को आ जाना, अठवाड़े के लिए।" और गाड़ी आगे बढ़ गई।

सभी अन्दर जाने को मुड़ गए, लेकिन वकार वहीं खड़े गाड़ी को दूर तक जाते देखते हुए बोले, "कितना खुशनसीब हूँ मैं, जो मुझे केशू जैसा यार मिला है! अल्लाह इसकी उम्रदराज करे!"

बृजभूषण के यहाँ पूजा हो चुकी थी। जॉन, शान्तनु, श्रीलता और बृजभूषण घर में यहाँ-वहाँ दीये सजा रहे थे कि तभी बँगले के बाहर केशू भाई की गाड़ी रुकी। उन पर नज़र पड़ते ही शान्तनु तेज़ी से बाहर निकला और झुककर दोनों के पैर छुए।

उसके सिर पर प्यार से हाथ रखते केशू भाई बोले, "जीवता रहो! दीवाली अने नया साल मुबारक!"

शान्तनु बोला, "आइए, अंकल, अन्दर आइए।"

"हाँ, बेटा, लेकिन बस दो मिनट के लिए, काफी देर हो चुकी है।"

बी.बी. का ध्यान इन लोगों पर नहीं गया था, वह दीये सजाने में व्यस्त थे।

केशू भाई ने आगे बढ़कर बी.बी. के कन्धे पर हाथ रखते हुए कहा, "दीवाली अने नवा साल मुबारक बी.बी.!"

फ़ौरन ही पलटते हुए बी.बी. बोले, "अरे, तुम? मैंने तो सोचा ही नहीं था कि तुम आओगे, क्योंकि बिजनेसवालों के लिए आज का दिन बहुत व्यस्त होता है।"

"कोई कितना भी व्यस्त क्यों न हो, अगर चाहे तो अपनों के लिए समय निकाल ही लेता है और भई, तुम तो अब मेरे खासमखास हो, मेरे समधी।"

ड्राइवर से लेकर केतकी सारे उपहार शान्तनु को देते हुए बोली, "इसमें आप सभी के लिए दीवाली की भेंट हैं।"

बी.बी. ने जॉन को पुकारकर चाय-नाश्ता लाने के लिए कहा, लेकिन केशू भाई ने विनम्रता से हाथ जोड़ते मना कर दिया।

शान्तनु बोला, "ऐसे कैसे अंकल, मुँह तो मीठा करके जाइए!" यह कहकर उसने मिठाई का डिब्बा सामने कर दिया।

केशू भाई ने एक टुकड़ा उठाकर आधा ख़ुद लिया और आधा केतकी को देते हुए बोले, "अगले साल मेरी नन्दिनी दीकरा सब सँभाल लेगी, भले ही वह कितनी ही मॉडर्न क्यों न हो। उसकी माँ और काकी ने उसे सब सिखा दिया है—एक से बढ़कर एक पकवान बनाती है और हाँ, रँगोली तो ऐसी सुन्दर बनाती है कि आप

देखते ही रह जाएँगे! चाल केतकी, वार थाये छे।'' जाते-जाते पलटकर बोले, ''और हाँ, रविवार को कंकोत्री आ जाएगी, फिर हाजिर होता हूँ।''

सभी साथ-साथ बाहर गाड़ी तक आ गए।

22

अगली सुबह मेहुल, केतन, केशू भाई बँगले के लॉन में बैठे चाय पी रहे थे कि कुछ याद करते हुए केशू भाई बोले, ''अरे हाँ, वह क्या है, आज से मैं दफ्तर नहीं जा पाऊँगा। कल सारे मेहमान आ जाएँगे, घर में भब्भड़ हो जाएगा। लगन के दो दिन तो हमारा दफ्तर बन्द ही रहेगा, तो यह चार-पाँच दिन तुम लोग सँभाल लेना। वैसे तो मेहुल के पास हस्ताक्षर करने के अधिकार हैं, फिर भी कोई जरूरी कागज या काम आ जावे तो रमेश के हाथों उन्हें घर भिजवा देना।... अने हाँ, कंकोत्री छपके तैयार है, दफ्तर से लौटते में लेते आना। जहाँ कुरियर से भेजनी है और जहाँ व्यक्तिगत रूप से जाना है, उनकी सूचियाँ तैयार हैं, कल और परसों में यह काम भी समाप्त हो जाना चाहिए।''

तभी दूर आँगन से केतकी की आवाज़ आई, ''मेहुल के पप्पा, बा बुला रही हैं।''

केशू भाई दोनों बेटों के सिर उँगलियों से सहलाते वहाँ से घर के भीतर चले गए।

केतकी बा के कमरे में पहले से ही मौजूद थी। केशू भाई बा के कमरे के अन्दर आते हुए बोले, ''हाँ, बोल बा, शूँ वात छे?'' यह कहते वह भी बा के पास पलंग पर बैठ गए।

बा बोलीं, ''वैसे तो तुम लोग चौकस हो, सारी व्यवस्था ठीको-ठीक कर ही दी होगी, फिर भी मुझे यह बताओ, कल से मेहमानों का आना शुरू हो जाएगा, दो-तीन दिवस पीछे रसीली व्हऊ के भाई भी मामेरा लेकर आ जाएँगे, बाकी गुजरात से आनेवाले रिश्तेदार भी लगन से दो दिवस पेला ही आ जाएँगे...बस, एक बार तुम लोग यह बता दो कि सबके ठहरने की क्या व्यवस्था की है?''

केशू भाई बोले, ''जो बा, हमारे चारों गेस्टरूम में तेरे तीनों दीकरे और नट्टू काका रुकेंगे, बाकी रिश्तेदारों और मामेरियों के लिए सांधवी विला की पीछेवाली बिल्डिंग में पूरा-का-पूरा एक फ्लोर मिल गया है। उधर चहा और नाश्ते का इन्तजाम भी हो गया है। बे समय जमवा माटे सब लोग इधर ही आएँगे।''

बा ने 'हाँ' में सिर हिलाया और कुछ याद आते ही बोलीं, ''और सुन, बाहर गाँव से आनेवाले मेहमानों को गाड़ी से उतारकर यहाँ तक लाने के लिए दयाभाई, रामचन्द्र और दफ्तर के दो लोगों की ड्यूटी लगा दी है न? आज साँझ में कंकोत्री आ जाएगी और दो दिवस में बँट जाएगी।''

इस पर केतकी बोली, "बा, व्हेवाइयों को दी जानेवाली भेंट और सभी मेहमानों को दिये जानेवाले तोहफे आप देख ही चुकी हैं, कुछ कम हो तो बताइए?"

बा ने ना में सिर हिलाया।

फिर केशू भाई बोले, "खाने-पीने का सामान—मेवा, घी, तेल, चीनी, सब-कुछ आ चुका है। कल नट्टू काका और उनकी पहचान के कारीगर आकर देख लेंगे, कोई कमी होगी तो कल के कल मँगवा लेंगे।...और हाँ, बा, नन्दिनी और जमाई जी को दिये जानेवाले दागीने आपकी अलमारी में रखे हैं, याद रखना।"

बा फिर कुछ और याद आते बोलीं, "अरे केतकी व्हऊ, तू कन्यादान करेगी तो नाक में नथ पहननी होगी, तने याद छे न?"

इस पर केशू शरारत में केतकी को देखते हुए बोले, "रास रमन्ता म्हारी नाथणी खोवाणी! तू चिन्ता ना कर बा, तेरी व्हऊ के लिए नई नथ लाया हूँ और उसमें हीरे जड़े हैं।"

बा ज़ोर से हँसते हुए बोलीं, "मेरी व्हऊ खुद ही हीरा है, इसे हीरे की क्या दरकार? चाल, ठीक छे, अरे हाँ, नन्दिनी क्यारे आवसे?"

केशू उठते हुए बोले, "काले।" यह कह वह बा के कमरे से निकल गए।

अपने कमरे में रसीली गुमसुम-सी सूटकेस में कपड़े भर रही थी। बार-बार आँसू बह-बहकर गालों पर आ रहे थे, जिन्हें रसीली हाथ से पोंछ लेती। कमरे में आते आतिश यह देखकर पलभर के लिए ठिठके, फिर आगे बढ़कर बोले, "शूँ थयू रसीली, रो क्यों रही है?"

बिना जवाब दिये रसीली ने सूटकेस की ज़िप खींचकर पहले से ही खड़े सूटकेस के पास रख दिया और छलछलाई आँखों से आतिश की तरफ़ देखते हुए बोली, "लगन के बाद नन्दिनी की बिदाई में भले ही कुछ दिन बाकी हैं, पर इस घर से तो वह कल ही विदा हो जाएगी।"

आतिश ने उसके कन्धे पर हाथ रखा, तो वह उनके सीने पर सिर टिकाकर फफक उठी। आतिश भी संजीदा हो गए, फिर भी ख़ुद को सँभालते बोले, "हाँ, दीकरी को माँ-बाप अपने पास रख भी तो नहीं सकते!"

रसीली रोते-रोते बोली, "मेरी दोनों दीकरियाँ परायी हो गईं...ऐसे ही दिन के लिए दीकरा याद आता है, अगर होता तो..."

"होता तो क्या होता? सचिन के पास तो है न एक दीकरा, लेकिन क्या हुआ? उसके कारण कितना दुःख पाया उसके माँ-बाप ने? देख रसीली, मैं हमेशा तुझे एक बात बोलता आया हूँ कि जीवन में कोई भी सम्बन्ध हमेशा के लिए नहीं होता, पति-पत्नी में से भी कोई एक आगे-पीछे चल ही देता है और एक जन अकेला का

अकेला! मन छोटा मत कर। आ, चलके देखते हैं, नन्दिनी क्या कर रही है। चल, उठ।''

आतिश और रसीली नन्दिनी के कमरे तक पहुँचे, दरवाज़ा उढ़का हुआ था। रसीली ने धीरे से दरवाज़ा खोला, तो पति-पत्नी दोनों ही उसे देखने लगे। नन्दिनी अपने बचपन के खेल-खिलौने, गुड़िया-गुड्डे, छोटी-छोटी पायल, चूड़ियाँ और पुराने कपड़े लिये बैठी है। वह एक-एक करके सब चीज़ें पास रखे एक बैग में डालती जा रही है। यह देख रसीली से नहीं रुका गया और तेज़ी से अन्दर जाकर उसने नन्दिनी का हाथ पकड़ लिया। नन्दिनी ने आँखें उठाकर माँ को देखा तो रसीली बोली, ''तू तो अपने सासरे चली जाएगी, कम-से-कम अपनी ये यादें तो हमारे लिए छोड़ती जा।''

यह सुन नन्दिनी माँ से लिपटकर फूट-फूटकर रोने लगी।

आतिश ने पास आकर उसके सिर पर हाथ रखा, दूसरे हाथ से नन्दिनी ने अपने पप्पा को भी बाँध लिया। कुछ देर तीनों ही आँसू बहाते रहे, फिर अलग होते आतिश बोले, ''वैसे तुम लोग इतना क्यों रो रही हो? नन्दिनी तो मुम्बई के मुम्बई में है।''

अब अपनी आँखें पोंछते भरे स्वर में नन्दिनी बोली, ''और क्या! मैं कहाँ जा रही हूँ, जब चाहूँ, आ सकती हूँ।''

''ना दीकरा, रोज-रोज पीहर आना-जाना भी उचित नहीं। वैसे भी तेरे सासरे में है ही कौन, तुझे ही सब-कुछ सँभालना है।''

''हाँ-हाँ, ठीक है, मैं अपनी ससुराल और पीहर दोनों को ही सँभालूँगी। अच्छा, माँ, मुझे अपने हाथ का बना बेसन का शीरा खिला दो न, मेरा बहुत मन है।''

रसीली मुस्कुराकर भाव-विभोर होकर बोली, ''हाँ, दीकरा, अभी बनाती हूँ।''

बा पूजा में थीं कि तभी केशू और केतकी मन्दिर की तरफ़ आए। हाथ में नन्दिनी के विवाह का निमंत्रण-पत्र था। बा उन्हें देखकर बोलीं, ''कंकू से स्वास्तिक बनाकर गणेश जी के चरणों में रख दो...सारा काम यह ही अच्छी तरह से निपटा देंगे।''

अभी पति-पत्नी स्वास्तिक बना ही रहे थे कि घर में जैसे तूफ़ान आ गया। सचिन और आतिश के परिवारों के साथ वकार का परिवार भी आ पहुँचा। केशू तो उन्हें देखकर खिल गए और वहीं से चिल्लाते बोले, ''सही समय पर आए...अपने-अपने कमरों में सामान रखो और तुम तीनों मेरे साथ चलो...कंकोत्री बाँटने जाना है, सबसे पहले समधी जी के यहाँ।''

यह सुनकर वकार बोले, ''अमाँ, इतनी दूर से गाड़ी चला के आ रहे हैं, पहले कुछ खा-पी तो लें।''

इतने में ही दीपेश और जगदीश गरमागरम समोसे और जलेबी लेकर रसोई से निकले, सबसे पहले वकार जलेबियों पर टूट पड़े।

बा भी पूजा से उठ चुकी थीं। उनके हाथ में एक निमंत्रण-पत्र था जिसे नन्दिनी को दिखाते बोलीं, "देख ले नन्दिनी, तेरी लगन की कंकोत्री।"

जैसे ही बा ने पत्रिका खोलकर नन्दिनी के सामने की, वह बा से लिपटते हुए बोली, "आप लोग क्यों मुझे यहाँ से भगा रहे हो?"

उसका रोना सुन सभी हड़बड़ा गए। केशू और केतकी फ़ौरन उसके पास आ लिपटाकर उसकी पीठ सहलाने लगे। दूर खड़ी रसीली आँखें पोंछते हुए बोली, "कल से रोए ही जा रही है...जरा इससे पूछो, इसके मन में कुछ है तो नहीं?"

फ़ौरन ही नन्दिनी बोली, "क्यों न रोऊँ? किसी पौधे को एक जगह की मिट्टी से उखाड़कर दूसरी जगह भेज रहे हो, रोना नहीं आएगा क्या?"

वहाँ उपस्थित सभी औरतों की आँखें भर आईं। उसी समय संजना की आवाज़ आई, "अभी रो रही है...शादी हो जाएगी तो हमें याद तक नहीं करेगी।"

सभी ने एक साथ 'संजू आ गई...संजू आ गई' कहकर संजना और उसके पति केशव को घेर लिया। नन्दिनी, संजना, हिना—तीनों बहनों की तरह गले में हाथ डाले एक कोने में जाकर बतियाने लग गईं।

बा ने पूछा, "नट्टू काका को लेने कोई स्टेशन गया?"

उत्तर में खुद नट्टू काका की आवाज़ उभरी, "कोई नहीं आया...हूँ, पोतेज टैक्सी लेई ने आवी गयो।"

नट्टू काका की आवाज़ सुन सभी स्त्रियों ने जल्दी-जल्दी अपना घूँघट खींच लिया। आयशा का तो पूरा मुँह ही ढँक गया। वह दाँत पीसकर बड़बड़ाई, "ओह, गॉड!"

केशू लपक के काका के पैर छूकर उनका सूटकेस लेकर एक गेस्ट रूम की तरफ़ बढ़ गए, "आवो काका, आवो। आपके साथ कारीगर भी आए हैं क्या? उनका प्रबन्ध दूसरे घर में किया है।"

काका बोले, "वे लोग अभी से आकर क्या करेंगे? चार दिवस पेला आ जाएँगे।"

केशू यह कहते वहाँ से निकले, "काका, व्हेवाई ने घेर कंकोत्री लेई ने जावूँ छूँ।" और एक बार फिर से पैर छुए तो काका ने केशू के सिर पर हाथ रखा, फिर तुरन्त ही केशू वकार, सचिन और आतिश को साथ लेकर बी.बी. के घर कार्ड देने निकल गए।

साँझ के समय बा अपनी बहुओं से बोलीं, "शादी का घर है, रोज चार बन्नी तो गा लिया करो।"

जन्नत जोश में भरी बोली, "वही तो हम कह रहे थे। अरे, ढोलक कहाँ है केतकी भाभी? कितना सूना-सूना लग रहा है बगैर गाए-बजाए!"

केतकी आँगन में पहले ही एक तरफ़ गद्दे बिछवा चुकी थी, तभी रेवती ढोलक लेकर आ गई। सभी बहुएँ, लड़कियाँ गद्दों पर जम गईं। जन्नत ने पहले ढोलक की रस्सियाँ खींचकर थपकी मारकर देखा, जब टनाकेदार आवाज़ होने लगी, तो फ़ौरन ही उसने बन्नी शुरू कर दी, "जाड़े का मौसम आया, मेरी नौ बहार बन्नी।" फिर तो एक के बाद एक सभी नए-नए गाने उठाने लगीं। लड़कियाँ जो नाच रही थीं, मुँह बनाते बोलीं, "नो, नो...यह तो बहुत पुराना है!" और संजू फ़ौरन ही गाने लगी, "बन्नो, तेरा स्वैटर लागे सेक्सी।"

'सांधवी विला' हँसी-क़हक़हे और ढोलक की आवाज़ों से गूँज उठा। दिनभर की थकी बा बिस्तर पर लेटीं तो केशू उनके पैर दबाने पहुँच गए।

बा केशू से बोलीं, "घर में कैसा आनन्द-मंगल छाया हुआ है! ठाकुर जी नी खूब-खूब कृपा जो उन्होंने मुझे ऐसा सुन्दर परिवार दिया। अपना कोख जना बेटा तो लायक है ही, पर उन्होंने मुझे तीन-तीन दीकरे और व्हऊएँ और दे दिये। दिन-भर 'बा...बा' कहते इन लोगों का मुँह नहीं थकता। ठाकुर जी करें, इनके बेटे-बहू भी इनका ऐसे ही सम्मान करें।" फिर बा गहरी साँस छोड़ते बोलीं, "पण आज-कल घर-घर में बुरे हाल हैं। नट्टू काका बोल रहे थे, 'मैं तो और पेला आ गया होता, लेकिन लालजी भाई के दीकरों ने पिता के मरते ही अपनी माँ को खून के आँसू रुला डाले। रहने को एक कमरा तक नहीं छोड़ा।' काका ने समाज की पंचायत बुलाई और कहा, 'जिन लालजी भाई ने सैकड़ों लोगों की रोटी चलाई, उन्हीं की पत्नी क्या भूखी मरेगी? आज के आज कोई ऐसा पक्का फैसला करो कि वह बाकी का जीवन इज्जत से गुजार सकें...' इसके बाद काका सब-कुछ ठीक-ठाक करवा के ही सूरत से निकले।"

यह बात सुनते हुए केशू को बा की कही वह बात याद आ गई जब उन्होंने कहा था, 'जब भी मैं वसीयत करूँ तो सब-कुछ केतकी के नाम लिखूँ और केतकी के बाद ही चल-अचल सम्पत्ति उसकी सन्तानों के नाम हो...सन्तानों के नाम के बारे में वह खुद ही सोच ले।' केशू मन-ही-मन सोचने लगे, 'तो ऐसा करूँ, चालीस-चालीस टक्का तो मेहुल और केतन को, दस टक्का मेरी नन्दिनी को और दस टक्का में नितिन, हिना और फैजान—यह ठीक रहेगा...' वह जैसे ही यह सब बा को कहने को हुए, उन्होंने देखा, बा सो चुकी थीं। उन्होंने बा को ठीक से चद्दर उढ़ाई और कमरे से बाहर निकल आए।

केशू वहाँ से उठकर अपने कमरे की बाल्कनी में गए और अँधेरे में डूबे सागर को एकटक देखने लगे, 'आज यह कितना शान्त है, मेरे मन जैसा! श्रीनाथ ने मुझ पर सदा ही सीधी नजर रखी है...बस, ऐसी ही कृपा बनी रहे।' और फिर अपने कमरे

की तरफ़ मुड़ते हुए उन्होंने सोचा, 'कल ही रमणीक जवेरी को फोन करके उससे मिलता हूँ।'

सुबह तड़के ही केशू भाई की आँख शोर-शराबे से खुल गई। केतकी कमरे में नहीं थी। केशू भाई हड़बड़ाए से नीचे हॉल में आए तो उन्होंने देखा, सचिन की बेटी मंजरी अपने पति और बच्ची निकिता के साथ आई है। उसके आने की तो किसी को आशा ही नहीं थी। बरसों बाद बेटी को देखकर सचिन और मन्दा खिल-से गए। सचिन बोले, "तू आम्हाला काही साँगितला नहीं...साँगितला असता तर आम्ही तुला ध्यायला एअरपोर्ट आलो असतो?"

"तो सरप्राइज कैसे होता बाबा?" हँसती हुई मंजरी बोली।

बा की आँखें इस गहमागहमी को देखकर कई बार भर आतीं। उनके चेहरे पर सन्तोष का भाव उभर आता और वह कहतीं, 'मेरे केशू का यह परिवार ऐसा ही बना रहे!'

विवाह की रस्में शुरू होने में दो दिन बाक़ी बचे थे। घर की महिलाएँ ढोलक लेकर बैठी बन्नी और सेहरा गा रही थीं, लेकिन आज घर की बेटियाँ बहुओं पर हावी हो गईं। ढोलक परे हटा के टेपरिकॉर्डर पर अपने मनपसन्द फ़िल्मी गानों पर नाचते नहीं थक रही थीं। बा और केतकी बार-बार उठकर उन पर रुपए वार के घर के सेवकों में बाँट देतीं। बहनों ने नन्दिनी को भी खींच लिया। एक हाथ में फ़ोन था और दूसरा नचा-नचाकर नन्दिनी ख़ानापूर्ति करने लगी कि तभी उसका मोबाइल बज उठा। शान्तनु का फ़ोन देखकर उसने फ़ोन काट दिया, लेकिन फ़ोन बार-बार बज रहा था। यह देख मंजरी ने फ़ोन छीनकर जब नाम देखा तो बोली, "अच्छा, तो यह हैं!" और फ़ोन रिसीव करके बोली, "हाँ जी, शान्तनु जी, किससे बात करनी है?" दूसरी तरफ़ शान्तनु किसी और की आवाज़ सुनकर हिल-सा गया। मंजरी फिर बोली, "देखिए, या तो काम बताइए, नहीं तो नन्दिनी इस समय बहुत बिजी है।"

"आप कौन बोल रही हैं?"

"आपकी ऑस्ट्रेलियावाली साली मंजरी।"

"जी, नमस्ते दीदी! आप कब आईं?"

"आज सुबह ही। अच्छा, यह बताओ, बात करना बहुत जरूरी है क्या?"

बिना हिचके शान्तनु बोला, "जी, दीदी।"

"चलो, फिर ठीक है, देती हूँ फोन नन्दिनी को।... ले, बात कर ले, बहुत तड़प रहा है।"

नन्दिनी फ़ोन लेकर थोड़ा दूर जाकर बोली, "हाँ, बोलो, क्या काम है?"

"सुनो, मुझे कल तुम्हारी डेट चाहिए।"

यहाँ-वहाँ देखते मुँह पर हाथ रखते नन्दिनी बोली, "क्या...तुम ठीक तो हो? दो-तीन दिनों की ही तो बात है, फिर तो सारी डेटें तुम्हारी।"

"वह तो मेरी वाइफ की डेट्स होंगी...मिसेज नन्दिनी शान्तनु मेहता के साथ, लेकिन उससे पहले मुझे मिस नन्दिनी की डेट चाहिए और यह बहुत जरूरी है। कल शाम चार बजे तुम्हारी रोड के आखिरी छोर पर गाड़ी में मैं तुम्हारा इन्तजार करूँगा।"

"पर..."

"कोई पर-वर नहीं, कल चार बजे हम मिल रहे हैं।"

कुछ पल रुककर हिचकिचाहट के साथ नन्दिनी ने कहा, "अहह...ओ.के!"

अगले दिन नन्दिनी दोपहर से ही पेरशान थी कि वह क्या कहकर घर से निकले, क्योंकि सबकी आँखें चौबीस घंटे उसी पर टिकी थीं और वह यह भी जानती है कि शान्तनु को वादाख़िलाफ़ी नापसन्द है। यह सोचकर वह जो कपड़े पहने हुए थी, उन्हीं में चुपके से बाहर निकल गई।

गली में पचास क़दम चलते ही उसे शान्तनु की कार दिखलाई पड़ी, आगे बढ़ते वह सोचती जा रही थी कि आज यह जो आदमी उसके लिए पराया है, दो दिनों के बाद उसके जीवन का सबसे महत्त्वपूर्ण पात्र बन जाएगा। वह ख़ुद से यह भी बोली, 'केशू काका और केतकी काकी मेरे आइडियल कपल हैं। इनकी शादी को तीस साल होने को आए, लेकिन लगता है, जैसे आज ही उनका विवाह हुआ हो! काका की आँखों में अपनी पत्नी के लिए कैसा प्यार भरा रहता है! वैसे ही क्या...' इसी सोच में खोई-खोई-सी वह शान्तनु की गाड़ी तक पहुँच गई।

शान्तनु उसे देखकर मुस्कुराया, लेकिन उसका ध्यान कहीं और है, यह देख नन्दिनी का हाथ थामते शान्तनु बोला, "किसके खयालों में खोई हुई हो मैडम? मैं तो तुम्हारे सामने ही खड़ा हूँ।"

नन्दिनी चौंक गई, "हाँ, वो..."

"आओ, बैठो।"

नन्दिनी के कार में बैठते ही कार स्टार्ट हुई और कुछ ही मिनटों में सी लिंक पहुँच गई।

टोल नाके से कुछ ही आगे जाकर शान्तनु ने गाड़ी रोकी तो नन्दिनी बोली, "क्या हुआ?"

"हमारी डेट शुरू..."

"यहाँ?"

नन्दिनी का हाथ प्यार से पकड़ते, उसकी आँखों में देखते शान्तनु ने कहा, "तुमसे एक बात कहनी थी, जो पहले कभी न कह सका।"

नन्दिनी उसकी आँखों में सवालिया नज़रों से झाँकने लगी।

"जब मॉम हमें छोड़कर गईं, मैं पाँच का और श्रीलता तीन साल की थी। फिर डैड ने ही हमें और घर को सँभाला। वह सब-कुछ करते रहे, लेकिन मैंने उन्हें कभी भी खुलकर हँसते हुए नहीं देखा। एक तो मॉम चली गईं और फिर श्रीलता भी शादी के फौरन बाद अपना घर छोड़कर चली आई। डैड के लिए यह दूसरा सदमा था। आज घर में सब-कुछ है, सारी सुविधाएँ हैं, फिर भी वह घर अधूरा है। अब हमारी सारी उम्मीदें तुम्हीं से हैं नन्दिनी...तुम मेरे घर को पूरा कर देना... करोगी न?"

नन्दिनी ने नम आँखों से 'हाँ' में सिर हिला दिया।

आज घर के बाहरी विशाल लॉन को भी एक कलात्मक विवाह हॉल का रूप दिया गया है। पूर्व-पश्चिम का एक कोना विविध रस्मों, पूजाओं और विवाह वेदी के लिए फूलों का मंडप डालकर अलग-थलग बना दिया गया है। उसी से कुछ दूरी पर एक स्टेज बनाया गया है, जिस पर आज शाम के संगीत में जोड़ियाँ थिरकनेवाली हैं। पास ही डीजे की भी व्यवस्था की जा रही है। संगीत की महफ़िल का सारा इन्तज़ाम फ़ैज़ान कर रहा है, इस तरफ़ से उसने अपने केशू चचा को पूरी तसल्ली दे दी थी।

आज सर्वप्रथम गणेश स्थापना होगी, फिर नन्दिनी को हल्दी चढ़ेगी...नन्दिनी के मामा मुँहबोली बहन केतकी को मौड़ चुँदड़ी ओढ़ाएँगे और उसके ससुराल पक्षवालों को तिलक करके उपहार देंगे। इस रस्म को 'मामेरा' कहा जाता है।

केशू भाई ने बी.बी. के यहाँ कहलवा दिया था कि वह अपने परिवार और मेहमानों के साथ शाम को होनेवाले मेहँदी और संगीत में 'सांधवी विला' पधारें, दोनों पक्ष जब मिल बैठेंगे तभी संगीत का आनन्द आएगा। लड़कीवालों ने तो चार दिन पहले ही किसी कोरियोग्राफर को बुलवाकर जमके तैयारियाँ भी कर डाली थीं। शान्तनु की सालियों ने शान्तनु को भी घसीटने की बहुत कोशिश की, क्योंकि सभी चाहते थे कि अन्त में शान्तनु और नन्दिनी की जोड़ी भी मंच पर उतरे।

यूँ तो आज सुबह से ही रस्मों और मेहमानों की गहमा-गहमी घर में थी, किन्तु शाम को मेहँदी और संगीत के फंक्शन में लगभग हज़ार मेहमानों के होने का अनुमान था, उसी के अनुसार नट्टू काका शाक की दावत का प्रबन्ध कर रहे थे। बच्चों के ज़िद करने पर पारम्परिक मिठाइयों के अतिरिक्त केक, पेस्ट्री और आइसक्रीम काउंटर लगाने की बात भी तय हो चुकी थी।

उधर बृजभूषण मेहता के बँगले पर भी सीमित मेहमानों के बीच रस्में चल रही थीं। हर रस्म में आज घर की उस स्त्री की कमी अनुभव की जा रही थी,

जिसके होने से इस मंगलकार्य में सौ गुना रौनक़ बढ़ गई होती। बृजभूषण मेहता सबकी नज़रें चुराकर कई बार अपने कमरे में दरवाज़ा बन्द करके रोए भी और फिर आँसू पोंछकर मुस्कुराते हुए बाहर भी आ गए। किसी को कानोंकान ख़बर तक न हुई, किन्तु शान्तनु समझ रहा था कि डैड आज मॉम की कमी शिद्दत से महसूस कर रहे हैं।

'सांधवी विला' में सुबह गणेश-स्थापना के बाद से लगातार ही विवाह की रस्में हो रही थीं। स्त्रियाँ गुजराती में हर रस्म के मंगलगीत गा रही थीं। केतकी को दम मारने की फ़ुरसत नहीं थी। केशू और उनकी मंडली व्यक्तिगत रूप से हर अतिथि का ध्यान रख रही थी, लेकिन केशू को सबसे अधिक चिन्ता थी अपने नट्टू काका की, जो केशू के बारम्बार मनुहार करने पर भी भट्ठीख़ाना छोड़ने के लिए तैयार न हुए।

दोपहर जब सभी भोजन करने बैठे तब भी केशू नट्टू काका से भोजन के लिए चलने की ज़िद करने लगे पर उन्होंने यह कहकर साफ़-साफ़ मना कर दिया, "हूँ, हवे साँझ माँज जमीस...इस समय थोड़ा-सा दूध पी लूँगा।"

"पर काका, आप भूखे रहकर इतना काम करेंगे?"

"गधेड़ो, वात नथी समझतो! खा लूँगा तो नींद आएगी, फिर काम कौन करेगा? तू जा यहाँ से!"

और केशू चुपचाप वहाँ से जाते-जाते भी किसी से धीरे से बोले, "नट्टू काका को बढ़िया-सा औंटा हुआ दूध बड़े गिलास में मेवा-केसर डालकर पिला देना थोड़ी ही देर में।"

मेहँदी और संगीत पर नन्दिनी को सजाने के लिए ब्यूटीशियन आ गई। औरतें ही नहीं, आज तो मर्दों में भी जैसे सजने-सँवरने की होड़-सी लग गई। नीली शेरवानी में गोरा-चिट्टा फ़ैज़ान सबसे अलग लग रहा था। बाहर से आई लड़कियों की नज़रें उसी पर थीं, यह देख हँसी दबाते हुए हिना संजू, मंजरी, पारुल, आयशा—सभी से बोली, "जरा बाहर चलके भाईजान की अदाएँ तो देखिए!"

संजू बोली, "आज केशू काका ने उसे संगीत सेरेमनी का इंचार्ज क्या बना दिया, वह तो हवा में ही उड़ रहा है!"

म्यूज़िक का शोर सुनकर सभी चिल्लाईं, 'चलो, चलो' और बाहर की तरफ़ भाग गईं, जहाँ ख़ास इसी फंक्शन के लिए फ़ैज़ान ने ख़ूब शेरो-शायरी, कविताएँ तैयार की थीं, जिन्हें बोलते हुए वह जोड़ों को स्टेज पर डांस करने के लिए बुलानेवाला है। डांस करके नीचे आनेवाली जोड़ी में से लड़कियाँ, मेहँदीवाली से मेहँदी लगवाने बैठ जातीं। सभी कार्यक्रम का आनन्द ले रहे थे। स्नैक्स चल रहे थे। रसीली की

भाभियाँ और कुछ ख़ास रिश्तेदार महिलाएँ उधर से आती-जाती केतकी को बार-बार मेहँदी लगवाने के लिए बुलातीं, लेकिन वह 'अभी आई' कहकर पता नहीं कहाँ चली जाती! बा, रसीली, मन्दा, जन्नत इस बात पर मुँह दबाकर हँस पड़तीं।

अब फ़ैज़ान ने घर की जोड़ियों को बुलाना शुरू कर दिया। मंजरी और उसका पति, संजना और उसका पति, मेहुल-पारुल, केतन-आयशा...और तब वह नन्दिनी और शान्तनु के बारे में एक ख़ूबसूरत शेर पढ़ने के बाद बोला, "मैं आ रहा हूँ अब आप दोनों को लेने के लिए...ऐसा डांस करिए कि अभी तक के सभी जोड़ों के डांस पर पानी फिर जाए।"

नन्दिनी ने मुस्कुराते हुए शान्तनु को देखा और उठने का इशारा किया लेकिन शान्तनु ने उसे साफ़-साफ़ मना कर दिया, "सॉरी, मैं डांस नहीं कर पाऊँगा।"

अब तो शान्तनु के सभी साले-सालियाँ उसके पीछे पड़ गए, "डांस तो आपको करना ही पड़ेगा..." पास ही बैठे बी.बी. ने भी इशारे से कहा, 'खड़े हो जाओ...' लेकिन शान्तनु ना में ही सिर हिलाए जा रहा था।

केतकी बात समझकर फ़ौरन ही शान्तनु के पास आकर बोली, "क्यों तुम लोग मेरे बेटे को परेशान कर रहे हो? इन्हें डांस नहीं पसन्द तो नहीं पसन्द।"

यह सुनकर शान्तनु ने केतकी को प्यार से देखा और बोला, "थैंक यू मम्मा!" फिर फ़ौरन ही बात सँभालते बोला, "सॉरी...काकी।"

इस पर केतकी बोली, "अरे, नहीं-नहीं...मम्मा ही कहो न! नन्दिनी काकी कहती है तो तुम भी कहो, यह जरूरी थोड़ी है, तो मैं तुम्हारी..."

शान्तनु बोला, "मम्मा।"

अब नन्दिनी केतकी से लिपटते हुए बोली, "अरे वाह, यह कैसे हो सकता है कि आप इनकी मम्मा और मेरी काकी?"

"क्यों नहीं हो सकता? वैसे भी तेरे पास तो दो-दो हैं—एक काकी और एक माँ, इसलिए मम्मा को शान्तनु के लिए छोड़ दे।" और वह शान्तनु और नन्दिनी के सिर पर हाथ रखकर दोनों को प्यार से पुचकारने लगी।

आज के दिन की सभी रस्में निर्विघ्न सम्पन्न हो चुकी थीं। मेहमान, बाराती, घराती—सभी भोजन कर चुके थे और अपने-अपने कमरों में सोने के लिए जा चुके थे। बा अपने कमरे में लेटी हुई थीं और उनकी चारों बहुएँ उनके आस-पास बैठी हुई थीं। बा हाथ जोड़कर बोलीं, "ठाकुर जी ने आज के सभी शुभकार्य राजी-खुशी निपटा दिये...अब बस कल हमारी नन्दिनी का लगन हो जावे, व्हेवाई और बाराती खुशी-खुशी अपनी बहू के साथ विदा हो जावें, तो परसों ही सत्यनारायण की पूजा रखवा के ठाकुर जी को धन्यवाद दूँ।...अरे हाँ, आज तो मैंने नट्टू काका से बात ही नहीं की! बेचारे बहुत थक गए होंगे।"

केतकी बोली, "बा, यह उन्हीं के पास हैं, उनके पैर दबा रहे हैं।"

"हाँ, वह तो हमेशा से ही मन से उनकी सेवा करता है। उनके पैर दबाकर मेरे पास आएगा। मना करूँगी तो सुनेगा थोड़े ही।"

इतना सुनकर जन्नत शरारत से केतकी को कोहनी मारते बोली, "फिर तो उन्हें सोने में बड़ी देर हो जाएगी?"

केतकी ने जन्नत को घूरकर देखा, इस पर मन्दा, रसीली और जन्नत—तीनों खिलखिलाकर हँस पड़ीं। मन्दा हँसते हुए बोली, "बा, जब सभी मेहँदी लगवाने के लिए केतकी के पीछे पड़े थे और यह मुँह छिपाए-छिपाए घूम रही थी, हम सबको बड़ी हँसी आ रही थी।"

जन्नत बोली, "सच्ची, बेचारी केतकी कैसे लगवा ले किसी और से मेहँदी? यह हक तो सिर्फ केशू भाईजान के पास है।"

इस बार सबके साथ हँसते हुए बा बोलीं, "नजर मत लगाओ मेरी केतकी व्हऊ को! ठाकुर जी मेरी व्हऊ के हाथ और इन पर मेहँदी लगानेवाले के हाथ सदा बनाए रखें।"

तभी केशू की आवाज़ उभरी "बनाए रखेंगे...बनाए रखेंगे, तू चिन्ता मत कर बा।"

इतना सुनते ही चारों बहुएँ अपने पल्लू सँभालते उठ खड़ी हुईं, "चलते हैं बा!" कहकर बाहर निकल गईं।

और केशू बा के पैर दबाने उनके पैताने बैठ गए।

केतकी को बहुत तेज़ नींद आ रही थी। वह पीठ के पीछे कुशन लगा आँखें मूँद झूले पर बैठ गई। तभी लिफ़्ट में से निकलकर केशू दबे पाँव झूले की तरफ़ बढ़े। केतकी को देखते हुए झूले पर बैठ जैसे ही उसका हाथ पकड़ा, केतकी बुरी तरह चौंक गई।

"अरे हूँ छूँ, हूँ...इतना क्यों डरती है?" कहकर केशू भाई केतकी को निहारने लगे।

केतकी जम्हाई लेते बोली, "कितनी देर लगा दी, मुझे नींद आ रही है।"

"हाँ, तो तू सो जा, मैं अपना काम करता रहूँगा।" यह कहकर केशू ने मेहँदी का कोन उसके हाथ की तरफ़ बढ़ाया तो दोबारा से जम्हाई लेते केतकी बोली, "हाँ, पर इतनी देर कहाँ थे?"

"तुझे खबर है न, मैं तेरे लिए कालबा देवी से खास मेहँदी लेकर आता हूँ। आज निकलना हो नहीं सका इसलिए दयाभाई को भेजा था। वह अभी-अभी तो लौटे हैं मेहँदी लेकर।"

केशू प्रेम से केतकी के हाथों पर सुन्दर-सुन्दर बेलबूटे बनाने लगे। बीच-बीच में शरारती नज़रों से पत्नी को देखते हुए बोले, "पेला तो बहुत बोलती थी, 'तुम

मुझे मेहँदी लगाते हो तो शरीर में चींटियाँ-सी रेंगने लगती हैं...' अब कुछ नहीं होता क्या?''

आँखें दिखाती केतकी बोली, ''दादा बन गए...जरा तो शरम करो।''

''अरे वाह, दादा बनने और प्रेम करने के बीच क्या सम्बन्ध है? वह अलग बात है, यह अलग बात।''

केतकी ने आँखें झुका के कहा, ''तुम नहीं सुधरोगे।''

मेहँदी के बूटों में केशू दिल बनाना नहीं भूले, जिसे देख दोनों की नज़रें मिलीं और दोनों हँस पड़े।

'सांधवी विला' पर आज जैसे रूप चढ़ा हुआ था। बाहरी गेट की शोभा देखते ही बनती थी, जिसे फूलों के जाल और तोरणों से सजाया गया था। फूलवाले के आदमियों को सख़्त हिदायत दे दी गई थी कि बारात आने से कुछ ही समय पहले गेट से अन्दर मंडप तक जानेवाले रास्ते पर गुलाब की पँखुड़ियाँ बिछा दी जाएँ। बारातियों की आवभगत के लिए कुछ लोगों को गुलाबपाश भी थमा दिये गए थे। मेहुल, केतन और नितिन को हर बाराती को माला पहनाने का काम सौंपा गया था। वैसे तो आज विवाह के अतिरिक्त अधिक रस्में नहीं होंगी, लेकिन पितृ-पूजन और उसके बाद वधू द्वारा गौर-पूजन होना है, इसलिए महिलाएँ लगभग ख़ाली ही थीं, सो सभी महिलाएँ शाम को होनेवाले विवाह के लिए ख़ुद को चाक चौबन्द करने में लग गईं। कुछ ब्यूटीपार्लर गईं और कुछ घर में ही फ़ेस पैक लगाकर बैठ गईं और कुछ हाथ-पैर पर नेल पॉलिश लगाने में जुट गईं।

हिना को तो अपनी अच्छी ख़ासी सुन्दर ड्रेस भी कम लग रही थी। वह माँ से ज़िद करने लगी कि क्रॉस रोड मॉल चलके दूसरी ड्रेस ख़रीद लें, पर केतकी के प्यार से समझाने पर कि यह रंग तुम पर कितना खिल रहा है, वह ख़ुश हो गई।

कन्यादान गोधूलि बेला में होना था, लगभग साढ़े पाँच बजे, इसलिए सभी काम जल्दी-जल्दी किए जाने लगे। पितृ-पूजन के तुरन्त बाद ही सभी के लिए दोपहर का भोजन लगा दिया गया। जन्नत, मन्दा और रसीली केतकी को खाने के लिए बुलाने आईं तो उसने मना कर दिया कि कन्यादान से पहले परिवार का कोई भी बड़ा सदस्य भोजन नहीं करता, क्योंकि कन्या को भी व्रत में ही रहना है और व्रतवालों के लिए फलाहार का इन्तज़ाम किया गया है। यह सुनते ही जन्नत का चेहरा उतर गया।

जन्नत बोली, ''हमें पहले पता होता तो हम भी भूखे रहते, पर हम तो नाश्ता कर चुके हैं।''

बा ने उन्हें प्यार से समझाया, ''कोई बात नहीं दीकरा, अभी तू मन्दा के साथ बैठ के जीम ले।''

नन्दिनी तीन बजे ही नहाकर मामेरे में आए पानेतर में दुल्हन की तरह तैयार हो चुकी थी। आज उसके चेहरे पर कोई मेकअप नहीं है। बस, गोरे माथे पर कुमकुम की छोटी-सी बिन्दी और केतकी द्वारा ख़ास ऑर्डर देकर बनवाए गए फूलों के आभूषण, चमेली के फूलों से बना माँग टीका जिस पर सामने गुलाब की कली लटक रही थी; बाज़ूबन्द, कमरपेटी और गले में पड़ा पचलड़ा हार। चमेली और गुलाब के रंग नन्दिनी के पानेतर के श्वेत और लाल रंग से ख़ूब मेल खा रहे थे। चेहरे पर गिरी बालों की लटें उसके सौन्दर्य में चार चाँद लगा रही थीं। उसे देखकर ऐसा लग रहा था, जैसे स्वप्नलोक से कोई अप्सरा धरती पर उतर आई हो! पंडित जी ने उसे गौर-पूजन के स्थान पर बैठने को कहा और पूजा शुरू हो गई।

इसी बीच ससुराल से किसी के साथ श्रीलता वसन्त झाँझरी की रस्म के लिए आई। उसके हाथ में एक ढँकी हुई थाली थी। उसने पंडित जी से कहा, वह भाभी के लिए मौड़ चुंदड़ी और पायल लाई है।

उसको आया देख केतकी, रसीली, बा—सभी वहाँ आ गईं। उसके लिए कुछ मीठा लाने के लिए कहा, लेकिन उसने यह कहकर मना कर दिया कि 'भाभी को यह सब पहनाकर मुझे फौरन ही वापस जाकर तैयार भी होना है, क्योंकि घंटे भर में ही बारात को यहाँ पहुँच जाना है।'

अब श्रीलता ने मंत्रोच्चार के बीच नन्दिनी के पैर में पायल पहनाई, फिर चुंदड़ी ओढ़ाई, पर उससे ठीक से नहीं हो पा रहा था, इसलिए रसीली चुंदड़ी और मौड़ पहनाने में उसकी सहायता के लिए आ गई। काम पूरा होते ही श्रीलता तुरन्त ही लौट गई।

बा सबसे बोलीं, "घंटे भर में बारात यहाँ पहुँच जाएगी, तुम सब फुर्ती से तैयार हो जाओ।"

सभी वहाँ से चली गईं।

नन्दिनी भी उठने को हुई लेकिन पंडित जी ने उसे रोकते हुए कहा, "दीकरा, तू बारात आने तक यहीं बैठकर गौरा का स्मरण करते गौर पर कुमकुम-चावल चढ़ाती रह।"

नन्दिनी ने यहाँ-वहाँ देखा, बा लाड़ से उसके सिर पर हाथ रखते बोलीं, "मैं यहीं हूँ तेरे पास।" और वह एक मूढ़ी खींचकर वहीं पास ही बैठ गईं।

केतकी अपने कमरे में तैयार हो रही थी कि तभी ज़ोर-ज़ोर से दरवाज़े पर खटखटाहट सुनकर ब्लाउज-पेटीकोट में साड़ी पहनती वह हड़बड़ाकर बोली, "कोण छे...?"

"अरे बीजू कोण...हूँ छूँ...जल्दी दरवाजा खोल।"

अब केतकी सकुचाई-सी दरवाज़ा खोलके फिर से अपनी साड़ी बाँधने लगी, तो केशू यहाँ-वहाँ देखते बोले, "तुझे अपनी तैयार होने की पड़ी है, मेरे कपड़े कहाँ हैं?"

"अरे देखो तो सही, सामने ही तो रखा है तुम्हारा सूट।"

"सूट? सूट पेहरी ने कन्यादान माटे पाटला पर बेसीस? पीताम्बर और कुर्ता कहाँ है मेरा?"

"सॉरी, सॉरी...एक मिनट, अभी देती हूँ।" और उसने फ़ौरन ही सिल्क का लाल पीताम्बर, पटका और क्रीम कलर का सिल्क का कुर्ता सामने रख दिया, फिर बिना कुछ कहे दोनों जल्दी-जल्दी तैयार होने लग गए।

बृजभूषण के कम्पाउंड में बैंडवाले ज़ोर-शोर से फ़िल्मी गानों की धुनें बजा रहे थे। घर के अन्दर श्रीलता, जो अब दूसरे कपड़ों में है, दूल्हा बने शान्तनु को कमरे में से लेकर आई। इस घर में भी एक जगह पितृ-पूजन हो चुका था। शान्तनु को देखकर उनके पंडित जी मंत्र बोलते हुए बोले, "बेटा, पितरों के आगे माथा टेक लो।" शान्तनु माथा टेककर उठा तो पंडित जी उसे तिलक लगाते हुए बोले, "बेटा! अब अपने पिता जी का आशीर्वाद लीजिए।"

शान्तनु ने झुक के बृजभूषण के पैर छुए। पास में ही उसकी स्वर्गवासी माँ का चित्र लगा था, आगे बढ़कर उसने उन्हें भी प्रणाम किया। यह देख बृजभूषण की आँखें नम हो गईं। अपने मनोभावों को छिपाते बृजभूषण पुत्र की पीठ थपकते बोले, "चल, बहू को लेकर आते हैं।"

दूल्हे के बाहर आते ही बाजे की आवाज़ें और भी तेज़ हो गईं। कुछ क़दम पर ही फूलों से सजी गाड़ी खड़ी थी, बी.बी. ने ख़ुद उसका दरवाज़ा खोलकर बड़े प्यार से शान्तनु को कार में बैठाया, दरवाज़ा बन्द किया और श्रीलता को भाई के पास बैठने का इशारा किया और ख़ुद दूसरी गाड़ी में जॉन के साथ बैठ गए। आगे शानदार मिलिटरी बैंड चल रहा था, उसके पीछे-पीछे घर की ये दो गाड़ियाँ और उनके पीछे रिश्तेदारों और दोस्तों की छह-सात गाड़ियाँ। बी.बी. की नज़रें लगातार घड़ी पर थीं। वह बैंड प्रमुख का नम्बर लगाकर उससे बोले, "कन्यादान का मुहूर्त पाँच पचपन का है इसलिए अब जरा फुर्ती से बारात को आगे बढ़ाओ...।"

उधर 'सांधवी विला' में सभी बारात की प्रतीक्षा में बाहर खड़े थे, तभी गली के आख़िरी छोर पर आती बैंड बाजों की आवाज़ें सुनकर सभी में जैसे करंट दौड़ गया! घर की स्त्रियाँ भी 'बारात आवी गई...बारात आवी गई' कहती बाहर भागीं।

इधर गेट पर पहुँचकर बैंडवाले ज़ोर-शोर से 'बहारो, फूल बरसाओ, मेरा मेहबूब आया है' की धुन बजाने लगे। केतकी पूजा की थाली लेकर जमाई के स्वागत के लिए द्वार पर आ चुकी थी। अन्दर गौर पूजती नन्दिनी का कलेजा ज़ोर-ज़ोर से धड़कने लगा। बा ने चेहरे पर प्यार से हाथ फिराया तो नन्दिनी की आँखें बरसने लगीं।

बाहर बृजभूषण पुत्र को गाड़ी से उतारकर गेट तक लाए। गेट पर दोनों तरफ़ बैठे शहनाईवादक शहनाई की मंगल धुनें बजाने लगे। रसीली, जन्नत, मन्दा—सब केतकी के पास ही खड़ी थीं। नन्दिनी की मामियाँ केतकी से बोलीं, "केतकी बेन, जमाई की नाक दबाने का मौका चूकना मत।"

सहमा-सा शान्तनु केतकी को देखने लगा। केतकी ने उसकी नाक की तरफ़ हाथ बढ़ाया फिर बस छूकर नाक छोड़ दी और आरती उतारते हुए बोली, "यह तो मेरे दीकरे हैं...मम्मा हूँ मैं इनकी...आइए।"

और अब शान्तनु को उनके सालों ने माला पहनाई, इत्र छिड़का। बी.बी., श्रीलता और बाक़ी बारातियों का भी माला और इत्र से स्वागत करके अन्दर ले जाया गया। देखते-ही-देखते पाणिग्रहण का मुहूर्त हो गया। पंडित जी ने वर-वधू को पाटले पर बैठने के लिए कहा। बहनें और भाभियाँ नन्दिनी को अन्दर से लेकर आईं। बी.बी. ने पुत्र को पाटले पर बिठाया। पंडित जी ने नन्दिनी को शान्तनु के दाएँ हाथ की ओर बैठने के लिए कहा। रसीली, उसकी भाभियाँ और कुछ अन्य स्त्री-पुरुष मंगलाष्टक बोलने लगे। वर-पाटले के दाएँ हाथ पर रखी चौकी पर केशू और केतकी कन्यादान के लिए बैठाए गए। पंडित जी जैसे-जैसे बताते जा रहे थे, केशू वैसे-वैसे ही करने लगे—केशू के दाएँ हाथ में नन्दिनी का हाथ और उनके हाथ के नीचे शान्तनु का हाथ...नन्दिनी के हाथ पर पान का पत्ता रखा और केतकी झारी से निरन्तर इन तीनों हाथों पर जल की धार छोड़ने लगी। अभी भी गुजराती स्त्री-पुरुष मंगलाष्टक बोल रहे थे। जैसे ही घड़ी में पाँच बजकर पचपन मिनट होने को हुए, पंडित जी ने ज़ोर से उद्घोष किया, "शुभ लग्न, सावधान...वर-कन्या, सावधान... यजमान जी, अब आप अपना हाथ खींच लीजिए। अब आपकी दीकरी आपके जमाई जी की हुई।"

केशू के हाथ खींचते ही नन्दिनी का हाथ शान्तनु के हाथ में आ गया। सभी उन पर फूलों की वर्षा करने लगे, अपने-अपने मोबाइल से फ़ोटो खींचने लगे। ख़ास विवाह की कवरेज के लिए बुलाए गए फ़ोटोग्राफ़र को अपना काम करने के लिए जगह ही नहीं मिल रही थी। बा केतकी और केशू के पास आकर धीरे से कुछ बोलीं। केतकी पारुल से कुछ बोली, और आयशा कुछ ही देर में थालियों में रखे ज़ेवर के डिब्बे के साथ वहाँ आई। केतकी ने थाली में से जमाई के गले में सोने की दो लड़ की चेन पहनाई, केशू ने अँगूठी पहनाई और फिर हाथ जोड़कर बी.बी. से बोले, "कन्यादान के यह अलंकरण सहेज के रख लीजिए।"

बी.बी. के इशारे पर श्रीलता और जॉन ने ज़ेवर की थालियाँ उठा लीं। बा केतकी के कान में कुछ बोलीं, जिसे सुनकर जैसे केतकी की आँखें छलछला गईं। वह अपनी जगह से उठकर शान्तनु के कान के पास मुँह ले जाकर बोली, ''पाली-पोसी तमने सौंपी।''

इतना सुनते ही आस-पास खड़ी सभी औरतों का दिल भर आया। रसीली रोते-रोते वहाँ से चल दी।

पंडित जी श्रीलता से बोले, ''बेटा, अपनी भाभी को ले जाओ और अपने घर की पोत पहनाकर पन्द्रह-बीस मिनट में ले आओ।...शान्तनु जी, आप भी वस्त्र परिवर्तन कर सकते हैं, क्योंकि फेरों के बाद विवाह की विधियाँ समाप्त हो जाएँगी और आप पति-पत्नी को स्वागत समारोह में बैठना है।''

विवाह मंडप फेरों तक के लिए रिक्त हो गया।

एक बार फिर से वही पहलेवाला वातावरण था। वही भीड़, वही पहलेवाले लोग, लेकिन कन्यादान होते ही भारी भीड़ में जैसे ख़ालीपन घिर आया। कुछ ही देर बाद वर-वधू नए सिरे से तैयार होकर मंडप में आ गए। पंडित जी ने लड़की की भाभी से गठजोड़ बाँधने के लिए कहा, फेरे हुए। शान्तनु ने सिन्दूर से नन्दिनी की माँग भरी और मंगलसूत्र पहनाया तो पंडित जी बोले, ''विवाह सम्पन्न हुआ। अब आप लोग बड़ों से आशीर्वाद लीजिए।''

बा फ़ौरन यहाँ-वहाँ देखते बोलीं, ''अरे केशू, नट्टू काका क्याँ छें? चार दिवस थई गया, वह तो भट्ठीखाने से निकले ही नहीं, लेकर आ उन्हें। सबसे पहले वह ही बच्चों को आशीर्वाद देंगे।''

इसके बाद रात के डेढ़ बजे तक आमंत्रित मेहमान विवाह में सम्मिलित हुए और नट्टू काका की देख-रेख में बने ठेठ गुजराती व्यंजनों के गुण गाते अपने-अपने घर चले गए।

तारों की छाँव में नन्दिनी की विदा की घड़ी भी आ पहुँची। हालाँकि फूलों से सजी तैयार गाड़ी खड़ी थी, फिर भी गुजराती शिल्पकारी से सजी डोली भी विशेष रूप से मँगवाई गई थी। नन्दिनी सबके गले लग-लग के रो रही थी। कोमल हृदय के केशू जैसे इस सबसे नज़रें चुराकर इधर-उधर हो लेते। तभी बी.बी. की आवाज़ उभरी, ''बेटा, बहुत देर हो रही है, अब अपने घर चलो।''

नन्दिनी 'हाँ' में सिर हिला आगे बढ़ी पर उसकी आँखें यहाँ-वहाँ किसी को ढूँढ़ रही थीं। होंठों-ही-होंठों में बुदबुदाई, ''काका कहाँ हैं?''

और जैसे ही उसकी नज़र एक तरफ़ आँखों पर हाथ रखे केशू पर पड़ी, वह 'काका' कहते दौड़कर केशू के गले लग गई। केशू भी स्वयं को रोक नहीं पाए। उनको रोते देख रुलाई का दूसरा दौर शुरू हो गया, तब बी.बी. केशू के पास आकर उनके आँसू पोंछते बोले, ''बस, केशू भाई, बस! आप निश्चिन्त रहिए, आपकी बेटी घर से घर में ही जा रही है।''

केशू ख़ुद को संयत करके भावुक होते हुए बोले, ''आप पर और जमाई जी पर अपनी दीकरी से अधिक भरोसा है...भूल-चूक माफ़।'' फिर वह एक तरफ़ गुमसुम से खड़े मेहुल, केतन, नितिन और फ़ैज़ान को देखते हुए बोले, ''अपनी बहन को डोली में बिठाओ।''

भाइयों ने सुबकती हुई नन्दिनी को डोली में बिठाया और डोली कन्धों पर उठाकर फूलों से सजी गाड़ी तक ले गए...नन्दिनी डोली से बाहर निकली तो शान्तनु ने उसका हाथ पकड़कर प्यार से उसे गाड़ी में बैठाया और ख़ुद भी दूसरी तरफ़ से गाड़ी में बैठ गया और गाड़ी धीरे-धीरे सरकने लगी।

बृजभूषण मेहता अपने घर की लक्ष्मी, अपनी पुत्रवधू को अपने घर ले जाते हुए मन-ही-मन अपनी पत्नी को याद करते हुए सोचने लगे, 'मयूरी, आज अगर तू होती तो अपनी बहू को देखकर सबसे ज्यादा खुश होती।'

'सांधवी विला' के गेट पर खड़े केशू अभी भी दूर जाती गाड़ी को देख रहे थे। बृजभूषण के मित्र आदि सांधवी विला से ही अपने घर के लिए निकल गए। अब केवल तीन गाड़ियाँ ही बचीं। सबसे आगे वर-वधू की, दूसरी गाड़ी में बृजभूषण और श्रीलता और सबसे पीछेवाली गाड़ी में जॉन, जो विवाह में मिले उपहारों के साथ बैठा हुआ था। गाड़ियाँ आगे बढ़ते ही बृजभूषण बेटी से बोले कि घर पहुँचते ही वह अन्दर जा के अपनी भाभी के गृहप्रवेश के लिए मंगल कलश लेकर द्वार पर आ जाए।

श्रीलता बोली, ''आपने कहा तो एक रस्म के लिए मैं भाभी के घर चली गई थी...वैसे मैं नहीं चाहती कि मेरा हाथ इस शुभ काम में लगे।''

बी.बी. भी कुछ सोच के बोले, ''जैसा तुम ठीक समझो।''

गाड़ियों के घर पहुँचते ही बी.बी. सबसे पहले अन्दर गए—बेटे-बहू से यह कहते, ''दो मिनट रुकना।''

उन्होंने कुछ ही पलों में दरवाज़े पर मंगल कलश रख दिया और नन्दिनी से उसे पाँव से गिराकर आगे बढ़ने को कहा। इसके बाद उन्होंने सामने कुमकुम से भरी थाली रख दी। नन्दिनी जानती है, उसे क्या करना है। वह तुरन्त ही थाली में अपने पाँव रखकर उठाती, बी.बी. थाली आगे खिसकाकर ले जाते और यूँ कुमकुम रंजित पाँवों से शान्तनु के साथ नन्दिनी पितृपूजा के स्थान पर पहुँची। वहाँ उनके पंडित जी ने छोटी-सी पूजा करवाई। नन्दिनी और शान्तनु ने उस स्थान पर घुटनों के बल बैठ माथा टेका। खड़े होने पर पति-पत्नी दोनों ने मयूरी की फ़ोटो की ओर बढ़कर साथ-साथ प्रणाम किया।

बी.बी. पास ही खड़े थे। नन्दिनी के सिर पर हाथ रखते हुए भरे गले से बोले, ''मयूरी थी, तब तक घर में कौन-सी चीज कहाँ है, मैं जानता तक नहीं था—उसके जाने के बाद से यह घर, दोनों बच्चे मेरी पहली जिम्मेदारी बन गए। आज मैं उससे मुक्त हुआ।''

नन्दिनी ने धीरे से 'हाँ' में सिर हिलाया।

फिर बी.बी. बोले, "तुम लोग भी अब आराम करो, थक गए होगे।"

दोपहर तक 'सांधवी विला' से भी काफ़ी मेहमान जा चुके थे और कुछ जा रहे थे। सभी को मिठाई के डिब्बों और शगुन के उपहारों के साथ विदा किया जा रहा था। वकार भी सबको लेकर निकलने को थे कि तभी केशू वहाँ आकर बोले, "तुम लोगों को जाने की इतनी क्या जल्दी है?"

"अमाँ केशू मियाँ, जाना कौन चाहता है, लेकिन बात यह है कि हफ्ते भर से कारीगरों के भरोसे गैराज चल रहा है। पता नहीं, ससुरे ठीक से काम कर भी रहे हैं या नहीं।"

अब आतिश फ़ौरन ही बोले, "दो-तीन दिनों से हमारे भी दफ्तर की छुट्टी रही, कल सवेरे से काम देखना है।"

केशू बोले, "आज रात नन्दिनी और जमाई जी की स्विट्ज़रलैंड की फ्लाइट है और उसके घंटे भर बाद मेरी हांगकांग की। आतिश, यूँ तो तेरे होते मुझे ज़रा भी चिन्ता नहीं है, फिर भी नितिन से कहना, सब तरफ नजर रखे।"

तभी उधर से गुज़रती हुई केतकी केशू से बोली, "मैंने पैकिंग कर दी है, देख लो। अगर कुछ रह गया हो तो बता दो।"

रात के दस बजे के क़रीब केशू नन्दिनी को फ़ोन पर बोले कि वे लोग बिलकुल तैयार रहें, एअरपोर्ट के लिए निकलना है। वह बस पाँच मिनट में पहुँच रहे हैं।

फिर यहाँ-वहाँ देखते केतकी से बच्चों के बारे में पूछा तो वह बोली, "सब थके-हारे अपने कमरों में हैं, बुलाऊँ क्या?"

"ना-ना, आराम करने दे। मैं ज़रा बा से मिलकर अभी आया।"

बा को जैसे केशू की ही प्रतीक्षा थी। उनके कमरे में आते ही वह धीरे से बेड पर बैठ गईं। धीमी रोशनी में केशू ने उनके पास आकर पाँव छुए और कहा, "पगे लाँगू बा! बस, काम करके आता हूँ।"

बा ने केशू के सिर पर लाड़-भरा हाथ फिराते हुए कहा, "पहुँची ने फोन करजे...व्हेलो आवज।"

केशू सिर हिलाते दरवाज़े की तरफ़ जाते-जाते कुछ सोचकर ठिठके और पलटकर बोले, "बा, तूने मुझे जैसे-जैसे कागज-पत्तर लिखवाने के लिए बोला था, ठीक वैसे ही मैंने करवा दिया है।"

बा ने सन्तोष में सिर हिलाया और केशू बाहर निकल गए।

साढ़े बारह बजे के लगभग शान्तनु, नन्दिनी और केशू भाई मुम्बई के अन्तर्राष्ट्रीय हवाई अड्डे में चेक-इन कर चुके थे, तभी नन्दिनी की फ़्लाइट की उद्घोषणा हुई।

सभी यात्री प्रस्थान की ओर बढ़ने लगे। केशू नन्दिनी और शान्तनु के सिर सहलाते बोले, "चालो, दीकरा, जय श्रीकृष्णा!"

अचानक ही नन्दिनी केशू से लिपटकर भरभरा के रो पड़ी। केशू उसके सिर पर हाथ फिराते बोले, "शूँ थयू दीकरा, ऐसे नहीं रोते, तू अपने जीवनसाथी के साथ पहली बार कहीं जा रही है, खुशी-खुशी जा...।"

'हाँ' में सिर हिलाते हुए भी नन्दिनी की रुलाई नहीं रुक रही थी और वह केशू का हाथ पकड़े हुए थी। केशू ने उसे समझाते हुए कहा, "अभी तू रो रही है...अरे स्विट्जरलैंड इतना सरस स्थान है कि पन्द्रह दिन भी तुम लोगों को कम पड़ जाएँगे! मैं तो बस गया और चौथे दिवस पाछी इधर। तू जब लौटकर आएगी, तुम लोगों को इधर ही मिलूँगा, चालो हवे।"

नन्दिनी और शान्तनु सुरक्षा जाँचवाले गेट की तरफ़ बढ़ गए। नन्दिनी कई बार मुड़कर केशू को देख चुकी थी। केशू मुस्कुराते उसे देखते, हाथ हिलाते रहे, जब तक कि वह ओझल नहीं हो गई।

पूरा सांधवी परिवार नन्दिनी की शादी और मेहमानों की आवाजाही की थकान के बाद गहरी नींद में सोया हुआ था। लैंड लाइन फ़ोन जो हॉल में रखा हुआ था, जिसका एक्सटेंशन केशू और केतकी के बेडरूम में भी है, अचानक ही बजने लगा।

केतकी नींद में करवट बदलते धीरे से बुदबुदाई, "इस समय कौन फोन कर रहा है?"

फ़ोन था कि बजे ही जा रहा था। आख़िरकार केतकी ने हाथ बढ़ाकर रिसीवर लिया, "हैलो...!" लेकिन अगले ही पल उसकी नींद क़ाफूर हो गई। वह हड़बड़ाई-सी बोले जा रही थी, "ये...ये आप क्या कह रहे हैं?...यह कैसे हो सकता है?...अभी कुछ घंटों पहले तो घर से गए हैं।" फिर फ़ोन रखकर अपना सिर पकड़कर केतकी ज़ोर से चीख़ी, "बा...मेहुल!"

बा का कमरा केतकी के कमरे से जुड़ा हुआ था इसलिए उन्हें केतकी की चीख़-पुकार फ़ौरन सुनाई पड़ गई और वह उठकर बाल्कनी में आ गईं, तभी केतकी गला फाड़कर रोती हुई आकर बा से लिपट गई। उसे इस तरह विलाप करते देख बा घबरा गईं, "शूँ थयू दीकरा?"

केतकी इतना ही बोल पाई, "मेहुल के पप्पा..."

"क्या हुआ केशू को? बोल न?" और बा केतकी को झिंझोड़ने लगीं।

फूट-फूटकर रोते हुए उसने फ़ोन से आई सूचना के बारे में बा को बताया कि उड़ान भरने के कुछ ही समय बाद इंजन में ख़राबी आने के कारण विमान समुद्र में

डूब गया। यह सुनना था कि बा के पाँव लड़खड़ा गए। वह गिरने को हो गईं। अब उन्हें सँभालने की बारी केतकी की थी।...उसने बा को झूले पर बैठा दिया और इंटरकॉम से मेहुल और केतन को हिम्मत बटोर के यह सूचना दी।

बच्चे तुरन्त वहाँ आ गए और सारी बात सुनकर इंटरनेशनल एअरपोर्ट पर इन्क्वायरी के लिए फ़ोन लगाने लगे। सूचना की पुष्टि हुई। उन्हें बताया गया कि मुम्बई से टेक ऑफ़ करने के कुछ ही समय बाद पोर्ट ब्लेअर के पास यह हादसा हुआ है। गोताख़ोर जीवित या मृत व्यक्तियों की तलाश में समुद्र में उतरे हुए हैं। पूरी जानकारी उन्हें सुबह तक मिल पाएगी।

पूरा परिवार, नौकर-चाकर नीचे हॉल में एकत्रित हो गए। अपना दुःख भूलकर केतकी बा को ही सँभालने में लग गई, जो एक ही रट लगाए हुए थीं, 'आ खोटू छे...मेरा केशू अपनी बा को छोड़कर नहीं जा सकता...'

बच्चे भी शॉक की स्थिति में थे। उनमें भी मेहुल की हालत बहुत ख़राब हो गई। बा की तरह ही मेहुल को सँभालना भी मुश्किल हो रहा था। केतकी एक माँ की तरह दोनों बच्चों—बा और मेहुल—को गोद में लिटाकर सिर पर हाथ फिरा रही थी, पर ख़ुद उसकी आँखें न जाने कहाँ क्या देख रही थीं!

रोज़ की तरह आतिश दरवाज़ा खोलकर हैंडिल में खुँसा न्यूज पेपर उठाकर सोफ़ा पर बैठते, 'रसीली, चाय लावी आप' कहकर अख़बार खोलने लगे। पहले पन्ने पर ही छोटी-सी ख़बर दिखी—'बम्बई से हांगकांग जानेवाली फ्लाइट उड़ान भरने के कुछ समय बाद ही इंजन में ख़राबी आने की वजह से दुर्घटनाग्रस्त हो गई। रात्रि एक बजे मिली सूचना के अनुसार किसी भी यात्री के जीवित होने की सम्भावना नहीं है।'

आतिश के हाथ से अख़बार छूट गया। मारे घबराहट के आँखें बाहर निकलने को हो गईं। चाय का कप लाती रसीली दूर से ही उन्हें घबराया-सा देखकर सहमी हुई-सी बोली, "शूँ वात छे?" पर वह बिना कोई जवाब दिये फ़ोन पर वकार और सचिन को सूचित करने लगे। एक बार को दोनों ही विश्वास नहीं कर पाए, लेकिन फिर जैसे ही उन दोनों के हाथों में अख़बार आए, दोनों ही अपने-अपने घरों में हक्के-बक्के रह गए। वकार आतिश और सचिन से बोले, "मैं गाड़ी लेकर पहुँच रहा हूँ।"

'सांधवी विला' में बा की हालत ठीक नहीं है, केतकी ने फ़ोन पर अनुरोध करके पारिवारिक चिकित्सक डॉ. पंड्या को बुला लिया। अभी सुबह के साढ़े आठ ही बजे थे, डॉ. उनका निरीक्षण कर ही रहा था कि वकार, सचिन, आतिश

सपरिवार आ पहुँचे। उस समय केतन और मेहुल अन्तर्राष्ट्रीय हवाई अड्डे जाने की तैयारी में थे, ताकि वहाँ से ताज़ा जानकारी मिल सके। यह देख सभी उनके साथ जाना चाहते थे, लेकिन जैसे ही मालूम पड़ा कि बा की तबीयत ठीक नहीं है, सभी तेज़ी से नीचे के एक गेस्ट रूम में सो रही बा के पास पहुँच गए। आतिश, सचिन, वकार और उनकी पत्नियों—सभी के चेहरों पर हवाइयाँ उड़ रही थीं। उन्हें समझ में नहीं आ रहा था कि पहले बा को देखें, पथराई हुई केतकी को होश में लाएँ, या ख़ुद को सँभालें। नितिन हड़बड़ी में यह कहकर निकल गया कि वह भी मेहुल और केतन के साथ एअरपोर्ट जा रहा है।

एअरपोर्ट दुर्घटनाग्रस्त हवाई जहाज़ के यात्रियों के सगे-सम्बन्धियों की भीड़ से भरा हुआ था। सभी बदहवास-से अपनों की कुशलक्षेम जानने के लिए आतुर थे और सबके लिए एअरपोर्ट अधिकारियों का अब एक ही सुनिश्चित-सा उत्तर था, 'दो व्यक्तियों के शवों को छोड़ सभी यात्रियों के शव गोताख़ोरों के द्वारा निकाल लिये गए हैं, जो कि कुछ ही घंटों में यहाँ पहुँच जाएँगे और तभी आप अपने परिजनों को पहचानकर आधिकारिक कार्रवाई के बाद शवों को ले जा सकेंगे।'

यह सब सुनकर मेहुल एक बार फिर बच्चों की तरह रोने लगा। नितिन ने उसे शान्त करते हुए बड़े भाई की तरह समझाया, "इतना निराश मत हो मेहुल! सुना न, उन्होंने कहा, दो बॉडीज अभी तक नहीं मिलीं। हो सकता है, उन्हीं में से एक काका भी हों! हो सकता है, पैराशूट के सहारे वह किसी जगह सुरक्षित उतर चुके हों! अभी से दिल इतना छोटा मत कर, बप्पा पर भरोसा रख।"

शोक में डूबा परिवार ओने-कोने गुमसुम-सा बैठा था। बा को दवाई देनी है इसलिए कुछ खाना भी ज़रूरी है, लेकिन वह ना में सिर हिलाए जा रही थीं। यह देखकर पहले आतिश, फिर वकार और सचिन—तीनों ही बा को घेरकर बैठ गए। आतिश बा की आँखों में देखते हुए थोड़ा नाराज़गी में बोला, "तू शूँ चाहे छे बा, केशू गया तो गया, अब तू भी हमें छोड़कर चली जाएगी। तने खबर छे, मैं इस घर में फक्त केशू के लिए नहीं आता-जाता, सबसे पेला तो तेरे लिए ही आता हूँ—अपनी माँ के लिए...केतकी, ला, प्लेट दे, इस मामले में बा की जिद नहीं चलेगी।" और उसने केतकी के हाथ से दूध-दलिया की कटोरी लेकर बा के मुँह की ओर ज़बरदस्ती चम्मच बढ़ाई, बा ने मुँह तो खोल दिया पर आँखों से आँसू बह निकले।

मेहुल, केतन, नितिन के घर में दाख़िल होते ही सब उम्मीद बाँधे देखने लगे। उनके पीछे-पीछे ही बृजभूषण भी घर में आए। उनकी नज़रें अनजाने में पूरे घर में घूम गईं। सिर्फ़ दो दिन पहले ही तो यह घर शान्तनु और नन्दिनी की शादी की शहनाइयों और लोगों की हँसी-किलकारियों से गूँज रहा था। उन पर नज़र पड़ते ही वकार, सचिन 'आइए, समधी जी, आइए' कहते उठ खड़े हुए। सभी पुरुष सोफ़ा पर बैठ गए। ख़ामोशी तोड़ते हुए वकार ने मेहुल, केतन, नितिन से पूछा, "कुछ मालूम हुआ?"

मेहुल व केतन ने सिर झुका लिया। नितिन बड़ी मुश्किल से इतना ही कह पाया, "दो बॉडीज लापता हैं, बाकी की दोपहर तक मुम्बई पहुँच जाएँगी। पहचान के लिए समय से पहले पहुँच जाना होगा।"

इतना सुनते ही बा जैसे सजग हो गईं, बोलीं, "दो जन नहीं मिले? मेरा केशू उन दो में से एक हो सकता है न?"

केतन बा को जवाब देने को हुआ लेकिन सचिन ने उसका हाथ दबाते हुए 'ना' में सिर हिला दिया। अब केतन धीरे से बोला, "काका, एअरपोर्ट ऑथोरिटीज ने साफ-साफ कहा है कि किसी के भी जीवित रहने की उम्मीद नहीं है। इन दो के बारे में भी उन्होंने 'पैसेंजर' शब्द का इस्तेमाल नहीं किया, 'लापता बॉडी' कहा है, क्योंकि एअरक्राफ्ट काफी गहरे पानी में गिरा था जहाँ व्हेल और शार्क..."

इतना सुनते ही वकार चीख़े, "क्या बकवास कर रहे हो?"

वकार इतना ज़ोर से चिल्लाए कि हॉल में दूसरे छोर पर बैठी घर की महिलाएँ भी हिल-सी गईं। जन्नत तो भागी-भागी चली ही आई, "क्या हुआ...आप केतन पर क्यों चिल्ला रहे हैं?"

सभी सिर झुकाए चुप रह गए, फिर वकार धीरे से बोले, "कुछ नहीं...तुम जाओ, बा और भाभी के पास बैठो।"

जन्नत लौट गई।

बृजभूषण बेहद दुखी स्वर में बोले, "दुनिया के लिए भले ही नन्दिनी केशू भाई की मुँहबोली बेटी होगी, लेकिन सच तो यह है, न जाने पूर्व जन्म का क्या रिश्ता था कि दोनों ही की जान एक-दूसरे में पड़ी रहती थी। फ्लाइट में बैठने के बाद जब शान्तनु और नन्दिनी ने मुझे फोन किया, तो नन्दिनी ने मुझसे खासतौर पर कहा, 'डैड, केशू काका मुझे बहुत मिस करेंगे। मैं उन्हें अच्छी तरह जानती हूँ, वह ऊपर से कुछ नहीं दिखाते, लेकिन मन-ही-मन दुःख पाते रहते हैं। आप उनसे फोन पर तो बात करते ही रहते हैं, हो सके तो एक-दो बार मिलने भी चले जाइएगा।'" इतना कहते उनका गला भी रुँध गया, "अब नन्दिनी से पूछूँ कि कहाँ मिलने जाऊँ उसके काका से?"

तभी केतकी की आवाज़ आई, "नहीं, भाई साहब," सब नज़रें उठाकर देखने लगे, केतकी चलके उसी तरफ़ आ रही थी। क़रीब आकर बी.बी. से बोली, "मैं आपसे यही कहने आ रही थी कि कृपया हमारी बच्ची को इस सबके बारे में कुछ मत बताइएगा, वर्ना वह एक दिन भी वहाँ नहीं रुकेगी। इन्होंने इतने प्यार से अपनी बेटी-जमाई के लिए सारा इन्तजाम किया था...बच्चों को खुश देखकर अब यह जहाँ भी हैं, खुश ही होंगे। यह सच है, हम दोनों के लिए नन्दिनी मेहुल और केतन से जरा भी कम नहीं।" फिर हाथ जोड़कर बोली, "मेरी विनती स्वीकार करके नन्दू को इस बारे में कुछ भी मत बताइएगा।"

बी.बी. ने लाचारी से 'हाँ' में सिर हिला दिया। और केतकी यह कहकर लौट गई।

इधर नितिन घड़ी देखकर केतन से बोला, "हमें अब निकलना चाहिए।"

बात समझकर मेहुल, केतन के साथ वकार, सचिन और आतिश भी खड़े हो गए। केतन उन्हें देखते हुए बोला, "आप लोग..."

सचिन बोले, "सबको चलने दो। इतने सारे शवों में से पहचान करने में समय लगेगा। सभी लोग देखेंगे तो ठीक रहेगा।"

जाते-जाते आतिश ने बी.बी. को देखकर सिर हिलाया, बी.बी. खड़े होकर बोले, "मैं भी अब घर चलता हूँ, मुझे सूचना देते रहिएगा।"

हवाई अड्डे पर अफरा-तफरी का माहौल था। एक सौ बीस यात्रियों के शवों की पहचान के लिए, उनसे कई गुना अधिक संख्या में आए उनके रोते-बिलखते परिजनों से बाहर-भीतर सभी जगह भरी पड़ी थी। रोने-बिलखने की आवाज़ों से शायद वहाँ दीवारों के कलेजे भी काँप रहे होंगे, इसी भीड़ का एक हिस्सा सांधवी परिवार भी था, जिन्हें केशू भाई का शव तो नहीं मिला, मिली केवल निराशा।

अधिकारियों ने इस बात की पुष्टि भी की, 'मिस्टर केशू भाई सांधवी और दूसरे शेख मोहम्मद अंसारी नाम के यात्री निश्चित रूप से किसी समुद्री जानवर का भोजन बन चुके होंगे। हमारे गोताखोरों ने तो अभी कुछ देर पहले तक भी हिम्मत नहीं हारी, लेकिन कुछ हाथ नहीं लगा। बड़े दुःख के साथ कहना पड़ रहा है—अब आप लोग भी इस सच को स्वीकार कर लीजिए, इस जहाज के सभी यात्री अपना जीवन खो चुके हैं।'

अब कहने-सुनने को बाक़ी बचा ही क्या था! चौबारे की एक दीवार ढह चुकी थी। साँस लेते हुए लेकिन ख़ुदा को बेजान महसूस करते आतिश, सचिन और वकार चुपचाप गाड़ी में 'सांधवी विला' की तरफ़ बढ़े जा रहे थे। पीछे-पीछे केतन, मेहुल और नितिन की गाड़ी भी।

निराशा के मरुस्थल में भी कभी-कभी आशा का जल झलकने लगता है। यह जानते हुए भी कि यह मृगतृष्णा है—कोई भी उस आशा के बिन्दु को हाथ से छोड़ना नहीं चाहता। विशाल 'सांधवी विला' गहरे शोक में डूबा हुआ था। गाड़ियों की आहट सुनकर सभी दरवाज़े की तरफ़ बढ़े, लेकिन केतकी बा को थामे जहाँ की तहाँ दरवाज़े की तरफ़ देखती बैठी रही। आयशा, पारुल, जन्नत, रसीली, मन्दा और महाराज जी वग़ैरह दरवाज़े के क़रीब पहुँचकर यह देखकर ठिठक-से गए कि सामने से तीनों दोस्त—नितिन, मेहुल और केतन—सिर झुकाए खाली हाथ चले आ रहे हैं। तमाम औरतें पीछे सरकने लगीं, पर रसीली दीपेश को आवाज़ देकर बोली, "जल्दी से पानी की बाल्टी और लोटा लेकर आ जा और सबके पैर धुला दे।"

यह सुनकर सभी ठिठक गए। दीपेश सबके पैर धुलाने लगा। औरतें पल्लू से रुलाई दबाते बा और केतकी के पास पहुँच गईं। रसीली केतकी से लिपटकर ज़ोर से रोने लगी।

"आखिरी बार मुँह देखना भी नहीं बदा था।"

बा और केतकी मतलब समझ गईं। सभी मर्द घर के अन्दर आ गए और बा के पास आकर फ़र्श पर बैठ गए।

बा ने एक-एक करके सभी के चेहरे पढ़े और फिर केतकी से बोलीं, "मुझे नट्टू काका का नम्बर लगा के दो। वह हमारे कुनबे के बड़े हैं, सबसे पहले उन्हें ही खबर देनी होगी।"

केतकी ने फ़ोन बा की तरफ़ बढ़ा दिया। फ़ोन कॉल लग जाने पर बा इतना ही कह पाईं, "नट्टू काका, तमारो पौत्तर अमे बधावो ने छोड़ी ने चाल्यो गयो।"

उसके आगे वह कुछ नहीं बोल पाईं जबकि दूसरी तरफ़ नट्टू काका 'हैलो...हैलो...' कहते रह गए। अब आतिश ने बा के हाथ से फ़ोन लेकर बताया कि कैसे क्या हुआ।

"समस्या यह है कि शरीर तो मिला नहीं, इसलिए घर में किसी ने पानी की बूँद तक मुँह में नहीं डाली। अब यह बताइए, इस स्थिति में अन्तिम संस्कार कैसे किया जा सकता है?"

कुछ देर हूँ-हूँ करने के बाद नट्टू काका ने 'सारू' ही कहा।

आतिश बोले, "वैसे तो काका ने सब बता दिया है और यह भी कहा कि कर्मकांड करनेवाले पंडित को साथ लेकर वह सुबह तड़के ही यहाँ पहुँच जाएँगे।"

तभी केतकी के कानों नन्हे ओजस के रोने की आवाज़ पड़ी, उसने पास बैठी अपनी दोनों बहुओं को इशारे से उठने के लिए कहा और कुछ दूर जाकर धीरे से समझाते हुए बोली, "दीकरा, सारा दिन बीत गया और कल भी आधा दिन ऐसे ही जाएगा, किसी के मुँह में कुछ नहीं गया, लेकिन सबसे ज्यादा चिन्ता मुझे ओजस की है। वह ऊपरी दूध पीता नहीं, पर माँ के आँचल में दूध तभी उतरेगा जब उसके पेट में कुछ पड़ेगा।"

पारुल रोते-रोते अपनी सास के गले लगकर बोली, "नहीं माँ, मुझसे नहीं होगा।"

केतकी अपने मन को संयत करते आदेश के स्वर में बोली, "आयशा बेटा, यह जिम्मेदारी मैं तुम्हें दे रही हूँ, अपनी भाभी को कम-से-कम दूध और फल खिला दो और तुम भी कुछ खा लो...मैं तो कहती हूँ, कोई भी भूखा क्यों रहे! महाराज जी से कहो, कुछ हल्का-फुल्का बनाकर सभी को जबरदस्ती खिला दें।"

रसीली, जो उसके पीछे-पीछे ही आ रही थी, यह सुनकर बोली, "नहीं केतकी, जानेवाले के अन्तिम संस्कार तक घर में चूल्हा नहीं जलता। महाराज जी को बोलो,

जिसे खाना हो, उसे डबल रोटी या फल-फ्रूट खिला दें। अब तो अन्त्येष्टि के बाद नहा-धोकर सब खिचड़ी ही खाएँगे। तने याद छे न, साबुत काला उड़द, चावल, नमक अने घी और वह भी उतना ही मँगाना जितना बनाने में लगे, केम कि उसके बाद अगर उसमें से कुछ बच जावेगा तो उसे वापरा नहीं जा सकता, बाहर ही फेंकना पड़ेगा।''

भरी आँखों से केतकी रसीली से बोली, ''भाभी, यह सब आप महाराज जी को समझा दो।''

बा का आदेश पाकर ऑफ़िस के कर्मचारियों और दूर-पास के रिश्तेदारों को केशू भाई के निधन की सूचना दी जाने लगी, जिसमें नट्टू काका के आदेशानुसार स्पष्ट रूप से यह भी बताया गया कि केशू भाई का निधन एक दुर्घटना में हुआ और देह न मिल पाने की स्थिति में अन्तिम संस्कार मात्र परिवारजनों के बीच ही सम्पन्न किया जाएगा। पगड़ी की रस्म की सूचना समय से सभी को दे दी जाएगी।

आधी रात से ऊपर का समय हो चुका था, लेकिन किसी की आँखों में नींद नहीं। गेस्ट रूम्स में सचिन, आतिश और वकार के परिवार करवटें बदल रहे थे। बा को उनके कमरे में काफ़ी देर से सुलाने की कोशिश करती केतकी को जब तसल्ली हो गई कि बा सो गई हैं, तो वह धीरे से उठकर बाल्कनी में आई और समुद्र को देखने लगी। ज्वार का समय होने के कारण ऊँची-ऊँची लहरें उठ रही थीं। अचानक यह देख के वह घबरा गई कि लहरों के साथ-साथ ऊँचे उछलते केशू उसी की ओर बाँहें फैलाए चिल्ला रहे हैं, 'केतकी, म्हने बचावी ले!' केतकी की आँखें जैसे बाहर निकली पड़ रही थीं, वह पसीने में नहा गई। सीने पर हाथ रखे धीरे-धीरे पीछे सरकी और अचानक झूले से टकराकर बुरी तरह चौंक गई। मुड़कर उसने झूले की तरफ़ देखा, उसे लगा, जैसे केशू वहाँ बैठे हैं...सम्मोहन में बँधी केतकी ख़ुद भी धीरे से झूले पर बैठ गई। आँखों ही आँखों में जैसे सवाल-जवाब होने लगे, 'कहाँ चले गए थे तुम?'... 'मैं कहाँ जाऊँगा, तेरे सामने ही तो बैठा हूँ'...'तुम वापस आ गए हांगकांग से?'... 'हूँ...चल, अपने हाथ दिखा...लगन की भीड़भाड़ में यह भी नहीं देखा कि तेरे हाथों पर मेहँदी का रंग चढ़ा है या नहीं...दिखा।' केतकी ने अपने दोनों हाथ सामने फैला दिये और आँखें उठाकर देखा तो वहाँ कोई नहीं था। वह झूले पर अकेली बैठी थी। एक बार उसने यहाँ-वहाँ देखा, और फिर गहरी साँस छोड़ते हुए झूले पर से उठ गई। झूला अभी भी हिल रहा था।

पारुल ओजस को अभी-अभी सुलाकर ख़ुद भी गहरी नींद में सो रही थी लेकिन कुछ ही देर बाद उसे लगा, जैसे कोई रो रहा है! अँधेरे में उसने यहाँ-वहाँ देखा, पर कुछ समझ नहीं पाई। हाथ बढ़ाकर टेबल लैम्प जलाया तो देखा, तकिए

में मुँह छिपाए मेहुल सुबक रहा है। पारुल ने जैसे ही तकिया हटाकर उसके सिर पर हाथ रखा, मेहुल ने पारुल को अपनी तरफ़ खींच लिया और उससे लिपटकर बच्चों की तरह रोने लगा। पारुल उसे चुप कराते-कराते ख़ुद भी रोने लगी। उनकी आवाज़ों से जागकर ओजस भी रोने लगा। पारुल ने चौंककर मेहुल को छोड़ा और ओजस को गोद में लेकर चुप कराने लगी।

केतन के कमरे में धीमी रोशनी जली हुई थी। एक तरफ़ पड़े सोफ़ा पर केतन आँखें मूँदे चुपचाप पड़ा हुआ था। आयशा को भी नींद नहीं आ रही थी। वह भी करवटें बदले जा रही थी। फिर एकाएक उसने उठकर पास रखे जग में से पानी निकालकर पिया और केतन की तरफ़ देखते हुए बोली, "केतन, बेड पर आकर सो जाओ न, थोड़ा रेस्ट कर लोगे तो अच्छा लगेगा। सुबह नट्टू काका के आते ही अन्तिम संस्कार के लिए भी तो निकलना है।" कोई जवाब न मिलने पर वह आगे बढ़कर उसके पैरों के पास बैठ गई और बोली, "यह सब अचानक क्या हो गया केतन?" केतन ने कोई जवाब नहीं दिया। "कुछ तो बात करो केतन, मुझे डर लग रहा है।"

"क्या बात करूँ?" और केतन ने बिना कुछ कहे बेड पर लेटकर लाइट ऑफ़ कर दी।

सुबह नट्टू काका घर में पूरी तरह दाख़िल हुए बिना ही बोले, "तमे बधा तैयार छो न...चालो, निकलो, पंडित बाहर गाड़ी में बैठा है।"

आतिश आगे बढ़कर बोले, "काका, चहा?"

"कोई चाय-वाय नहीं...बोला न, जल्दी चालो।"

आतिश धीरे से बोले, "वह बा आपसे कुछ..."

"पाछा लौटी ने मली लेइस...हवे चालो।"

अब सभी नट्टू काका के पीछे-पीछे निकल लिये। अन्दर एक तरफ़ खड़ी केतकी, रसीली, मन्दा, जन्नत और रेवती उन्हें जाते हुए देखती रहीं।

मुम्बई के बालकेश्वर स्थित बाणगंगा—जो एक विशाल तालाब है, जिसके चारों तरफ़ सीढ़ियाँ बनी हैं। ऊपर एक तरफ़ बना मन्दिर जहाँ पूर्णमासी और अमावस्या के दिन विशेष पूजाएँ की जाती हैं। दक्षिणी मुम्बई में रहनेवालों के लिए अन्तिम संस्कार निमित्त यही स्थान सुविधाजनक पड़ता है। इस समय भी यहाँ पहले से ही दो चिताएँ जल रही थीं। तभी सांधवी परिवार वहाँ आ गया। यहाँ का वातावरण देखकर मेहुल ख़ुद को रोक नहीं पाया और सिर पर हाथ रखकर 'पप्पा, पप्पा' कहते धम्म से बैठकर फूट-फूटकर रोने लगा तो नट्टू काका उसके पास बैठ उसका सिर कलेजे से लगा, उसे समझाने लगे, "तू परिवार का बड़ा दीकरा है...अगर तू ही ऐसे घबराएगा, तो तेरी दादी और माँ को कौन सँभालेगा? चाल, उठ, तुझे दाग

देना है, इसलिए पहले बाल उतरवाने होंगे...चाल।'' और वह उसे उठाकर सहारा दिये एक तरफ़ बैठे नाई के पास ले गए और बैठा दिया।

कुछ दूरी पर पंडित जी अन्तिम संस्कार में काम आनेवाली सामग्री सँजोने लगे। बाक़ी सब हाथ बाँधे लाचार-से आसपास खड़े थे। अब सूरत से आए पंडित जी ने मंत्रोच्चार के साथ आटे का एक पुतला बनाया, जिस पर आँखें गड़ाए सभी एक ही बात सोच रहे थे, 'क्या हमें 'केशू भाई सांधवी' का यही अन्त देखना था? इतना बड़ा दुर्भाग्य?'

प्रक्रिया समाप्त होने पर पंडित जी ने नट्टू काका से कहा, ''अब इस पुतले को सामान्य शव की तरह चिता पर रखकर इसका अन्तिम संस्कार किया जाएगा।''

मेहुल भी वहाँ आ चुका था। बाल उतर जाने से वह और भी सहमे हुए बच्चे जैसा लग रहा था। नट्टू काका ने उसके सिर पर हाथ रखा, आतिश ने पीठ थपथपाई और इशारा किया कि पंडित जी के निर्देशों का पालन करो। निष्प्राण देह के अभाव में जिस विधि से अन्तिम संस्कार किया जाता है, 'केशू भाई सांधवी' का भी हो गया। जलती हुई चिता को हाथ जोड़े देखते हुए उनके परिजन और मित्र जैसे अभी भी विश्वास नहीं कर पा रहे थे कि केशू भाई नहीं रहे।

बाणगंगा से बाहर आकर सभी गाड़ियों में बैठ रहे थे कि तभी केतन का फ़ोन बजा। आयशा का नाम देखकर वह बोला, ''हाँ, बोल।''

घर के किसी कोने में खड़ी आयशा ने फ़ोन पर पूछा, ''अभी चल रहा है या सब हो गया?''

''हम लोग निकल चुके हैं, थोड़ी देर में घर पहुँचते हैं।''

और सभी गाड़ियाँ वहाँ से रवाना हो गईं।

आयशा ने फ़ोन बन्द करके बताया कि आधे घंटे में सब लोग घर पहुँच जाएँगे। यह सुनकर रसीली महाराज जी को बुलाकर बोली, ''खिचड़ी का सामान तो आ ही गया है, अब आप खिचड़ी चूल्हे पर चढ़ा दें। जब तक सबका नहाना-धोना होगा, भोजन तैयार हो जाएगा।''

महाराज जी सिर हिलाकर रसोई में चले गए। अब रसीली बोली, ''अमे लोको पण स्नान करी लें।''

इस पर रेवती बोली, ''रसीली भाभी, पेला आप लोग केतकी भाभी को स्नानघर में ले जाकर उनका चाँदला चूड़ी उतरवा दो।''

तभी पीछे से बा की आवाज़ उभरकर आई, ''ना, मेरी केतकी व्हऊ पर कोई किसी तरह का दवाब नहीं डालेगा...जैसा उसका मन हो। जाओ, केतकी व्हऊ, बाथरूम में जाकर स्नान कर लो।''

केतकी हल्के से सिर हिलाकर छलछलाई आँखें लिये वहाँ से चली गई। कुछ ही देर में केतकी को छोड़कर सभी एक-एक कर नहाकर वापस हॉल में आ गए

तभी रसीली का फ़ोन बजा और साथ ही पारुल का भी...। फ़ोन सुनने के बाद पारुल बा के पास आकर बोली, "मम्मी का फोन था। वह कल पहुँचनेवाली हैं। कह रही थीं, मेहुल के साथ ही उन्होंने केतन भाई के लिए भी पगड़ी ले ली है, क्योंकि आयशा के पीहर से तो..."

बा ने धीरे से सिर हिलाया, तभी रसीली ने भी बा को बताया, "संजना का फोन था, बहुत रो रही थी। कहने लगी, 'मम्मी, मेरा मन उधर ही पड़ा हुआ है, लेकिन सासू माँ की तबीयत ठीक न होने की वजह से फौरन नहीं निकल सकती, दसवें तक ज़रूर ही पहुँच जाऊँगी।'"

बा की आँखों से आँसू बहने लगे। ऊपर की ओर देखते हुए वह बोलीं, "केशू, सबके प्राण तुझमें पड़े हुए हैं, सब तुझे कितना प्रेम करते हैं, तू ऐसे...इतने अचानक सबको छोड़कर कैसे जा सकता है?"

इतना सुनते ही रसीली रोते-रोते बोली, "बा, म्हने तो नन्दिनी नी चिन्ता छे, वापस आने पर जब उसे खबर पड़ेगी तो..." और वह पल्लू से मुँह दबाकर सुबकने लगी।

नन्दिनी और शान्तनु स्विट्ज़रलैंड ज्यूरिख के एक होटल में रुके हुए थे। लेकिन जब से नन्दिनी यहाँ आई है, उसका मन उड़ा-उड़ा-सा रहता है। फिर भी उसने शान्तनु से कुछ नहीं कहा, न ही शान्तनु ने। दो दिनों तक दोनों कहीं निकले ही नहीं, लेकिन आज सुबह जब नन्दिनी ने आँखें खोलीं तो शान्तनु ने उसे प्यार से देखते हुए कहा, "गुड मॉर्निंग!"

"वेरी गुड मॉर्निंग शान्तनु!"

"सोच रहा हूँ, आज से थोड़ा घूमा-फिरा जाए।"

कुछ देर चुप रहने के बाद नन्दिनी बोली, "शान्तनु, रात मैंने बहुत बुरा सपना देखा। तुम्हें बताना इसलिए चाहती हूँ, सुना है, कह देने से सपने झूठे पड़ जाते हैं।"

"हाँ-हाँ ,बोलो!"

"मैंने देखा, केशू काका और काकी के साथ मैं नाव में हूँ। नाव नदी में बही चली जा रही है। अचानक जोर का तूफ़ान आता है, नाव उलट जाती है। काकी मेरा हाथ पकड़ लेती हैं, लेकिन काका भँवर में फँस जाते हैं। हम दोनों मिलकर उन्हें निकालने की बहुत कोशिश करते हैं लेकिन उन्हें डूबने से बचा नहीं पाए।" इतना कहकर नन्दिनी सुबकने लगी।

शान्तनु उसे बाँहों में भरकर शान्त करने का प्रयास करते बोला, "तुम काका को फोन क्यों नहीं लगा लेतीं?"

"काका जब काम से बाहर जाते हैं, तो उन्होंने सबके लिए नियम बना रखा है कि जब वह फ़ुरसत में होंगे, खुद ही फोन करेंगे। वैसे भी पता नहीं, अभी वह हांगकांग से इंडिया लौटे भी हैं या नहीं?"

"तो तुम अपनी काकी को फोन लगाकर पूछ लो या घर में किसी और से बात कर लो।"

नन्दिनी को सुझाव पसन्द आया और उसने पहले केतकी का नम्बर लगाने की कोशिश की, पर केतकी का नम्बर न लगने पर पारुल का नम्बर लगाया। पारुल ने फ़ोन उठा लिया और अभी इतना ही कह पाई थी 'नन्दिनी बेन' कि पीछे से एक हाथ आगे बढ़ा और फ़ोन ले लिया। स्नान करके आई सफ़ेद साड़ी में लिपटी केतकी ने पारुल को देखते हुए 'ना' में सिर हिलाया। उधर नन्दिनी 'हॅलो पारुल भाभी' कहे जा रही थी, केतकी ख़ुद को नियंत्रित करते हुए बोली, "नन्दिनी दीकरा, वो...ओजस रो रहा है इसलिए...कैसी है तू?"

"अच्छी हूँ काकी, पर न जाने क्यों मेरा मन उचाट हो रहा है। लगता है, उड़कर घर पहुँच जाऊँ।"

केतकी के गले में जैसे कुछ अटक-सा रहा था, आस-पास खड़ी जन्नत, मन्दा, रसीली, सोफ़ा पर बैठी बा केतकी को इस रूप में देखकर पहले से ही त्रस्त थीं, उस पर भी अपना दुःख भुलाकर नन्दिनी को बहलाते देख सभी का कलेजा मुँह को आ गया। इसी समय दरवाज़े पर अन्तिम संस्कार से लौटे पुरुषों को देख केतकी बात को ख़त्म करते हुए बोली, "वह दीकरा...तेरे काका को हांगकांग से ही दो-तीन और जगह भी जाना पड़ रहा है, इसलिए उनका फोन नहीं उठेगा...मैं खुद ही तुझे सबका हाल-चाल देती रहूँगी।" और केतकी ने फ़ोन काट दिया।

रसोई से बाहर आकर महाराज जी ने यहाँ-वहाँ देखा, घर के पुरुष और स्त्रियाँ सभी नहा-धो चुके थे और हॉल में ही बैठे थे। महाराज रसीली के पास जाकर धीरे से बोले, "भाभी, खिचड़ी तैयार है।"

यह सुनकर रसीली ने मेहुल को हाथ के इशारे से अपने पास बुलाया। पास आने पर प्यार से समझाते हुए बोली, "मेहुल दीकरा, महाराज जी से पत्तल में खिचड़ी ले ले और दयाभाई के साथ नीचे जाकर गऊमाता को खिला दे। दयाभाई ने खास गऊग्रास के लिए ही दूधवाले से कहकर गाय बुलवाई है। गऊग्रास के बाद एक पत्तल कौवे को और एक कूतरे को...तू इतना करके आ, इधर मैं फर्श पर दरियाँ डलवा के सबके जीमने का इन्तजाम करवाती हूँ।"

आतिश के कहने पर तीन दिन के लिए ऑफ़िस बन्द कर दिया गया था, इसलिए सब घर में ही थे। सुबह से शाम तक शोक प्रकट करने के लिए आनेवालों का क्रम चलता ही जा रहा था। सूरत से पारुल की माँ देवकीबेन, राजकोट से संजना और उसके पति केशव और रसीली के दोनों भाई-भाभियाँ भी आ चुके थे। जब भी

कोई नया व्यक्ति घर में आता, रोने और केशू भाई को याद करने का नया क्रम भी शुरू हो जाता। हर कोई केतकी से मिलकर अपनी संवेदनाएँ प्रकट करना चाहता, किन्तु बा को यह मंज़ूर नहीं था। अब वह केतकी व्हऊ में ही अपने केशू दीकरा को देखना चाहती थीं। उन्हें चिन्ता थी कि जितनी बार लोग केतकी के सामने दुःख प्रकट करेंगे, उतनी ही बार केतकी भी रोएगी और बीमार पड़ जाएगी। लेकिन जब नन्दिनी के ससुर बृजभूषण घर आते, वह केतकी से बिना मिले नहीं जाते। यह देख के वह हैरान होते कि किस मिट्टी की बनी है यह औरत, जिस पर इतना बड़ा पहाड़ टूट पड़ा, वह अपना दुःख भुलाकर उनकी बहू और अपनी मुँहबोली बेटी की इस चिन्ता में घुली जा रही है कि जब वह आएगी और यह सब जानेगी, तो उसे हम कैसे सँभालेंगे!

पंडित जी के आदेश पर दसवें का कर्मकांड करने के लिए घर के सभी पुरुष एक बार फिर बाणगंगा गए। ग्यारहवें और बारहवें दोनों ही दिन घर में भी कुछ और पूजाएँ हुईं। अब तेरहवीं के दिन पितृपूजा के बाद शुद्धि हवन, पगड़ी की रस्म, ब्रह्मभोज और भोग आदि ही रह गया।

तेरहवीं के दिन बड़ी संख्या में लोगों के आने की आशा थी, यही सोचकर वकार ने आधे लॉन में पंडाल लगवा दिया था, जिसके पीछे ही भोजन बनाने का प्रबन्ध था। तेरहवीं के भोज में कच्ची रसोई नहीं बनेगी, यही सोचकर इस बार केटरिंग का इन्तज़ाम किया गया। एक तरफ़ बने मंच पर पूजा, हवन और परिजनों के बैठने के लिए स्थान बनाया गया था। बाक़ी लोगों के लिए बड़ी संख्या में कुर्सियाँ रखी गई थीं, साथ ही लम्बी दो मेज़ भी लगाई गई थीं, जिन पर हवन के उपरान्त भोजन परोसा जाना था। पूजा का कार्य लगभग प्रातः दस बजे आरम्भ हुआ जोकि दो घंटे तक चला। शुद्धि हवन सम्पूर्ण होने की उद्घोषणा के साथ पंडित जी ने कहा, "अब पगड़ी की रस्म की जाएगी। स्वर्गीय केशू भाई सांधवी के दोनों पुत्र मेहुल और केतन मेरे सन्मुख बैठ जाएँ।" वह आतिश की तरफ़ देखते हुए बोले, "पगड़ी कौन बाँधेगा?"

आतिश फ़ौरन ही बोले, "नट्टू काका। वह ही सबसे बड़े हैं।"

नट्टू काका को अपने स्थान से उठने में आज बहुत समय लग रहा था। अभी पन्द्रह-बीस दिन पहले ही नन्दिनी के लगन में जो नट्टू काका पतंग-से उड़ते फिरते थे, आज अचानक ही जैसे उन पर उम्र हावी हो गई थी। उनकी यह स्थिति देखकर सचिन और वकार ने फ़ौरन ही उठकर उन्हें सहारा दिया। पंडित जी के मंत्रोच्चार के बीच नट्टू काका ने अपने दोनों पड़पोतों को जी कड़ा करके पगड़ी बाँधी...और फिर दोनों के सिर पर हाथ रखकर बोले, "जीवता रहो!"

अब पंडित जी ने मेहुल और केतन से बड़ों के पाँव छूने के लिए कहा।

आतिश हाथ जोड़कर सभी को सम्बोधित करके बोले, "आप सब लोग हमारे

दु:ख में शामिल होने यहाँ तक आए, इसके लिए बहुत-बहुत धन्यवाद। आप सभी से प्रार्थना है, प्रसाद पा के ही जाइए।''

बमुश्किल सोलह-सत्रह दिनों के फासले में 'सांधवी विला' ने जीवन और मृत्यु दोनों के ही रंग देख लिये। नन्दिनी के विवाह और केशू भाई के निधन से जुड़े कर्मकांडों—दोनों में ही कुछ बातें एक जैसी ही थीं—भीड़भाड़, लोगों का आना-जाना, खाना-पीना। लेकिन कितना फ़र्क़ भी था दोनों में! एक में अगर हँसी की मिठास थी, तो दूसरे में आँसुओं का खारापन।

नट्टू काका, देवकीबेन, संजना और उसके पति अपने-अपने शहर जा चुके थे। बस, अब केशू भाई के तीनों मित्रों और उनके परिवार के जाने की बारी थी। नौकर उनका सामान वकार की गाड़ी में रख चुके थे...और ये लोग भी बस निकलने ही वाले थे। आतिश, वकार और सचिन—केतकी और बा से नज़रें नहीं मिला पा रहे थे, फिर भी जाना तो था ही। आगे बढ़कर वकार बा के घुटनों पर हाथ रखकर बोले, ''बा, दिल तो नहीं करता फिर भी जाना ही पड़ेगा। इतने वक्त से गैराज अल्लाह के भरोसे छोड़ा हुआ है, अब जाकर देखूँ।''

बा सबको देखते हुए बोलीं, ''बिलकुल जाओ। पोताना घर-बार सँभालो, मेरी चिन्ता मत करना। मेरे पास मेरी केतकी व्हऊ है, बच्चे भी हैं, लेकिन बा को भूल मत जाना, आते-जाते रहना।''

आतिश ने रोते-रोते बा के घुटने पर अपना सिर टिका दिया, ''म्हने कईं पण नथी जवानूँ...मैं तेरे पास ही रहूँगा बा!''

आँसू भरी आँखों से मुस्कुराते बा आतिश के गाल पर हलकी-सी चपत जड़ते बोलीं, ''आतिश, चल उठ, अने पोताना घेर जा। वहाँ रसीली क्या अकेली रहेगी? सचिन बेटा, अपना ध्यान रखना। मुझे खबर है, स्वास्थ्य के प्रति तेरी लापरवाही के कारण केशू तुझसे कितना गुस्सा हो जाता था! नितिन, केशू ने लगभग छह महीने पहले तेरे बाबा का पूरा चेकअप करवाया था, अब तू एक बार और करवा ले...ध्यान रखना दीकरा।''

''जी, बा।''

अब बा ने जन्नत से कहा, ''जन्नत व्हऊ, ठंड पड़नी शुरू हो गई है। पेला तूने जो टोपी मेरे लिए बुनी थी, वह जूनी हो गई है, नई बुनके मुझे पहना दे।''

रुँधे गले से जन्नत सिर्फ़ इतना ही बोल पाई, ''हाँ, बा, बहुत जल्द।''

सब जाने को पलटे, आगे बढ़े तो वकार ने रुककर केतकी के पास आकर कहा, ''भाभी, हम सबका इतवार को मिलना तो बना ही रहेगा न?''

केतकी ने आँसुओं को रोकते हुए 'हाँ' में सिर हिला दिया। इस माहौल में कोई यह नहीं देख पाया कि इस बात पर कुछ दूर खड़ी आयशा के चेहरे पर कितनी कड़वाहट तैर आई थी।

दरवाज़े तक पहुँचकर आतिश पलटते हुए बोले, "मेहुल, केतन, कल सवेरे दफ्तर समय से पहुँच जाना...मैं तो पहुँच ही जाऊँगा।" फिर गहरी साँस छोड़ते बोले, "तुम्हें तुम्हारे पप्पा की जिम्मेदारियाँ सँभालवानी हैं न।"

दोनों भाइयों ने ख़ामोशी से हाथ जोड़कर 'हाँ' में सिर हिलाया।

केशू भाई के ऑफ़िस में आज सभी हमेशा की तरह अपने काम में लगे हुए थे। केतन और मेहुल अपने-अपने केबिन में थे। आतिश गलियारे से होते हुए केशू भाई के कमरे की तरफ़ बढ़ रहे थे, बेहद भारी क़दमों से। वह सोच रहे थे कि 'कभी इसी जगह से मैं और केशू एक साथ कितनी बार गुजरे होंगे।' वह फ़र्श की तरफ़ देखने लगे। 'इस कारपेट में मेरे केशू के पैरों की छुअन भी होगी। वह अक्सर पाँवों में से जूते निकालकर ऑफिस में नंगे पाँव घूमता रहता था, कहता था—'मुझे ऐसे नंगे पाँव घूमना बड़ा अच्छा लगता है, पुराने दिन याद आ जाते हैं...लालजी भाई के कारखाने में नंगे पाँव ही तो घूमा करते थे।'

आतिश की आँखें बरसने लगीं कि तभी पीछे से मेहुल और केतन की आवाज़ आई, "काका, आपने बुलाया?"

आतिश चौंककर ख़ुद को सँभालते हुए बोले, "हाँ, आओ।"

और उन्होंने दरवाज़ा खोला, अचानक से जैसे केशू उनके सामने आ खड़े हुए हों! केशू भाई की कुर्सी के ठीक पीछे उनका एक आदमक़द चित्र लगा हुआ था, जिस पर ताज़े फूलों की माला चढ़ी हुई थी! आतिश के पीछे-पीछे मेहुल और केतन भी अन्दर आ गए और कुछ ही देर बाद उनके पीछे राजवंश, रमेश शाह और नितिन भी।

अब आतिश सभी को देखते हुए बोले, "हाँ, यह सच है कि केशू जल्दी में अचानक ही सब-कुछ छोड़कर चल दिया, जैसी प्रभु की इच्छा, लेकिन संसार का यही नियम है कि पिता के जाने के बाद सन्तानें ही उसके छोड़े हुए जीवन का विस्तार करती हैं।" फिर मेहुल और केतन के कन्धे पर अपना हाथ रखते हुए बोले, "और अब तुम दोनों को भी यही सब करना है। उनके लगाए इस वृक्ष 'सांधवी डायमंड्स' को और भी अधिक ऊँचाइयों पर ले जाना है। ठाकुर जी की कृपा से केशू के दो-दो पुत्र हैं यानी चार हाथ, अगर ठान लेंगे तो प्रतियोगिता में किसी को टिकने नहीं देंगे। राजवंश ने बताया था, केशू हांगकांग जिस सौदे के लिए जा रहा था, वह आज भी तुम लोगों का ही इन्तजार कर रहा है।" फिर दोनों को बारी-बारी से देखते हुए बोले, "तुम लोग करोगे न अपने पप्पा के सपने पूरे?"

केतन ने जोश में और मेहुल ने आँखें झुकाए हुए ही 'हाँ' में सिर हिलाया। आतिश 'आओ' कहकर दोनों को लिये टेबल के पीछे रखी विशालकाय कुर्सी की

तरफ़ बढ़े, फिर केशू के चित्र को देखते हुए मन-ही-मन सोचने लगे, 'तू क्या चाहता था, यह तो मैं नहीं जानता, लेकिन मैं तो बस वही कर रहा हूँ जो मुझे सही लग रहा है।'

केतन के चेहरे पर गहरी उत्सुकता बनी हुई थी। वह मन-ही-मन सोचने लगा, 'पप्पा जानते थे कि बिजनेस सँभालना मेहुल भाई के बस का काम नहीं, वह तो बस माँ को बहलाने के लिए पप्पा ने पॉवर ऑफ अटॉर्नी दे दी, एक केबन में बिठा दिया, लेकिन बिजनेस की बारीक बातें तो वह मुझसे ही शेयर किया करते थे।' तभी तालियों की आवाज़ से वह चौंका। उसने देखा, आतिश ने मेहुल को केशू भाई की कुर्सी पर बैठा दिया है। उसका चेहरा पल भर के लिए गुस्से में तन गया। तभी दरवाज़ा खुला, एक प्यून वैसी ही एक चेयर ढकेलते हुए अन्दर ला रहा था। मेहुल की चेयर से कुछ ही दूर उस चेयर को भी रख दिया गया। अब आतिश केतन को उस पर बैठाते हुए बोले, "मुझे पूरा विश्वास है, तू अपने बड़े भाई की ताकत बना रहेगा।"

फिर से तालियाँ बज उठीं और तालियाँ बजाने में सबसे आगे नितिन था, लेकिन न जाने क्यों, केतन ने उसे एक बार सख़्त नज़रों से देखा और फ़ौरन ही कुर्सी से खड़े होते हुए बोला, "काका, यहाँ चेयर लगवाने की क्या जरूरत थी? वैसे भी मेहुल भाई को जब मेरी मदद की जरूरत होगी, वह तो उन्हें मिलेगी ही। मैं पप्पा के केबिन में कम्फरटेबल नहीं रह सकता! मैं जहाँ था, वहीं ठीक हूँ।" यह कहकर वह केबिन से तेज़ी से निकल गया।

सभी उसे देखते रह गए। बाक़ी लोग भी एक-एक करके वहाँ से निकल गए।

अब आतिश मेहुल के सिर पर प्यार से हाथ फेरते बोले, "तुझे जब भी मेरी जरूरत हो, बेझिझक मुझे बोल देना और बिलकुल मत घबराना, मैं हूँ तेरे साथ।"

यह सुन मेहुल आतिश के कन्धे पर सिर टिकाकर रोने लगा।

बा के बेड पर एक सूटकेस रखा हुआ था और पास में ही एक बैंगल बॉक्स, तभी अन्दर आते हुए केतकी बोली, "बा, आपने बुलाया?"

"हाँ, आव, और दरवाजा बन्द कर दे।"

केतकी दरवाज़ा बन्द करते हुए थोड़ी हैरान थी कि बा बात क्या कहना चाहती हैं! उसके पास आने पर बा ने सूटकेस खोला, जो हल्के रंगों की सुन्दर प्रिंटेड साड़ियों से भरा हुआ था। बा केतकी को एक साड़ी देकर बोलीं, "यह सफेद साड़ी बदल डाल अभी के अभी।"

"पर बा..."

बा भरे गले से बोलीं, "ना, मुझे तेरी एक नहीं सुननी। जिस दिन मेरे केशू को समझ आई कि बा सफेद साड़ी क्यों पहनती है, उसी दिन वह बाजार से मेरे लिए

हल्के रंगों की छपी हुई साड़ियाँ ले आया और सीधे बोला, 'जा बा, बदली करके आ और आज से हमेशा ऐसी ही पहनना।'''

आँखें झुकाए दर्द से भीगे स्वर में केतकी ने कहा, ''बा, जब जीवन के रंग ही खो गए, तो इन रंगों से क्या?''

केतकी की बात काटकर बा बोलीं, ''खो गए तो उन्हें ढूँढ़कर ला और देखना, तुझे जरूर मिलेंगे—मेहुल में, केतन में, तेरी बहुओं में...और सबसे बढ़कर तेरे ओजस और आनेवाले बच्चों में...मैंने तो केशू के बाप के साथ जीवन देखा ही कहाँ कि वह चले गए लेकिन फिर एक अकेले केशू ने ही मेरे जीवन में इतने रंग भर दिये कि मैं इतने सालों तक जीती रही...। दीकरा, माँ बनकर बच्चों के लिए जीना भी तो जीवन का एक रंग है—है न?''

केतकी ने छलछलाई हुई आँखों से बा को देखा और 'हाँ' में सिर हिला दिया और वहाँ रखी साड़ियों में से एक साड़ी उठाकर बाथरूम की तरफ़ चली गई।

केतकी को जाते देखते हुए बा बोलीं, ''साँच्चू छे, एक रंग छूटने पर दूसरे रंग में जाना बहुत कठिन है।''

कुछ ही पलों में केतकी नई साड़ी में बाहर आई। बा उसे देखकर हल्के से मुस्कुराईं और पास आने पर प्यार से पलंग पर बैठाकर उसकी सूनी कलाइयों में सोने की चार-चार चूड़ियाँ चढ़ा दीं।

चूड़ियाँ देखकर केतकी ने पूछा, ''बा, यह बाँगड़ी...''

''माँ के घर से आती है न, तो समझ ले, माँ ही पहना रही है...बा तारी माँ छे न...?''

केतकी 'हाँ' में ज़ोर-ज़ोर से सिर हिलाते बा से लिपट गई और सुबक पड़ी।

शाम को मेहुल और केतन को घर आया देखकर नौकर-चाकर गतिशील हो गए। कोई पानी लेकर दौड़ा चला आता, तो कोई महाराज जी से कहता, ''महाराज जी, चाय चढ़ा दीजिए, साहब लोग आ गए हैं।''

मेहुल बा के पास सोफ़ा पर बैठ गया तभी केतकी ओजस को गोद में लेकर आते हुए बोली, ''जो...तारा पप्पा आवी गया।''

दीपेश से चाय की ट्रे लेकर पारुल वहाँ आई और पुकारकर बोली, ''केतन भाई, चाय...अरे, यह कहाँ चले गए?''

तभी नाश्ते की ट्रे लाते जगदीश ने बताया, ''केतन साहब तो सीधे अपने रूम में चले गए। बोलकर गए हैं, चाय ऊपर ही भेज देना।''

आयशा जो हॉल में ही मोबाइल पर किसी से बात कर रही थी, यह सुनकर अपने रूम के लिए लिफ़्ट की तरफ़ बढ़ गई। आयशा ने अपने रूम की बाल्कनी

में पहुँच के दरवाज़ा खोलना चाहा, लेकिन दरवाज़ा अन्दर से बन्द था। उसने दरवाज़ा खटखटाया, पर कोई जवाब नहीं मिला।

आयशा ने फिर से नॉक किया, "केतन, प्लीज, खोलो! मैं हूँ...ओपन द डोर!"

कई बार दरवाज़ा खटखटाने पर केतन झुँझला के दरवाज़ा खोलकर आयशा पर उलटा पड़ गया, "क्या हुआ है तुम्हें? क्यों दरवाजा पीटे जा रही हो?"

"तुम्हें हो क्या गया है केतन, यह मेरा रूम भी है।" अन्दर आते हुए उसने देखा, केतन तेज़ी से कमरे में चक्कर काटे जा रहा है, चेहरा ग़ुस्से में तना हुआ है।

थोड़ी चिन्तित-सी आयशा उसके पास आकर उसकी बाँह पकड़कर बोली, "बताओ न केतन, क्या हुआ है? किसी ने कुछ कहा क्या?"

चिड़चिड़ाकर अपने सिर पर हाथ मारते हुए केतन बोला, "मैं पागल हो गया हूँ...मेरा दिमाग खराब हो गया है...और अभी तो यह शुरुआत है, न जाने और क्या-क्या होना अभी बाकी है!"

आयशा उसे धीरे से सोफ़ा पर बैठाकर ख़ुद भी पास बैठ गई। तभी दरवाज़े पर खट-खट हुई, केतन ने झुँझला के उस तरफ़ देखा, आयशा उसका कन्धा दबाते बोली, "जगदीश चाय लेकर आया होगा।" और उसने दरवाज़ा खोलकर चाय की ट्रे लेकर दरवाज़ा फिर से बन्द कर दिया। ट्रे टेबल पर रखकर कप में चाय डालते और केतन को देखते हुए वह बोली, "लो, चाय पी लो।"

इस बार केतन ने बिना कुछ कहे कप थाम लिया, उसे शान्त होते देखकर आयशा उसका हाथ पकड़कर धीरे से बोली, "अब ठीक लग रहा है न...वैसे घर से तो तुम अच्छे मूड में गए थे फिर अचानक क्या हो गया? आतिश काका ने कहा भी था, तुम दोनों भाइयों को कुछ समझाएँगे"

चाय का कप फट से टेबल पर रखते हुए केतन बोला, "समझा दिया, और मैं भी सब समझ गया कि पप्पा के बाद यह घर बाहरवालों के ऑर्डर पर ही चलेगा...अरे, एक बार भी नहीं बताया कि वह करने क्या जा रहे हैं।"

"क्या किया उन्होंने?"

केतन दाँत भींचते बोला, "पप्पा की चेयर पर मेहुल भाई को बैठा दिया।"

"हैं...मेहुल भाई को? वह सँभाल लेंगे पप्पा का काम?"

"उसके लिए यह गधा है न...नाम उनका होगा और काम मैं करूँगा।"

अब तो आयशा भी ग़ुस्से में भर उठी और बोली, "अरे वाह, इसका मतलब क्या हुआ—पापा की चेयर पर भाई को बैठाने का?"

"वेरी सिम्पल। पप्पा ने उन्हें पॉवर ऑफ अटॉर्नी दी और आतिश काका ने उन्हें कम्पनी का मालिक बना दिया।"

अब आयशा थोड़ा चौंकी, "तो मतलब, यह फाइनल हो गया कि तुम..."

"अरे छोड़ो...पप्पा थे, तब की बात और थी। उन्होंने बाहरवालों को इतना सिर पर चढ़ा लिया कि अब वे हमारे सिर पर चढ़ने लगे। अभी एक बोला है, फिर दूसरा बोलेगा...उसके बाद फिर सब-के-सब...अरे यह हमारा घर है, हमारा बिजनेस है...ये बाहरवाले होते कौन हैं हम पर हुक्म चलानेवाले? अभी पप्पा का शोक पूरी तरह से खत्म नहीं हुआ, इसलिए मैं कोई तमाशा नहीं खड़ा करना चाहता था...लेकिन अगर ये लोग सोच रहे हैं कि यह छोटा हमेशा छोटा बनकर ही रहेगा तो गलत है—बिलकुल गलत।" यह कह उसने चाय का कप उठाकर एक ही घूँट में मुँह बनाते ठंडी चाय पीकर कप टेबल पर पटक दिया।

आयशा के चेहरे पर बहुत सारे सवाल और बहुत सारे जवाब—दोनों ही थे।

23

सुबह आठ बजे के लगभग शान्तनु और नन्दिनी मुम्बई के टर्मिनल-टू पर उतरे। बाहर आकर नन्दिनी आशाभरी नज़रों से यहाँ-वहाँ देखने लगी, "काका नजर नहीं आ रहे हैं!"

ट्रॉली आगे बढ़ाते शान्तनु बोला, "केतकी मम्मा ने तुम्हें बताया था न कि शायद हांगकांग से उन्हें कहीं और जाना पड़े। हो सकता है, अभी इंडिया लौटे ही न हों!"

वह अभी टैक्सी के लिए देख ही रहा था कि बी.बी. के ड्राइवर ने गाड़ी सामने लाकर 'गुड मॉर्निंग सर' कहा।

"अरे यशवन्त, तुम?"

"हाँ, सर...बड़े साब ने आपके लिए गाड़ी भेजी है।" और उसने लगेज उठाकर डिक्की में रखा। शान्तनु ने भी उसकी मदद की, फिर सभी गाड़ी में बैठ गए और गाड़ी आगे बढ़ गई।

ड्राइवर ने सी लिंक से गाड़ी ली और देखते-ही-देखते वे लोग वरली सी फ़ेस तक पहुँच गए। जैसे-जैसे घर क़रीब आ रहा था, नन्दिनी के चेहरे पर बेचैनी बढ़ती जा रही थी। यह देखकर शान्तनु ने प्यार से उसका हाथ पकड़कर कहा, "आर यू ओ.के?"

"हूँ।"

शान्तनु उसे देखे जा रहा था, "अगर एक बार सबसे मिलने का मन है तो दस मिनट के लिए गाड़ी 'सांधवी विला' पर ही रोक लेते हैं, फिर आगे बढ़ जाएँगे..."

नन्दिनी ने पलभर के लिए उसे देखा और फिर 'हाँ' में सिर हिला दिया। शान्तनु ने यशवन्त से 'सांधवी विला' में गाड़ी लेने के लिए कहा। कुछ ही पलों में गाड़ी 'सांधवी विला' पहुँच गई।

बी.बी. की गाड़ी पहचानते ही वॉचमैन ने गेट खोल दिया, गाड़ी अन्दर आ गई। नन्दिनी और शान्तनु सीधे ऊपर पहुँचे। नन्दिनी जान-बूझकर लगातार डोर बेल बजाती रही। बँगले के अन्दर बा मन्दिर में पूजा पर बैठी हुई थीं। नौकर-चाकर साफ़-सफ़ाई और चाय-पानी में व्यस्त थे। केतकी जो न्यूज पेपर्स को व्यवस्थित करके सेंटर टेबल के नीचे रख रही थी, डोर बेल सुनकर ख़ुद ही आगे बढ़कर दरवाज़ा खोला। सामने खड़ी नन्दिनी और शान्तनु को देखकर उसका चेहरा हैरानी और ख़ुशी से भर उठा, "अरे...म्हारी नन्दू!"

नन्दिनी फ़ौरन ही केतकी से चिपक गई। कुछ पल दोनों ख़ामोश वैसे ही खड़ी रहीं, फिर अलग होकर केतकी बोली, "आइए जमाई जी...अन्दर आओ न नन्दू!"

शान्तनु ने झुक के केतकी के पाँव छुए। अन्दर आते हुए नन्दिनी यहाँ-वहाँ देखते बोली, "मैं समझ गई थी, काका अभी अपनी ट्रिप से नहीं लौटे हैं, वर्ना ऐसा हो ही नहीं सकता कि वह मुझे लेने एअरपोर्ट न आएँ। प्रॉमिस निभाना तो कोई उनसे सीखे।"

बा भी पूजा से उठकर उस तरफ़ आ रही थीं। केतकी नन्दिनी को सोफ़ा पर बैठाते हुए बोली, "बेस...मैं...चाय बोलकर आती हूँ।"

अब नन्दिनी की नज़र किचन की तरफ़ बढ़ती केतकी पर ग़ौर से टिक गई। उसने देखा—हमेशा काका की पसन्द की चटक रंगों की साड़ियाँ पहननेवाली काकी ने आज यह हल्के रंग की प्रिंटेड साड़ी क्यों पहन रखी है? वह उठकर केतकी को पकड़कर अपनी तरफ़ पलट सिर से पाँव तक देखते बोली, "काकी, काका घर पर नहीं हैं, इसका मतलब यह तो नहीं कि आप उनकी पसन्द ही भूल गई हो? यह डल कलर की साड़ी और आज तो आपने बिन्दी भी नहीं लगाई—यह सब क्या है काकी?"

तब तक बा भी वहाँ आ चुकी थीं। शान्तनु और नन्दिनी ने बा के पैर छुए। बा ने आशीर्वाद दिये और दोनों को बैठाकर ख़ुद भी पास बैठ गईं। थोड़ी देर में चाय आ गई, लेकिन नन्दिनी अभी भी अपने सवाल पर ही कायम थी, "बा, काका घर में नहीं हैं तो क्या हुआ, आप तो हैं। आपने नहीं डाँटा काकी को? देखिए, क्या हाल बनाकर घूम रही हैं!"

अब बा के लिए भी ख़ुद पर क़ाबू पाना कठिन हो गया और वह अचानक ही रोने लगीं। यह देख नन्दिनी ने घबराकर बा का सिर अपने कन्धे से लगाते पूछा, "क्या हुआ बा, आप रो क्यों रही हैं? प्लीज, जल्दी बताइए, मुझे बहुत घबराहट हो रही है!"

तभी ओजस को लिए पारुल और मेहुल वहाँ आ पहुँचे। घुटे सिरवाले मेहुल को देखते ही नन्दिनी की आँखें जैसे बाहर को आ गईं। शान्तनु भी चौंक के खड़ा

हो गया। अब आगे बढ़कर मेहुल को झिंझोड़ते हुए फटे-से स्वर में नन्दिनी बोली, "मुझे क्यों नहीं बताया किसी ने? क्यों?" और वह टूटे पेड़ की तरह फ़र्श पर गिर गई और 'काका-काका' कहते हाथ-पाँव पटक बच्चों की तरह रोने लगी। तभी आयशा और केतन भी आ गए।

केतकी और मेहुल ने बड़ी मुश्किल से उसे उठाकर सोफ़ा पर बिठाया लेकिन अभी भी उसकी हिचकियाँ बँधी हुई थीं। एक तरफ़ सकते में भरे शान्तनु को केतन दुर्घटना के बारे में बताने लगा। केतकी ने नन्दिनी को ज़बरदस्ती पानी पिलाया, लेकिन नन्दिनी जैसे ख़ुद में ही बुदबुदाए जा रही थी, "नहीं, यह नहीं हो सकता...काका ने आज तक मुझसे किया कोई प्रॉमिस नहीं तोड़ा...आज भी वह ही मुझे एअरपोर्ट रिसीव करने आनेवाले थे...काका ने मुझे धोखा दिया।"

अब बा उसे अपने कलेजे से लगाकर सिर पर हाथ फिराते बोलीं, "हाँ, दीकरा, मैं भी जानती हूँ कि मेरा केशू अगर वचन देता था, तो उसे पूरा भी जरूर करता था... लेकिन बेटा, ठाकुर जी के आगे किसी की नहीं चलती...मैं और तेरी काकी भी आज तक यह विश्वास नहीं कर पा रहे हैं कि केशू अब लौटके नहीं आएगा।"

अचानक ही केतकी आदेश-भरे स्वर में बोली, "नन्दिनी, चल, अब उठ और अपने सासरे जा...!"

"नहीं, मुझे कहीं नहीं जाना। जब तक काका नहीं लौटेंगे, मैं कहीं नहीं जाऊँगी।"

केतकी ग़ुस्से में चिल्लाई, "तेरे काका अब कभी नहीं आएँगे...कभी नहीं...सुना तूने? शान्तनु जी, लेकर जाइए इसे...वहाँ बेचारे बी.बी. भाई साहब तुम लोगों के इन्तजार में एक-एक पल कितनी मुश्किल से काट रहे होंगे...और तू भी सुन ले नन्दिनी, अब तुझे चारों तरफ की चिन्ताएँ छोड़कर अपना घर-परिवार सँभालना है, हमारी चिन्ता मत कर...यहाँ सब हैं, एक-दूसरे को सँभालने के लिए।"

नन्दिनी अभी भी ज्यों-की-त्यों बैठी थी। शान्तनु ने उसका हाथ पकड़कर धीरे से कहा, "एक बार घर चलते हैं, फिर जब जी करे, आ जाना।"

नन्दिनी ने शान्तनु को देखा और उठकर उसके साथ दरवाज़े की तरफ़ बढ़ने लगी। एक तरफ़ कहीं उसकी नज़र पड़ी और वह ठिठक गई। केशू भाई का चन्दन की माला चढ़ा चित्र दीवार पर लगा हुआ था, वह कुछ पल टकटकी बाँधे उसे देखती रही और फिर चुपचाप घर से बाहर निकल गई।

ब्रजभूषण काफ़ी समय से अपने बेटे-बहू की प्रतीक्षा में घर के बाहर टहल रहे थे। बार-बार उनकी नज़रें गेट की तरफ़ चली जातीं, तभी अपनी गाड़ी का हॉर्न सुनकर गेट खोलने वॉचमैन को जाते देख उनके चेहरे पर मुस्कुराहट आ गई। दोनों हाथ पीछे बाँधे वह थोड़ा आगे बढ़े। सामने से आते शान्तनु, नन्दिनी ने आगे बढ़कर

उनके पाँव छुए। बृजभूषण दोनों के सिर पर अपना हाथ रखते हुए बोले, "चलो, आओ, अन्दर आ जाओ। तुम लोगों के बिना घर एकदम सूना हो गया था।"

इन लागों की आहट पाकर जॉन ख़ुशी में भरा दरवाज़े पर आकर बोला, "अरे बाबा, आप आ गए? कैसी हो बेबी? मास्टर आपको कितना याद करते थे, आइए।"

सभी घर के अन्दर आ गए, पीछे-पीछे सामान लेकर वॉचमैन भी।

सब सोफ़ा पर बैठे हुए थे। सामने चाय रखी हुई थी। नन्दिनी के चेहरे पर गहरी उदासी थी। बाप-बेटे दोनों बीच-बीच में उसे देख रहे थे। अपने पिता के मन की बात समझते हुए शान्तनु ने उन्हें बताया कि 'कैसे नन्दिनी केशू अंकल को बहुत याद कर रही थी, इसलिए मैंने ही कहा, दस मिनट के लिए सबसे मिल लो।' इससे पहले कि बृजभूषण कुछ कहें, नन्दिनी उठते हुए बोली, "मैं ज़रा फ्रेश हो लूँ।"

उसके जाने के बाद कुछ देर पिता-पुत्र ख़ामोश रहे। अचानक शान्तनु ने पूछा, "डैड, इतनी बड़ी बात हो गई, आपने हमें इन्फॉर्म नहीं किया?"

"मुझे केतकी भाभी ने जोर देकर मना कर दिया था कि नन्दिनी तक यह खबर न पहुँचे। वह नहीं चाहती थीं कि तुम लोगों की खुशी में जरा-सी भी कमी आए।"

"पर डैड, नन्दिनी को तो जैसे आभास हो गया था कि कुछ गलत हो रहा है। इस दुर्घटना के अगले दिन ही उसने एक बहुत बुरा सपना देखा कि वह अंकल और आंटी के साथ बोट में जा रही है, बोट उलट जाती है और बचाते-बचाते अंकल डूब जाते हैं।"

हैरानी में उसे देखते बी.बी. बोले, "और यही सब तो हुआ।" गहरी साँस छोड़ते दूर कहीं देखते बृजभूषण आगे बोले, "कभी-कभी खून के रिश्तों से ज्यादा गाढ़े हो जाते हैं आत्मा के रिश्ते। अगर नन्दिनी चाहे तो कुछ समय केतकी भाभी और बा के साथ रह ले, उसका मन थोड़ा शान्त हो जाएगा।"

"मैंने कह दिया है डैड कि वह जब चाहे, वहाँ चली जाया करे।" गहरी साँस छोड़ते शान्तनु बोला, "बहुत छुट्टी हो गईं, अब कल ही कोर्ट जाना शुरू करता हूँ।"

24

वकार दीवान पर पड़े सूनी आँखों से कहीं देख रहे थे कि तभी घर का फ़ोन बज उठा। जब फ़ोन किसी ने नहीं उठाया तो ज़ोर से बोले, "अरे भई, कोई फोन तो उठा लो...।"

जन्नत की आवाज़ आई, "ले रहे हैं...।"

जन्नत ने आकर फ़ोन उठाया और 'सलाम भाभी' कहकर पास रखी मूढ़ी पर बैठ गई। फिर वह धीरे-धीरे काफ़ी देर तक बातें करती रही जिसमें वकार को सिर्फ़

इतना ही सुनाई पड़ा, 'हूँ...हाँ...अच्छा...ठीक है...हम बताते हैं,' और वह फ़ोन रखकर उठी ही थी कि वकार पूछते हैं, "किसका फोन था?"

"रसीली भाभी का। बता रही थीं, नन्दिनी और दामाद जी आज सुबह-सुबह सीधे 'सांधवी विला' जा पहुँचे, फिर नन्दिनी ने तो जैसे घर ही सिर पर उठा लिया।"

यह सब सुनते हुए वकार के चेहरे पर उदासियाँ और भी गहरा गईं, "हाँ, यह तो होना ही था। नन्दिनी उन्हें बेहद प्यारी थी। जरा देखो तो, जो बात इसके पैदा होने पर केशू मियाँ ने ठानी, वह पूरी करके ही गए...बच्ची का कन्यादान उन्हीं के हाथों होना बदा था।"

"रसीली भाभी कह रही थीं, चलकर नन्दिनी से मिल आएँ।"

कुछ देर चुप रहने के बाद उठकर बैठते वकार बोले, "आज तो मुश्किल है। इतने रोज़ गैराज लावारिस ही पड़ा रहा...फैजान की तरफ से तो कोई उम्मीद लगाना ही बेकार है।"

"नहीं, वह तो..."

जन्नत को हाथ दिखाकर चुप कराते वकार बोले, "हम आपसे लड़ने के मूड में नहीं हैं। रसीली भाभी से कह दो, परसों इतवार है...अब परसों ही चलेंगे। वैसे तो अब काहे का इतवार, मेरा यार तो चला गया...लेकिन हाँ, जब तक हमारी माँ बैठी हैं, उनके लिए तो जाना ही पड़ेगा। तुम्हें याद है न, 'सांधवी विला' से लौटते में इतनी गमजदा होते हुए भी बा ने जोर देकर कहा था, आते-जाते रहना।"

'हाँ' में सिर हिलाते जन्नत वहाँ से चल दी।

'सांधवी डायमंड्स' के अपने केबिन में बैठा नितिन फ़ोन पर जोश में भरा किसी से कह रहा था, "सर, केशू भाई सांधवी बेशक असमय ही चले गए, लेकिन उनकी बिजनेस पॉलिसी कभी नहीं बदलेगी। सच्चाई, ईमानदारी और भरोसा—कुछ ऐसे शब्द वह हमें सिखा गए हैं, जिनसे अलग होकर बिजनेस के बारे में हम सोच भी नहीं सकते...ओ. के. सर...हम जल्दी ही मिलते हैं...एनी टाइम सर...थैंक यू!"

अभी नितिन ने फ़ोन बन्द ही किया था कि दरवाज़े पर नॉक करके एक चपरासी अन्दर आया, नितिन को एक लिफ़ाफ़ा दिया और बोला, "यह केतन साब ने भेजा है।"

"ठीक है।"

अब चपरासी उसकी तरफ़ पेपर आगे बढ़ाते हुए बोला, "सर, इसे रिसीव कर दीजिए।"

एक बार नितिन ने उसे हैरानी-भरी नज़रों से देखा लेकिन फिर चुपचाप साइन करके काग़ज़ उसे लौटा दिया। चपरासी के जाने के बाद उसने वह लिफ़ाफ़ा

खोलकर उसमें से काग़ज़ निकाला, जिसके साथ एक चेक भी था, जिसे देखकर उसकी हैरानी और भी बढ़ गई। वह जल्दी-जल्दी पत्र पढ़ने लगा और कुछ देर के लिए सुन्न-सा हो गया। टेबल पर रखे केशू भाई के चित्र को देखते हुए उसकी आँखें भर आईं। धुँधलाई आँखों में अतीत के वे सारे चित्र तैरने लगे जिनमें वह ख़ुद को केशू काका के क़रीब होते देख रहा था—दिल्ली से उसका मुम्बई आना, काका का उसे सहारा देना, बाबा से उसके रिश्ते ठीक करवाना, अपनी कम्पनी में न सिर्फ़ काम देना...उसके काम की तारीफ़ें भी करना। नितिन ने उस पत्र को केशू भाई के चित्र के नीचे दबा दिया और उठते हुए बोला, ''काका, केतन तो शुरू से ही मुझे नापसन्द करता था, वह तो आपकी वजह से चुप रहा, अब वह आजाद है। उसने मुझे काम से निकाल दिया है। ठीक है, लेकिन आपके आशीर्वाद से मिली डिग्री और मेरा एक्सपीरियंस मुझे लाचार नहीं होने देगा।'' यह कहकर वह लैटर और चेक दोनों अपने लैपटॉप बैग में डालकर वहाँ से चल दिया।

बा के कमरे में बेहद उदास नन्दिनी को पास बिठाकर बा और केतकी उसे समझाने-बुझाने और सामान्य करने में लगी हुई थीं। बा बोलीं, ''दीकरा, तेरा नया-नया लगन हुआ है, नया जीवन प्रारम्भ हुआ है, उसे हताशा और निराशा तले इतना भी मत दबा कि वह खिलने से पहले ही मुरझा जाए। वैसे भी तेरे सासरे की कहानी भी कुछ अलग नहीं, तेरी बेचारी सास तो छोटे-छोटे बच्चों को छोड़कर ही स्वर्ग सिधार गई थी। तेरे ससुर ने कैसे दिल पर पत्थर रख के अपने काम के साथ ही बच्चों को भी सँभाला होगा, जरा सोच के देख।''

अब केतकी नन्दिनी के बाल सहलाते हुए बोली, ''अने दीकरा, तू म्हारी चिन्ता न कर। मैंने तो फिर भी तेरे काका के साथ उन्तीस वर्ष बेहद सुख में गुजार लिए, दादी पण बनी गई हूँ, लेकिन हमारी बा तो फक्त सत्रह साल की थीं, जब बापू जी नहीं रहे। तेरे काका ने तो अपने पिता का मुँह तक नहीं देखा था।''

बा बोलीं, ''दीकरा, केतकी बात ठीक ही कह रही है। अब तू अपनी खुशी देख, अपने घर-संसार को सँवार और बेटा, समय के साथ-साथ धीरे-धीरे सब-कुछ बदलता जाता है। केशू को गए एक महीने से ऊपर हो गया, तो पण जीवन चल रहा है न...अब कभी मैं तेरी आँखों में आँसू न देखूँ...याद राखजे।''

तभी केतकी का मोबाइल बजा जिसे सुनकर वह बोली, ''नन्दिनी, बा, नीचे चालो...आपके तीनों बेटे और बहुएँ आ गए हैं। नन्दिनी ना साथे वात करते हूँ तो भूलीज गई...चालो।''

वकार, सचिन, आतिश—तीनों की पत्नियाँ हॉल में किसी को न देखकर ख़ुद ही यह कहकर किचन की तरफ़ चली गईं कि हम पानी लेकर आते हैं। आतिश और

सचिन गुमसुम से एक सोफ़ा पर बैठ गए। केशू के चित्र के सामने खड़े होकर उसे देखते हुए वकार बोले, "वाह, केशू मियाँ, वहाँ बैठे मुस्कुराते ही रहोगे या आकर गले भी मिलोगे! यह देखो, तुम्हारी पसन्दीदा दुकान से चमचम लेकर आए हैं...छीना-झपटी नहीं करोगे? चलो, ठीक है, तुम न सही, पर इतवार मनाने की जो रवायत तुम शुरू कर गए, उसे तो हम निभाएँगे ही।"

कमरे में आती बा, केतकी और नन्दिनी पर नज़र पड़ते ही वकार दिखावटी ख़ुशी में भरे बोले, "अरे मेरा बच्चा...देख, क्या लेकर आए हैं हम।" फिर सबको देखते हुए बोले, "एक बात तो माननी पड़ेगी, मेहुल और केतन से कहीं ज़्यादा इस नन्दिनी की आदतें हमारे केशू मियाँ से मिलती हैं। देखो बेटा, चमचम...मुँह खोलो।"

अब नन्दिनी ने भी खींचकर लाई मुस्कान के साथ सामने आकर मुँह खोल दिया और वकार ने उसके मुँह में चमचम डाल दी। यह देखकर सभी ख़ुद को सहज दिखाने का प्रयास करने लगे। जन्नत, रसीली, मन्दा, सचिन, आयशा—सभी ने नन्दिनी को घेरकर उसके हालचाल लिये, शान्तनु के बारे में पूछा तो उसने बताया, वह अपने काम में व्यस्त हो गए हैं। देखते-ही-देखते मेहुल, केतन, आयशा और पारुल भी वहाँ आ गए।

ओजस को देखते ही वकार ने लपककर उसे गोद में ले लिया, "अरे ओजस, मुझे पहचानता है...मैं तेरा दादू हूँ!" बच्चा यूँ ही मुस्कुरा पड़ा तो ख़ुशी से भरे वकार ने सबको दिखाते हुए कहा, "बा, देखिए, यह मुझे पहचानता है! केतकी भाभी, देखा आपने, हमारी गोदी में कितना खुश है ये!"

केतकी भी मुस्कुराने की भरसक कोशिश करते हुए बोली, "अब हँसने-बोलनेवाले दादू को देखकर तो यह हँसेगा ही...बैठिए न आप सब।" यह कहते उसने ओजस को वकार की गोद से ले लिया।

अब वकार बहुओं को देखते बोले, "अरे भई पारुल, आयशा, क्या तुम लोगों को याद दिलाना पड़ेगा कि आज इतवार है?" फिर सचिन और आतिश को देखकर बोले, "सचिन भाईजान, आतिश, अरे आप लोग भी तो हमारी आवाज में आवाज मिलाइए—इतवार मनना चाहिए या नहीं?"

सचिन जैसे बड़ी ताक़त जुटा के बोले, "बिलकुल। बप्पा करें, हमारी बा का हाथ हमारे सिर पर बना रहे, तो उनके बेटे-बहुएँ यूँ ही आते रहेंगे और यूँ ही इतवार मनता रहेगा...।"

आतिश की नज़रें सभी के चेहरों को पढ़ रही थीं। वह समझ रहे थे कि सभी सामान्य दिखने का नाटक कर रहे हैं जबकि किसी के भी मन में ज़रा-सा भी उत्साह नहीं है।

केतकी आयशा और पारुल से बोली, "खाने में तो अभी समय है तब तक सबके लिए फल कटवा के ले आओ।"

रसोई में जाते-जाते आयशा ने केतन की ओर देखा, केतन का चेहरा खिंचा हुआ था। आयशा मुँह-ही-मुँह में बुदबुदाते हुए किचन की तरफ़ बढ़ी, "पूरी पलटन जब देखो, मुँह उठाकर यहाँ चली आती है इतवार मनाने...इन बाहरवालों ने तो हमें घर की नौकरानियाँ बना दिया है...पारुल भाभी फिर भी ओजस के बहाने इधर-उधर खिसक लेती हैं...पिसती तो मैं ही हूँ।"

दोपहर का भोजन हो जाने के बाद बा यह बोलकर अपने कमरे में चली गईं, "हूँ, जरा पोतानी कमर सीधी करी लवूँ...तुम सब भी थोड़ा आराम कर लो।" जाते-जाते नौकरों से बोलीं, "सबका ध्यान रखना।"

वकार ज़ोर से बोला, "आप फिक्र न करिए बा, हमारा घर है, हम अपना ध्यान खुद ही रख लेंगे। आप आराम करिए।"

बा के जाने के बाद वकार, सचिन, मेहुल और आतिश कैरम खेलने लगे। अचानक ही सचिन की आँखें भर आईं और वह उठ खड़े हुए। आतिश, वकार, मेहुल सभी ने पूछा, क्या हुआ? सचिन ना में सिर हिलाते बोले, "कैरम में अब रखा ही क्या है! केशू चीटिंग करता था, हम लोग आपस में लड़ते थे, तब आता था मजा।"

इतना सुनकर सभी ख़ामोश हो गए। वकार मन में जोश पैदा कर, बोर्ड पर गोटियाँ जमाते बोले, "अरे बैठो तो सचिन भाई, खेल में बेईमानी इतनी पसन्द है तो हम करेंगे बेईमानी...आइए, बैठिए।"

शाम ढलने लगी, इस वक़्त सभी बा के कमरे में मौजूद थे। दो नौकर ट्रॉली में चाय-नाश्ता लेकर आए, सभी एक बार फिर से मस्ती के मूड में आ गए—खट्टी चटनी, मीठी चटनी, पनीर के पकौड़े, मिर्ची की भजिया। इस समय सबसे ज़्यादा अगर कोई ख़ुश था तो वह था मेहुल। बहुत दिनों के बाद उसे ऐसा लग रहा था, जैसे पुराने समय की छोटी-छोटी झलकियाँ सामने आ-जा रही हैं! बड़ों का लाड़-प्यार पाकर, एक बच्चे का बाप मेहुल ख़ुद ही जैसे बच्चा बन गया। तभी केतन भी वहाँ आया और एक पकौड़ा उठाकर उसने मुँह में रखा। उसे देख आतिश बोले, "अरे हाँ, केतन, मैं तुझे बताना भूल गया, आज सुबह राजवंश का फोन आया था। बोल रहा था, टोरंटो से किसी ग्राहक का फोन आया था, वह हमारे साथ कोई सौदा करना चाहता है। मैंने बोला, कल दफ्तर में राजवंश, मैं, तू, मेहुल और नितिन बैठकर पहले आपस में तय कर लेंगे, फिर फाइनल कर डालेंगे।"

केतन का चेहरा तन गया, वह बोला, "नितिन कैसे बैठेगा? उसकी तो मैंने काम से छुट्टी कर दी है।"

सब-के-सब यह सुनकर हिल से गए। एक साथ ही सबके मुँह से निकला, "क्या?"

"हाँ, कल ही मैंने उसे तीन महीने की सैलरी देकर काम से हटा दिया है।"

यह बात शुरू होने के साथ ही सचिन के चेहरे पर घबराहट झलकने लगी। बा, मन्दा, वकार, केतकी, जन्नत—सभी का ध्यान उसकी तरफ़ गया। फ़ौरन केतकी बोली, "लेकिन ऐसा तूने क्यों किया? तेरे पप्पा तो नितिन की बहुत तारीफ करते थे?"

ग़ुस्से में भिन्नाते केतन बोला, "उसी वजह से तो वह खुद को बहुत होशियार समझने लगा था। अभी और ऊँची उड़ान भरता, उससे पहले ही मैंने उसे निकाल दिया। वैसे भी मुझे तो नितिन का हमारे बिजनेस में इनवॉल्व होना शुरू से पसन्द नहीं था।"

यह सब सुनकर ग़ुस्से में काँपते आतिश का ख़ुद पर जैसे क़ाबू नहीं रहा, "यह सब करने से पहले क्या एक बार तू मुझसे बात नहीं कर सकता था?"

"अपने बिजनेस में मुझे बाहरी लोगों की इंटरफियरेन्स पसन्द नहीं है। पप्पा को भीड़ जमा करने का शौक रहा होगा, पर मुझे नहीं।"

मेहुल बार-बार उसे रोकने की कोशिश कर रहा था, लेकिन केतन उसका हाथ झिड़क देता। सभी सन्न रह गए। केतकी ऊँची आवाज़ में बोली, "तेरे पप्पा को गए अभी कुछ ही समय हुआ है और तूने 'मेरा बिजनेस, मेरा बिजनेस' कहना शुरू भी कर दिया? और तो और, उन लोगों को बाहरवाला कहकर जलील कर डाला जो तेरे पप्पा के सबसे ज्यादा अपने रहे?"

आतिश, सचिन, वकार, उनकी पत्नियाँ—सभी एकाएक जैसे ग़ैर हो गए हों! केतकी पर अचानक ही पलटवार करती आयशा बोली, "किस बात के अपने माँ, किस बात के अपने? यह कौन-सा अपनापन हुआ कि जब मन किया, सब-के-सब उठकर यहाँ चले आए, घर क़ी बहुओं पर मेड्स की तरह हुकुम चलाया, पिकनिक मनाई और चल दिये?" केतकी बीच में उसे चुप कराना चाहती थी लेकिन वह बोले ही जा रही थी, "सब अपना मतलब साधने के लिए ही अपनेपन का दिखावा करते हैं। पापा बेचारे इमोशनल आदमी थे, इनके झाँसे में आकर किसी के बच्चे को पढ़ाई के लिए फॉरेन भेज दिया तो किसी की लड़की की शादी करवा दी...और अब आप यह चाहती हैं कि इनके बच्चे आपके बच्चों को साइड करके उनकी कुर्सी पर भी बैठ जाएँ?"

नन्दिनी ने घबरा के केतकी का हाथ पकड़ लिया। इस पर आतिश ज़ोर से चिल्लाकर बोले, "आयशा, तेरे मन में इतना जहर भरा हुआ है...? तुझे क्या लगता है, हमारे पास पेट भरने लायक रोटी नहीं है, या हम अपने बच्चों को खुद नहीं पाल सकते? लेकिन ठीक है..." बा और केतकी को देखते वह बोले, "सच तो यही है कि हमारा इस परिवार से खून का कोई रिश्ता नहीं है, हम सिर्फ बाहरवाले ही हैं...और हमें तुम्हारे बिजनेस से ही नहीं, इस घर से भी दूर चले जाना चाहिए।"

बा ने रोते हुए चिल्लाकर कहा, ''चुप थई जा आतिश,'' फिर केतन की तरफ़ देखकर बोलीं, ''कौन घरवाला है और कौन बाहरवाला, यह तय करनेवाला तू कौन होता है केतन? यह मत भूल, इस घर की बड़ी मैं हूँ और मेरे जीते-जी मैं ही तय करूँगी कि कौन इस घर में आएगा और कौन नहीं। तेरे पप्पा इन लोगों के मित्र थे, लेकिन मैं इन सबकी माँ हूँ। आगे के लिए तुम सब मेरी बात याद रखना, अगर किसी ने मेरे बच्चों से ऊँची आवाज में बात की या इन पर उँगलियाँ उठाईं तो मैं इस घर में नहीं रहूँगी...अब चाल, माफी माँग इन सबसे!''

कुछ पल केतन अकड़ा-सा खड़ा रहा लेकिन केतकी की ऊँची आवाज़ सुनकर हड़बड़ा-सा गया, ''केतन, तू सॉरी बोलेगा या मैं और बा इस घर से चले जाएँ—जवाब दे... ?''

आयशा और केतन की आँखें मिलीं और दोनों ने केशू के सभी मित्रों और उनके परिवार से हाथ जोड़कर माफ़ी माँगी और वहाँ से चले गए। मेहुल, पारुल सिर झुकाए सहमे से खड़े थे।

केतकी के आँसू नहीं थम रहे थे। बा ने उसका सिर अपने सीने से लगाते सबको देखा और बोलीं, ''इस तरह की बहुत-सी बातें मैं रोज ही अखबार में पढ़ा करती थी, पर यह नहीं जानती थी कि मेरे परिवार में भी एक दिन इस तरह जहरीले पौधे सिर उठाकर खड़े हो जाएँगे। नहीं, मैं अपने घर में ऐसा कभी नहीं होने दूँगी।''

बा ने आतिश, वकार और सचिन को इशारे से अपने पास बुलाया। तीनों पास आकर जैसे ही बैठे, वह उन्हें बाँहों में भरकर रोने लगीं, ''आज मुझे पहली बार ऐसा लगा, जैसे मेरा केशू मुझे छोड़कर जा चुका है, पर तुम लोग अपनी माँ को कभी मत छोड़ना।''

केतकी, नन्दिनी, जन्नत, मन्दा और रसीली एकटक यह सब देखे जा रही थीं।

25

अगली सुबह नितिन को बाहर जाने के लिए तैयार देखकर सचिन ने उससे पूछा, ''कहाँ जा रहा है?''

पलभर के लिए नितिन अचकचा-सा गया लेकिन फ़ौरन ही बोला, ''ऑफिस।''

सचिन नाराज़गी में भरे बोले, ''इतना कुछ हो गया, पर तूने घर में किसी को कुछ नहीं बताया और अब भी झूठ बोल रहा है?''

नितिन ने सिर झुका लिया।

''अब उस घर में सब-कुछ बदल चुका है। मुझे तो बा और केतकी भाभी की भी चिन्ता होती है।'' फिर गहरी साँस छोड़ते बोले, ''केशू भाई के घर में एकाएक ही इतना कुछ घट जाएगा, ऐसा हमने कभी नहीं सोचा था।''

पास आकर नितिन ने अपने बाबा की पीठ पर हाथ फिराते कहा, ''बाबा, कालजी करू नका, केतकी काकी बहुत समझदार हैं, सब सँभाल लेंगी और रही मेरी बात, तो आपका और काका का आशीर्वाद हमेशा मेरे साथ है। उनकी दिलाई हुई डिग्री और एक्सपीरियंस के होते मुझे काम की कोई कमी नहीं है, जल्दी ही किसी अच्छी कम्पनी में ज्वाइन कर लूँगा।'' यह कहकर वह वहाँ से चल दिया।

और सचिन कहीं शून्य में देखते बैठे रह गए।

वकार कमर के पीछे हाथ बाँधे चक्कर काटते बड़बड़ाए जा रहे थे, पास ही बैठी जन्नत सोच में डूबी चुपचाप सुने जा रही थी।

''केतन की जगह हमारे फैजान होते तो घुमा के जड़ते दो कनपटी पे...हद हो गई, कल का पैदा हुआ लड़का और मुँह में इतनी लम्बी जुबान...!''

''सच्ची, हम भी सुनके धक्क से रह गए। उसकी जहर-बुझी बातें सुनने के बाद तो हमसे वहाँ बैठा ही नहीं जा रहा था...बहुत सुना डाला लड़के ने! वैसे अगले इतवार क्या आप 'सांधवी विला' जाएँगे?''

वकार थोड़ा झुँझलाते हुए बोले, ''हर इतवार वहाँ जाने की क्या लिखा-पढ़ी हो गई है? देखा जाएगा। फिर भी बा के लिए तो कभी-कभी जाना ही पड़ेगा...एक प्याली चाय तो पिला दो—केशू मियाँवाली—कड़क और मीठी।''

जन्नत 'हाँ' में सिर हिलाती वहाँ से उठकर बावर्चीख़ाने में चली गई।

टी.वी. पर न्यूज़ चैनल चल रहा था लेकिन सामने सोफ़ा पर बैठे आतिश का मन कहीं और ही था। बार-बार केतन और आयशा की कही बातें कान के परदे फाड़े जा रही थीं। आज तो उनका मन दफ़्तर जाने को भी राज़ी नहीं...मन में कशमकश चल रही थी, 'आज नितिन को निकाला है, कल मुझे भी निकाल सकता है यह केतन... यह मुझसे बर्दाश्त नहीं होगा। ऐसा कुछ हो, इससे पहले मैं ही 'सांधवी डायमंड्स' छोड़ दूँगा। एक छोड़ दस लोग मुझे हीरे परखने का काम देने के लिए तैयार बैठे हैं...।' फिर कुछ सोचकर मन-ही-मन बोले, 'नहीं, सभी तो मुझे केशू के परिवार का आदमी समझते हैं, बल्कि मालिक समझते हैं, फिर मैं कैसे दूसरों के यहाँ नौकरी...?'

तभी चाय लिये रसीली आकर पास ही बैठ गई, ''चाय।''

आतिश ने बिना उसकी तरफ़ देखे कप उठा लिया। चाय के घूँट भरते हुए रसीली आतिश को देखे जा रही थी, ''अपनी इज्जत अपने ही हाथ में होती है, कोई जरूरत नहीं है हमारे को अब 'सांधवी विला' जाने की...अरे सब-कुछ तो बोल गया

वह छोकरा—बस, धक्के मारकर बाहर निकालने की कसर रह गई थी।''

उसकी बात सुनकर आतिश तिलमिलाकर बोले, ''तू पोतानूँ म्होड़ूबन्द राखिस की नहीं? अरे मैं बा को उधर अकेले कैसे छोड़ सकता हूँ? मुझे एक दिन भी नहीं देखेगी तो घुट जाएगी मेरी माँ!''

''तमारी तमे जाणों, नन्दिनी को तो मैं समझा के ही रहूँगी, कि वहाँ कम-से-कम जाए। किसी दिन छोकरों ने उसकी इज्जत उतार डाली तो वह बर्दाश्त नहीं कर पाएगी। वैसे भी अब उसका अपना घर-परिवार है, उसे उस तरफ ध्यान देना चाहिए...''

आतिश झुँझलाकर टी.वी. ऑफ़ करते बोले, ''नन्दिनी को सलाह-मशवरा देने की कोई जरूरत नहीं है, वह समझदार है। अच्छी तरह जानती है कि उसे क्या करना है, क्या नहीं।'' यह कहकर वह बाहर निकल गए।

मेहता हाउस की सुबह अब कुछ अलग तरह की हो चुकी थी। जॉन के होते हुए भी नन्दिनी ने अपने हाथों से नाश्ता तैयार करके टेबल पर लगाकर डैड, शान्तनु और श्रीलता को आवाज़ दी। बी.बी. और शान्तनु आकर चेयर पर बैठे तो प्लेट्स पर नज़र डालते ही बोले, ''क्या बात है, सबकी पसन्द का ब्रेकफास्ट? लगता है, साहबजादे ने हमारी नन्दिनी को सबकी पसन्द और नापसन्द के बारे में समझा दिया है।'' फिर एक प्लेट देखते बोले, ''पोहा? यह तुमने श्री के लिए बनाया है न?''

''जी, डैड, अभी बुलाकर लाती हूँ।''

तभी ऊपर से उतरते श्रीलता तेज़ी से बाहर की तरफ़ जाने लगी तो नन्दिनी ने उसका हाथ पकड़कर कहा, ''श्री, ब्रेकफास्ट कर लो।''

''मुझे योगा क्लास के लिए लेट हो रहा है।''

''योगा क्लास तक पहुँचने में तुम्हें आधा घंटा लग जाएगा। हलका-सा पोहा और दूध लेकर जाओ न।''

''प्लीज, जिद मत करिए!''

श्री का हाथ पकड़कर टेबल तक लाती नन्दिनी बोली, ''जिद तो तुम कर रही हो। आधे-आधे दिन खाली पेट रहती हो, इसीलिए तो इतनी एसीडिटी होती है। अब रोज सबके साथ नाश्ता करके जहाँ जाना हो, जाओ, तुम्हें कोई नहीं रोकेगा।'' फिर प्यार से उसे कुर्सी पर बैठाते नन्दिनी बोली, ''तुम्हारे लिए चॉकलेट मिल्क लेकर अभी आई।''

शान्तनु और बृजभूषण चुपचाप यह सब देख रहे थे। नन्दिनी को किचन की तरफ़ जाते देख बृजभूषण बोले, ''नन्दिनी बेटा, जॉन से कहना, मेरी कॉफी दे जाए।''

''डैड, जॉन काका को मैंने सब्जी लेने भेजा है। सुबह फ्रेश मिल जाती है न! आज आप मेरे हाथ की कॉफी पीकर देखिए।'' यह कहकर नन्दिनी किचन में चली गई।

गैस स्टोव पर एक तरफ़ नन्दिनी ने कॉफी के लिए दूध और पानी मिलाकर बर्तन रखा, एक मग में श्री के लिए चॉकलेट मिल्क में चीनी मिलाई, यह सब करते हुए उसके हाथों के साथ दिमाग़ भी चल रहा था, 'मैं इस सूने पड़ चुके बेआवाज घर को आवाज देने की कोशिश कर रही हूँ...और उधर हँसता-चहकता 'सांधवी विला' बेआवाज होता जा रहा है। केतकी काकी कैसे समझौता कर रही होंगी इस अनजान जिन्दगी से?'

दूध उबलकर बाहर होने को था कि नन्दिनी ने चौंक के गैस बन्द कर दी।

केतकी अपने कमरे में केशू का कपबोर्ड खोले खड़ी थी, जिसमें उनके कपड़े टँगे हुए थे। हाथ आगे बढ़ाकर उसने छूकर जैसे केशू को महसूस करना चाहा। तभी उसका मोबाइल बजा। उसने बेड पर रखा मोबाइल उठाया, देखा, यह सूरत से देवकीबेन का फ़ोन था। फ़ोन कान से लगाकर केतकी बोली, "जय श्रीकृष्णा देवकीबेन, केम छो?" फ़ोन सुनते हुए उसका चेहरा सफ़ेद पड़ने लगा। वह बीच-बीच में 'अरे...अरे' कहे जा रही थी और उधर से यह कहकर फ़ोन बन्द कर दिया गया कि वह बा को यह समाचार दे दे।

बा ने पूजा के बाद जब अपना नाश्ता समाप्त कर लिया, तब केतकी ने उन्हें बताया कि देवकीबेन के फ़ोन से मालूम हुआ कि कल रात नट्टू काका का निधन हो गया।

सुनते ही बा धक्क से रह गईं, "शूँ?"

केतकी ने बताया, मेहुल के पप्पा के बाद जब से काका यहाँ से गए, उनका खाना-पीना लगभग छूट-सा गया था। लगता है, इनके सदमे में ही चले गए।

बा की रुलाई फूट पड़ी। केतकी ने उन्हें फ़ौरन दो घूँट पानी पिलाया। सँभलने के बाद बा बोलीं, "अपने लगन के बाद रिश्तेदारी के नाम पर केवल नट्टू काका को ही जाना। केशू को पहली बार गोद में उन्होंने ही उठाया था," फिर हाथ जोड़कर ऊपर देखते बोलीं, "ठाकुर जी, उनकी आत्मा को शान्ति दें, अने हाँ, घर में सबको बता देना कि दस दिन का सूतक रहेगा, इसलिए पूजा-पाठ नहीं होगा...अने हाँ, तेरे पास उनके पौत्र का नम्बर होगा, फोन लगा दे तो मैं बात कर लूँ।"

केतकी ने फ़ोन पर एक नम्बर लगाकर बा को पकड़ा दिया।

ऑफ़िस में मेहुल कारख़ाने में कारीगरों से बातचीत करने में व्यस्त था। फ़ोन सायलेंट मोड पर था, जिस पर रमणीक ज़वेरी का नाम फ़्लैश हुआ, लेकिन मेहुल उसे देख नहीं पाया।

अब केतन का मोबाइल बजा। वह फ़ौरन ही फ़ोन लेकर बोला, "रमणीक भाई, बोलिए?"

दूसरी तरफ़ फ़ोन पर 'सांधवी डायमंड्स' और केशू भाई का कानूनी सलाहकार रमणीक ज़वेरी है। उम्र लगभग चालीस-पैंतालीस। वह अपने घर से ही ऑफ़िस चलाता है, "मैं यह बोल रहा था, तुम्हारे पप्पा का निधन हुए लगभग डेढ़ महीना हो चुका है, मुझे लगता है, अब उनकी वसीयत परिवार के सामने खोलकर पढ़ देनी चाहिए। तुम जब कहोगे, मैं 'सांधवी विला' पहुँच जाऊँगा।"

यह सुनकर कुछ सोचते हुए केतन बोला, "आप आज शाम को ऑफिस में ही हो?...ओ. के.!" यह कहकर उसने फ़ोन बन्द कर दिया।

रोज़ की तरह शाम को ऑफ़िस से आने के बाद केतन तो सीधा अपने रूम में चला गया और मेहुल ड्राइंगरूम में बा के पास बैठ गया। उसे आया देख केतकी, जो ओजस को गोद में लिये खिला रही थी, आकर उन्हीं के पास बैठ गई। मेहुल ओजस से बातें करने लगा। इसी बीच पारुल सबके लिए चाय लेकर आई। अचानक ही मेहुल बोला, "कई दिनों से आतिश काका को नहीं देखा, तबीयत तो ठीक है उनकी?"

यह सुनकर बा और केतकी दोनों चौंक गईं। केतकी बोली, "शूँ? पण यहाँ तो वह रोज आ रहे हैं!"

"तो फिर ऑफिस क्यों नहीं आ रहे?"

अब बा और केतकी की आँखें मिलीं, दोनों चुप हो गईं।

मेहुल आगे बोला, "कहीं उस दिन की कहा-सुनी का वह बुरा तो नहीं मान गए?"

बा गहरी साँस छोड़ते बोलीं, "हाँ, दीकरा, बात तो बुरा माननेवाली ही थी। क्या-क्या नहीं सुना डाला आयशा और केतन ने! बाहरवाला तक तो कह दिया था। वह तो मेरा मान रख के रोज मेरे पास होकर जाता है।"

थोड़ी चिन्तित-सी केतकी बोली, "बा, आप जरा प्यार से आतिश भाई को समझाइएगा कि ऑफिस जाना न छोड़ें। बच्चों को अभी अनुभव ही कहाँ है जो इतना बड़ा बिजनेस सँभाल सकें। ये तक आतिश भाई से पूछे बिना पत्ता तक नहीं हिलाते थे।"

"हाँ, हूँ काले वात करिस। वैसे भी कल तो रविवार है, मेरे सभी दीकरे-बहू आएँगे, मौका देखकर आतिश को समझा दूँगी। अने हाँ, केतकी व्हऊ, वकार को गुड़ का कंसार बहुत पसन्द है, कल तू अपने हाथों से बना देना...और लगन पाछी नन्दिनी और जमाई जी को भी खाने पर नहीं बुलाया, उन्हें भी कल के लिए बोल देना।"

केतकी ने 'हाँ' में सिर हिलाया।

26

इतवार के दिन जन्नत घर के काम निबटाकर, तैयार होकर जब बाहर के कमरे में आई तो देखती है, वकार घर के कपड़ों में ही दीवान पर लेटे हुए हैं। उसने हैरानी से पूछा, "आप तैयार नहीं हुए?"

"आज हम नहीं जा सकते, सोसाइटी की जरूरी मीटिंग है।"

"लेकिन बा से क्या कहेंगे?"

"बता देना, फ्लैट का जरूरी मसला है। आज मीटिंग में बात नहीं उठाएँगे तो मुसीबत में पड़ सकते हैं। अरे वह ऊपरवाला सिद्दीकी अपने बाथरूम की मरम्मत ही नहीं करवा रहा है! तुमने तो आँखों से देखा है, कितनी बार तो उनकी नाली का पानी हमारे बाथरूम की छत से टपकता है! ले बैठेगा किसी दिन हमारी दीवार को, और हाँ, सचिन भाई की तबीयत भी नरम है, वह भी नहीं जाएँगे। हमने ड्राइवर बुला लिया है—तुम, मन्दा भाभी और रसीली भाभी आतिश को लेते हुए निकल जाना।"

"पहले बता देते, तो आपके लिए खाना बना देती। इन बच्चों का तो पिज्जा और पास्ता में निबट जाएगा लेकिन आप?"

"हमारी फिक्र मत करो, बिरयानी बनानी हमें भी आती है।"

इतवार की सुबह से ही 'सांधवी विला' के सभी नौकर-चाकर अपने-अपने कामों में व्यस्त थे। सबको बताया जा चुका था कि आज घर के जमाई जी भोजन पर आनेवाले हैं इसलिए ड्राइंगरूम के सोफ़ा कवर, कुशन वग़ैरह बदल डालें। काफ़ी समय के बाद आज चाँदी का डिनर सेट भी बाहर निकाला गया। पारुल और महाराज जी के साथ ख़ुद केतकी रसोई में व्यस्त थी। क्या बन चुका है, क्या बनाना बाक़ी है, वह एक-एक चीज़ का ख़ुद जायज़ा ले रही थी। खाने के बाद शाम की चाय के साथ नाश्ते का निर्देश देकर जैसे ही वह बाहर निकली, बा ने उसे पुकारा।

पास आने पर बा बोलीं, "नन्दिनी और शान्तनु जोड़े से जीमने पहली बार घर आ रहे हैं, उन्हें चाँदला करके कोई उपहार भी देना होगा।"

"हाँ, बा, जमाई जी के लिए गले की चेन और नन्दिनी के लिए एक सेट निकालकर रख दिया है।"

"सारू," बा ने कहा।

केतन अपने कमरे में अभी भी बेड पर पड़ा हुआ था। आयशा ख़ुद में ही बुदबुदाते कान के बुन्दे बदल रही थी, 'क्या फायदा इतना सजने-धजने का! जिसे देखना चाहिए, वह तो औंधे मुँह पड़े हुए हैं और नीचे जाकर तो नौकरानी बनना ही

है। आज बा के पुत्र और पुत्रवधुएँ जो आनेवाली हैं!' फिर एक नज़र केतन को घूरकर देखते आयशा वहाँ से चल दी।

गेट के बाहर एक तरफ़ से आती वकार की गाड़ी रुकी और फिर सामने से आती शान्तनु की गाड़ी। वॉचमैन ने दौड़कर गेट खोला और सबको सलाम ठोका। गाड़ियाँ अन्दर आ गईं।

गाड़ी से उतरकर शान्तनु ने सभी बड़ों के पैर छुए। जन्नत, मन्दा, रसीली—तीनों ही नन्दिनी को घेरकर जल्दी-जल्दी उसकी ससुराल के हालचाल लेने लगीं।

नन्दिनी बोली, "सब ठीक है और अब मैं अपने घर को धीरे-धीरे सँभालने भी लगी हूँ।"

जन्नत उसका सिर सहलाते हुए बोली, "क्यों नहीं बेटा, आखिर तो तुम केतकी भाभी की सिखाई-पढ़ाई लाड़ली बिटिया हो!"

नन्दिनी ने कोई जवाब नहीं दिया, लेकिन एकाएक ही उसे अपने केशू काका याद आ गए जो अक्सर केतकी से प्यारभरी नोक-झोंक में कहते रहते थे, 'तुम्हारे मेहुल, केतन हैं और नन्दिनी मेरी दीकरी है।'

आयशा अभी हॉल में दाख़िल ही हुई थी कि लिफ़्ट का दरवाज़ा खुला और केशू भाई के मित्रों के परिवार अन्दर आ गए। उन्हें देखते ही दीपेश, जगदीश, रामचन्द्र—सभी चुस्त होकर उनकी अगवानी में लग गए। पारुल ने आगे बढ़कर सभी के पैर छूकर 'जय श्रीकृष्णा' कहा। ओजस के लिए सभी में छीना-झपटी होने लगी, लेकिन वह नन्दिनी की तरफ़ बाँहें फैलाए रें-रें किए जा रहा था। उसने उसे गोद में लेकर सीने से लगा लिया। दरवाज़े पर लगी बा की आँखें देखकर जन्नत बोली, "बा, आपके बेटे नहीं आ सके, उन्हें सोसायटी की जरूरी मीटिंग में जाना था।"

इससे पहले कि बा सचिन को पूछें, मन्दा ने बता दिया कि उनका बी.पी. थोड़ा बढ़ा हुआ था इसलिए नहीं आ सके।

बा का चेहरा थोड़ा उतर गया। केतकी एक तरफ़ मेहुल और शान्तनु के साथ बैठी बातें कर रही थी। इस बीच दीपेश सबके लिए जूस लाकर उन्हें दे चुका था।

मौक़ा मिलते ही बा ने आतिश से दफ़्तर न जाने की बात छेड़ दी, तो आतिश ने तुरन्त ही उत्तर दिया, "बा, यहाँ तो मैं फक्त तेरे लिए आता हूँ और आता रहूँगा, लेकिन दफ्तर मैं केशू के लिए जाता था, उसे मेरी जरूरत थी। अब किसी को जरूरत ही नहीं है, तो मैं क्यों जाऊँ?"

बा ने धीरे से 'हाँ' में सिर हिला दिया।

कहने को सभी ने एक साथ बैठकर भोजन किया, मेहुल और केतन शान्तनु से बातचीत करते रहे, औरतें भी सामान्य दिखने का प्रयास कर रही थीं, लेकिन कहीं कुछ था जो सबको एक-दूसरे से जोड़ नहीं पा रहा था। भोजन के बाद केतकी ने

पारुल से शान्तनु और नन्दिनी को टीके करवा के उन्हें उपहार दिये, जिन्हें देखकर पलभर के लिए आयशा और केतन की निगाहें मिलीं।

कुछ देर बाद जन्नत ने बा से कहा, "बा, अब हम लोग निकलें। दोपहर तो आपके बेटे ने कच्ची-पक्की बिरयानी बना के खा ली होगी, अब जरा रात को कुछ ढंग का बनाकर खिला दें।"

"ना, तुम लोग हमेशा की तरह शाम की चाय पीकर ही जाओगे, और रात के खाने की चिन्ता मत कर, महाराज जी सब-कुछ अच्छे से डिब्बों में डालकर दे देंगे। वकार के लिए तो केतकी व्हऊ ने अपने हाथों से गुड़ का कंसार बनाया है, वह भी लेकर जाना।"

बा की बात काटने का साहस तो किसी में था ही नहीं इसलिए एक बार फिर बातचीत का सिलसिला शुरू हो गया।

आयशा एक तरफ़ खड़ी कुड़कुड़ा रही थी, 'बा का बस चले तो सबको यहीं बसा लें। अब जब तक ये लोग नहीं टलेंगे, मुझे भी नीचे ही रहना पड़ेगा।'

शाम के चार बजनेवाले थे कि तभी इंटरकॉम घनघनाया, केतन ने रिसीवर उठाया। वॉचमैन ने उसे बताया, 'रमणीक ज़वेरी साहब आए हैं।' थोड़ा झिझक के साथ सबको देखते हुए केतन बोला, "वो...रमणीक जवेरी आए हैं...पता नहीं अचानक कैसे... ?"

इस पर केतकी फ़ौरन बोली, "तो आने दे न! रमणीक भाई परिवार के लिए कोई अनजान थोड़े ही हैं, बुला ले उन्हें।"

कुछ ही पलों में हाथ जोड़े, सबको 'जय श्रीकृष्णा' कहते, रमणीक ज़वेरी सामने खड़े थे, "माफ करिएगा बा, जरूरी काम था, इसलिए बिना बताए ही आना पड़ा।"

"हाँ-हाँ, बेस ना दीकरा।"

रमणीक सोफ़ा पर बैठ गया और सबको देखते हुए रुक-रुककर बोला, "वो... काफी दिनों से सोच रहा था कि यह जिम्मेदारी भी पूरी कर डालूँ...बस, हिम्मत ही नहीं जुटा पा रहा था। अब करीब दस-बारह दिनों के लिए मुझे बाहर गाँव भी जाना है, तो सोचा, जो करना है सो करना है—इसलिए चला आया।"

सभी के मन में तरह-तरह के विचार आने लगे। छुपी नज़रों से सब एक-दूसरे को देख रहे थे। रमणीक अपने ब्रीफ़केस में से एक फ़ाइल और एक बड़ा-सा लिफ़ाफ़ा निकाल सबकी तरफ़ देखते हुए बोला, "केशू भाई अपनी वसीयत लिखवाकर मेरे पास रख गए थे, उसे ही खोलकर आप सबको सुनाना है।"

कुछ समय के लिए सभी के भीतर-बाहर गहरा सन्नाटा-सा घिर आया।

मेहुल केतकी को देखते हुए इतना भर कह पाया, "इस सबकी जल्दी क्या है माँ?"

"दीकरा, आज नहीं तो कल, यह काम तो होना ही है न! आप अपना काम करिए रमणीक भाई।"

केतन और बा को छोड़, सभी की आँखें झुकी हुई थीं। चेहरे पर ऐसे भाव थे, जैसे कोई कुछ सुनना या जानना ही नहीं चाहता! रमणीक ने लिफ़ाफ़ा फाड़ा, उसकी हलकी-सी आवाज़ भी जैसे केतकी के कानों के परदे फाड़ रही थी।

रमणीक ने लिफ़ाफ़े में से काग़ज़ात निकाले और पढ़ना शुरू किया, ''मैं केशू भाई जीवनलाल सांधवी, अपने पूरे होशोहवास में यह वसीयत लिख रहा हूँ, जिसके साथ मेरी चल और अचल सम्पत्ति का पूरा ब्यौरा भी नत्थी है। जमीन-जायदाद के रूप में मेरी जो भी सम्पत्ति है, उसे मेरे दोनों पुत्र मेहुल कुमार सांधवी और केतन कुमार सांधवी में बराबर-बराबर बाँट दिया जाए, किन्तु मेरी इच्छा है, वरली-सी फेस स्थित बँगला नम्बर अट्ठारह 'सांधवी विला'—जहाँ वर्तमान में मैं सपरिवार रहता हूँ, उसकी दो-दो मंजिलें मेरे दोनों पुत्रों के नाम कर दी जाएँ। काफी सोच-विचार के बाद मैं इस निष्कर्ष पर पहुँचा हूँ कि मेरा 'सांधवी डायमंड्स' और मुम्बई स्थित आभूषणों के तीन शो-रूम हैं, उनका मालिकाना हक केतन कुमार सांधवी को दिया जाए और इन कारोबारों से होनेवाले कुल मुनाफे की बीस प्रतिशत आय मेरे बड़े पुत्र मेहुल कुमार सांधवी को मिलती रहे। इसके अतिरिक्त मेरे बैंक खातों में जो भी धन कैश के रूप में मेरी मृत्यु के समय होगा तथा मेरे और मेरी पत्नी श्रीमती केतकी सांधवी के साँझे बैंक लॉकर में जो आभूषण रखे हैं, उन पर मेरी पत्नी केतकी केशू भाई सांधवी का ही अधिकार होगा। मुझे उम्मीद है, मेरी मृत्यु के बाद मेरी इस आखिरी इच्छा का पूर्ण रूप से पालन किया जाएगा।

हस्ताक्षरकर्ता—केशू भाई जीवनलाल सांधवी...।''

रमणीक आतिश की तरफ़ देखते हुए बोले, ''आतिश भाई, आप, मेहुल जी, केतन जी या और कोई भी इस विल को देखना चाहें, देख सकते हैं। शान्तनु जी, आप तो यहाँ के जमाई हैं, साथ ही वकील भी, आप चाहें तो...''

आतिश बात काटते बीच में ही बोले, ''यह परिवार का निजी मामला है रमणीक, तू समझे छे न?''

इस बीच मेहुल, जो बार-बार अपनी आँखें पोंछ रहा था, उसने 'ना' में अपना सिर हिलाया। बा सोफ़ा से उठते हुए इतना ही बोलीं, ''रमणीक, हो गया तेरा काम...हूँ थाकी गई छूँ, थोड़ा विश्राम करूँगी।''

केतकी फ़ौरन उठकर आई, ''बा, आप ऊपर अपने कमरे में जाएँगी या यहीं दीवान पर लेटेंगी?''

बा केतकी का सहारा लिये दीवान की तरफ़ बढ़ गईं। रमणीक ब्रीफ़केस समेटते हुए बोला, ''मेहुल भाई, केतन भाई, यह आप दोनों के लिए विल की कॉपीज...एक कॉपी मेरे पास रहेगी।''

रमणीक ब्रीफ़केस उठाकर सबको 'जय श्रीकृष्णा' कहकर जाने को हुआ तो आयशा तुरन्त ही मिठास के साथ बोली, ''भाई, चाय पीकर तो जाइए।''

"नहीं, भाभी, फिर कभी।" और रमणीक ज़वेरी तेज़ी से बाहर निकल गया।

उसके जाते ही शान्तनु धीरे से नन्दिनी से बोला, "मुझे किसी क्लाइंट से मिलने जाना है, तुम चाहो तो बाद में आ जाना।"

नन्दिनी ने देखा कि सबकी नज़रें उसी पर टिकी हुई थीं, यह देख थोड़ा सकुचाते हुए बोली, "नहीं, मैं तुम्हारे साथ ही चल रही हूँ।" फिर केतकी को देखते बोली, "काकी, डैड सुबह से घर में अकेले हैं, शान्तनु को भी मीटिंग में जाना है, मैं घर में रहती हूँ तो उन्हें अच्छा लगता है। दो बार उनका फोन भी आ चुका है।"

केतकी उठकर नन्दिनी के पास आकर उसे सीने से लगाकर भरे गले से बोली, "कितनी समझदार हो गई है मेरी छोटी-सी नन्दू! चल, ठीक है, पाछा आवजे।"

शान्तनु और नन्दिनी सबको हाथ जोड़कर निकल गए।

मेहुल-पारुल, केतन-आयशा भी अपने-अपने कमरों में चले गए।

बरसों से चले आ रहे नियम के अनुसार घर के नौकर-चाकर भी डेढ़-दो घंटे के दोपहर विश्राम के लिए अपने-अपने क्वार्टर में जा चुके थे। केतकी, मन्दा, रसीली और जन्नत एक तरफ़ लगे सोफ़ा पर बैठकर धीमे-धीमे बातचीत करने लगीं।

केतकी की नज़रें एक-दो बार बा पर पड़ीं। उसे लगा, उनकी आँख लग गई है, लेकिन बा तो अपनी ही पहेलियों में उलझी हुई थीं, 'यह कैसे हो सकता है? आज तक मेरे केशू ने मुझसे कभी झूठ नहीं बोला, फिर जाते-जाते वह अपनी बा से ऐसा कैसे बोल गया कि बा, तूने मुझे जो करने के लिए बोला था, वह मैंने कर दिया है...? पण यहाँ तो सब-कुछ उलटा ही है! मेरी केतकी व्हऊ के नाम न सम्पत्ति, न कारोबार, कुछ भी नहीं! अरे आगे चलके तो सब-कुछ बच्चों का ही होता, पर जीते-जी तो व्हऊ शान से रहती! किसी के आसरे मुँह बन्द करके तो न रहना पड़ता! वैसे भी उस दिन केतन और आयशा ने क्या नहीं सुना दिया, बिना किसी से पूछे नितिन को निकाल दिया। मेरे आतिश दीकरा का मन इतना खट्टा कर दिया कि उसने दफ्तर जाना ही छोड़ दिया! मेरे कारण यहाँ आ तो जाता है लेकिन मुँह पर जैसे ताला लग गया हो! और अब, जबकि मेरी व्हऊ के हाथ में कोई अधिकार है ही नहीं तो आगे उसका जीवन कैसे कटेगा? इस बात की मुझे चिन्ता है।'

केतकी की आवाज़ से बा की तन्द्रा टूटी, "बा, चालो, चाय पी ल्यो। आप उधर टेबल पर आएँगी या आपकी चाय यहीं ले आऊँ?"

बा ने उठते हुए कहा, "नहीं, सबके साथ बैठकर ही पियूँगी, चालो।"

केशू भाई का परिवार डायनिंग टेबल पर आ चुका था। नौकर-चाकर, महाराज जी—सभी चाय-नाश्ता बनाने और पहुँचाने में व्यस्त थे। पारुल और आयशा सभी को नाश्ता परोस रही थीं, फ़र्क़ बस इतना था कि आयशा का मुँह आज तना हुआ था, जब कि पारुल मुस्कुराकर आग्रहपूर्वक परोस रही थी। रसीली, मन्दा, जन्नत

गुमसुम थीं। बस, कभी-कभी जबरन खींच के मुस्कुराहट ले आतीं। बा और आतिश ख़ामोश थे, पर केतकी बनावटी जोश में भरी किसी को कुछ, तो किसी को कुछ खाने के लिए ज़ोर देती जा रही थी।

मेहुल सभी को देखते हुए बोला, ''आज वकार काका नहीं आए तो मजा नहीं आया। वह आते हैं, तो पप्पा की खूब सारी बातें करते हैं, तो लगता है कि पप्पा हमारे बीच में ही हैं। जन्नत काकी, प्लीज, काका को बोलना कि संडे को आना बिलकुल बन्द न करें। आज यह वकील जो विल-सिल पढ़ गया है, वह बस कागजों पर ही है। वैसे पप्पा का यह पूरा परिवार वैसा ही बना रहेगा, जैसा वह छोड़कर गए हैं, है न केतन?''

केतन ने कोई जवाब नहीं दिया।

अचानक ही जैसे मेहुल को कुछ याद आया ''अरे हाँ, आतिश काका, मैंने माँ को बताया था कि आप ऑफिस नहीं आते...।''

अब सभी के हाथ जहाँ के तहाँ रुक गए।

''काका, सभी जानते हैं कि पप्पा तक आपसे बगैर पूछे कोई काम नहीं करते थे, तो बताइए, हम बच्चे बिना आपकी सलाह के क्या कर पाएँगे?''

मेहुल की बातों पर मन-ही-मन चिढ़ी आयशा अब ख़ुद को रोक नहीं पाई, ''मेहुल भाई, वैसे पप्पा की आख़िरी इच्छा के मुताबिक तो अब बिज़नेस और ऑफ़िस की चिन्ता आपको करनी ही नहीं चाहिए। वह सब तो केतन की ज़िम्मेदारी है। वैसे आपका मन करे तो थोड़ी देर के लिए ऑफ़िस हो आया करिए, नहीं तो घर पर ही रहिए।''

यह सुनते ही केतकी जो अभी तक ख़ुद को सन्तुलित किए बैठी थी, एकाएक आक्रोश में भर उठी, ''आयशा, यह कोई तरीका है अपने जेठ जी से बात करने का? पप्पा नहीं रहे, इसका मतलब यह तो नहीं कि तुम जिससे, जैसे चाहो, वैसे बोलोगी? और ठीक ही तो कहा मेहुल ने कि यह वसीयत वगैरह तो एक औपचारिकता भर है, हमारा यह साँझा परिवार जैसा था, वैसा ही रहेगा।''

''लेकिन कब तक माँ? कब तक हम दूसरों के मन की ज़िन्दगी जीते रहेंगे? हमारा अपना मन, अपनी ज़िन्दगी भी है, मेरी शादी हुए दो साल पूरे होने जा रहे हैं...हाँ, यह सच है कि हमारी लव मैरिज थी। मैं पारुल भाभी की तरह आपके गुजराती समाज से नहीं हूँ, इसी बात पर मेरे पैरेंट्स ने हमेशा के लिए मुझसे रिश्ता तोड़ लिया। अब केतन ही मेरे अपने और मेरा परिवार हैं। अगर यहाँ भी मैं अपनी मनमर्ज़ी से न जी सकूँ तो मेरे जीने का मतलब ही क्या? मैं नॉनवेज़ खाती हूँ लेकिन इस घर के किचन में अंडा तक ब्वाइल नहीं किया जा सकता। जब भी खाने का मन हो, बाहर जाकर ही खाना पड़ता है। मैं काफ़ी दिनों से सोच रही थी कि अपने पोर्शन में छोटा-सा किचन बनवा लूँ, लेकिन अब जबकि पापा की विल में दोनों भाइयों

को दो-दो फ़्लोर दिये गए हैं, तो अगर यह भी तय हो जाए कि हमारे हिस्से में कौन से फ़्लोर आएँगे, तो किचनवाली बात भी क्लीयर हो जाए।''

केतन को छोड़कर आयशा की बातें सभी को कहीं गहरे तक चुभ गईं। किसी से बोलते नहीं बन रहा था। आयशा फिर से बोल पड़ी, ''अगर नीचे के फ़्लोर हमें मिलें, तो बा को शायद ठीक न पड़े, क्योंकि ठाकुर जी को नीचे से ऊपर ले जाना पड़ेगा।''

तुरन्त ही आतिश ज़ोर से चिल्लाकर बोले, ''आयशा, बस!''

आतिश का यह रूप देखकर सभी जैसे सहम से गए।

''तुझे होश भी है कि तू बोल क्या रही है? बारह साल पहले जब केशू ने इस घर का नक्शा बनवाया था, सूरत से अपने पारिवारिक पंडित जी को बुलवाकर पूछा था कि ठाकुर जी की स्थापना के लिए कौन-सा स्थान सर्वोत्तम रहेगा, और उन्हीं की सघन गणना और विचार-विमर्श के उपरान्त यहाँ मन्दिर बनवाया गया था। जयपुर से राधाकृष्ण की मूर्तियाँ मँगवा के उनकी प्राण-प्रतिष्ठा करवाई गई थी। यह कोई पत्थर का टुकड़ा नहीं है जिसे जब चाहे, उखाड़ो और जहाँ चाहे, रख दो!''

अब बहस की कमान अपने हाथ में लेते हुए केतन बोल पड़ा, ''आप आयशा पर इतना गुस्सा क्यों कर रहे हैं आतिश काका? इसने यह कहाँ कहा है कि मूर्तियाँ यहाँ से हटा ही दी जाएँगी? वैसे भी आज नहीं तो कल, पप्पा की विल पर अमल तो करना ही होगा। हममें से कोई भी इस वसीयत को तो चुनौती नहीं दे सकता न! एक तरह से अच्छा ही हुआ, आज यह बात उठ गई। मेहुल भाई, इस बात पर आपको तो कोई एतराज नहीं है न कि हम ऊपर के दो फ्लोर अपने नाम रजिस्टर करा लें?''

मेहुल कुछ कहने की स्थिति में नहीं था, लेकिन केतन की बात को ही लपकते हुए आयशा बोली, ''मेहुल भाई को क्या प्रॉब्लम होगी! ओजस की नर्सरी, मन्दिर और शाकाहारी किचन फर्स्ट फ्लोर पर है ही, चार गेस्टरूम भी हैं जिनमें से दो माँ और बा के बेडरूम हो जाएँगे...''

इस पर पूरा गला फाड़कर चिल्लाते आतिश बोले, ''मेरी बा—इस घर की मालकिन बा—गेस्ट रूम में रहेगी, गेस्ट रूम में?'' बा को कन्धे से पकड़ते आतिश बोले, ''चाल बा, पोताना घेर चाल। अब तू यहाँ बिलकुल नहीं रहेगी। केतकी, बा के कपड़े-लत्ते और दवाइयाँ बैग में डाल दे...बा अब एक मिनट भी यहाँ नहीं रुकेगी।''

केतकी आतिश को ठंडा करने की कोशिश में बस इतना ही कह पाई, ''आतिश भाई, ये तो बच्चे हैं, कुछ भी बोल देते हैं...।''

''हाँ, केतकी, ये तो हमारे बच्चे ही हैं। वे बच्चे जिन्हें मैंने गोद में उछाल-उछालकर बड़ा किया, उँगली पकड़कर चलना सिखाया...लेकिन ये शायद भूल गए हैं कि हम इनके बच्चे नहीं हैं।''

''लेकिन काका, मैंने ऐसा क्या कह दिया कि आप इतना बुरा मान गए? अरे

कमरा कमरा होता है। किसी को बेडरूम का नाम दिया जाता है, किसी को लिविंग रूम का और किसी को गेस्ट रूम का।''

''लेकिन यह घर बा से ही शुरू होता है, इसे कोई दूसरा नाम नहीं दिया जा सकता। या तो यह घर बा का है, या नहीं है...।''

अब केतन तैश में आकर बोला, ''माँ, देख रही हो, पप्पा के होते जिनके मुँह से आवाज तक नहीं निकलती थी, वह ही आज हमारे घर को तोड़ना चाहते हैं, हम सब में फूट डालना चाहते हैं।''

अब बा दृढ़ स्वर में बोलीं, ''चुप थई जावो, मेरे कारण किसी को परेशान होने की जरूरत नहीं है। माँ का एक बेटा चला गया, तो अब वह अपने किसी भी बेटे के पास जाने के लिए स्वतंत्र है। मुझे जो बुलाएगा, जो आदर से रखेगा, वहीं रहेगी यह बा। केतकी व्हऊ, मेरा सामान बँधवा दे।''

केतकी सिर हिलाते वहाँ से चली गई। जन्नत, मन्दा, रसीली धीरे-धीरे बा और आतिश के पास आ खड़ी हो गईं। केतन और आयशा दूसरी तरफ़ हठी बच्चों की तरह तने हुए खड़े थे।

मेहुल घबराया-सा दोनों तरफ़ देखे जा रहा था। वह धीरे से पारुल से बोला, ''पारुल, तू रोक न बा को! पप्पा के बाद अब बा भी चली जाएँगी तो यह घर, घर जैसा लगेगा ही नहीं।''

कुछ ही देर में दयाभाई दो बैग खींचते हुए ले आए! पीछे-पीछे केतकी आकर पहले मन्दिर की तरफ़ गई, माथा टेका, फिर चाबी का गुच्छा पारुल को देते हुए बोली, ''यह तेरे पप्पा और बा के कमरे की चाबियाँ हैं, हम सिर्फ चार जोड़ी कपड़े ही लेकर जा रहे हैं। तुम्हारे पप्पा, मेरा और बा का सारा सामान इन्हीं कमरों में है जो तुम्हारे हिस्से में आए हैं। अब इसे चाहे रखो, चाहे निकाल फेंको, तुम्हारी मर्जी।''

यह सुनकर मेहुल घबरा के अपनी माँ के पास आकर बोला, ''ऐसा क्यों बोल रही हो माँ? तुम कहाँ जा रही हो?''

अब बा भी हैरानी में बोलीं, ''हाँ, केतकी व्हऊ, तू कहाँ जा रही है?''

केतकी सहज भाव से बोली, ''बा, आपके सिवाय अब दुनिया में मेरा है ही कौन?'' फिर आतिश को देखते बोली, ''आतिश भाई, क्या आप अपनी माँ के साथ इस भाभी को अपने घर में एक कोना दे सकोगे?''

यह सुन आतिश अपने आँसू नहीं रोक पाए। वह बा को कन्धे से थामे, दरवाज़े की ओर बढ़ते बोले, ''चाल केतकी।''

सभी दरवाज़े की तरफ़ बढ़ गए। मेहुल उन्हें जाते हुए देख रहा था, अचानक ही जैसे उसे दौरा-सा पड़ा, वह रोते-रोते केतकी की तरफ़ भागा और कसकर लिपटते हुए बोला, ''तू कहीं नहीं जाएगी माँ, कहीं नहीं! मैं तेरे बगैर नहीं रह सकता—बिलकुल नहीं!''

और वह कसकर केतकी का हाथ पकड़कर उसे खींचकर वापस ले जाने की

कोशिश करने लगा लेकिन केतकी ने धीरे से हाथ छुड़ाकर मेहुल के दोनों हाथ थाम, उसकी हथेलियाँ चूमीं और उसके आँसू पोंछते हुए बोली, "मेहुल दीकरा, तेरे पास पारुल है, क्या बा के पास तेरी माँ को नहीं होना चाहिए? दीकरा, भले ही बा यहाँ से जा रही हैं, पर उन्हें मेरी जरूरत है और मुझे उनकी...चाल, अब रोना बन्द कर। मेहुल, हवे तू पप्पा बनी गयो छे...तुझे ओजस को भी तो देखना है और वैसे भी हम आतिश काका के घर में ही तो हैं, जब तुम लोगों का मन हो, आकर मिल जाना।" यह कहकर उसने पारुल के सिर पर अपना हाथ रखा और पास में खड़ी रेवतीबेन से कहा, "रेवतीबेन, बचपन से तुमने ही मेरे मेहुल को सँभाला है, आगे भी तुम और दयाभाई मेरे बच्चों का खयाल रखना...फोन पर हाल-चाल देती रहना।"

पारुल ने झुककर केतकी के पैर छुए और केतकी रसीली, मन्दा और जन्नत के साथ बाहर निकल गई।

27

वकार की बड़ी गाड़ी में ड्राइवर के पास आतिश, बीच की सीट पर बा को सँभाले केतकी और रसीली, पीछे मन्दा और जन्नत बैठी थीं। सभी गहरे सन्नाटे में थे। कब गाड़ी वरली से खार पहुँचकर सचिन के घर के बाहर रुकी, पता ही न चला। उतरते समय मन्दा ने बा से बस इतना ही कहा, "बा, चलती हूँ, जल्दी ही आपके पास आऊँगी।" यह कहकर मन्दा उतर गई।

गाड़ी मुड़कर फिर आगे सान्ताक्रुज़ की तरफ़ बढ़ गई, और आतिश का घर आते ही रसीली जल्दी से उतरकर घर की तरफ़ जाते हुए धीरे से बोली, "संजू के पप्पा, मैं घर खोलती हूँ, आप बा को सँभालकर अन्दर ले आओ।"

यहाँ एक बार सभी गाड़ी से नीचे उतरे। ड्राइवर सामान उतारकर अन्दर ले गया। आतिश बा को सहारा देकर ले जाने लगे।

जन्नत केतकी का हाथ पकड़कर बोली, "भाभी, आज जो हुआ, वह कभी सोचा तक न था। हम भी एक माँ हैं, हम तो अन्दर तक हिल गए। हिम्मत बनाए रखिएगा और याद रखिएगा कि आतिश भाईजान और रसीली भाभी तो हैं ही, हम और मन्दा भाभी भी आपके आजू-बाजू ही हैं। फोन की एक घंटी दी नहीं कि हम हाजिर!"

केतकी सिर्फ़ 'हाँ' में सिर हिलाकर आगे बढ़ गई। ड्राइवर भी सामान छोड़कर आ चुका था। गाड़ी अब हाइवे पर जोगेश्वरी पहुँचने के लिए दौड़ पड़ी।

वकार ने भले ही 'सांधवी विला' जाने से इनकार कर दिया हो, लेकिन सुबह से ही यह बात मन-ही-मन उन्हें खाए जा रही थी कि उन्हें न देखकर बा को

कितनी तक़लीफ पहुँची होगी! वह ख़ुद को ही कोसे जा रहे थे कि केशू मियाँ नहीं रहे तो अब क्या बा से भी उनके रिश्ते कमज़ोर पड़ जाएँगे? वह ख़ुद पर झल्लाए, ''तुझ पर लानत है वकार अहमद...!''

वकार कमरे में चहलक़दमी करते हुए कुड़कुड़ाए जा रहे थे कि तभी दरवाज़े की घंटी बजी। उन्होंने आगे बढ़कर फ़ौरन ही दरवाज़ा खोला। जन्नत चुपचाप अन्दर आकर अपने कमरे में जाने लगी तो यह देखकर वकार हैरानी में बोले, ''अरे ओ बेगम साहिबा, यूँ मुँह सीये हुए कहाँ चली जा रही हैं... ?''

जन्नत ने ठिठकते हुए और मन-ही-मन सब-कुछ बताने के लिए ख़ुद को तैयार किया, फिर जैसे ही वकार की तरफ़ पलटी तो उसका राख़ हो आया चेहरा देखकर सहमे से वकार ने पूछा, ''तुम ठीक तो हो न जन्नत?''

जन्नत टूटे पेड़-सी वकार से लिपटकर रोने लगी...। वकार के जैसे होश उड़ गए, वह उसे झिंझोड़ते हुए बोले, ''क्या हुआ? ऐसे रो क्यों रही हो? कुछ तो बोलो?''

वह जन्नत को सोफ़ा तक ले गए, ख़ुद भी वहीं बैठ गए। कुछ पल रुककर जन्नत ने सारी बातें बतलाईं। सुनकर वकार जैसे आसमान से ज़मीन पर आ गिरे हों। जैसे उन्हें यक़ीन ही न आ रहा हो कि कल का लौंडा केतन इस हद तक गिर सकता है! वकार अपने आँसू नहीं रोक पाए।

फिर ऊपर देखते हुए बोले, ''देख रहे हो केशू मियाँ, जिस माँ को तुम लम्हे भर के लिए भी पलकों से नीचे नहीं उतारते थे, उन्हें ही आज तुम्हारे अपने खून ने घर से बेघर कर दिया।'' वह फिर से कमरे में तेज़ी से टहलते हुए बड़बड़ाने लगे, ''मैं बा को यहाँ ले आऊँगा...यह भी तो बा का घर है...मैं कल ही आतिश भाई के घर जाऊँगा और उनसे कहूँगा कि पहले बा का एक घर था लेकिन अब तीन हो गए हैं...फिर भी, सचिन की सचिन जानें, लेकिन मैं तो बा को यहाँ जरूर लेकर आऊँगा।''

बृजभूषण और शान्तनु चेम्बर में बैठे किसी केस पर बातचीत में व्यस्त थे। डिनर हो चुका था। नन्दिनी किचन में जॉन के साथ मिलकर खाने का बचा हुआ सामान फ्रिज़ में रख रही थी, तभी उसका मोबाइल बजा। उसने देखा, फ़ोन उसकी माँ का था। वह मोबाइल लेकर अपने कमरे में चली गई, ''हाँ, मम्मी,'' और बस फिर वह सिर्फ़ सुने जा रही थी...आँखें अविश्वास में फटी जा रही थीं...आँसू बह निकले।

दूसरी तरफ़ फ़ोन पर रोते हुए रसीली कहे जा रही थी, ''आज मुझे मालूम पड़ा कि सारी जिन्दगी मैं जिस दीकरे नाम की चीज के लिए तरसती रही, वह तो अपने होते ही नहीं हैं।''

नन्दिनी ने उसे किसी तरह समझा के चुप होने के लिए कहा, साथ ही यह भी

कि वह और शान्तनु कल घर आएँगे। नन्दिनी ने अपनी माँ को तो समझा दिया, लेकिन ख़ुद उसके पाँवों तले से जैसे ज़मीन ही खिसक गई थी!

तभी बी.बी. की आवाज़ सुनकर नन्दिनी चेम्बर में गई। उसे देखकर बी.बी. ने कहा, "नन्दिनी बेटा, तुम्हारे हजबेंड को एक केस के सिलसिले में बातचीत करने के लिए मैंने ही रोक लिया था...सॉरी बेटा!"

नन्दिनी चाहकर भी मुस्कुरा नहीं पा रही थी। बस, धीरे से बोली, "कोई बात नहीं डैड!"

उसका बुझा हुआ चेहरा और टूटी-सी आवाज़ सुनकर बाप-बेटे दोनों ही उसे ग़ौर से देखने लगे। बृजभूषण से रहा नहीं गया तो उन्होंने पूछा, "आर यू ऑल राइट बेटा?"

इतना सुनते ही नन्दिनी के रुके हुए आँसू अब पूरी तरह बह निकले। बाप-बेटे दोनों ही घबरा के उठ खड़े हुए, तेज़ी से आगे बढ़कर शान्तनु ने पूछा "क्या बात है नन्दिनी?"

बृजभूषण भी पास आ गए। दोनों के बार-बार पूछने पर नन्दिनी ने वे सारी बातें बताईं जो अभी उसे अपनी माँ से पता चली थीं।

बी.बी. बहुत दुखी होकर बोले, "बच्चे अचानक इतने बदल कैसे जाते हैं? केशू भाई के सदमे से बा और केतकी भाभी अभी उबर भी नहीं पाई थीं कि दूसरी इतनी बड़ी चोट खा बैठीं।" नन्दिनी के सिर पर हाथ फिराते बोले, "केतकी भाभी के लिए तुम क्या हो, यह मैं अच्छी तरह से जानता हूँ, इसलिए बेटा, फिलहाल इस घर की चिन्ता छोड़कर उस घर की तरफ ध्यान दो...शान्तनु और मैं हमेशा तुम्हारे साथ हैं।"

नन्दिनी ने आँखें पोंछते आश्वस्त होकर 'हाँ' में सिर हिलाया।

सचिन रात को सो नहीं पा रहे थे, करवटें बदले जा रहे थे। मन्दा जिसकी अभी-अभी आँख लगी थी, उनकी बेचैनी महसूस करते लाइट जलाकर बोली, "काय झाला? तब्यत बरोबर नहीं लग रही क्या?"

सचिन तकिए के सहारे बैठकर बोले, "समय बदलने की बात कब से सुनता आ रहा था लेकिन समय क्या ऐसे भी बदलता है कि उसकी सूरत तक न पहचानी जा सके? केशू भाई के संसार को इस तरह बिखरना था?"

मन्दा पास ही बैठ गई और उनका हाथ पकड़कर भरी आवाज़ में बोली, "हाँ, हमारा घर तो उन्होंने ठीक कर दिया, हमारे नितिन को दोबारा हमसे मिला दिया लेकिन उनका अपना घर?"

"केशू ने न जाने कितनी बार हमारी मदद की है, लेकिन समझ में नहीं आता कि इस कठिन समय में मैं कैसे केतकी भाभी की मदद करूँ? यह बात भी मन में

इसलिए आती है कि आतिश में हिम्मत तो बहुत है, वह बा को अपने घर ले तो आया लेकिन फिलहाल उसके पास खुद अपने लिए ही आमदनी का कोई जरिया नहीं है।'' यह कहकर सचिन सोच में पड़ गए।

मन्दा बोली, ''हाँ, मुझे भी यह चिन्ता है। शाम को जब नितिन को पता चला, तो वह भी बड़ा चिन्तित हो उठा, लेकिन उसने तुरन्त यह भी कहा कि 'आई, नई कम्पनी में बहुत अच्छी नौकरी लग चुकी है, अगले हफ्ते पहली तनख़्वाह मिल जाएगी, तो मैं आतिश काका की अधिक-से-अधिक सहायता करूँगा।' ''

''आतिश और सहायता? बड़ी लम्बी नाकवाला है आतिश पटेल।''

''आप चिन्ता क्यों करते हैं? जब नितिन जवाबदारी लेना चाहता है तो खुद ही कोई रास्ता निकालेगा...चला आता झोपा।''

इधर वकार जो रात को ठीक से सो नहीं पाए, तड़के ही उठ बैठे और जन्नत से बोले, ''जन्नत, तैयार हो जाओ, बा के पास जाना है।''

जन्नत हड़बड़ाई-सी उठते हुए बोली, ''हाँ, ठीक है पर अभी? देखिए, हमारी एक बात ध्यान से सुनिए, हम लोग 'सांधवी विला' नहीं, आतिश भाई साहब के यहाँ जा रहे हैं, इसलिए दोपहर का खाना खाकर ही जाएँगे—समझ रहे हैं न आप मेरी बात... ?''

वकार ने 'हाँ' में सिर हिलाते हुए सचिन को फ़ोन पर कहा, ''आपको सारी बात मालूम ही होगी...''

दूसरी ओर से सचिन बोले, ''हाँ, मैं और मन्दा शाम को आतिश भाई के घर पहुँच रहे हैं।''

''यही तो हम कहनेवाले थे। चलिए, तो ठीक है, फिर शाम को आतिश भाईजान के घर पर ही मिलते हैं,'' कहकर वकार ने फ़ोन रख दिया।

28

शाम को आतिश के घर में सभी मित्र एकत्रित हुए। वकार यह तय करके ही आए थे कि मायूसी की कोई बात नहीं की जाएगी, इसलिए सभी नाटक करते हुए सामान्य दिखने की कोशिश कर रहे थे। कल से लेकर आज तक जो कठिन समय बीता था, उसकी छाया भी किसी के चेहरे पर नहीं आ पा रही थी, यहाँ तक कि बा और केतकी भी सभी से सहज भाव से बातें कर रही थीं। घड़ी में पाँच बजते देख वकार चिल्लाकर बोले, ''अरे भई, चाय कहाँ है?''

पलभर के लिए केतकी के मुँह पर विषाद की गहरी लकीरें उभरीं, किन्तु उसने फ़ौरन ही उन्हें पोंछ डाला और उठते हुए बोली, "रसीली भाभी, चाय मैं बनाती हूँ।"

केतकी के उठते ही जन्नत, मन्दा, रसीली—तीनों ही उसके पीछे-पीछे रसोई में चली गईं। चाय तैयार हो रही थी कि इसी बीच जन्नत और मन्दा अपने हाथ में पकड़ी थैली में से नाश्ते का सामान निकालकर प्लेटों में लगाने लगीं।

रसीली बोली, वह अभी आलू के पापड़ तल देगी, लेकिन दोनों ने यह कहकर रोक दिया कि पापड़ कभी और...।

बहुएँ चाय-नाश्ता बाहर ले जाने को थीं कि तभी दरवाज़े की घंटी बजी। आतिश ने दरवाज़ा खोला—सामने नन्दिनी और शान्तनु खड़े थे। दोनों ने झुककर उनके पाँव छुए। बा उन्हें देखते ही खिल उठीं और उनसे भी ज़्यादा केतकी, जो चाय की ट्रे लेकर हॉल में आ रही थी। वह तुरन्त ट्रे टेबल पर रखकर दौड़कर नन्दिनी के गले लग गई। नन्दिनी अपनी रुलाई नहीं रोक पाई और हिलक-हिलककर रोने लगी।

केतकी उसे लेकर अन्दर कमरे में गई, उसे बेड पर बिठाकर ख़ुद भी बैठ गई और उसके आँसू पोंछते हुए प्यार से बोली, "दीकरा, तेरे काका क्या कहते थे—जो मन का हो, अच्छा; न हो तो वह और भी अच्छा...। दीकरा, मैंने छोटी आयु में ही अपने माता-पिता को खोया और अब पति को, लेकिन ठाकुर जी में मेरा पहले भी अटूट विश्वास था और आज भी है। आ माटे बोलूँ छूँ, तू पण शान्त थई जा। चल, चाय पीते हैं।" और वह नन्दिनी को लेकर हॉल में आई, जहाँ सब बैठे थे।

चाय-नाश्ता आया, किसी को कानोंकान ख़बर नहीं पड़ी कि कौन-सी चीज़ कहाँ से आई।

वकार चाय की चुस्की लेते हुए बोले, "वाह! भाभी, आज बहुत सालों बाद आपके हाथ की बनी चाय पीने को मिली।"

सभी एक-दूसरे को झुठलाते हुए नाश्ते में लगे हुए थे कि तभी बा पर आतिश की नज़र पड़ी जो अचानक ही गम्भीर हो गई थीं। आतिश चिन्तित-सा उनके पास जाकर बोला, "बा, तमे ठीक छो न?"

बा उसे देखते हुए बोलीं, "हाँ, बस, एक वात छे जे वारे-वारे मन माँ उठे छे।"

अब सभी बा को ग़ौर से देखने लगे। सबको देखते हुए बा बोलीं, "अभी जो हमारे घर में हुआ, वह तो उन खबरों के आगे कुछ भी नहीं जो आए-दिन देखती-सुनती रहती थी। यही सब सोचके एक दिन मैंने केशू से कहा कि 'ठाकुर जी तेरी हजारी उमर करें, फिर भी तू एक ऐसी वसीयत बनवाकर रख ले जिसमें मेरी केतकी व्हऊ के जीते-जी तेरा कारोबार और जायदाद सब-कुछ उसी के नाम हो और उसके बाद तेरे बच्चों का...बात आई-गई हो गई, लेकिन उस रात जब केशू विदेश जा रहा था तो, दरवाजे तक पहुँचकर अचानक पलटा और बोला—बा, तूने जैसा मुझसे बोला था, वह सब मैंने कर दिया है।'" यह कहते-कहते बा का गला भर आया।

वह हिम्मत जुटाकर बोलीं, "मुझे क्या खबर थी कि जो बात अचानक मेरे मुँह से निकली, वह यूँ ही सच हो जाएगी!" पलभर रुककर फिर बोलीं, "कल रमणीक जवेरी ने वसीयतनामा पढ़ा तो मैं धक्क रह गई! क्योंकि मजाक में भी मेरे केशू ने मुझसे कभी झूठ नहीं बोला, फिर इतना बड़ा झूठ...कैसे?"

बा की यह बात सभी के मन में जैसे बार-बार गूँज रही थी। नन्दिनी ने अर्थपूर्ण दृष्टि से शान्तनु को देखा जिसकी आँखों में गहरा संशय था। इस बात को किसी ने कुरेदा तो नहीं लेकिन सब-के-सब अगले दिन आने का कहकर इस बात को साथ लिये ही वहाँ से चले गए।

अपने पिता के घर से भले ही नन्दिनी अपने घर आ चुकी थी, लेकिन उसका मन वहीं छूट गया था। उसने कल्पना भी नहीं की थी कि बा और केतकी काकी को कभी इतनी मजबूरी में उसके पिता के घर आकर रहना होगा। उसे यह चिन्ता भी थी कि उसके पापा बहुत अधिक स्वाभिमानी हैं, इसलिए किसी की सहायता कदापि स्वीकार नहीं करेंगे, तो फिर घर कैसे चलेगा?...मैं ऐसा क्या करूँ कि परेशानी की इस घड़ी में अपनों के काम आ सकूँ?

यहाँ नन्दिनी इस ऊहापोह में उलझी हुई थी, तो उधर अपने डैड के कमरे में शान्तनु उनके साथ गम्भीर वार्तालाप में लीन था। वह बोला, "डैड, बा का अपने बेटे पर इतना दृढ़ विश्वास देखकर मन में यह वहम आना तो स्वाभाविक ही है कि क्या केशू अंकल की विल के साथ कोई छेड़छाड़ भी कर सकता है?"

बी.बी. बोले, "बिलकुल कर सकता है। अगर उन्होंने अपनी विल का रजिस्ट्रेशन नहीं करवाया होगा तो यह काम ज्यादा मुश्किल नहीं है। आज से लगभग बीस साल पहले रूइया फेमिली का ऐसा ही एक केस मैं फाइट कर चुका हूँ और जीत भी चुका हूँ। पर जब तक हाथ में कोई पुख्ता सबूत न हो, हम इस बात को तूल भी नहीं दे सकते।"

फिर कुछ सोचते हुए शान्तनु बोला, "यह रमणीक जवेरी केशू अंकल का काम कब से देख रहा है?"

"कुछ दस-बारह साल से। उससे पहले तो मैं ही 'सांधवी डायमंड्स' का लीगल एडवाइजर था, फिर बतौर जज मेरा प्रमोशन हो गया तो मुझे सारे क्लाइंट छोड़ने पड़े।"

"लेकिन डैड, अब तो आप रिटायर हो चुके हैं, अगर जरूरत पड़ी तो आप मेरे साथ खड़े होंगे न?"

बृजभूषण हँसते हुए उससे हाथ मिलाकर बोले, "व्हाय नॉट...श्योर!"

बा की वसीयतवाली बात ने सिर्फ़ शान्तनु के मन में ही प्रश्न खड़े नहीं किए थे, सचिन, वकार, आतिश—यहाँ तक कि केतकी के मन में भी रह-रहकर काँटा-सा खटकने लगा। क्या उसके बच्चे ऐसा कुछ कर सकते हैं? लेकिन उसने मुँह से यह बात बाहर नहीं आने दी, हालाँकि वह चाहती थी, बा से इस बारे में कुछ और बात करे, लेकिन वह चुप रह गई।

वकार और सचिन ने भी फ़ोन पर इस बारे में काफ़ी देर तक बातचीत की। इन दोनों को भी इस बात का पक्का भरोसा था कि केशू झूठ से नफ़रत करता था, फिर बा से उसने इतना बड़ा झूठ क्यों बोला?

सभी के मन में यह प्रश्न घूम रहा था, लेकिन उत्तर मिलना असम्भव-सा ही था।

29

बा और केतकी को 'सांधवी विला' से गए पन्द्रह-बीस दिन हो चुके थे। मेहुल, पारुल, ओजस, केतन, आयशा और सभी नौकर-चाकर पहले की तरह ही घर में थे, लेकिन सिर्फ़ दो जनों के न होने से घर जैसे ख़ाली पड़ गया था। मेहुल अपनी माँ की कमी सबसे ज़्यादा महसूस कर रहा था।

एक दिन पारुल के यह कहने पर कि वह सोच रही है, पप्पा और बा के कमरे की सफ़ाई करवा दे, कब से बन्द पड़ा है, इस पर मेहुल बोला, ''बिलकुल नहीं। माँ, पप्पा और बा के कमरों में हम हाथ भी नहीं लगाएँगे।''

''हाँ, पर जब आयशा अपना पोर्शन बनवा लेगी तब तो...''

मेहुल उसकी बात काटते बोला, ''तब भी नहीं। वह माँ-पप्पा का कमरा है, माँ जब आएगी तो वही खोलेगी।''

''यह तो अच्छी बात है लेकिन तब तक हम और ओजस कहाँ रहेंगे?''

भरे गले से मेहुल बोला, ''गेस्ट रूम में। लेकिन याद रखना, भले ही माँ रूम्स की चाबियाँ दे गई हैं लेकिन कोई उन्हें नहीं खोलेगा।''

अपनी बिल्डिंग के कम्पाउंड में आतिश बा को धीरे-धीरे टहलवा रहा था, तभी उसका मोबाइल बजा। वह हैलो कहें, उससे पहले ही दूसरी तरफ़ से आवाज़ आई, ''आप आतिश काका बोल रहे हैं न?''

बा से थोड़ा अलग जाकर आतिश बोले, ''हाँ, आप कौन?''

''काका, मैं आलोक बोल रहा हूँ—आपके शो-रूम के सेल्समैन जनार्दन का दीकरा, याद आया?''

"हाँ-हाँ, याद क्यों नहीं आएगा? मैं, केशू और हमारे परिवार तेरे लगन में आए थे न...कैसा है रे तू?"

"आपकी कृपा है काका! फैमिली तो मुम्बई में ही है, और मैं तो छह-छह महीना शिप पर ही रहता हूँ...अपने परिवार के साथ आपको और केशू काका को खूब याद करता हूँ। हम नेवीवाले इतने लम्बे-लम्बे समय तक अपनों से दूर रहते हैं, इसलिए अपने साथ फोटो अलबम रखते हैं और तस्वीरों में ही अपने परिजनों को देखकर मन भर लेते हैं। अरे आतिश काका, एक फोटो तो मैं हमेशा अपने वॉलेट में रखता हूँ। मेरे लगन में आप सब आए थे न—आप, केशू काका और मेरे मम्मी-पप्पा...आप सभी के साथ मेरी और सुजाता की फोटो है। केशू काका कैसे हैं?"

आतिश जो आलोक की बातों में खो से गए थे, इस प्रश्न से हल्के से चौंककर बोले, "वह...लगभग तीन महीना पहले एक एरोप्लेन दुर्घटना में केशू नहीं रहा।"

"क्या? यह आप क्या कह रहे हैं?"

गहरी साँस छोड़ते आतिश बोले, "हाँ, दीकरा, यही सच है।"

कुछ पल की ख़ामोशी के बाद आलोक की आवाज़ फिर आई, "कहाँ हुआ था यह हादसा? मतलब, प्लेन क्रैश कहाँ हुआ था?"

"एअरपोर्ट अधिकारियों ने हमें बताया था, हवाई जहाज का इंजन फेल होने के कारण जहाज पोर्ट ब्लेयर के पास कहीं गिर के डूब गया। एक सौ बीस यात्रियों में से एक सौ अट्ठारह शव तो ढूँढ़ लिये गए थे, जिनमें केशू का शव नहीं था। चल दीकरा, इस बार जब तू बम्बई आए तो मिलना...रखता हूँ।"

"एक मिनट आतिश काका...आपको कुछ इम्पॉर्टेंट बात बतानी थी, वो...मेरा शिप पोर्ट ब्लेयर पर रुका, इसी बीच मेरे एक साथी के पैर में गहरी चोट लग गई, तो मेरे ऑफिसर ने मुझे उसे पोर्ट ब्लेयर हॉस्पिटल ले जाने के लिए कहा। उसे वहाँ एडमिट करवा के मैं निकल ही रहा था कि वहाँ एक आदमी को पीठ की तरफ से देखकर मेरे पाँव ठिठक गए। वह हॉस्पिटल के कपड़ों में हल्के से लँगड़ाते हुए वहाँ टहल रहा था। मैं जैसे उसकी तरफ खिंचने-सा लगा, पास जाकर जैसे ही कन्धे पर हाथ रखा, वह पलटा और उसे देखकर मेरे पाँवों तले की जमीन जैसे खिसक गई...वह केशू काका थे।"

इतना सुनते ही आतिश की साँसें तेज़-तेज़ चलने लगीं। वह चिल्लाकर बोले, "म्हारा साथे मजाक करे छे?"

"नहीं काका। ठाकुर जी नी सम, वह केशू काका ही हैं, लेकिन उनकी याददाश्त चली गई है। मुझे भी नहीं पहचाना। फिर आप सबकी फोटो दिखाई, उसमें भी किसी को नहीं पहचाना। मेरे पास आपका मोबाइल नम्बर था, इसलिए आपसे यह बात शेयर कर रहा हूँ। एक बार तो मैंने सोचा, उन्हें फ्लाइट से सीधे मुम्बई ले आऊँ, लेकिन पहली बात तो यह कि हॉस्पिटलवाले उन्हें छोड़ने को तैयार

नहीं हैं और दूसरी बात, अगर हो भी जाएँ, तो उन्हें लाने के लिए कोई आई. डी. प्रूफ जरूरी है।''

आतिश आलोक की बात सुनकर सिर से पाँव तक पसीने में नहा गए। उन्होंने जल्दी में इतना ही कहा, ''मैं तुझे बाद में फोन लगाता हूँ।''

बा तक पहुँचने की दस कदम की दूरी भी आतिश को मीलों जैसी लग रही थी। वह बा का हाथ थामकर बोले, ''चाल बा, अब घर चलकर आराम करते हैं।''

आतिश के क़दम आगे बढ़ रहे थे लेकिन ध्यान आलोक की बातों में पीछे ही छूट गया था।

नन्दिनी अपने घर की किचन में जॉन से कोई डिश बनाना सीख रही थी, ''जॉन अंकल, अभी तक जितना भी सीखा, केतकी काकी से सीखा। उन्हें नई-नई डिशेज बनाने और खिलाने का बहुत शौक है। आज आपसे भी कुछ नया सीख रही हूँ। पता नहीं, यहाँ सबको पसन्द आएगा भी या नहीं!''

''क्यों पसन्द नहीं आएगा बेबी, आप इतने प्यार से जो बना रही हैं!''

तभी डोरबेल बजी। 'मैं देखता हूँ' कहकर जॉन किचन से बाहर निकल गया। दरवाज़ा खोलने पर सामने आतिश को देख बड़ी इज़्ज़त से बोला, ''आइए सर, आइए!''

आतिश ने अन्दर क़दम रखते ही यहाँ-वहाँ देखकर पूछा, ''शान्तनु कोर्ट से आ गया?''

''जी सर, वह फ्रेश हो रहे हैं।''

''बी.बी. कहाँ हैं?''

''बड़े साब अपने रूम में हैं।''

इतना सुनते ही आतिश बृजभूषण के रूम की तरफ़ तेज़ी से चले गए। जॉन वापस किचन में चला गया। लेकिन वहाँ शान्तनु को नन्दिनी के पास खड़ा देख दरवाज़े पर ही ठिठक गया।

''क्या बना रही हैं आप स्वीट हार्ट?''

''फ्रेंच रोल्स।''

''अरे वाह! जॉन अंकल की शागिर्द बन गई हो क्या?''

तभी दोनों की नज़र जॉन पर पड़ी। नन्दिनी थोड़ा अलग हटते हुए बोली, ''कौन आया है अंकल?''

''आपके पापा।''

यह सुन शान्तनु और नन्दिनी दोनों के मुँह से एक साथ निकला, ''पापा?''

''जी, बाबा, वह बड़े साब के रूम में गए हैं।''

नन्दिनी और शान्तनु ने पलभर को एक-दूसरे की आँखों में देखा 'मैं देखता हूँ' कहकर शान्तनु तेज़ी से वहाँ से निकल गया।

नन्दिनी बुदबुदाई, "पापा इस वक्त? अचानक?"

बृजभूषण अपने कमरे में आतिश और शान्तनु के साथ गम्भीर मुद्रा में बैठे थे, तभी जॉन के साथ चाय-नाश्ता लिये नन्दिनी वहाँ आई। सबको इतना गुमसुम देखकर उसके दिल की धड़कनें बढ़ गईं, नहीं रहा गया तो पूछ बैठी, "पापा, सब ठीक तो है न?"

जवाब में बृजभूषण बोले, "बैठो बेटा! आतिश भाई को किसी से खबर मिली है कि उसने केशू भाई को पोर्ट ब्लेयर के हॉस्पिटल में देखा है।"

यह सुनते ही नन्दिनी का हाथ लगने से एक चम्मच खनखनाती नीचे गिरी, "क...क...केशू काका को...ये...कैसे?"

शान्तनु ने फ़ौरन उठकर नन्दिनी के पास आकर उसके कन्धे पर हाथ रखा और धीरे से थपथपाते हुए बोला, "कूल, कूल, अभी बहुत सारी बातें कन्फर्म करनी हैं और बहुत-सी प्रॉब्लम सॉल्व भी करनी हैं...केशू अंकल अपनी याददाश्त खो चुके हैं...हम लोग यही डिसकस कर रहे हैं कि कैसे उन्हें यहाँ लाया जा सकता है।"

"पर वह हैं कहाँ?"

"पोर्ट ब्लेयर में। तुम चिन्ता मत करो, हम कोई-न-कोई रास्ता निकालेंगे...और हाँ, चाय ठंडी हो गई होगी। प्लीज, जरा..."

'हाँ' में सिर हिलाते नन्दिनी चाय की केटली लेकर वहाँ से किचन की ओर चल दी।

बृजभूषण शान्तनु को देखते हुए बोले, "सबसे पहले तो हमें इंटरनेशनल एअरपोर्ट अथॉरिटीज से मिलकर ये सारी बातें उन्हें बतानी होंगी। फिर उनसे अनुरोध करना होगा कि वह केशू भाई को गुप्त रूप से मुम्बई तक लाने का इन्तज़ाम करवा दें।"

शान्तनु बोला, "हाँ, यह बहुत जरूरी है, क्योंकि इस विलवाली बात को लेकर बा के शक ने एक बहुत बड़ा सवाल खड़ा कर दिया है। हमारी पूरी कोशिश रहनी चाहिए कि जब तक अंकल की याददाश्त वापस नहीं आती, उन पर यहाँ किसी की नज़र न पड़े। वह एक जानी-पहचानी हस्ती हैं, अगर किसी ने देख लिया तो खबर उन तक पहुँच जाएगी जिन पर विल को लेकर हम शक कर रहे हैं। वैसे भी डैड, एक बार अगर यह केस फाइल हो गया, तो फिर तो विल बदलने के जुर्म में केतन सांधवी और रमणीक जवेरी, दोनों को ही सेक्शन 467 के तहत दस-दस साल के लिए सलाखों के पीछे जाना होगा।"

"हाँ, और इस जुर्म में कोई माफीनामा भी नहीं डाला जा सकता। बस, अब तो सारा दारोमदार केशू भाई की याददाश्त वापस आने पर ही है।"

तभी नन्दिनी चाय लेकर आई और शान्तनु ने यह कहकर बात ख़त्म की कि "पापा, आप सुबह तैयार रहिएगा, हम एअरपोर्ट चलेंगे।"

30

अगली सुबह आतिश शान्तनु के साथ गाड़ी में इंटरनेशनल एअरपोर्ट की तरफ़ जा रहे थे। शान्तनु के कहने पर आतिश ने आलोक को फ़ोन लगाकर बताया कि वह शान्तनु के साथ हवाई अड्डे के अधिकारियों से बात करने जा रहे हैं। उनसे बातचीत करके अगर ज़रूरी हुआ तो वीडियो कॉन्फ्रेंसिंग के माध्यम से वह उन्हें केशू को दिखा दे और डॉक्टर से बात भी करवा दे। वे बस पहुँचने ही वाले हैं, वह तैयार रहे।

एअरपोर्ट पहुँचकर शान्तनु ने दुर्घटनाग्रस्त विमान का हवाला देते हुए इनक्वायरी पर पूछा कि उन्हें इस बारे में कुछ जानकारी लेने के लिए किससे मिलना होगा? अधिकारी का नाम मिस्टर महाजन बताया गया और यह भी कि उनका कमरा पहली मंज़िल पर है।

वहाँ पहुँचकर शान्तनु दरवाज़े पर नॉक करके आतिश के साथ अन्दर जाकर बोला, "एक्सक्यूज मी सर..."

"यस?"

"सर, आपसे तीन महीने पहले छब्बीस नवम्बर को मुम्बई से हांगकांग जानेवाले प्लेन क्रैश के बारे में बात करनी थी, जो पोर्ट ब्लेयर के पास कहीं समुद्र में डूब गया था।"

"देखिए, अगर आप यह पूछने आए हैं कि जो दो बॉडीज हमें नहीं मिली थीं, क्या उनका कोई पता लगा...बट सॉरी टू से..."

उस ऑफ़िसर की बात काटते हुए शान्तनु बोला, "डोंट बी सॉरी सर, क्योंकि उन दो में से एक पैसेंजर सिर्फ बॉडी नहीं है, वह जीवित है।"

यह सुनते ही ऑफ़िसर ने बुरी तरह चौंक के उठ खड़े होते हुए कहा, "क्या?"

"जी सर! मिस्टर केशू भाई सांधवी को एक स्थानीय मछुवारे ने किसी चट्टान पर पड़े देखा जो बुरी तरह घायल तो थे लेकिन साँसें चल रही थीं। उसने उन्हें उठाकर पोर्ट ब्लेयर हॉस्पिटल में छोड़ दिया...अब वह पूरी तरह से स्वस्थ तो हैं लेकिन उनकी मेमोरी जा चुकी है। हमारा एक रिलेटिव जो नेवी में है, अपने किसी साथी को हॉस्पिटल लेकर गया था और वहाँ केशू भाई को देखकर चौंक गया। उसी रिलेटिव ने इस बात की जानकारी इन्हें—मेरे फादर इन लॉ आतिश पटेल जी को टेलीफोन पर दी है। वह तो उन्हें यहाँ लाना चाहता था, लेकिन सबसे बड़ी दिक्कत यह है कि केशू अंकल के पास उनका कोई आई.डी. प्रूफ होना तो दूर की बात, वह तो अपना नाम तक नहीं बता सकते।"

अब आतिश ऑफ़िसर को केशू की अनेक तस्वीरें दिखाते बोले, "यह देखिए, केशू भाई सांधवी जो छब्बीस नवम्बर की रात मुम्बई से चेन्नई होते हुए हांगकांग जानेवाली फ्लाइट में चढ़े थे और फिर आधी रात को ही आपके यहाँ से इस हादसे की खबर घर पर दी गई थी। फिर अगली शाम तक आपने पक्के तौर पर यह बता दिया था कि यह अब जीवित नहीं रहे।"

ऑफ़िसर ग़ौर से फ़ोटो को देखते हुए बोला, "हाँ, यह तो 'सांधवी डायमंड्स' वाले केशू भाई सांधवी हैं...इनको तो अच्छी तरह पहचानता हूँ मैं...बहुत दुःख हुआ था इनके बारे में जानकर।"

आतिश ने शान्तनु से अपने फ़ोन पर आलोक का नम्बर लगाने को कहा और...कुछ ही पलों में शान्तनु के टेबलेट स्क्रीन पर पोर्ट ब्लेयर हॉस्पिटल का वीडियो आ गया, जहाँ बेड पर बैठे केशू भाई स्पष्ट नज़र आए। केशू भाई को स्क्रीन पर देखकर आतिश अपने आँसू नहीं रोक पाए।

शान्तनु ने उनकी पीठ पर हाथ रख उन्हें शान्त किया फिर ऑफ़िसर से कहा, "पहचाना आपने इन्हें?"

"बिलकुल... बिलकुल...यह तो मिस्टर केशू भाई सांधवी ही हैं! समझ में नहीं आता, हमारे गोताखोरों के हाथ यह कैसे नहीं लगे?"

अब शान्तनु फ़ोन पर आलोक से बोला, "आलोक, तुम मुझे, पापा और एअरपोर्ट ऑफिसर मिस्टर महाजन को देख पा रहे हो?"

आलोक की आवाज़ आई, "जी...जय श्रीकृष्णा आतिश काका...मिस्टर महाजन...प्लीज, आप केशू काका को मुम्बई लाने में मेरी सहायता करिए!"

"बिलकुल... बिलकुल...मैं सब समझ गया...अच्छा, आप जरा मेरी डॉक्टर से बात करवा दो तो मैं उन्हें भी सारी बातें एक्सप्लेन किए देता हूँ।"

सारी बातें स्पष्ट होने के साथ ही केशू भाई सांधवी के आलोक के साथ मुम्बई आने का रास्ता साफ़ हो गया।

ऑफ़िसर आलोक से बोला, "मिस्टर आलोक, मैं आपका नम्बर सेव कर रहा हूँ और जल्दी ही सारे इन्तजाम हो जाने पर आपको इन्फॉर्म करूँगा।"

शान्तनु ने फ़ोन बन्द किया। आतिश मिस्टर महाजन के दोनों हाथ पकड़कर लगभग सुबकते हुए इतना ही कह पाए, "बहुत-बहुत धन्यवाद...बस, आपसे एक अनुरोध और है, केशू को मुम्बई लाने की व्यवस्था किसी ऐसी फ्लाइट से करें, जो देर रात को आती हो।"

इतना सुनते ही महाजन थोड़ा संशय में पड़ गए, यह देख शान्तनु ने कहा, "सर, यह बहुत जरूरी है। देखिए, मैं मिस्टर सांधवी का रिश्तेदार होने के साथ ही एक लॉयर भी हूँ। उनकी विल से जुड़े कुछ ऐसे मैटर्स हैं जो हमें जान-बूझकर उलझाए हुए लग रहे हैं और वह तभी सुलझ पाएँगे जब मिस्टर सांधवी की

याददाश्त लौट आएगी और हम नहीं चाहेंगे कि किसी को भी उनके जीवित होने की खबर मिले।''

''ओह माई गॉड! अगर ऐसी बात है, फिर तो हमें उन्हें चार्टर्ड प्लेन से यहाँ लाना पड़ेगा। उसके बाद उनकी सुरक्षा की जिम्मेदारी आपकी। ठीक है मिस्टर शान्तनु, आप अपना मोबाइल नम्बर मुझे दे दीजिए। मिस्टर सांधवी को मुम्बई कब और किस फ्लाइट से लाया जाएगा, यह मैं आपको इन्फॉर्म कर दूँगा।''

घर लौटते समय शान्तनु और आतिश दोनों ही गाड़ी में अपनी-अपनी सोच में डूबे हुए थे। आतिश की आँखों के सामने केशू की अभी-अभी देखी छवि घूम रही थी। बड़ी मुश्किल से वह अपने आँसू रोक पाए कि तभी अचानक शान्तनु बोला, ''पापा...''

आतिश का ध्यान टूटा और उन्होंने चौंककर उसे देखा।

शान्तनु बोला, ''पापा, मैं सोच रहा था, केशू अंकल को फिलहाल आपके घर में ले जाना ठीक नहीं होगा, क्योंकि वह शरीर से एकदम स्वस्थ हैं, बस, याददाश्त ही नहीं है। याददाश्त कब लौटेगी, कुछ कहा नहीं जा सकता। ऐसे में उन्हें चौबीसों घंटे फ्लैट में रोक के रखना मुश्किल होगा। ऐसा करते हैं, एअरपोर्ट से उन्हें कहीं और ही ले जाते हैं।''

''हाँ, तो ठीक है, पनवेल में केशू का फार्म हाउस है, स्टाफ भी है, वहाँ ले चलते हैं...''

''यही तो दिक्कत है पापा, कि वहाँ उनका स्टाफ है, जो उन्हें जानता है। उनके आने की खबर बाहर निकलने में देर नहीं लगेगी। ऐसा करते हैं, डैड के लोनावाला के बँगले में उन्हें ले चलते हैं। डैड कभी-कभी वहाँ जाते रहते हैं इसलिए वॉचमैन के साथ ही एक सर्वेंट भी वहाँ रखा हुआ है। बड़ी जगह है, हॉल है, चार रूम हैं—कोई परेशानी नहीं होगी।''

बात सही जानकर आतिश ने 'हाँ' में सिर हिलाया।

बा और केतकी के जाने के बाद से पारुल का मन बँगले में नहीं लग रहा था। दिन में कई बार वह फ़ोन मिलाकर उन लोगों से बात कर लेती। केतकी को ओजस और मेहुल, दोनों की बहुत याद आती। वह पारुल और रेवतीबेन को उनके बारे में प्राय: हिदायतें तो देती रहती, किन्तु आज उसने विशेष प्रयोजन से रेवती को फ़ोन लगाया था।

रेवती के फ़ोन उठाने पर घर के हाल-चाल लेने के बाद केतकी उससे बोली, ''ओजस को छठा महीना लग चुका है, उसका अन्नप्राशन भी करना है। मैं यह जानती हूँ कि मेहुल के पप्पा की बरसी होने तक मेहुल किसी प्रसंग के लिए राजी

नहीं होगा, फिर भी यह प्रसंग आवश्यक है। ऐसा करें, खीर बना लेना और ठाकुर जी को भोग लगा के ओजस को चटा देना। वैसे तो यह काम फई का है, लेकिन नन्दिनी भी जिद्दी है, वह उस घर में पैर नहीं रखेगी। इसलिए अब यह काम तुमको ही करना होगा।''

यह सुनकर रेवती पल्लू से आँखें पोंछते हुए बस इतना ही कह पाई, ''सारू।''

एक तरफ़ बैठा मेहुल लैपटॉप खोले यू ट्यूब में कुछ देख रहा था कि तभी केतन पास आकर बोला, ''मेहुल भाई, थोड़ी देर के लिए ऑफिस का चक्कर तो लगा लिया करो। यह क्या—कभी आए, कभी नहीं आए!''

किचन से अपने लिए कॉफी लेकर निकलती आयशा ठिठककर बात सुनने लगी। पहले तो मेहुल ने केतन की बात पर ध्यान ही नहीं दिया, लेकिन जब केतन ने आगे बढ़कर उसके पास बैठ उसका चेहरा अपनी ओर घुमाया तो मेहुल उसे देखने लगा और बोला, ''शूँ वात छे?''

''वात आम छे मेहुल भाई कि घर में बैठे यह सब बेकार के काम मत किया करो। थोड़ी देर के लिए ही सही, ऑफिस आ जाया करो।''

आयशा की तरफ़ देखते मेहुल बोला, ''पर आयशा ने बोला था न कि अब मुझे ऑफिस जाने की कोई जरूरत नहीं है—मन हो जाऊँ, मन हो न जाऊँ। वैसे परसों तो गया था।''

''लेकिन चेक तो रोज ही साइन करने पड़ते हैं न! तुम ऑफिस नहीं आते तो प्यून को घर भेजना पड़ता है। जब तक विल के अनुसार पेपर्स लीगली चेंज नहीं होते, तब तक तो तुम्हारे सिगनेचर ही चलेंगे।''

इतना सुनकर आयशा के कान खड़े हो गए। वह केतन के पास आकर बोली, ''पापा की डेथ को तीन महीने तो हो गए, अभी तक नए पेपर्स तैयार नहीं हुए?''

केतन ने आयशा को घूरकर देखते हुए कहा, ''पप्पा कोई छोटी-सी दुकान खोलकर नहीं बैठे थे। इतना बड़ा एम्पायर छोड़कर गए हैं, सब-कुछ पटरी पर आने में टाइम तो लगेगा ही न...''

''मतलब, हमारे पोर्शन में जो रेनोवेशन करवाना है, वह सब भी...?''

''मैंने कहा न, अभी कुछ नहीं हो सकता। पहले विल के मुताबिक सारी प्रॉपर्टी नए नामों से ट्रांसफर होगी, उसके बाद दोनों पोर्शन के नक्शे बनेंगे और फिर बी.ए.सी. से अप्रूव होंगे, उनका रजिस्ट्रेशन होगा, तब कहीं जाकर हम तोड़-फोड़ करवा सकते हैं।''

''मतलब?''

''मतलब, कम-से-कम दो-तीन महीने और।''

आयशा का मुँह बन गया।

केतन जाते-जाते एक बार फिर मेहुल से बोला, ''कल से समय से ऑफिस आ जाया करें।''

रात में बृजभूषण, शान्तनु और नन्दिनी डिनर कर रहे थे। शान्तनु ने अचानक पूछा, ''श्री ने क्या डायटिंग शुरू कर दी है, डिनर टेबल पर दिखती ही नहीं है?''

बृजभूषण हँसते हुए बोले, ''यही समझ लो, योगा क्लासेस में तो जाती ही है और वहीं किसी से यह भी सुन लिया कि शाम को सात-साढ़े सात बजे तक खाना खा लेने से वजन कंट्रोल में रहता है तो बस...अच्छा, हाँ, सुबह जब तुमने मुझे लोनावाला के बारे में फोन किया था, तो मैंने फौरन ही बँगले के केयरटेकर को बता दिया था कि अच्छी तरह से साफ-सफाई करवा ले और राशन-पानी भी भरवा दे। जल्दी ही हम दस-बारह लोग कुछ दिनों के लिए वहाँ रहने आनेवाले हैं। दूसरी बहुत इम्पोर्टेंट बात, यह तो तुम जानते ही हो कि एक बार अगर केशू भाई की प्रॉपर्टी और बिजनेस बेटों के नाम पर ट्रांसफर हो गए तो उसे फिर से पहले जैसा करवाने में कितनी परेशानी होती है, इसलिए सहायक बी.एम.सी. कमिश्नर के कान में मैंने यह बात डाल दी है कि कागजी कार्रवाई को रोककर रखें, और संयोग से यह कमिश्नर तुम्हारे यशपाल अंकल का ही बेटा है।''

इतना सुनते ही नन्दिनी की आँखें भर आईं और उसके मुँह से निकला, ''थैंक यू डैड!''

''थैंक्यू! यह किसलिए बेटा? तुम्हारे केशू काका मेरे पुराने दोस्त भी तो हैं, सो नो थैंक्स, दिस इज माई ड्यूटी।''

31

अगले ही दिन शान्तनु को एअरपोर्ट ऑफ़िसर मिस्टर महाजन के फ़ोन से मालूम हुआ कि आलोक व्यास केशू भाई सांधवी को चार्टर्ड प्लेन से लेकर देर रात डेढ़ बजे टर्मिनल-2 पहुँच रहा है। उन्होंने विशेष अनुमति लेकर शान्तनु और आतिश पटेल को प्लेन तक जाने की व्यवस्था करवा दी है। यह सुनकर शान्तनु ने कई बार मिस्टर महाजन को धन्यवाद दिया और फिर इस बात की जानकारी आतिश को दे दी और यह भी कहा कि वह घर पर इस बारे में अभी किसी को कुछ न बताएँ। कोई पूछे तो बस, इतना कह दें कि वह काम से टाउन जा रहे हैं। वहाँ से नन्दिनी के यहाँ जाएँगे, और अगर देर हो गई तो रात को वहीं रुककर अगले दिन घर पहुँच जाएँगे।

इतना सुनकर आतिश के हाथ-पैर एक बार को ठंडे पड़ गए। वह जहाँ खड़े

थे, वहीं खड़े-खड़े हाथ जोड़कर आँखें मूँदे मन-ही-मन बोले, 'हे म्हारा ठाकुर जी, न जाने मेरा कौन-सा पुण्य कार्य सामने आ गया कि तुमने मेरी सुन ली...मेरे केशू को मुझे लौटा दिया!' वह घड़ी की तरफ़ देखते मन-ही-मन बोले, 'पूरे बारह घंटे बाक़ी हैं उसके आने में...मेरा तो मन था, मैं बा को अपने साथ ले जाता, पर बी.बी. और शान्तनु ने कहा है, अचानक केशू को देखकर बा की तबीयत भी बिगड़ सकती है, इसलिए मैं और शान्तनु उन्हें लेकर रात में ही लोनावाला निकल जाएँ, अगले दिन बी.बी. और नन्दिनी बा और केतकी को लेकर वहाँ पहुँच जाएँगे।'

रात के ग्यारह बजने को थे लेकिन मेहुल के कमरे की लाइट जली हुई थी। बड़ी देर से ओजस हाथ-पाँव फेंककर ज़ोर से रोए जा रहा था। पारुल और मेहुल बारी-बारी से उसे गोद में लेकर चुप कराने की कोशिश कर रहे थे, लेकिन उसका रोना बन्द नहीं हो रहा था।

मेहुल बोला, "चल, इसे लेकर नीचे चल। रेवती काकी इसे सँभाल लेंगी।"

तभी पारुल को जैसे कुछ याद आया, "एक मिनट। एक-दो बार इसे पहले भी ऐसे ही दर्द हुआ था तो माँ ने पेट पर कुछ लगाया था और यह पाँच मिनट में ही चुप हो गया था। मैं माँ से पूछती हूँ," यह कहकर उसने केतकी का नम्बर लगाया।

मेहुल ने उसे रोकते हुए कहा, "ग्यारह बज गए हैं, माँ सो गई होंगी।"

"पर ओजस...प्लीज, मुझे माँ से बात करने दो न!"

यह सुनकर मेहुल ने ख़ुद ही नम्बर डायल किया।

उधर आतिश के घर पर बा तो सोई हुई थीं लेकिन केतकी की आँखों में नींद नहीं थी। फ़ोन की आवाज़ होते ही, यह सोचकर कि बा न जग जाएँ, केतकी ने फ़ौरन ही फ़ोन उठा लिया।

दूसरी तरफ़ से पारुल की घबराई-सी आवाज़ आई, "माँ!"

"हाँ, दीकरा, शूँ थयू? इतना घबराई हुई क्यों है? और यह ओजस क्यों रो रहा है? क्या हुआ उसे?"

"वह माँ...पता नहीं...आधे घंटे से रोए ही जा रहा है। अभी-अभी रोते-रोते साँस भी खींच ली...माँ, मुझे बहुत डर लग रहा है..."

केतकी उसे पुचकारते हुए बोली, "ना दीकरा, इसमें डरने की क्या बात...जरूर उसके पेट में दर्द हो रहा होगा...एक काम कर, रसोड़े में जा और हींग पाउडर में थोड़ा-सा पानी डालके लेप-सा बना ले, उसे थोड़ा गर्म कर और बच्चे की नाभि के आस-पास हल्के हाथ से मल दे। थोड़ा-सा लेप नाभि में भी भर देना। दर्द वायु के कारण ही हो रहा होगा। वैसे अब उसके दाँत निकलने का समय भी आ गया है, उसे ग्राइपवाटर पिलाना शुरू कर दे। आसानी से दाँत निकल आएँगे।"

"थैंक यू माँ...सॉरी माँ, मैंने आपको परेशान किया।"

"यह सब बाद में...पहले तू बच्चे को चुप करा...जल्दी जा रसोड़े में...।"

ठीक साढ़े बारह बजे शान्तनु ने अपनी गाड़ी टर्मिनल-2 पार्किंग एरिया में खड़ी की। वह और आतिश दोनों गाड़ी से उतरकर एअरपोर्ट के दरवाज़े की तरफ़ बढ़ गए। शान्तनु ने महाजन को फ़ोन पर बता दिया, वे लोग एअरपोर्ट आ चुके हैं।

जवाब में मिस्टर महाजन ने कहा, "मैं उन्हें ही लिवाने बाहर निकल रहा हूँ।"

जब आतिश और शान्तनु गेट पर पहुँचे तभी मिस्टर महाजन भी गेट पर नज़र आए और मुस्कुराते हुए बोले, "आइए।"

महाजन ने गेट पर खड़ी सिक्योरिटी को अपना आई. डी. कार्ड दिखाया, जिसे देखते ही सिक्योरिटी पर्सन ने उन्हें सेल्यूट किया और महाजन ने आतिश और शान्तनु को लेकर लॉबी से होते चेक-इन का गेट क्रॉस किया। हर जगह वह अपना कार्ड दिखाते गए और दोनों को लिये आगे बढ़ते गए। तभी मिस्टर महाजन के पास किसी का फ़ोन आया, वह बोले, "हम पहुँच रहे हैं," आगे बढ़ते हुए महाजन दोनों को देखते बोले, "फ्लाइट आ चुकी है..."

इतना सुनते ही आतिश को झुरझुरी-सी हुई, वह सोचने लगे, 'क्या सच में ही कुछ पलों के बाद केशू मेरी आँखों के सामने होगा? क्या वह मुझे भी नहीं पहचानेगा?'

मिस्टर महाजन को दोबारा फिर फ़ोन मिला, जिसे सुनकर, 'ओ.के., थैंक यू' कहकर उन्होंने शान्तनु और आतिश से कहा, "एअरक्राफ्ट से मिस्टर सांधवी को लेकर गाड़ी गेट तक पहुँच रही है, वहाँ व्हील चेयर का इन्तजाम है। चलिए, चलते हैं।"

आतिश के पाँव में जैसे बिजली-सी भर गई। क़दम तेज़ी से आगे की तरफ़ बढ़ रहे थे कि तभी दूर से एक व्हील चेयर पर शॉल में लिपटे केशू पर सभी की नज़र पड़ी जो आतिश को देखकर मुस्कुराया। आतिश का मन किया, वह आगे बढ़ें और केशू को कसके सीने से लगा लें, पर उन्होंने ख़ुद को ज़ब्त कर लिया।

क़रीब आने पर आलोक ने आतिश के पैर छुए। आतिश की आँखें भर आईं और उन्होंने आलोक का सिर थपकते हुए कहा, "दीकरा, जीवतो रह! तूने आज मुझे जीवनदान दिया है—शुक्रिया...बहुत शुक्रिया!" फिर मिस्टर महाजन को दिखाते बोले, "अगर आज इन्होंने हमारी मदद न की होती, तो हम कुछ नहीं कर सकते थे।"

आलोक ने मिस्टर महाजन से हाथ मिलाते हुए कहा, "थैंक यू वेरी मच सर!"

"इट वाज माई ड्यूटी...मिस्टर शान्तनु, आपके पास गाड़ी है, या मैं एअरपोर्ट की गाड़ी मँगवाऊँ?"

शान्तनु बोले, "थैंक यू सर! मैं अपनी गाड़ी लेकर आता हूँ।" और लगभग भागता हुआ शान्तनु बाहर निकल गया।

शान्तनु गाड़ी ड्राइव कर रहा था। आलोक उसके पास बैठा था। पीछे की सीट पर केशू का सिर अपनी गोद में रखे आतिश उन्हें एकटक देखे जा रहे थे। गाड़ी लोनावाला की ओर भागी जा रही थी...।

उधर नन्दिनी की आँखों में नींद दूर-दूर तक नहीं थी। इस बीच न जाने कितनी बार वह शान्तनु को फ़ोन लगा चुकी थी लेकिन फ़ोन नहीं उठ रहा था। कब नन्दिनी की आँख लग गई, उसे मालूम ही नहीं पड़ा। लगभग चार बजे मोबाइल की घंटी से उसकी आँखें खुलीं, शान्तनु का नाम देखते ही उसने झपटकर फ़ोन उठाया, "हाँ, शान्तनु, कहाँ हो तुम लोग? कब से फोन लगाए जा रही हूँ...पता है, मुझे कितनी घबराहट हो रही थी? बताओ न, क्या हुआ? मेरे केशू काका..."

बात पूरी करने से पहले ही उसका गला रुँध गया और वह सुबकने लगी। शान्तनु ने उसे प्यार से समझाते हुए कहा, "नहीं, नन्दिनी, यह रोने का नहीं, खुश होने का समय है। केशू अंकल बिलकुल ठीक हैं और हम उन्हें लेकर लोनावाला के बँगले पर पहुँच चुके हैं। अभी तुम आराम से सो जाओ, मैं भी थका हुआ हूँ, सुबह बात करते हैं।"

सुबह हो चुकी थी। बृजभूषण के लोनावाला के बँगले की खिड़की से आती धूप एक दीवार पर पड़ रही थी। बेड पर केशू भाई सोए हुए थे। कमरे में पड़े सोफ़े पर सिर के नीचे कुशन लगाए आतिश अभी गहरी नींद में थे कि तभी केशू ने आँखें मूँदे ही जमुहाई लेते धीरे-धीरे आँखें खोलीं। सबसे पहले नज़र दीवार पर पड़ रही धूप पर गई। अब वह आँखें घुमा-घुमाकर कमरे में यहाँ-वहाँ देखने लगे। आतिश को कुछ देर देखते हुए बोले, "नया डॉक्टर है।" अब वह बेड से उतरकर आतिश के पास जाकर ग़ौर से उसे देखने लगे, "सो रहा है...सोने दो, मैं नर्स को बोलता हूँ, चाय लाकर दे।" आगे बढ़ते हुए यहाँ-वहाँ देखते बोले, "पर यह अस्पताल... पेलावाला तो नहीं है?" अब वह दरवाज़े से निकलकर बँगले के हॉल में पहुँच गए। यहाँ-वहाँ देखते हुए हैरानी में बोले, "अस्पताल भी नया है...अब इधर चाय कौन पिलाएगा?" वह ज़ोर से पुकारने लगे, "नर्स, नर्स!"

यह आवाज़ एक साथ आतिश, शान्तनु और आलोक के कानों में पड़ी जो अलग-अलग कमरों में सोए हुए थे। तीनों ही हड़बड़ाए से कमरों से निकले तो देखा, केशू घबराए से हॉल के बीचोबीच खड़े हुए हैं, लेकिन जैसे ही उनकी नज़र आलोक पर पड़ी, उन्होंने एक बच्चे की तरह दौड़कर उससे लिपटते हुए कहा, "तू लेकर आया मुझे इस नए अस्पताल में?"

इस सवाल से आलोक ने हड़बड़ाकर शान्तनु को देखा, शान्तनु ने होंठों के संचालन से कहा, 'होटल।'

इस शब्द को समझकर आलोक तुरन्त ही समझ के बोला, "नहीं, केशू काका, हॉस्पिटल नहीं, यह होटल है। आप ठीक हो गए तो मैं आपको यहाँ ले आया।"

अब केशू आतिश और शान्तनु को देख बोले, "ये दोनों भी इसी होटल में ठहरे हुए हैं?"

आतिश रुआँसे हो गए। यह देखकर आलोक आतिश को उनके पास लाकर बोले, "यह आतिश काका हैं, पहचाना?"

ना में सिर हिलाते केशू बोले, "नहीं...तो इनका नाम आतिश काका है?"

"नहीं, नाम तो आतिश पटेल है, जैसे कि आपका नाम...।"

फौरन ही केशू बोले, "केशू काका।"

"नहीं, आप भूल गए? मैंने क्या नाम बताया था आपका?"

लेकिन केशू चुप रहे।

"नाम बताइए न?"

केशू थोड़ा चिढ़कर बोले, "नाम ही पूछता रहेगा कि चाय भी पिलाएगा? इस होटल में चाय मिलती है कि नहीं?"

तभी बृजभूषण के इस बँगले का सेवक तुकाराम चाय की ट्रॉली लिये मुस्कुराते हुए सबको देखते बोला, "नमस्कार साहब! मी तुकाराम।"

केशू आगे बढ़कर फ़ौरन ही चाय की प्याली उठाकर एक कुर्सी पर बैठकर चाय का घूँट भरने लगे, फिर कुछ सोचते हुए बोले, "मसालेवाली चाय...जन्नत भाभीवाली।"

इतना सुनते ही शान्तनु और आतिश के चेहरे खिल गए। वह तेज़ी से केशू के पास आकर बोले, "जन्नत भाभी...यही नाम बोला न आपने?" आतिश जोश में भरे बोले, "बात करेगा जन्नत से?"

यह सुनकर केशू ने आतिश को ऐसे देखा, जैसे वह कुछ समझ नहीं पा रहे हों!

अभी भी उम्मीद में भरे आतिश बोले, "जन्नत...अपने वकार की बीवी!"

अब केशू आलोक को देखते हुए बोले, "यह आतिश काका क्या बोल रहे हैं? मैं नहीं जानता किसी जन्नत को।"

यह सुनते ही आतिश निराश होकर पीछे हट गए।

शान्तनु धीरे से तुकाराम से बोले, "इनके सामने कुछ गुजराती नाश्ते का नाम बताकर पूछो, क्या खाएँगे।"

तुकाराम ने खमण, ढोकला, खाखरा का नाम लेते पूछा, "नाश्ते में क्या खाएँगे?"

सब ग़ौर से केशू को देख रहे थे।

केशू आलोक को देखते हुए बोले, "यह आदमी क्या बोल रहा है...? अपन उधर क्या खाते थे—इडली, साँभर, वडा और हाँ, ब्रेड-आमलेट।"

अब आतिश थोड़ा ग़ुस्से में बोले, "केम, तने खमण केटलो भावे छे न? पूरी-पूरी प्लेट साफ कर जाता था...और अभी तुझे आमलेट-ब्रेड याद आ रहा है?"

केशू झुँझलाकर आलोक से बोले, "आतिश काका को समझा न, वह मुझे डाँट रहा है।"

शान्तनु आतिश को वहाँ से जाने का इशारा करके, बड़े प्यार से केशू के पास आकर बोला, "केशू अंकल, आप जो खाना चाहेंगे, तुकाराम आपको बनाकर देगा।"

केशू ने उसे ग़ौर से देखते हुए कहा, "आप कौन हैं?"

"शान्तनु मेहता—आपका जमाई।"

यह सुनकर केशू ने फिर आलोक को देखा।

आलोक बोला, "नन्दिनी दीदी...आपकी नन्दिनी दीकरा...यह उनके पति हैं, तो आपके जमाई हुए न?"

केशू चिड़चिड़ाकर बोले, "तो इसे क्या बुलाने का—शान्तनु कि जमाई?"

आलोक शान्तनु और आतिश से धीरे से बोला, "अब यह थक गए हैं। मैं इन्हें रूम में ले जाता हूँ। वहीं नाश्ता भी करवा दूँगा।"

आतिश ने आलोक से कहा, "क्या यह अपने-आप स्नान आदि कर लेगा या हम इसकी मदद करें?"

आलोक ने धीरे से जवाब दिया, "अपने सब काम यह सामान्य रूप से कर लेते हैं...आप चिन्ता मत करिए..." अब ज़ोर से बोला, "केशू काका, अभी आपको अपना रूम याद नहीं होगा...चलिए, मैं आपको आपके रूम में पहुँचा दूँ।"

केशू फ़ौरन ही बोले, "बच्चा हूँ क्या? वह रहा मेरा कमरा...खुद चला जाऊँगा। तुकाराम, ब्रेड-आमलेट अने कॉफी जल्दी लाना"

"अभी लाया साहब!"

आतिश गहरी चिन्ता में डूबे हुए थे। शान्तनु उनका मन हलका करने के लिए धीरे से उनके कन्धे पर हाथ रखते हुए बोला, "पापा, आप चिन्ता मत करिए। केशू अंकल बहुत जल्दी ही पहले जैसे हो जाएँगे।"

अब आलोक आगे बढ़कर आतिश के दूसरे कन्धे पर हाथ रखकर पूरे विश्वास के साथ बोला, "हाँ, आतिश काका, हॉस्पिटल के जिस डॉक्टर ने इनका ट्रीटमेंट किया है, उसने मुझे काका की सारी रिपोर्ट्स देकर बताया था कि इनके सिर में जो अन्दरूनी चोटें लगी थीं और जिसकी वजह से ब्लड क्लॉट बन गया था, उसे तो उन्होंने ऑपरेशन से निकाल दिया था, लेकिन अभी भी वहाँ सूजन है, जिसकी वजह से याददाश्त देनेवाली नस पर दबाव पड़ रहा है। जैसे-जैसे सूजन कम होगी, उनकी याददाश्त साफ होती चली जाएगी।"

आशा में भरा शान्तनु बोला, "हाँ, पापा, अभी आपने सुना न कि कैसे अचानक इनके मुँह से जन्नत आंटी का नाम निकल गया था, क्यों आलोक?"

"अब काका को ठीक होने में ज्यादा देर नहीं लगेगी। यह बात डॉक्टर ने भी कही थी कि जब ये अपनों के बीच पहुँच जाएँगे, उन्हें देखेंगे, बातें करेंगे तो यह जल्दी ही नॉर्मल भी हो सकते हैं।"

इतना सुनकर आतिश के चेहरे पर जैसे उम्मीद जाग उठी, वह शान्तनु से बोले, "तुम मुम्बई जाओ और वहाँ सारी बातें सबसे पहले बी.बी. को बताओ। उनसे पूछकर घर में बा और केतकी को बताओ और फिर वकार और सचिन को भी, क्योंकि जैसे अभी आलोक ने बताया कि अपनों के बीच जल्दी ही हमें अपना पहलेवाला केशू मिल जाएगा...तो अगर सब यहाँ आते-जाते रहेंगे तो..."

उनकी बात काटकर शान्तनु बोला, "समझ गया पापा! मैं आलोक से केशू अंकल की मेडिकल रिपोर्ट्स भी लिये लेता हूँ और डैड से पूछकर उनके किसी भरोसेमन्द डॉक्टर को दिखाकर सेकंड ओपिनियन भी ले लूँगा।"

आलोक और आतिश ने 'हाँ' में सिर हिलाया। अचानक ही शान्तनु आलोक के दोनों हाथ पकड़कर आभार-सा व्यक्त करते हुए बोला, "आलोक, इस समय परिवार के लिए भगवान ने जैसे तुम्हें अपना दूत बनाकर ही भेजा है...समझ में नहीं आ रहा है कि मैं तुम्हें कैसे थैंक्स कहूँ।"

आलोक की आँखें भर आईं। वह बोला, "आप मुझसे पहली बार मिले हैं, इसलिए नहीं जानते कि केशू काका मेरे लिए मेरे माता-पिता से कम नहीं हैं। आज यह जो आलोक व्यास नेवल इंजीनियर बना ठाठ से अपनी जिंदगी जी रहा है, वह केशू काका की ही बदौलत है। मेरी इंजीनियरिंग की पूरी पढ़ाई उन्होंने ही करवाई और मुझे इस काबिल बनाया। आप मुम्बई जाकर सबको लेकर जब यहाँ पहुँचेंगे तभी मैं शिप पर वापस जाऊँगा।"

शान्तनु ने भावुक होते हुए 'हाँ' में सिर हिलाया और बाहर निकल गया।

32

मुम्बई पहुँचकर शान्तनु ने नन्दिनी की मौजूदगी में बृजभूषण को सारी बातें विस्तार में बताईं और केशू की मेडिकल रिपोर्ट्स उन्हें देकर बोला कि इन्हें वह अपने डॉक्टर कपूर को दिखाकर उनकी राय भी ले लें, क्योंकि वह मुम्बई के टॉप न्यूरोलॉजिस्ट में से एक हैं।

नन्दिनी अचानक ज़ोर-ज़ोर से रोने लगी तो शान्तनु फ़ौरन ही उसे बाँहों में भरकर बोला, "नहीं, नहीं, रोते नहीं हैं! रोने की क्या बात है? अरे अब तो बस तुम्हें लोनावाला जाकर उनसे बातें करनी हैं! तुम जितना ज्यादा उनसे पुरानी बातें करोगी, उतनी ही जल्दी अंकल ठीक हो जाएँगे।"

नन्दिनी ने आँखें पोंछते हुए 'हाँ' में सिर हिलाया और धीरे से बी.बी. से बोली, "डैड, यह बात बा और केतकी काकी को..."

बात काटते हुए बृजभूषण बोले, "ना-ना, बेटा! पता नहीं, बा इस बात पर कैसे रिएक्ट करेंगी! एक तो उम्र है और इन तीन-सवा तीन महीनों में वह अन्दर-ही-अन्दर एकदम जर्जर हो चुकी हैं, इसलिए पहले मैं बा को खुद फोन करूँगा और कहूँगा कि आप, केतकी भाभी और केशू भाई के सभी मित्र सपरिवार कुछ दिनों के लिए मेरे लोनावाला के बँगले में चलके रहें—सभी का मन बदल जाएगा। मुझे लगता है, बा मान जाएँगी।"

नन्दिनी तपाक से बोली, "डैड, हम कब चलेंगे?"

"अगर बा ने 'हाँ' कह दिया तो कल ही...और आज मैं अपने न्यूरोलॉजिस्ट मित्र से मिलकर केशू भाई की मेडिकल रिपोर्ट्स के बारे में बातचीत करके थोड़ी तसल्ली कर लूँ।"

अभी बातचीत चल ही रही थी कि नन्दिनी का फ़ोन बज उठा। देखा, रसीली का फ़ोन है, "हैलो माँ...जय श्रीकृष्णा...बा कैसी हैं? काकी कैसी हैं?"

"सब अच्छे हैं, पर तू यह तो बता, तेरे पप्पा कल टाउन से तेरे घर जानेवाले थे, उन्होंने यह भी बोला था कि देर हो जाएगी तो उधर ही रुक जाएँगे...अभी निकले कि वहीं हैं?"

फ़ोन पर हाथ रखकर नन्दिनी से शान्तनु बोला, "उनसे कह दो, आज फिर कुछ काम निकल आया इसलिए उन्हें फिर टाउन जाना पड़ा...लाओ, फोन मुझे दो..." शान्तनु रसीली से फ़ोन पर बोला, "प्रणाम मम्मी!"

"जीवता रहो!"

"आप पापा की चिन्ता मत करिए...वैसे भी वह अपनी बेटी के घर ही तो हैं।"

इशारे से बृजभूषण ने फ़ोन माँगा, "नमस्ते समधिन जी! अच्छा हुआ, आपका फोन आ गया, वर्ना आपको मेरा फोन मिलता।" अब बृजभूषण ने सबको लेकर लोनावाला जाने की बात रसीली को बताई, साथ ही यह भी कि "आतिश भाई और शान्तनु आज रात ही वहाँ पहुँच जाएँगे और कल सुबह आप सब मेरे साथ चलेंगे। कुछ दिनों वहीं रुकना है, ऐसी तैयारी के साथ निकलिएगा। बा को बता दीजिएगा, मैं वकार और सचिन भाई को भी इस बारे में फोन करनेवाला हूँ। कुछ दिन सब साथ-साथ रहेंगे, अच्छा लगेगा...तो कल सुबह मिलते हैं...नमस्ते।"

और अगले दिन सभी गाड़ियाँ लोनावाला बँगले के अन्दर जाकर रुकीं। सभी बड़े चाव से बँगले के बग़ीचे देख रहे थे, जहाँ फूल-पौधों के अलावा फलों के भी पेड़ लगे हुए थे, जिनमें पपीता, केला, चीकू, अनार, अमरूद, और भी कई प्रकार के फल थे। केतकी चमेली के फूलों का पेड़ देखकर बोली, "इन्हें चमेली के फूलों की खुशबू बहुत पसन्द थी।"

जन्नत केतकी को हल्के से कोहनी मारते बोली, "हमने गर्मी के दिनों में कई

बार देखा था कि भाईजान आपके लिए चमेली के फूलों के जेवर बनवा के आपको पहनाते थे।''

इस पर केतकी ने लजाकर आँखें झुका लीं और उसकी आँखें छलक आईं।

बी.बी. की आँखें शान्तनु से मिलीं। शान्तनु बोला, ''बा, अन्दर चलके थोड़ा आराम कर लीजिए...आइए!''

सभी बँगले के अन्दर चले गए। तुकाराम सबके लिए तुरन्त ही पानी लेकर आया। सभी सादगी और सुरुचि से सजाए इस बँगले को देख रहे थे।

मन्दा बोली, ''किती शान्त आणि सुन्दर आहे ही जागा!''

एक दीवार पर शान्तनु की माँ मयूरी का पोर्ट्रेट भी लगा हुआ था जिसे देखते केतकी बोली, ''नन्दू, तेरी सास कितनी सुन्दर थी!''

गहरी साँस छोड़ते हुए बृजभूषण बोले, ''वह खुद तो सुन्दर थी ही, हर सुन्दर चीज से उसे प्रेम भी था। मुम्बई में रहते हुए वह अक्सर ही कहती कि उसे छोटे शहर पसन्द हैं, वह खुद भी देहरादून की थी...सच पूछिए तो उसी का मन देखकर मैंने यह बँगला खरीदा था और उसने बड़े मन से इसे सजाया था...दोनों बच्चों को लेकर हम लगभग हर हफ्ते ही यहाँ आते थे, लेकिन उसके जाने के बाद...''

नन्दिनी बात काटते बोली, ''डैड, भूख लग रही है, मैं किचन में जाकर देखूँ?''

तभी तुकाराम ट्रॉली में ढेर सारा नाश्ता और चाय लेकर आ गया। बी.बी. और शान्तनु आँखों-ही-आँखों में बोले, केशू का नाश्ता? आतिश ने इशारे में बताया, वह सो रहा है।

सभी खाने-पीने में लग गए। चारों बहुएँ बा को अपने हाथ से कुछ-न-कुछ खिलाने की कोशिश में थीं। तभी अचानक एक आवाज़ सुनकर सभी चौंक गए—ख़ास करके बा। आवाज़ उस बेडरूम में से आ रही थी जिसमें केशू थे। वह ताली बजा-बजाकर एक ही लाइन बार-बार गा रहे थे, 'नागर नन्दा जी ना लाल...'

बा तड़प के खड़ी हो गईं, ''केशू...आ तो केशू नी आवाज छे?'' और वह तेज़ी से उस कमरे की तरफ़ बढ़ गईं, पीछे-पीछे बाक़ी सब भी। लेकिन बा के पाँव दरवाज़े में दाख़िल होते ही जैसे धरती से चिपक गए। बेड पर बैठे केशू ताली बजा-बजाकर आधी लाइन गाए जा रहे थे। पास ही में आलोक बैठा था जो बा को देखकर उठ खड़ा हुआ। बा के आगे बढ़ते क़दम सिर चकराने की वजह से अचानक लड़खड़ा गए, यह देखकर तेज़ी से कमरे में आकर केतकी और नन्दिनी ने बा को थाम लिया पर अभी तक केतकी की नज़र केशू से नहीं मिली थी। बाक़ी सब कमरे में आ चुके थे।

केशू ने आलोक से पूछा, ''ये सब कौन हैं?''

आवाज़ सुनकर केतकी ने झटके से सिर उठाकर सामने देखा। केशू को देखते ही केतकी के हाथ जैसे सुन्न से हो गए...और अब तो वकार, सचिन, उनकी पत्नियाँ, रसीली—सभी के मुख पर जैसे प्रश्न-ही-प्रश्न थे। इस बीच वकार और

आतिश ने बा को कमरे में सोफ़ा पर बिठाया। सभी बार-बार केशू को देख रहे थे। केशू भी इतने लोगों को देखकर सिमट से गए और बोले, "आलोक, आ बधा लोको होटल में रहने आए हैं?" फिर जैसे ही उनकी नज़र आतिश से मिली, वह उठकर आतिश से बोले, "आतिश काका, मुझे भूख लगी है। चलो, तुकाराम के पास चलते हैं, वह मुझे ब्रेड-आमलेट बना के देगा।"

आतिश सबको देखकर कुछ इशारा-सा करते वहाँ से हॉल में चले गए। अब सबने हैरानी से एक-दूसरे को देखा और बृजभूषण बोले, "इसीलिए मैं आप सबको यहाँ लाया..."

वकार बोले, "पर यह सब हुआ कैसे? कहाँ मिले केशू मियाँ?"

अब आलोक ने आगे बढ़कर बा और केतकी के पैर छुए। उसे ग़ौर से देखने के बाद केतकी बोली, "आलोक व्यास? अपुन पाँच वर्ष पहले तेरे लगन पर मिले थे न?"

आलोक ने 'हाँ' में सिर हिलाया और उसके बाद पूरी बात बताई कि केशू काका उसे कहाँ मिले और फिर आतिश काका और शान्तनु की कोशिश से उन्हें यहाँ तक कैसे लाया गया। उसने बताया, यह पूरी तरह से स्वस्थ हैं। बस, इनकी स्मरण-शक्ति फ़िलहाल काम नहीं कर रही है।

बृजभूषण फ़ौरन ही बोले, "लेकिन चिन्ता की कोई बात नहीं है। कल ही मैं इनकी सारी रिपोर्ट्स डॉक्टर कपूर को दिखा चुका हूँ..."

सचिन बीच में ही बोले, "डॉ. कपूर, जो कभी बॉम्बे हॉस्पिटल में न्यूरोलॉजिस्ट थे?"

"हाँ, वही। अब वह प्राइवेट प्रैक्टिस में हैं। उन्होंने भी वही कहा जो पोर्ट ब्लेयर के डॉक्टरों ने कहा। जैसे-जैसे इंटरनल स्वेलिंग कम होती जाएगी, मेमोरी नर्व पर दबाव भी कम होता जाएगा और याददाश्त नॉर्मल होती जाएगी। इसमें हम सब अपनों का साथ और पुरानी-पुरानी बातें काफ़ी मदद दे सकती हैं।"

बा हाथ जोड़कर आलोक से बोलीं, "आलोक दीकरा, मैं इस जनम में तो तेरा ऋण नहीं उतार पाऊँगी लेकिन ठाकुर जी से चाहूँगी कि किसी अगले जनम में मुझे तेरी सेवा करने का अवसर जरूर मिले।"

आलोक बा से लिपटते बोला, "बा, आप मुझे शर्मिन्दा मत करिए। मुझे तो लगा, केशू काका से मिलवा के ठाकुर जी ने मुझे अपना ऋण उतारने का अवसर दिया है। मैं तो यहाँ बस आप लोगों के लिए ही रुका था। आज ही यहाँ से निकल जाऊँगा, शिप पर रिपोर्ट करनी है। मुझे पूरा विश्वास है, अगली बार जब मुम्बई आऊँगा तो 'सांधवी विला' में बैठकर हम सब साथ-साथ चाय पी रहे होंगे।"

बा ने उसके सिर पर हाथ रखते कहा, "तारा म्होड़ा माँ घी-शक्कर!" और यह कहकर उसका माथा चूम लिया।

केशू भाई के 'सांधवी विला' में न सही, उनके समधी बृजभूषण के लोनावाला

बँगले में महीनों बाद केशू भाई की अभिन्न चौकड़ी के सभी सदस्य आज एकत्रित हुए। बस, कमी इस बात की है कि सबके बीच होते हुए भी वह केशू यहाँ नहीं हैं, जो इस जमावड़े की जान हुआ करते थे। सभी अपनी-अपनी तरह से उन्हें पहलेवाले केशू बनाने के प्रयासों में लग गए। कोई उनसे पुरानी बातें करता, तो कोई पुरानी तस्वीरें दिखाकर उन्हें अतीत में ले जाना चाहता। कभी-कभी उनके सामने उनके प्रिय व्यंजन रख दिये जाते हैं जिन्हें वह कभी-कभी झपटकर अपने मुँह में रख लिया करते...। इन कोशिशों के फलस्वरूप कई बार ऐसा होता कि उनके मुँह से कोई परिचित शब्द निकल जाता। पल-दो पल के लिए किसी को देखकर कुछ ऐसा कह देते कि लगे, वह उसे पहचान गए, लेकिन अगले ही पल वह वर्तमान के केशू बन जाते, जो अपनी बातों और व्यवहार से किसी बच्चे से ज़्यादा नहीं लगते।

इस बीच आतिश, बा, केतकी और रसीली तो लोनावाला के ही होके रह गए, क्योंकि ये सभी तय कर चुके थे कि अब बम्बई जाएँगे तो अपने असली केशू को लेकर ही जाएँगे।

शान्तनु और बृजभूषण को और भी कई प्रमुख मोर्चे सँभालने थे, इसलिए वे लोनावाला कम ही जा पाते। नन्दिनी जब चाहे तब गाड़ी उठाकर लोनावाला के लिए निकल जाती।

वकार भी अधिकांश लोनावाला में ही रहते, क्योंकि वह अपने पुरानेवाले केशू मियाँ को पाने के लिए इतने उतावले थे कि मुम्बई में रहते हुए भी उनका मन उन्हीं में अटका रहता।

सचिन का भी यही हाल था, लेकिन उनके स्वास्थ्य को देखते हुए नितिन उनको कम ही जाने देता। वकार के साथ मन्दा और नितिन हो आते और सचिन को वहाँ के समाचार देते रहते।

बा, केतकी और रसीली—इन तीनों महिलाओं ने लोनावाला का किचन सँभाल लिया था, जहाँ अधिकांश केशू की पसन्द का खान-पान ही बनता और इस वजह से केशू ब्रेड-आमलेट भूल गए।

आतिश के कई बार समझाने पर कि वह उसे आतिश कहे, आतिश काका नहीं...अब केशू उन्हें आतिश ही पुकारने लगे।

समझाने और सीखने की गति बढ़ती जा रही थी और जब यह रिपोर्ट बी.बी. के माध्यम से डॉक्टर कपूर तक पहुँची, वह सन्तुष्ट होते हुए बोले, ''गुड रिकवरी! आप लोग उनसे अधिक-से-अधिक पुरानी बातें करें, हो सके तो उन्हें रिक्रियेट भी किया करें।''

डॉक्टर की इन बातों को ध्यान में रखते सभी अपनी तरफ़ से कुछ-न-कुछ प्रयास करते ही रहते, जैसे—नन्दिनी केशू से तोहफे में मिली वह गुड़िया उनके सामने ले जाती जिसका हाथ अलग हो जाने पर वह बहुत रोई थी और केशू ने उस

हाथ को टेप से चिपकाकर कहा था, 'यह देख, मैंने प्लास्टर लगा दिया है। अब हाथ जुड़ गया।' आज फिर नन्दिनी ने उनका हाथ अलग करके, रोते हुए वही बात कही।

केशू को कुछ समझ में नहीं आ रहा था, फिर अचानक वह नन्दिनी की आँखें पोंछते हुए बोले, "चुप हो जा, रोना गन्दी बात।"

नन्दिनी रोते हुए बोली, "कैसे चुप हो जाऊँ? मेरी गुड़िया का हाथ टूट गया है।"

कुछ देर केशू लाचार से उसे देखते रहे, फिर बोले, "तुझे एक बार जोड़कर दिया था न, फिर तोड़ दिया?"

इस बात पर नन्दिनी को लगा कि केशू को पुरानी बातें याद आ गईं। वह ख़ुश होकर बोली, "चलो, काका, मैं तुम्हें कुछ दिखाती हूँ।" और उसने अपनी शादी का वीडियो चला दिया जिसे केशू ग़ौर से देखने लगे, जबकि बा, केतकी, आतिश और वकार आदि केशू को देख रहे थे। फिर उन्होंने देखा, वह केतकी के साथ बैठे नन्दिनी का कन्यादान कर रहे हैं। अब उन्होंने एक तरफ़ खड़ी केतकी को देखा, फिर वीडियो को देख बोले, "यह तो केतकी है...!"

केतकी पास आकर रुँधे गले से बोली, "और मेरे बाजू में आप हैं...हम दोनों नन्दिनी का कन्यादान कर रहे हैं।"

"क्यों? हम दोनों क्यों?"

"हम दोनों पति-पत्नी हैं और नन्दू हमारी दीकरी।"

यह सुन उन्होंने वीडियो के पास जाकर ग़ौर से देखा, फिर टी.वी को छुआ, पर वीडियो चल रहा था, फिर अचानक खड़े होकर बोले, "ना...आ तो टी.वी. छे...अस्पताल में भी था...मुझे नींद आ रही है।" कहते वह वहाँ से चल दिये।

एक दिन ऑफ़िस से आते ही मेहुल पारुल से बोला, "ऑफिस में सब लोग बोल रहे थे, परसों होली है।"

"हाँ, होली तो है लेकिन पप्पा की बरसी होने तक सालभर का कोई त्योहार नहीं मनाया जाएगा।"

"मैं यह थोड़े कह रहा हूँ कि होली मनाओ, पर पप्पा और परिवार के साथ इतनी सारी जो होलियाँ मनाई हैं, उन्हें याद तो कर सकते हैं।" फिर वह रुँधे गले से बोला, "कैसे पप्पा एक दिन पहले ही लॉन के साइड में बनी पानी की टंकी में टेसू के फूल डलवा देते थे, जो अगले दिन तक पानी को केसरिया कर देते थे। एक तरफ एक टेबल पर रंग-बिरंगे गुलाल रखे जाते थे और दूसरी टेबल पर खाने-पीने की ढेरों चीजें। उस दिन जो ठंडाई बनती थी, उसका स्वाद अभी तक मुँह में है। आतिश काका, वकार काका, सचिन काका—इन सबके परिवार तो होते ही थे, उनके अलावा पप्पा के ऑफिसवाले, उनके दोस्त भी बड़ी संख्या में आते थे। जो भी आता था, उसे एक बार

रंग से भरी टंकी में जरूर डाला जाता था और जानती हो पारुल, सबके जाने के बाद पप्पा, जिन्हें अब तक भाँग चढ़ चुकी होती थी, जिद करके सचिन, आतिश और वकार काका से अपनी-अपनी पत्नियों को टंकी में डालने के लिए कहते थे और आखिर में माँ का नम्बर आता था, जो इस बीच कहीं छिप जातीं, लेकिन पप्पा उन्हें ढूँढ़ ही निकालते।'' यह कहते-कहते वह अचानक रोने लगा।

पारुल ने उसे शान्त करते हुए कहा, ''मेहुल, सब ठीक हो जाएगा। मैं रोज ठाकुर जी से यही कहती हूँ कि इस घर को पहले जैसा कर दो...तुम देखना, ठाकुर जी मेरी जरूर सुनेंगे।''

तभी पारुल का मोबाइल बजा, उस पर माँ का नाम उभरा, ''मैं अभी आई मेहुल,'' कहती वह एक तरफ आकर बोली, ''माँ, जय श्रीकृष्णा! देखिए न, यह अभी-अभी आप सबको याद कर रहे थे और आपका फोन आ गया।''

''बेटा, याद तो हमें भी तुम लोगों की आती रहती है। इस समय खास इसलिए फोन किया कि कैलेंडर में देखने पर पता चला, परसों होली है। वैसे तो इस साल होली मनाई नहीं जाएगी, लेकिन ओजस की यह पहली होली है, इसलिए इतना अवश्य करना कि ठाकुर जी को गुलाल का टीका लगाकर मिठाई का भोग लगा देना और ओजस को भी चाँदला करके उसका मुँह मीठा करा देना।''

''जी, माँ! यह भी अभी घर की होली याद कर रहे थे...बात-बात पर रोने लगते हैं।''

इधर केतकी की आँखों से भी आँसू बह रहे थे।

पारुल बोले जा रही थी, ''मैंने इनसे यही कहा, ठाकुर जी सब ठीक कर देंगे।''

इतना सुनते ही केतकी का चेहरा जैसे विश्वास के रंगों से भर उठा। वह दृढ़ स्वर में बोली, ''हाँ, दीकरा, ठाकुर जी निश्चित रूप से सब ठीक करेंगे। बस, तू मेरे ओजस और मेहुल का ध्यान रख और ठाकुर जी पर अपना यह विश्वास बनाए रख।''

यह सुनकर पारुल ने मन्दिर की तरफ़ देखा और पलभर के लिए आँखें मूँद लीं।

33

रात में मेहता परिवार डायनिंग टेबल पर खाने के लिए बैठा था। नन्दिनी को किचन से कुछ लाने के लिए उठते देख उसके हाथ से बाउल लेते जॉन बोला, ''बेबी, आप छोड़िए और डिनर करिए। वैसे भी आप लोनावाला से इतना लम्बा ड्राइव करके अभी आई हैं, मैं लेकर आता हूँ।''

नन्दिनी के टेबल पर आते ही बृजभूषण और शान्तनु ने उससे पूछा कि क्या केशू भाई की स्थिति में कुछ अन्तर आया? इस पर नन्दिनी गुड़ियावाली बात बताते

हुए बोली, ''हाँ, डैड! जब उन्होंने कहा, 'तुझे एक बार पहले भी जोड़कर दिया था न, फिर तोड़ दिया?' डैड, यह सुनकर मुझे ऐसा लगा, जैसे मुझे अपने पहलेवाले केशू काका मिल गए, लेकिन अगले ही पल वह पहले की तरह बिहेव करने लगे...पर डैड, इस बात से मैं हार नहीं माननेवाली...परसों होली है और आप लोगों को 'सांधवी विला' की होलियाँ तो याद ही होंगी, मैं सोच रही थी कि इस होली पर अगर लोनावाला के बँगले में हम 'सांधवी विला' वाला माहौल जमा दें...खाने-पीने के वैसे ही आइटम्स, ठंडाई, रंग से भरा टैंक...वैसा ही धमाल करें, फिर देखते हैं, केशू काका पर उस सबका क्या प्रभाव पड़ता है। वैसे भी डॉक्टर कपूर ने आपसे कहा है कि ऐसा करके शायद हम उनकी याददाश्त को वापस ला सकते हैं।''

जॉन को खाने की ट्रॉली लाते देख बृजभूषण इतना ही बोले, ''गुड आइडिया...मैं वकार और सचिन को बता दूँगा...हम सभी कल शाम तक लोनावाला पहुँच जाएँगे।''

''पर डैड, मुझे वहाँ सारा इन्तजाम करना है, इसलिए मैं जितनी जल्दी हो सकेगा, निकल जाऊँगी।''

इस विषय पर बात ख़त्म करके सभी खाना खाने लग गए।

अगली दोपहर तक नन्दिनी रंग, गुलाब, गुब्बारे, मिठाइयाँ आदि लेकर लोनावाला पहुँच गई और उसने वहाँ सबको अगले दिन विशेष रूप से मनाई जानेवाली होली के बारे में बता दिया। वकार और सचिन के घर में भी ख़बर दी जा चुकी थी। सभी आज शाम तक आ जाएँगे, यह तय हो गया।

नन्दिनी ने तुकाराम और आतिश की सहायता से लॉन में प्लास्टिक का एक टैंक बैठा दिया और तुकाराम से रात को उसमें टेसू के फूल डालने के लिए भी कह दिया। कहाँ टेबल वगैरह रखी जाएँगी, वह सब भी समझा दिया।

शाम तक मुम्बई से सब आ गए। वे लोग भी अपने साथ खाने-पीने का सामान और कोल्ड ड्रिंक्स वग़ैरह लेकर आए। बँगले में रौनक हो चुकी थी। उसी बीच जन्नत की नज़र रसीली के कान पर गई। उसने देखा कि रसीली के एक कान के टॉप्स का हीरा ग़ायब है, यह देख वह ज़ोर से बोली, ''भाभी, आपके बुंदे का हीरा कहाँ है?''

रसीली ने फ़ौरन टटोलकर देखा और घबरा के चिल्लाई, ''अरे हाँ, इसका हीरा कहाँ गया?''

अब सभी इधर-उधर देखते बोले, ''यहीं कहीं होगा। चलो, ढूँढ़ते हैं।'' कहते सभी यहाँ-वहाँ हीरा ढूँढ़ने लगे।

यह देखकर केशू बोले, ''मैं भी ढूँढ़ता हूँ।'' और वह भी कोने-कोने जाकर ताका-झाँकी करने लगे।

बात सिर्फ़ यही नहीं थी कि हीरा बड़ा और क़ीमती था, बा का यह कहना भी था कि हीरे का खोना अशुभ होता है और वह भी त्यौहार के मौक़े पर। सभी ने हर कमरे में जाकर देख लिया, पर हीरा किसी को नहीं मिला।

तभी ख़ुशी में भरे केशू एक कमरे में से चिल्लाए, "मिल गया, मिल गया!"

सब तेज़ी से केशू के आस-पास पहुँच गए और देखते हैं, केशू की हथेली पर रसीली के टॉप्स का हीरा जगमगा रहा है।

पास जाकर आतिश बोले, "कहाँ मिला?"

केशू एक रूम की तरफ़ इशारा करते हुए बोले, "यह असली हीरा है।"

यह सुनकर सब चौंककर एक-दूसरे को देखने लगे।

आतिश बोले, "तुझे क्या पता कि असली है कि नकली?"

"क्यों नहीं पता होगा? मुझे नकली की पहचान लालजी भाई ने कराई थी...मैं कुछ नहीं भूलता।"

यह सुनकर सभी के चेहरे आशा से भर उठे कि केशू भाई को सब-कुछ याद आ चुका है।

तभी आतिश ने पूछा "सूरतवाले लालजी भाई?"

"म्हने शूँ खबर? हूँ लॉन माँ फरवा जाऊँ छूँ।" यह कहकर वह लॉन की ओर चले गए।

सबके चेहरे उतर गए। केतकी के सब्र का बाँध जैसे टूट गया। वह फूट-फूटकर रोने लगी और रोते-रोते बोली, "हमारे सामने होकर भी क्या यह कभी हमारे नहीं होंगे?"

नन्दिनी केतकी को लिपटाकर बोली, "ऐसा मत बोलो काकी, सब ठीक हो जाएगा! आप इतनी जल्दी हिम्मत कैसे हार सकती हैं? और कल तो होली है, बहुत मस्ती करनी है हम सबको।"

"कैसी होली नन्दू? जब मन में ही रंग नहीं है तो कैसी होली?"

बा, जन्नत, मन्दा, रसीली—सभी ने केतकी को घेर लिया...और बा हिम्मत देते हुए बोलीं, "तेरी ही हिम्मत से हमारी हिम्मत है...तू ही ऐसे टूट जाएगी तो हमारा क्या होगा?"

केतकी अपनी आँखों के आँसू पोंछते हुए बोली, "माफ करिएगा बा, कभी-कभी कमजोर पड़ जाती हूँ।"

"बा, कल होली है तो ऊँदियो पूरी तो बनेगा ही...रसोड़े में चलके देख लेते हैं, सारे शाक हैं या कुछ मँगवाना है।"

ब्रजभूषण के लोनावाला बँगले में होली का मंच सज चुका था। रसोई से लेकर घर के बाहर लॉन तक होली ही होली दिख रही थी। हर साल की तरह इस

बार भी परिवार की औरतों ने होली खेलने से पहले ही पूरा खाना बना लिया। इस बार महाराज जी तो यहाँ थे नहीं, इसलिए ऊँदियो बा ने ही बनाया। हाँ, शाक काटने में तुकाराम ने उनकी सहायता अवश्य की। केतकी और रसीली दोनों ने ही बा को रसोई से बाहर भेजना चाहा, पर बा ने कहा, ''अगर ठाकुर जी मेरे केशू की स्मरण-शक्ति लौटाने ही वाले हैं, तो मेरे हाथ का स्वाद वह अवश्य ही पहचानेगा।''

ऊँदियो को लेकर न जाने क्यों बा बहुत आशान्वित थीं और बा की यह आशा देख केतकी, नन्दिनी ही नहीं, सभी की आशा कई गुना बढ़ गई।

हालाँकि केशू को साथ लेकर आतिश, वकार, सचिन, नितिन, शान्तनु और बृजभूषण बाहर निकल चुके थे, लेकिन त्यौहार की रौनक महिलाओं के आने से ही बढ़ी। हर वर्ष होली के दौरान 'सांधवी विला ' में जो ब्रज की होलियाँ म्यूज़िक सिस्टम पर बजती थीं, वही आज भी गूँज रही हैं। टेबल रंग और गुलाल के साथ तैयार है। पानी के टैंक में रात में छोड़े हुए टेसू के फूलों ने केसरिया रंग छोड़ दिया है। एक टेबल पर ठंडाई का प्रबन्ध भी किया गया है। कुल मिलाकर हर साल की होली और इस साल की होली में मुख्य अन्तर यही है कि यह 'सांधवी विला' में नहीं है और सांधवी परिवार के बेटे-बहू, नौकर-चाकर यहाँ अनुपस्थित हैं।

बा को आते हुए देख आतिश, सचिन, वकार, नितिन और बहुओं ने आगे बढ़कर बा के पाँवों पर गुलाल डालके पाँव छुए। बा ने ढेरों आशीर्वाद दिये। सबकी देखा-देखी केशू भी प्लेट में से गुलाल की मुट्ठी भरकर बा के पास आए और उनके पैरों पर गुलाल डालकर उनके पैर छुए। यह देख सिर्फ़ बा ही क्या, कोई भी अपने आँसू नहीं रोक पाया। बा ने केशू का सिर पकड़ माथा चूमते हुए कहा, ''जीवतो रह म्हारा दीकरा, दीर्घायु थावो!'' लेकिन केशू ने अब और गुलाल लाकर अन्य महिलाओं के साथ भी वही करना शुरू कर दिया जो उसने बा के साथ किया—इतने पर तो बा और सभी मुस्कुराते रहे, किन्तु जब वह केतकी के पाँवों की तरफ़ बढ़ा और केतकी 'ना-ना, आ शूँ करो छो' कहते पीछे हटी तो बा का चेहरा बुझने-सा लगा और वह सोचने लगीं, 'तो क्या केशू ने सबकी देखा-देखी ही मेरे पैर छुए थे?'

वातावरण में सन्नाटा और बढ़े, इससे पहले ही शान्तनु और नितिन ने रंगों से जैसे सब पर आक्रमण ही कर दिया। सबसे पहले और सबसे अधिक रँगी गई नन्दिनी। वैसे भी उसकी शान्तनु के साथ यह पहली होली थी, दोनों ही जोश में भर उठे और देखा-देखी सब-के-सब होली के भाव से भर गए। सिर्फ़ केतकी ही बची थी जिसे सिर्फ़ नन्दिनी ने गालों पर गुलाल लगाया था, क्योंकि सभी यह देखना चाहते थे कि केशू हमेशा की तरह आज भी केतकी का हुलिया बिगाड़ते हैं या नहीं, लेकिन वह तो केवल आतिश और तुकाराम को ही रंग लगाए जा रहे थे। बीच-बीच में सब खा-पी भी रहे थे। केशू भी आगे बढ़कर बार-बार टेबल की तरफ़ जाते, सब व्यंजनों को ध्यान से देखते और लौट जाते। भले ही सब होली खेल रहे थे, लेकिन

सबकी आँखें बार-बार केशू पर ही टिक जाती थीं। तभी नन्दिनी ने वकार को आँखों से कुछ कहा और वकार ने टेबल पर चमचम से भरा एक डिब्बा रख दिया। उस डिब्बे पर नज़र पड़ते ही केशू ने फ़ौरन ही पास जाकर एक साथ दो चमचम उठाकर जल्दी-जल्दी खा लीं। यह देखकर सभी के चेहरे मुस्कुराहट से भर गए और वकार ने चुपके से अपनी आँखें पोंछ लीं, फिर आगे बढ़कर केशू के पास जाकर पीठ पर हाथ मारते बोले, "क्या खा रहे हो केशू मियाँ?"

केशू के मुँह पर चाशनी लगी हुई थी, वह बोले, "मैं यही तो ढूँढ़ रहा था..."

"क्या...क्या ढूँढ़ रहे थे?"

केशू सोचने लगे, फिर आँखें मूँदकर स्वाद लेते हुए धीरे से बोले, "बृजवासी की चमचम है।"

इतना सुनना था कि सभी ज़ोर से ताली बजाने लगे। सबको लगा कि जब दुकान तक का नाम केशू को याद रह गया, तो अब सब-कुछ याद आता चला जाएगा। ख़ुशी में भरे सब-के-सब ब्रज की होरी पर मस्ती में भरे नाचने लगे। कुछ देर उन्हें देखते रहने के बाद केशू, बा को कुर्सी पर से उठाकर उनके साथ नाचने लगे। बा की ख़ुशी का पारावार नहीं था।

इसी बीच शान्तनु ने नन्दिनी को रंग से भरे टैंक में डालकर हर साल होनेवाली इस धींगामस्ती की शुरुआत भी कर दी। वकार, सचिन और झिझकते हुए आतिश—सभी अपनी-अपनी पत्नियों को बारी-बारी से टैंक में डालने लगे, साथ ही केशू को भी ललकारते जा रहे थे, "केशू, केतकी को उठा...उठा और पटक इस टैंक में। वह सूखी नहीं रहनी चाहिए।" और वाक़ई, केशू ने केतकी को बाँहों में भरकर टैंक में डाल दिया। केतकी के मुँह से शुरू से ही 'नहीं-नहीं' निकल रहा था, और टैंक में भी वह हाथ-पाँव चलाते कभी बा को और कभी नन्दिनी को ज़ोर-ज़ोर से पुकारे जा रही थी, सब हँस रहे थे लेकिन अचानक केशू सहमे-घबराए से पीछे खिसकने लगे, यह देखकर सभी ने एक-दूसरे को देखा।

नितिन और नन्दिनी ने मिलकर केतकी को टैंक से बाहर निकाला। केतकी तर-ब-तर सिमटी-सी बाँहों को सीने पर बाँधे आँखें झुकाए खड़ी थी और केशू अपने कान पकड़े एक बार सबको और फिर केतकी को देखते बोले, "सॉरी...मुझसे गलती हो गई।" यह कहकर वह मुड़कर अन्दर की तरफ़ जाने लगे।

उन्हें जाता देख सभी का जोश ठंडा पड़ने लगा और होली के लिए सजाया गया यह मंच सच में ही नाटकीय लगने लगा।

सब नहा-धोकर आधे-अधूरे मन से हॉल में पड़ी डायनिंग टेबल के आस-पास आकर बैठ गए। इतने पर भी बा के मन की बची-खुची आशा थी उनके हाथ का बनाया और केशू का प्रिय ऊँदियो। तुकाराम टेबल पर खाने के व्यंजन रख चुके तो महिलाएँ थालियाँ परोसने लगीं।

केशू के पास ही बैठी बा की आँखें केशू पर ही टिकी हुई थीं। वह एकटक परोसे जा रहे खाने को ही देख रहे थे। केतकी ने जैसे ही ऊँदियो परोसा, नन्दिनी जान-बूझकर उत्साह में भरी चिल्लाई, "अरे वाह! बा के हाथों का बनाया ऊँदियो!"

इस पर बाक़ी सब भी बा के बनाए इस शाक की प्रशंसा में बोलने लगे और यह भी कि बा बताती हैं, बचपन से ही केशू को ऊँदियो पूरी बहुत पसन्द है। सब चोर नज़रों से केशू को ही देखे जा रहे थे...बा की आँखें तो जैसे उधर से हट ही नहीं रही थीं, लेकिन केशू ने सामने रखी पकवानों से सजी थाली को हाथ ही नहीं लगाया।

उनके माथे पर सिलवटें उभर रही थीं। यह देखकर बा का दिल ज़ोर-ज़ोर से धड़कने लगा। चेहरे पर बेचैनी के भाव उभरने लगे। तभी केशू ने तुकाराम को पुकारा, "मेरे सामने यह सब क्या रख दिया? मेरे लिए जल्दी ब्रेड-आमलेट लेकर आ।"

यह सुनकर पूरी तरह से निराश हो चुकी बा का हाथ पूरी ताक़त के साथ केशू के गाल पर पड़ा। सब सन्न से देखते रह गए। बा उठकर एक तरफ़ चल दीं। कुछ पल उन्हें जाते देखते रहने के बाद केशू भी गाल पर हाथ रखे सुबकते हुए अपने कमरे की तरफ़ चल दिये।

यहाँ किसी को कुछ समझ में नहीं आया कि यह सब क्या हो गया। रसीली, मन्दा, सचिन, नितिन, बृजभूषण—सभी के मुँह पर यह सवाल था कि बा ने अचानक केशू पर हाथ क्यों उठाया? इतनी देर से पथराई-सी बैठी केतकी गहरी साँस छोड़ते हुए बोली, "आज बा की तमाम उम्मीदों ने दम तोड़ दिया।"

अब तो किसी से खाया नहीं गया। सभी डायनिंग टेबल से उठ गए। नन्दिनी तेज़ी से केतकी के पास आकर उसे बाँह में भरते हुए धीरे से बोली, "काकी, मैं जानती हूँ, आप बहुत स्ट्रांग हैं। आप अपनी हिम्मत जरूर बनाए रखेंगी।"

केतकी ने नन्दिनी की आँखों में देखकर धीरे से 'हाँ' में सिर हिलाया।

34

बा अपने कमरे में अकेले बैठी थीं। वह रोना चाहती थीं पर रो नहीं पा रही थीं। बेचैनी में बार-बार अपने उस हाथ को देखतीं जिससे उन्होंने केशू को चाँटा मारा था। अचानक ही पास पड़े टी.वी. के रिमोट को उठाकर उससे अपने उस हाथ को सज़ा देने लगीं जिससे अभी-अभी अपने प्राणों-से प्यारे केशू को मारा था। उनसे रहा नहीं गया, वह उठकर केशू के कमरे में दबे पाँव गईं। दरवाज़े से देखा, केशू बेड पर लेटे हुए थे। उनका चेहरा दूसरी तरफ़ था। बा का मन आशंकाओं से भर गया, 'आखिर मेरा हाथ मेरे बच्चे पर कैसे उठ गया? यह जैसा भी रहे, पहले जैसा हो या न हो, है तो मेरा ही दीकरा। वह दीकरा, जिसका हम अन्तिम संस्कार तक कर चुके, किसी चमत्कार की तरह आज यह हमारे सामने है। इससे ज्यादा

और क्या चाहिए हमें ?' यह कहते वह बेड के दूसरी तरफ़ जाकर धीरे से केशू के सिरहाने बैठ गईं।

केशू की आँखों से आँसू बह रहे थे। बा का मन तड़प उठा। उन्होंने एक हाथ अपने मुँह पर रख के ज़ोर से आती रुलाई को दबाया और दूसरा हाथ केशू के सिर पर फिराने लगीं। ऐसा करते हुए कब बा की आँख लग गई, वह नहीं जान पाईं।

केतकी बा को उनके कमरे में न पाकर उन्हें यहाँ-वहाँ देखती केशू के कमरे की तरफ़ आई। अन्दर क़दम रखने को ही थी, पर यह देखकर दरवाज़े पर ही ठिठक गई कि माँ-बेटे दोनों पलंग पर सोए हुए हैं और बा का एक हाथ केशू के सिर पर है। तभी केशू की आँखें खुलीं और पास ही लेटी बा के चेहरे पर टिक गईं। केशू बा को देखे जा रहे थे। उनके होंठ हिले...एक बार धीरे से निकला—"बा..."

दरवाज़े पर खड़ी केतकी का कलेजा काँपने लगा, पैर लड़खड़ाने लगे। दरवाज़ा पकड़कर उसने ख़ुद को गिरने से रोका।

इधर बा अवाक्-सी आँखें फाड़े अपने केशू को देखने लगीं जो उठकर बैठ चुके थे और 'बा...बा' कहे जा रहे थे। बा तुरन्त ही केशू को कसके लिपटा के ज़ोर-ज़ोर से रोने लगीं।

केतकी ने दरवाज़े से ही वापस लौटकर गुमसुम से बैठे केशू के परिवार को उखड़ी साँसों के साथ बताया, "मेहुल के पप्पा बा को पहचान गए हैं!"

यह सुन सभी 'क्या?' कहते खड़े हो बोले, "कहाँ है केशू?"

"अपने कमरे में।"

और सब-के-सब भागते हुए उस कमरे में पहुँचे जहाँ अभी भी माँ-बेटा गले लगे हुए थे।

केशू बा के सिर पर हाथ फिराते पुचकारते कहे जा रहे थे, "चुप थई जा बा, चुप थई जा।"

कुछ पलों तक कोई कुछ नहीं बोल पाया। अचानक ही कमरे में चारों ओर नज़र घुमाते हुए केशू बोले, "यह तो बी.बी. का लोनावाला का बँगला है। यहाँ हम कब आए?"

इतना सुनते ही सबने पास आकर केशू को घेर लिया। कोई पलंग पर चढ़ गया, कोई उनके पैरों के पास बैठ गया। अचानक यह जो कुछ हुआ, उसने जैसे केतकी को सुन्न-सा कर दिया। जन्नत, रसीली, मन्दा, नन्दिनी--सभी उसकी भावनाओं को समझते हुए उसे शान्त करने का प्रयास करने लगीं।

बँगले के बारे में केशू के प्रश्न का उत्तर देने के लिए सामने आकर बी.बी. बोले, "तुमने सही पहचाना, यह लोनावाला का ही बँगला है।" फिर नन्दिनी को देखते बी.बी. बोले, "तुम्हारी लाड़ली दीकरी का मन था कि उसकी शादी के बाद की यह पहली होली सब मिलकर यहीं मनाएँ।"

इतना सुनकर केशू कुछ सोच में पड़ गए। यह देखकर सभी के मन में थोड़ा संशय उभरा कि कहीं यह फिर से अपने विस्मृत संसार में तो नहीं लौट गए? परन्तु सोच में डूबे हुए केशू धीरे से बोले, "हाँ, नन्दिनी का लगन हुआ। मैं इसे और शान्तनु को सी-ऑफ करने एअरपोर्ट गया। इसकी फ्लाइट के घंटे भर बाद ही हांगकांग के लिए मेरी फ्लाइट थी। हम सब यात्री हवाई जहाज पर सवार हुए...हवाई जहाज ऊपर उठा, लेकिन मुश्किल से दस मिनट के बाद ही वायुयान में कुछ अफरा-तफरी-सी होने लगी और साथ ही उद्घोषणा भी कि जहाज का इंजन काम नहीं कर रहा, उसे सँभालने की पूरी कोशिश की जा रही है। यह सुन यात्रियों में चीख-पुकार मचने लगी, और कुछ ही पलों में नीचे की तरफ जाता जहाज भयंकर आवाज करते-करते...फिर मुझे याद नहीं कि आगे क्या हुआ...।"

अब शान्तनु पास आकर आलोक के बारे में बताते हुए बोला कि कैसे आलोक ने उन्हें पोर्ट ब्लेयर के अस्पताल में देखा, जहाँ डॉक्टर ने उसे बताया कि निकोबार के किसी मछुवारे को वह पूरी तरह से निर्जीव अवस्था में मिले और वह उन्हें अस्पताल में छोड़ गया।

आगे आतिश ने बताया कि इधर एअरपोर्ट अधिकारियों ने निश्चित रूप से यह कह दिया था कि सभी यात्री हताहत हो चुके हैं, हालाँकि दो बॉडीज़ नहीं मिली हैं, फिर भी उनके जीवित रहने की आशा नहीं है...।

कुछ सोचते हुए केशू बोले, "फिर तो मेरा क्रिया-कर्म...अन्तिम संस्कार... यह सब..."

अचानक ही केतकी के रोने के स्वरों के साथ कमरा भर उठा। आज पहली बार केशू ने केतकी को पहचान-भरी नज़रों से सिर से पाँव तक देखा। उसके माथे पर बिन्दी नहीं थी, गले में मंगलसूत्र नहीं था और वह एक हल्के से रंग की साड़ी पहने हुई थी।

उसे एकटक देखते हुए केशू बोले, "नन्दिनी का लगन देवउठावनी एकादशी के दिन नवम्बर में हुआ था...और अब होली आ गई...इसका मतलब, इतने दिनों तक मेरा यह पूरा परिवार मर-मरकर जीता रहा और मैं जाने किस किनारे साँसें लेता जीवित पड़ा था?"

केशू के मुख पर जैसे दुःख और ग्लानि की स्याही-सी पुत गई। यह देख बा आगे बढ़कर केशू का सिर अपने सीने से लगाते भरे स्वर में बोलीं, "जो हुआ सो हुआ, ठाकुर जी ने मेरा खोया हुआ दीकरा लौटा दिया, बस।" फिर जिस गाल पर बा ने चाँटा मारा था, उसे प्यार से सहलाते हुए बोलीं, "बचपन के बाद आज तुझ पर फिर हाथ उठ गया। थाली छोड़कर आ गया था न तू...चाल, हवे जीम ले।"

अब सभी ने केशू को उठाकर बाहर ले जाते हुए बताया, उन्होंने भोजन नहीं किया, तो सभी भूखे उठ गए थे। बा ने अपनी बहुओं से खाना गर्म करके दोबारा परोसने के लिए कहा।

तभी अचानक ही केशू ठिठककर बोले, "आज होली है, हम सब यहाँ हैं, लेकिन मेरे मेहुल, केतन और बहुएँ कहीं नजर नहीं आ रहे?...कहाँ हैं वो?"

इस बात पर सभी चुपचाप रह गए। एक गहरी ख़ामोशी-सी छा गई। आशंकित से केशू अब सभी से अलग-अलग बच्चों के बारे में पूछने लगे।

ग़ुस्से में तमतमाए आतिश बोले, "वे लोग अपने घर में हैं और चैन से हैं।"

"अपने घर में? मतलब?"

बा बोलीं, "केशू, तूने घर से विदेश जाते समय जो कहा था कि तूने कागज-पत्तर मेरे कहे अनुसार बनवा दिये हैं, उसका क्या अर्थ था...?"

"अरे बा, उसका अर्थ यही कि जैसी वसीयत तू चाहती थी, वैसी ही मैंने अपने वकील से कहकर तैयार करवा दी थी।"

बा ने सबको देखा और सबने बा को।

यह देखकर केशू बोले, "क्यों, क्या हुआ? अभी तक वसीयत पढ़ी नहीं गई?...साच्चू बा, मैंने तो उसमें साफ-साफ लिखा था कि मेरे बाद मेरा सारा कारोबार और प्रॉपर्टी मेरी पत्नी केतकी के नाम और उसके न रहने पर चालीस-चालीस टक्का मेहुल और केतन, दस टक्का नन्दिनी और बाकी दस टक्का नितिन, फैजान और हिना में बाँट दिया जाए।"

बी.बी. आगे बढ़कर बोले, "इसका मतलब, बा का तुम पर विश्वास और पढ़ी गई वसीयत पर सन्देह बिलकुल सही था?"

अब केशू को रमणीक ज़वेरी द्वारा पढ़ी गई उस वसीयत के बारे में बताया गया, जिसमें केतकी के लिए कुछ भी नहीं था।

ग़ुस्से में भरे आतिश बोले, "इतने पर भी बा और केतकी ने कुछ नहीं कहा, लेकिन उस समय मैं अपने क्रोध पर काबू न रख पाया, जब आयशा ने मन्दिर हटाकर ऊपर ले जाने और बा को नीचे गेस्ट रूम में रहने की बात कही, तो बस, मैं अपनी माँ को वहाँ से अपने घर ले आया और बा के पीछे केतकी ने भी 'सांधवी विला' छोड़ दिया।"

यह सुनते ही केशू का चेहरा तमतमा गया, "इसका मतलब वसीयत में हेरा-फेरी की गई?"

शान्तनु बोला, "अंकल, ऐसा ही हुआ है, लेकिन किसी को इस बारे में पता तक नहीं था कि आपने कोई विल भी लिखी है। वह तो जब बा ने कहा, आप इन्हें विश्वास के साथ कहकर गए थे कि आपने उनके मन मुताबिक विल बनवा दी है—तो मेरे और डैड के मन में शक पैदा हुआ। लेकिन कोई क्या कर सकता था? फिर आप जब हमें मिले भी, तो ऐसी अवस्था में, कि आपकी पुरानी यादें मिट चुकी थीं, आप किसी को पहचानते नहीं थे, लेकिन आपकी पोर्ट ब्लेयर की मेडिकल रिपोर्ट जब डैड ने डॉक्टर कपूर को दिखाई तो उन्होंने उम्मीद जगाई कि आपकी मेमोरी वापस आ जाएगी। यही

सोचकर अपने कॉन्टेक्ट्स के ज़रिए डैड ने प्रापर्टी ट्रांसफ़र वगैरह को अटकवा दिया। अभी तक नई विल के मुताबिक किसी भी तरह का परिवर्तन नहीं हो पाया है। आज भगवान ने पूरी तरह से आपको हमें लौटा दिया...अब देखिएगा, विल में हेरा-फेरी की विशेष धारा 467 के अन्तर्गत केतन और उसकी साजिश में शामिल होनेवाला रमणीक जवेरी कैसे दस-दस साल के लिए हवालात की हवा खाते हैं।''

क्रोध और जोश में भरे केशू ने कहा, ''तो चाल न, देर किस बात की?''

शान्तनु बोला, ''बात यह है अंकल, सभी जगह आपका डेथ सर्टिफिकेट दिखाकर ट्रांसफर की अप्लीकेशंस भेजी जा चुकी हैं। ऐसी स्थिति में पहले हमें प्रमाणित करना होगा कि आप ही केशू भाई सांधवी हैं, हालाँकि पोर्ट ब्लेयर के डॉक्टर ने आपकी मेडिकल रिपोर्ट्स के साथ जो डिसचार्ज कार्ड दिया है, उसमें यह भी लिखा है, कि कोई आपको हॉस्पिटल में बहुत बुरी हालत में छोड़ गया था। करीब तीन महीने आप वहाँ रहे, अब शरीर से तो आप स्वस्थ हैं, लेकिन आपकी याददाश्त खो चुकी है। आपको अपना नाम तक याद नहीं है। फिर उन्होंने आलोक व्यास के हॉस्पिटल में आपको पहचानने और वीडियो कॉन्फ्रेंसिंग के जरिए आपके परिजनों द्वारा आपके केशूभाई सांधवी होने की पुष्टि करवा दी है। बाद में एअरलाइन अधिकारी मिस्टर महाजन ने भी जब डॉक्टर से कहा कि आप केशू भाई सांधवी ही हैं और आप इन्हें आलोक व्यास के साथ भेज सकते हैं...तो अंकल, इस तरह हमारे पास डॉक्टर और मिस्टर महाजन के प्रमाणपत्र तो हैं ही, लेकिन...''

''लेकिन केशू भाई, इस पर भी अड़ंगे लगाए जा सकते हैं। इसलिए सौ सवालों का एक जवाब—हम सबसे पहले आपका ब्लड सेंपल लेकर डी.एन.ए. टेस्ट करवा के उसकी रिपोर्ट अपने हाथ में रख लें, फिर बिना एक पल भी गँवाए केतन और रमणीक जवेरी, दोनों पर ही पुलिस कार्रवाई कर सकते हैं।''

बी.बी. की यह बात सुन ग़ुस्से से भरे केशू बोले, ''पुलिस कार्रवाई नहीं, सख्त-से-सख्त सजा भी...क्योंकि केतन ने यह जो किया है, उसके लिए कोई माफी हो ही नहीं सकती।''

वकार आगे बढ़कर केशू को शान्त कराते बोले, ''बिलकुल ठीक है केशू मियाँ, लेकिन फिलहाल एक मेहरबानी हम सब पर करो—गुस्सा थूको और बा के हाथ का बना ऊँदियो पूरी खाओ। अमाँ, जल्दी करो, तुम्हारे चक्कर में भूख के मारे हम तो आधे ही रह गए।''

खाना गर्म करके दोबारा से मेज़ पर लगाया जाने लगा।

अचानक ही बृजभूषण को जैसे कुछ याद आया, ''केशू भाई, वसीयत की कोई कॉपी वकील ने आपको भी दी थी?''

''हाँ, पर एक बात कही थी उसने कि जब तक इस वसीयत का रजिस्ट्रेशन नहीं होगा, यह मान्य नहीं होगी और अगर कोई चाहे तो इसमें हेराफेरी भी कर सकता

है। मैंने कहा, नन्दिनी का लगन हो जावे, मैं हांगकांग से वापस आ जाऊँ तो रजिस्ट्रेशन भी करवा लेंगे।''

इस पर शान्तनु और बृजभूषण की आँखें मिलीं, शान्तनु ने पूछा, ''अंकल, विल की जो कॉपी रमणीक ने आपको दी थी, उसके बारे में कुछ याद है—कहाँ रखी होगी?''

''मेरे जरूरी कागजात जहाँ रखे होते हैं, केतकी के कपबोर्ड में—लाल रंग के ब्रीफकेस में।''

अब सभी केतकी को देखने लगे तो केतकी बोली, ''पारुल अक्सर मुझे फोन करती रहती है। उसने बताया था कि 'आप जैसे घर छोड़ गई थीं, अभी तक सब वैसे ही पड़ा है।' उसने एक-दो बार हमारे और बा के कमरे की सफाई करवाने के लिए मेहुल से कहा भी पर मेहुल ने कहा, 'कमरे के लॉक तभी खुलेंगे जब माँ आकर खुद खोलेंगी...और देख लेना, माँ जरूर आएँगी।' ''

कुछ पल सोचने के बाद शान्तनु बोला, ''केतकी मम्मा, आप पारुल भाभी को फोन पर बस इतना ही कहिएगा कि आपकी अलमारी से लाल रंग का ब्रीफकेस निकालकर दयाभाई के हाथों मेरे घर भिजवा दें।''

केतकी ने 'हाँ' में सिर हिलाया। इसी बीच खाना परोसा जा चुका था। केशू की नज़र थाली में ऊँदियो पूरी पर पड़ी, फिर उसने बा को देखा और बा पूरी का निवाला ऊँदियो में लगाकर केशू को खिलाने लगीं, यह देखकर बाक़ी सब भी खाने पर टूट पड़े।

पारुल ओजस को प्रैम में घुमा रही थी। केतकी का फ़ोन आया देख, फ़ौरन ही फ़ोन उठाकर कहा, ''जय श्रीकृष्णा माँ!'' पर इससे पहले कि केतकी कुछ कहे, पारुल ने उसे बताया कि उसने होली के दिन ठाकुर जी पर गुलाल चढ़ा दिया था और ओजस को भी टीका करके उसका मुँह मीठा करा दिया था।

केतकी थोड़ी-बहुत बात करने के बाद बोली कि वह आज शाम को ही उसके कमरे में जाकर, उसके कपबोर्ड के सबसे ऊपरवाले खाने में रखा लाल रंग का ब्रीफ़केस दयाभाई के हाथों नन्दिनी के ससुराल भिजवा दे। नन्दिनी उस तक पहुँचा देगी।

अगले दिन ब्रीफ़केस लोनावाला पहुँच गया। केशू को ब्रीफ़केस के लॉक का नम्बर याद था। उन्होंने उसे फ़ौरन खोला। उसमें रखी दो-तीन फ़ाइलों में से एक फ़ाइल निकाली और पास में बैठी बा, केतकी, आतिश और बृजभूषण को दिखाते हुए बोले, ''तमे बधा जुओ...मैंने अपनी वसीयत में क्या लिखा है।'' और वास्तव में वसीयत में वही सब लिखा हुआ था, जो बा चाहती थीं। नीचे केशू के हस्ताक्षर भी थे।

फ़ाइल को उलटते-पलटते बृजभूषण बोले, ''अगर इसका रजिस्ट्रेशन हो गया होता तो एक शब्द भी यहाँ से वहाँ करना सम्भव न होता। खैर, यह फाइल तो हाथ

में आ ही गई है, कल तक फोरेंसिक लैब से डी.एन.ए. रिपोर्ट भी मिल जाएगी, फिर हम फौरन ही अपनी कार्रवाई शुरू कर देंगे।''

केशू बृजभूषण का हाथ पकड़कर मुस्कुराते हुए बोले, ''समधी जी, जहाँ चार महीनों से दुनिया की नजरों में मैं मर चुका हूँ, तो बस दो-तीन दिन और रुक जाइए।'' फिर बा की तरफ देखते हुए बोले, ''बा, मेरा अन्तिम संस्कार तो विधि-विधानपूर्वक ही हुआ होगा?'' बा ने गहरी साँस छोड़ते हुए 'हाँ' में सिर हिलाया तो केशू आगे बात पूरी करते हुए बोले, ''तो उस कर्मकांड का शास्त्रों में कोई तोड़ भी तो होगा...कोई ऐसे संस्कार जो मुझे शास्त्र प्रमाणित रूप से भी जीवित सिद्ध कर सके?''

बा ने केतकी से कहा, ''पंडित जी को फोन लगाकर इस विषय में बात कर लो।''

बृजभूषण तुरन्त ही उत्तेजित होकर बोले, ''बिलकुल नहीं। बात कहाँ-से-कहाँ पहुँच जाए, इस बात का क्या भरोसा? अब जबकि जीत हमें सामने दिख रही है, हमें किसी तरह का खतरा मोल नहीं लेना चाहिए। वैसे यहाँ लोनावाला में भी एक अच्छे पंडित जी हैं, जिनके हाथों बरसों पहले इस बँगले में गृहप्रवेश की पूजा हुई थी और उसके बाद भी कई शुभ प्रसंग उन्हीं के हाथों सम्पन्न हुए थे। मैं आतिश के साथ उनके घर जाकर सारी बातें तय कर आता हूँ।''

केशू बोले, ''कल जो डी.एन.ए. रिपोर्ट आएगी, एक तरह से वह मेरा बर्थ सर्टिफिकेट ही होगा। बा, यह बता, जन्म के बाद बालक के कौन-कौन से आवश्यक संस्कार होते हैं?''

बा कुछ पल चुप रहने के बाद धीरे से बोलीं, ''अन्नप्राशन्न, चौल संस्कार, यज्ञोपवीत और फिर विवाह।''

यह सुनकर केशू केतकी को देखते हुए बोले, ''आतिश, फिर तो यहीं के बाजार से एक मंगलसूत्र और सिन्दूर की डिबिया भी लेते आना।''

केतकी ने अपनी छलछलाई आँखें झुका लीं।

लगभग उन्तीस वर्ष पहले सूरत में केशू भाई और केतकी विवाह के सात फेरे लेकर पति-पत्नी बने थे, आज बृजभूषण के लोनावाला स्थित बँगले में, केशू भाई के साँझे परिवार की उपस्थिति में, एक बार फिर उस विवाह की पुनरावृत्ति हुई जिससे पहले पंडित जी केशू भाई के अन्य संस्कार भी करा चुके थे। जिस समय पति-पत्नी सप्तपदी लेने लगे, वहाँ उपस्थित लगभग सभी की आँखें भर आईं, और बाद में जब वकार ने माहौल को हलका करने के इरादे से हँसते हुए कहा, ''हमने तुम्हारी सूरतवाली शादी तो देखी नहीं थी, इस खास शादी के हम भी आज चश्मदीद गवाह हो गए, तो चलो, इसी बात पर चमचम से मुँह मीठा करो।'' यह कहते उन्होंने केशू को चमचम खिलाई और केशू ने आधी चमचम केतकी के मुँह में डाल दी।

अब केशू बड़ी दमदार आवाज़ में बा से बोले, ''बा, आज तेरे केशू का नया जन्म हुआ है, मुझे आशीर्वाद दे कि हमारे साथ जो भी गलत हुआ, उसे मैं ठीक कर सकूँ।''

बा ने केशू के सिर पर हाथ रखा। अब केशू बृजभूषण और शान्तनु को देखते हुए बोले, ''केशू भाई सांधवी तुम्हारे सामने खड़ा है...अब मुम्बई चलें ?''

बृजभूषण बोले, ''पहले मैं और शान्तनु जाकर सारे मोहरे जमा दें, फिर जैसे ही हम तुम्हें फोन करें, तुरन्त चले आना।''

35

केतन और आयशा एक प्राइवेट नर्सिंग होम से बाहर निकल रहे थे। दोनों के चेहरों पर मुस्कुराहट थी। गाड़ी तक पहुँचते हुए रास्ते में कई लोगों से उनकी दुआ-सलाम हुई। केतन ने चाबी लगाकर कार का दरवाज़ा खोला। आयशा के बैठते ही गाड़ी स्टार्ट करते उसने आयशा को देखा, आयशा ने उसको। आयशा उसके कन्धे पर सिर टिकाते हुए बोली, ''हैप्पी ?''

''वैरी हैप्पी।''

''तुम्हें क्या चाहिए—लड़का या लड़की ?''

गाड़ी आगे बढ़ाते आयशा को मिरर में से देखते हुए केतन बोला, ''बिजनेसमैन का बेटा हूँ, बेटा ही हो तो अच्छा। वैसे पहला बेबी है, मुझे पापा बनाएगा—ब्वॉय हो या गर्ल, कुछ भी। पर आज मैं बहुत खुश हूँ।''

उसने आयशा को देखा जो ख़ामोश थी।

''क्या हुआ ? ऐसे चुप-चुप क्यों हो ? तुम खुश नहीं हो ?''

''खुश तो हूँ लेकिन घर में कोई खुशी शेयर करनेवाला भी तो होना चाहिए।''

केतन ने झटके से सिर घुमाकर उसे देखते हुए कहा, ''मतलब ?''

''मतलब यही कि आज पापा होते, माँ होतीं, बा होतीं, तो बात ही कुछ और होती।''

गहरी साँस छोड़ते केतन बोला, ''हाँ, यह तो है। पप्पा को तो लौटाया नहीं जा सकता, लेकिन माँ और बा को तो खबर दी ही जा सकती है।''

आयशा संकोच में बोली, ''माँ को बता तो दूँ...लेकिन उस दिन मेरे मुँह से न जाने क्या-क्या निकल गया था। अब किस मुँह से बात करूँ ?''

''जैसा तुम चाहो।''

गाड़ी में बैठे-बैठे ही आयशा ने केतकी को फ़ोन लगा दिया। केतकी जो उस समय केशू को अनार के दाने निकालकर खिला रही थी, डिसप्ले पर आयशा का नाम देखकर ठिठक गई। फ़ोन बजे जा रहा था।

केशू ने पूछा ''किसका फोन है, उठाओ न!''

फ़ोन बन्द करते हुए वह बोली, ''नहीं, जरूरी फोन नहीं है।''

उधर गाड़ी में आयशा का चेहरा उतर गया।

केतन ने पूछा, "क्या हुआ?"

"माँ ने फोन कट कर दिया...।"

"यह माँ भी न..."

"नहीं, गलती मेरी ही है। जब से वह घर से गई हैं, मैंने उन्हें एक बार भी कॉल नहीं किया।"

इसी बीच गाड़ी 'सांधवी विला' में प्रवेश कर गई।

केतन और आयशा लिफ़्ट में गए, आयशा ने पहली मंज़िल का बटन दबाया। केतन यह देख बोला, "भाभी को न्यूज देने जा रही हो?"

"हाँ," और फिर रुँधे गले से बोली, "मेरे मॉम-डैड ने तो मुझसे रिश्ता ही तोड़ रखा है...लाइफ की इतनी बड़ी खुशी और किसे सुनाऊँ?"

पहले माले पर पहुँचकर लिफ़्ट में से बाहर आकर आयशा सीधे 'भाभी-भाभी' पुकारते हॉल में गई। सबसे पहले उसकी नज़र केशू भाई के पोर्ट्रेट पर पड़ी और अनजाने में ही उसके मुँह से निकला, "पापा, आप दादा बननेवाले हैं।"

तभी अचानक उसकी साड़ी का पल्लू खिंचा। उसने चौंककर देखा, ओजस उसके पल्लू से अपना मुँह ढँके कह रहा था, "ता...श...श...श...श।" यह देखकर आयशा ओजस को गोद में उठाकर उसके गाल चूमते हुए बोली, "ओजस, तेरे साथ खेलनेवाला भाई या बहन आनेवाला है...तू भाई साब बन जाएगा।"

ओजस हँसे जा रहा था।

किचन के बाहर आती पारुल यह देख पास आते बोली, "आयशा, यह तू क्या बोल रही है? कोई गुड न्यूज है क्या?"

"हाँ, भाभी।" कहते उसकी आँखें भर आईं।

पारुल बोली, "अरे इसमें रोने की क्या बात है? तूने माँ को बोला?"

आयशा ने ना में सिर हिलाया।

"चल, मैं बताती हूँ।"

"जाने दीजिए भाभी, वह मुझसे नाराज हैं।"

"कितनी भी नाराज हों आयशा, इस खबर से तो उनका सारा गुस्सा उतर जाएगा।" और उसने केतकी को फोन लगा दिया।

इस समय केतकी बा के पास बैठी उन्हें कोई फ्रूट काटकर दे रही थी। पारुल का फ़ोन देखते ही उसने फ़ोन उठाया और बोली, "अभी थोड़ी देर पहले आयशा का फोन आया था, मेरे हाथ काम में थे, इसलिए उठा नहीं सकी...सब ठीक तो है न?"

"अरे माँ, बधू कई खूबज सारू छे...आप एक बार फिर से दादी बननेवाली हैं, लीजिए, आयशा से बात करिए," उसने फ़ोन आयशा को पकड़ाया और बोली, "बात करो माँ से।"

आयशा की बात सुनते ही केतकी ने उसे खूब सारे आशीर्वाद दिये, साथ ही

शुरू के तीन महीने अपना पूरा ध्यान रखने के लिए कहा। यह भी बताया कि उसे क्या खाना चाहिए, क्या नहीं।

आयशा चुपचाप सुन रही थी। बीच-बीच में बा की आवाज़ भी कानों में पड़ी। अब वह सुबकते हुए बोली, "माँ, सॉरी...आप और बा मुझे माफ कर दीजिए, प्लीज...!" और वह फ़ोन पारुल को देकर रोती हुई वहाँ से अपने कमरे की ओर चली गई।

उधर केतकी 'हैलो-हैलो' किए जा रही थी।

पारुल ने कहा, "माँ, वह रोते हुए चली गई।"

यह सुन केतकी बोली, "पारुल दीकरा, हम तो इतनी दूर बैठे हैं, सिर्फ़ चिन्ता ही कर सकते हैं। बेटा, तुम आयशा का ध्यान रखना।"

"बिलकुल माँ, आप चिन्ता मत करिए...जय श्रीकृष्णा।" यह कहकर उसने फ़ोन बन्द कर दिया।

मुम्बई से बृजभूषण का फ़ोन मिलते ही आतिश, रसीली, केशू, केतकी और बा बृजभूषण की बड़ी गाड़ी में सामान लेकर मुम्बई के लिए रवाना हो गए जिसे ड्राइवर चला रहा था। इस समय सब चुप थे और अपनी-अपनी सोच में डूबे हुए थे।

गाड़ी मुम्बई में प्रवेश कर गई। एक-दो बार ट्रैफ़िक में फँसकर निकलते हुए सान्ताक्रुज़ पहुँचते-पहुँचते लगभग चार बज गए। गाड़ी आतिश के घर के बाहर रुकी।

आतिश ने बा को सहारा देकर गाड़ी से नीचे उतारा। साथ में केतकी और रसीली भी उतर आईं। केशू बाहर निकलकर बा की तरफ़ बढ़े, जो उसी को देखे जा रही थीं।

केशू झुक के बा के पैर छूते हुए बोले, "तू चिन्ता न कर बा...श्रीनाथ जी बधू सारू करसे, थोड़ी वार मां नन्दिनी तमे लोको ने अंइया ती लेई जासे।"

बा ने उसके सिर पर हाथ रखकर 'हाँ' में सिर हिलाया।

जाते-जाते केशू ने एक बार केतकी को भी आँखों-ही-आँखों में आश्वस्त किया। आतिश और केशू गाड़ी में बैठ गए। गाड़ी आगे बढ़ी और आँखों से ओझल होने तक बा और केतकी उधर ही देखती रहीं।

36

आतिश और केशू पीछे की सीट पर पास-पास बैठे हुए थे। आतिश के मोबाइल पर एक-दो बार शान्तनु का फ़ोन आया, यह पूछने के लिए कि वे लोग कहाँ तक पहुँचे हैं। गाड़ी वरली-सी लिंक पार कर चुकी थी और कुछ ही देर में

वरली पुलिस स्टेशन पहुँचकर रुक गई। शान्तनु और बृजभूषण मेहता वहाँ पहले से ही खड़े थे। केशू और आतिश गाड़ी से उतरे। सभी पुलिस स्टेशन में गए।

इंस्पेक्टर के केबिन में जाने से पहले शान्तनु ने केशू से कहा, "अंकल, आप दो मिनट रुकिए, हम अभी आए।" यह कहकर बृजभूषण और शान्तनु अन्दर गए और दो मिनट बाद ही बाहर आकर केशू और आतिश को अन्दर आने के लिए कहा, जहाँ शान्तनु इंस्पेक्टर को पहले ही वह फ़ाइल दिखा चुका था जिसमें हवाई दुर्घटना के बाद केशू भाई के पोर्ट ब्लेयर हॉस्पिटल में लगभग तीन महीने रहने के प्रमाण, मेडिकल रिपोर्ट्र्स, एअर लाइंस अधिकारी मिस्टर महाजन से मिला प्रमाणपत्र, मुम्बई में न्यूरोलॉजिस्ट डॉक्टर कपूर का पत्र, केशू भाई की डी.एन.ए. रिपोर्ट, साथ ही 20 नवम्बर के दिन रमणीक ज़वेरी को लिखाई गई केशू भाई के हस्ताक्षरोंवाली वसीयत की ओरिजिनल कॉपी संलग्न थी।

इंस्पेक्टर तावड़े ने केशू भाई से उनकी शिकायत के बारे में पूछताछ की और एफ.आई.आर. दर्ज़ की। शिकायत में दो आरोपियों के नाम लिखाए गए—एक केतन केशू भाई सांधवी और दूसरा—रमणीक ज़वेरी।

शिकायतकर्ता के रूप में केशू भाई के हस्ताक्षर लेकर इंस्पेक्टर तावड़े बोला, "ठीक है मिस्टर सांधवी, हम इन दोनों मुजरिमों को जल्दी-से-जल्दी गिरफ्तार करके कोर्ट में पेश करेंगे।"

शाम ढल चुकी थी। केतन और मेहुल अभी-अभी ऑफ़िस से घर पहुँचे थे। रोज़ की तरह नौकर-चाकरों ने उनको पानी लाकर दिया। ठुमुक-ठुमुक करके चलता ओजस 'पापा-पापा' कहते मेहुल की तरफ़ जा रहा था। पारुल ने चाय की ट्रे सेंटर टेबल पर लाकर रखी।

आयशा को नाश्ते की ट्रे लाता देख केतम बोला, "आयशा, मेरी चाय ऊपर रूम में ले आना।" इतना कहते वह बरामदे में पहुँचकर लिफ़्ट के बटन की तरफ़ हाथ बढ़ा ही रहा था कि लिफ़्ट का दरवाज़ा खुला और उसमें से दो व्यक्ति बाहर निकले।

केतन बोला, "जी, कहिए? बाय द वे, आप लोग सीधे ऊपर कैसे आ गए?"

वह मोबाइल पर वॉचमैन को डाँटते हुए बोला कि उसने बिना पूछे अनजान लोगों को ऊपर कैसे भेज दिया। इस बीच दो में से एक आदमी ने अपना पहचान-पत्र केतन के आगे कर दिया जिसे देखकर केतन चौंककर बोला, "सब-इंस्पेक्टर कुलकर्णी? आप...यहाँ कैसे?"

अब कुलकर्णी ने अरेस्ट वारंट निकालकर केतन के सामने रखा, जिसे देखते ही केतन पसीने-पसीने होकर चिल्लाते हुए बोला, "यह क्या बकवास है, आप मुझे अरेस्ट करने आए हैं? क्या किया है मैंने?"

उसकी इतनी ऊँची आवाज़ सुनकर हॉल में से आयशा और पीछे मेहुल, पारुल और नौकर-चाकर बरांडे में आ गए।

मेहुल घबराया-सा 'क्या हुआ...कौन हैं ये लोग' वग़ैरह कहे जा रहा था।

केतन चिल्ला-चिल्लाकर कहे जा रहा था, "आप ऐसे मुझे अरेस्ट नहीं कर सकते। मेहुल भाई, रमणीक जवेरी को फोन लगाओ...देखो, पुलिस मुझे अरेस्ट करने आई है।"

यह सुनकर सभी सहम गए।

मेहुल और केतन बार-बार रमणीक ज़वेरी को फ़ोन लगा रहे थे। लेकिन फ़ोन बन्द आ रहा था। अब कुलकर्णी बहुत ही विनम्र स्वर, लेकिन सख़्त शब्दों में बोला, "मिस्टर सांधवी, आपको हमारे साथ वरली पुलिस स्टेशन चलना ही पड़ेगा। अगर आप सीधी तरह से नहीं मानेंगे, तो हमें आपको हथकड़ियाँ डालकर ले जाना पड़ेगा।"

आयशा ने रोते हुए पूछा, "लेकिन इनका जुर्म क्या है?"

जवाब में कुलकर्णी ने कहा, "देखिए, वह सब हमें इनसे पूछताछ के बाद ही मालूम पड़ेगा। मिस्टर केतन सांधवी, आप हमारे साथ चलेंगे या..."

बीच में ही मेहुल बोल पड़ा, "केतन, तू चिन्ता मत कर, मैं तेरे साथ चलता हूँ न!"

लेकिन सब-इंस्पेक्टर कुलकर्णी ने उसे साफ़ मना कर दिया और केतन सादी वर्दी में आए दोनों पुलिसवालों के साथ लिफ़्ट में दाख़िल हो गया।

वह बार-बार आयशा को देखते ना में सिर हिलाए जा रहा था। लिफ़्ट का दरवाज़ा बन्द हुआ और आयशा चकराकर गिरने ही वाली थी कि पारुल और रेवती ने उसे थाम लिया।

मेहुल उसे हिम्मत दिलाते हुए बोला, "तू घबरा मत आयशा, मैं सुबह-सुबह पुलिस स्टेशन जाऊँगा और मालूम करूँगा कि इन्होंने केतन को अरेस्ट क्यों किया। पारुल, तू आयशा को थोड़ा जूस पिला और इसे शान्त कर।"

पारुल, आयशा, रेवती—सभी हॉल में चली गईं। मेहुल सोच में पड़ गया कि पुलिस ने आख़िर केतन को अरेस्ट क्यों किया।

डोर बेल सुनकर नन्दिनी ने तेज़ी से आगे बढ़कर दरवाज़ा खोला। शान्तनु, बृजभूषण, आतिश और केशू भाई अन्दर आए। नन्दिनी बारी-बारी से सबको देखते हुए बोली, "क्या हुआ पुलिस स्टेशन में?"

केशू लाड़ से नन्दिनी के गाल पर हलकी-सी चपत लगाते बोले, "होगा क्या, एफ.आई.आर लिखवाने गया था, सो लिखवा आया। अने हाँ, तू बा और अपनी काकी को सामान के साथ इधर ले आई?"

नन्दिनी ने 'हाँ' में सिर हिलाते कहा, "बा बहुत थक गई थीं, उन्हें हलका-सा दाल-दलिया खिलाकर सुला दिया है और काकी किचन में हैं।"

"वेरी गुड! बहुत जोर की भूख लगी है, जो भी बना हो, टेबल पर लगा दे...अरे सामल, यह पहले से बता दे कि तूने क्या-क्या बनाया है?" फिर मुस्कुराते हुए बोले, "और नहीं तो क्या, तेरे ससुर के सामने तेरी तारीफें करनी हैं।"

यह सुन मुस्कुराते हुए नन्दिनी बोली, "और अगर सब-कुछ काकी ने बनाया हो तो?"

इस पर केशू तपाक से बोले, "फिर तो गिन-गिन के नुक्स निकालूँगा।"

इस पर नन्दिनी और वहाँ बैठे सभी ज़ोर-ज़ोर से हँसने लगे।

वरली पुलिस स्टेशन में आधी रात के बाद तक केतन सांधवी और रमणीक ज़वेरी से केशू भाई की वसीयत को बदलने के आरोप पर अलग-अलग पूछताछ चलती रही, लेकिन दोनों ने ही सिरे से अपराध अस्वीकार कर दिया। पुलिस ने यह कहकर अपनी पूछताछ बन्द की कि अब अदालत ही यह तय करेगी कि तुम दोनों बेगुनाह हो या गुनहगार।

सांधवी परिवार के सदस्यों के लिए आज की रात अलग-अलग चारदीवारियों में भारी होकर गुज़र रही थी। पुलिस स्टेशन में केतन, 'सांधवी विला' में मेहुल-आयशा और बृजभूषण के बँगले में केतकी।

केतन के मन में यह प्रश्न उठ रहा था कि मेरी यह चोरी आख़िर पकड़ी किसने? पुलिस कहती है कि एफ.आई.आर. केशू भाई सांधवी ने लिखवाई है, लेकिन यह कैसे हो सकता है...?

उधर मेहुल और आयशा की आँखों के सामने से पुलिस केतन को उठा ले गई थी। उन्हें यह समझ में नहीं आ रहा था कि केतन ने ऐसा क्या किया कि एकाएक पुलिस पकड़कर ले गई?

और केतकी? उसके मन की माँ अचानक ही उसके पत्नीत्व पर हावी होने लगी थी। आज केतन की गिरफ़्तारी के बाद जब पारुल से फ़ोन पर उसकी बात हुई थी, तो पारुल ने बताया था कि अचानक यह जो हुआ, उससे आयशा को बहुत धक्का पहुँचा। उसी समय से केतकी का मन टुकड़ों में बँटा जा रहा है। आयशा पहली बार माँ बनने जा रही है, ऐसे में इतना तनाव...कैसे सह पाएगी वो? पारुल भी बच्ची ही है, उसे भी इतनी समझ कहाँ है...अभी तो बात यहीं तक है, लेकिन जैसा कि शान्तनु बताता है, सज़ा अगर दस साल की हो गई तो? बच्चा बड़ा होकर जब अपने पापा के बारे में पूछेगा, तो उसे क्या बताया जाएगा कि वह जेल में है? केतकी की

रुलाई फूटकर बाहर आए, उससे पहले ही वह मुँह दबाकर गहरी नींद में सोए केशू को देखते दबे पाँव उठकर बाहर अँधेरे हॉल में आकर बैठ गई और हाथों से चेहरा छिपाकर जी भरकर रोई।

सुबह होने में अभी देर थी। केशू की आँख खुली तो केतकी को वहाँ न देख वह उठकर यहाँ-वहाँ देखते बाहर हॉल में आए। एक सोफ़ा पर धुँधली छाया-सी केतकी निढाल बैठी थी। कुछ पल केशू चुपचाप देखते रहे, फिर पास आकर केतकी के कन्धे पर हाथ रखते हुए बोले, "केम केतकी, बीवी और माँ के बीच जंग छिड़ी हुई है?"

केतकी ने चौंक के केशू को देखा और फिर अपना सिर उनके कन्धे पर टिकाकर सुबकते हुए बोली, "आपको खोने का घाव अभी-अभी ही भरा था...और अब यह नया घाव।"

केशू और केतकी एक-दूसरे में सिमटे ख़ामोश बैठ गए।

उधर 'सांधवी विला' में भाई के लिए चिन्तित मेहुल की आँखें सुबह लगी ही थीं कि रात भर की जागी आयशा बेक़ाबू होकर 'मेहुल भाई, मेहुल भाई' कहती सोफ़ा पर ही ढुलके पड़े मेहुल के पास आ गई।

उसने चौंक के आँखें खोलीं। आयशा को देखकर वह झटके से उठ बैठा, "हाँ, आयशा, क्या हुआ?"

आयशा रोते हुए बोली, "भाई, सुबह हो गई, लेकिन हम यह तक नहीं जानते कि केतन कहाँ हैं, कैसे हैं।"

"हाँ, मैं भी रातभर रमणीक को फोन लगाने की कोशिश करता रहा लेकिन फोन बन्द आ रहा था। थोड़ी देर में हम पुलिस स्टेशन चलके कुछ मालूम करने की कोशिश करते हैं, बल्कि ठीक यही रहेगा कि पहले रमणीक के घर चलें और उसे साथ लेकर ही पुलिस स्टेशन पहुँचें।"

"ठीक है," कहते आयशा वहाँ से चली गई।

'सांधवी विला' से रमणीक जवेरी का घर कोई बहुत दूर नहीं था, लेकिन आज मेहुल को यह दूरी बहुत ज़्यादा लग रही थी और यह देखकर तो उसका दिल ही बैठ गया कि उसके दरवाज़े में न सिर्फ़ ताला बन्द है, उसे सील भी किया गया है। आयशा और मेहुल ने हैरान से होकर एक-दूसरे को देखा। गहरी साँस छोड़ते हुए मेहुल बोला, "चल आयशा, अब सीधे पुलिस स्टेशन ही चलते हैं।"

वरली पुलिस स्टेशन के बाहर गाड़ी खड़ी करके मेहुल आयशा के साथ अन्दर जाने को ही था कि तभी सब-इंस्पेक्टर कुलकर्णी के साथ सादे कपड़ों में घर आया कांस्टेबल मेहुल को पहचानकर उसकी तरफ़ बढ़ते हुए बोला, "आपको तो कल 'सांधवी विला' में देखा था।"

मेहुल ने 'हाँ' में सिर हिलाया तो कांस्टेबल बोला, "आता तुम्हीं कुठे जाता।"

इस पर मेहुल बोला, "आप तो मेरे भाई को उठाकर ले आए, कम-से-कम इतना तो पता चल जाए कि उससे क्या अपराध हुआ है? क्या आप दो मिनट के लिए मुझे उससे मिलवा दोगे?"

"अब तो आप उनसे इधर नहीं, कोर्ट में ही मिलना...अभी-अभी उसे कोर्ट ले जाया गया है...उधर सुनवाई है।"

यह सुनकर अपना धीरज खो चुकी आयशा फ़ौरन ही बोली, "लेकिन उन्होंने किया क्या है? क्या इल्जाम है उन पर? और किसने लगाया है इल्जाम? देखिए, मैं उनकी पत्नी हूँ...इसी चिन्ता में रात भर सो नहीं सकी...प्लीज, इतना तो बता दीजिए, बात क्या है।... मैं आपके हाथ जोड़ती हूँ!"

अब कांस्टेबल यहाँ-वहाँ देखते हुए दबी आवाज़ में बोला, "मामला थोड़ा टेढ़ा है। उसने अपने वकील के साथ मिलकर अपने बाप की वसीयत को बदली किया है।"

"पर इस बारे में पुलिस में शिकायत किसने लिखवाई?"

"खुद उसके बाप ने—केशू भाई सांधवी ने।"

मेहुल और आयशा, दोनों के मुँह से साथ-साथ निकला, "पर वह तो..."

तभी कांस्टेबल को किसी ने पुकारा, "अरे आठवले लवकर ये," और 'येतो-येतो' कहकर वह वहाँ से चला गया।

कुछ पलों तक मेहुल और आयशा हक्के-बक्के से एक-दूसरे को देखते रह गए। अचानक ही तेज़ी से गाड़ी की तरफ़ बढ़ते हुए मेहुल बोला, "चल आयशा, नन्दिनी के घर चलते हैं। उसे इस बारे में ज़रूर ही कुछ पता होगा।"

दोनों गाड़ी में बैठे और गाड़ी एक तरफ़ बढ़ गई।

डोरबेल सुनते ही जॉन ने फ़ौरन दरवाज़ा खोला। मेहुल और आयशा को देख मुस्कुराते हुए वह बोला, "आइए, साब, आइए।"

हॉल में सामने बा, केतकी, नन्दिनी, शान्तनु, आतिश और बृजभूषण बैठे हुए थे। अभी किसी की नज़र मेहुल और आयशा पर नहीं पड़ी थी। शान्तनु घड़ी देखते नन्दिनी से बोला, "जरा जाकर देखो, अंकल तैयार हुए या नहीं? निकलने का टाइम हो रहा है।"

नन्दिनी अभी उठ ही रही थी कि सामने खड़े मेहुल और आयशा को देख चौंक के ठिठक गई।

"अरे मेहुल भाई, आप लोग?"

यह सुनते ही सबने चेहरा घुमाकर मेहुल और आयशा की तरफ़ देखा।

मेहुल 'माँ'-'बा' कहते बच्चों की तरह दौड़कर केतकी के गले लगकर रोने लगा और एक साँस में बोलने लगा, "आप लोग घर के इतने पास हैं और हमें खबर

ही नहीं? पता है, होली पर मैंने आप दोनों को कितना याद किया? पारुल आपको कितना याद करती है, मगर आपको क्या!"

केतकी ने उसे पुचकारते हुए सोफ़ा पर बैठाया और बोली, "मैं और बा तो कल ही यहाँ आए हैं। हम तो आतिश भाई के घर में ही थे और पारुल से मेरी फोन पर बातचीत होती रहती है। अगर तुझे मेरी याद आती थी तो फोन क्यों नहीं किया?"

बा ने इशारे से आयशा को अपने पास बुलाकर उसे बैठाया और उसके सिर पर हाथ फिराते बोलीं, "दीकरा, खूब-खूब बधाई।"

आयशा तिनककर बोली, "किस बात की बा, केतन के अरेस्ट होने की?"

कुछ पलों के लिए गहरा सन्नाटा छा गया।

अब मेहुल सब बताते हुए बोला, "हाँ, माँ, कल रात अचानक से पुलिस केतन को घर से अरेस्ट करके ले गई। यह तक नहीं बताया कि किसलिए...और माँ, जब आज हमने पुलिस स्टेशन जाकर मालूम करने की कोशिश की, तो पता चला, वसीयत बदली करने के जुर्म में खुद पप्पा ने ही एफ.आई.आर. लिखवाई है...पर यह तो नामुमकिन है। हमें कुछ समझ में नहीं आ रहा है कि यह सब क्या हो रहा है...मुझे लगा, नन्दिनी जरूर जानती होगी कि आप लोग कहाँ हो और फिर आप लोगों से हमें शायद कुछ मालूम हो सके।"

उसकी बात सुनकर सब चुप थे।

सबकी चुप्पी को तोड़ते हुए वह बोला, "आप ही बताइए माँ, जब पप्पा इस दुनिया में हैं ही नहीं तो वह एफ.आई.आर. कैसे लिखवा सकते हैं?"

तभी कमरे से निकलते केशू की आवाज़ उभरी, "चाल शान्तनु, मैं तैयार हूँ।"

मेहुल और आयशा ने हड़बड़ाकर देखा, कुछ ही दूरी पर हमेशा की तरह सफ़ारी सूट पहने केशू भाई सांधवी खड़े थे। मेहुल और आयशा की आँखें फटी-की-फटी रह गईं।

अगले ही पल मेहुल 'पप्पा' कहते दौड़कर केशू की तरफ़ भागा, उनसे कसकर लिपट गया...और ज़ोर-ज़ोर से रोते-रोते बोला, "पप्पा, आप कहाँ चले गए थे? एअरलाइंस वालों ने तो साफ-साफ कह दिया था कि आपकी बॉडी तक..."

बात काटते केशू बोले, "नहीं मिली...क्योंकि केशू बॉडी के रूप में नहीं, बल्कि जीता-जागता कहीं साँसें ले रहा था।"

अब शान्तनु ने कम शब्दों में पूरी बात बताई।

यह सुनकर मेहुल ने कहा, "यह तो सच में ही श्रीनाथ जी का चमत्कार हो गया, पर पप्पा, ऐसी बात थी तो आप सीधे घर क्यों नहीं आए?"

केशू ने उसे बताया, "दीकरा, आने के कुछ समय बाद तक मेरी याददाश्त काम नहीं कर रही थी। फिर होली के दिन जब एकाएक मुझे सब-कुछ याद आ गया, तब मुझे विल की गड़बड़ी के बारे में मालूम पड़ा।"

यह सुन चौंककर आयशा बोली, ''गड़बड़ी?''

''हाँ। मैं तो अपनी वसीयत में कारोबार और जायदाद सब केतकी के नाम लिख गया था, लेकिन जो वसीयत रमणीक जवेरी ने पढ़कर सुनाई, वह तो कुछ अलग ही थी।''

यह सुन आयशा के मुँह से फौरन ही निकला, ''क्या?''

मेहुल भी हैरान-सा उन्हें देखे जा रहा था।

अब शान्तनु बोला, ''इसलिए मेमोरी वापस आते ही केशू अंकल ने लीगल एक्शन लेने का फैसला किया और कल एफ.आई.आर. भी लिखवा दी। लंच के बाद कोर्ट में सुनवाई है। मुझे पूरा विश्वास है कि केतन और रमणीक, दोनों को ही दस-दस साल की सजा सुनाई जाएगी।''

इस बीच केतकी जो सिर झुकाए बैठी थी, उसकी आँखों से आँसू बहने लगे। बा भी आँखें पोंछते केतकी के हाथ पर अपना हाथ रखते बोलीं, ''क्या करे बेचारी, आखिर माँ है! पहले धर्णी के गम में घुलती रही, अब दीकरा हाथ से जा रहा है। केशू, केतन से गलती तो बहुत बड़ी हुई है, पर क्या तू उसे गलती सुधारने का एक मौका नहीं दे सकता?''

केतकी जस की तस बैठी हुई थी। बाक़ी सब एक-दूसरे को देखने लगे।

केशू ने केतकी और आयशा पर नज़र डाली, फिर शान्तनु और बृजभूषण को देखते बोले, ''क्या बोलते हो, कोई रास्ता है कि मैं इस केस को वापस ले लूँ?''

आयशा ख़ामोश थी लेकिन उसके चेहरे के भाव पल-पल बदल रहे थे।

बृजभूषण बोले, ''पुलिस स्टेशन में ही अगर समझौता हो गया होता तो बात अलग थी, लेकिन पुलिस अदालत में चार्जशीट दे चुकी है। आज सुनवाई है। हो सकता है, आरोपी बेल की अर्जी दे दें! यह भी हो सकता है कि अर्जी नामंजूर हो जाए, क्योंकि पुलिस कह सकती है कि उसकी पूछताछ अभी बाकी है और उसे रिमांड चाहिए...वैसे, इस तरह के मामलों में माफी का प्रावधान तो नहीं है, फिर भी तुम चाहो तो यह कहकर कोर्ट में माफीनामा डाल सकते हो कि घर की बात थी, हमारे बीच समझौता हो चुका है।''

इतनी देर से बिलकुल ख़ामोश खड़ी आयशा अचानक ही फट-सी पड़ी, ''अगर ऐसा हुआ तो मैं पेट में पल रहे अपने बच्चे को अबॉर्ट करा दूँगी।''

''न!'' बा और केतकी के मुँह से एक साथ निकला।

''क्यों नहीं माँ...क्यों नहीं बा? केतन की औलाद भी तो कल को अपने माँ-बाप के साथ ऐसा ही कर सकती है जैसा केतन ने अपने माँ-बाप के साथ किया, फिर क्यों मैं एक अपराधी को जन्म दूँ?'' अब वह सुबकते हुए बोलने लगी, ''काश, मैं पहले जानती कि जिस आदमी को अपना पति मानकर पिछले दो सालों से मैं उसके साथ रह रही हूँ, वह इतना लालची है कि किसी भी हद तक गिर सकता है!''

अभी तक सभी जो आयशा की बातें सुनते हुए एक-दूसरे को देखे जा रहे थे, उनमें से केशू बोल ही पड़े, "आयशा, क्या सच में तू नहीं जानती थी कि केतन ने ऐसा कुछ किया है?"

"नहीं पापा, मुझे इस बारे में कुछ भी नहीं पता था। भले ही फ़ैमिली में मेरी छवि बहुत अच्छी नहीं है, ज़ुबान की कड़वी हूँ, यह भी मैं जानती हूँ। अपने डैडी के ख़िलाफ़ जाकर मैंने केतन से शादी की, उन्होंने मुझसे रिश्ता तोड़ लिया, लेकिन हूँ तो एक फ़ौजी की ही बेटी, जिनसे अनजाने में ही मैंने इनसानियत के कई गुण हासिल किए हैं।" फिर आँखें पोंछते हुए बोली, "इसलिए एक बार फिर कहती हूँ, अगर केतन दोषी पाए जाते हैं और कोर्ट उन्हें सज़ा सुनाती है, तो वह उन्हें भुगतनी ही चाहिए, आप उसे रुकवाने के लिए कुछ नहीं करेंगे।"

केशू आयशा के पास आकर उसका सिर थपकते हुए बोले, "दीकरा, आज पहली बार मुझे तुझ पर गर्व महसूस हो रहा है, जीवती रह!" फिर शान्तनु को देखते बोले, "जल्दी चालो, वार थाये छे।"

यह सुन बा, केतकी, रसीली और नन्दिनी को छोड़कर सभी बाहर निकल गए।

अदालत के बाहरी परिसर से लेकर भीतरी गलियारों और कमरों से आती-जाती भीड़ को देखकर वहाँ पहली बार आए मेहुल और आयशा को ऐसा लगा, जैसे दुनिया में वाक़ई अपराध बहुत बढ़ चुके हैं। चेहरों पर घबराहट और चिन्ता लिये लोग काले कोटवाले वकीलों के साथ आ-जा रहे थे। कुछ जघन्य अपराधियों को हथकड़ी पहनाए खींचकर ले जाती पुलिस और पीछे-पीछे भागते उनके परिजन भी दिखलाई पड़े। एक गलियारे में आगे बढ़ते शान्तनु ने बताया, उनके केस की सुनवाई दूसरे माले पर कोर्ट नम्बर चार में है।

सभी कोर्ट नम्बर चार में दाख़िल हुए जहाँ इस समय किसी और मुक़दमे की सुनवाई चल रही थी। शान्तनु ने सभी से बेंच पर बैठने के लिए कहा, लेकिन जगह कम होने के कारण सिर्फ़ केशू, आतिश और आयशा ही बैठ पाए। तभी दो कांस्टेबल उनके सामने से ही रमणीक ज़वेरी और केतन को ढकेलते हुए आगे की तरफ़ ले गए। यह देखकर सभी को धक्का-सा लगा। केशू ने लाचारगी में सिर हिलाया और आयशा के चेहरे पर सिर्फ़ घृणा और क्रोध था। उसने केतन को देखा और अपनी छलछला आई आँखें फेर लीं। कुछ ही देर में हलचल-सी हुई। जज के सामने और आस-पास खड़े लोग अपने वकीलों के साथ वहाँ से जाने लगे।

अब केस नम्बर के साथ रमणीक ज़वेरी और केतन सांधवी का नाम पुकारा जाने लगा। सामने बैठे वकीलों में से एक, जो सरकारी वकील थे, अपनी जगह से उठे और सब-इंस्पेक्टर कुलकर्णी के हाथों से चार्जशीट लेकर माननीय जज महोदय

को दी। साथ ही एक फ़ाइल भी, जिसे देते हुए बताया कि इसमें शिकायतकर्ता केशू भाई सांधवी से सम्बन्धित कुछ महत्त्वपूर्ण जानकारियों के प्रमाण-पत्र हैं। इस बीच कांस्टेबल केतन को कठघरे में पहुँचा चुका था।

माननीय जज महोदय ने केतन से उसका नाम पूछा। केतन ने नाम बताया। अब उससे पूछा गया, "आपके पिता केशू भाई सांधवी ने आप पर उनकी वसीयत के साथ छेड़छाड़ करने का जो आरोप लगाया है, क्या आप उससे सहमत हैं?"

केतन ने 'ना' में सिर हिलाते हुए कहा, "सर, यह बात मैं इंस्पेक्टर साहब को भी कई बार बता चुका हूँ कि यह शिकायत ही बेबुनियाद है, क्योंकि पाँच महीने पहले वायुयान दुर्घटना में मेरे पिता का निधन हो चुका है। अब अगर किसी ने इस तरह की शिकायत की है तो जरूर ही वह कोई फ्रॉड होगा।"

जज महोदय ने दूसरा प्रश्न किया, "क्या आपको पहले से ही यह मालूम था कि आपके पिता कोई वसीयत लिखकर गए हैं?"

"बिलकुल नहीं सर! मेरी फैमिली अभी पप्पा के दुःख में ही डूबी हुई थी कि पप्पा के वकील ने मेरे बड़े भाई मेहुल कुमार सांधवी को फोन पर पप्पा की विल के बारे में बताना चाहा, लेकिन जब वह फोन रिसीव नहीं कर पाए, तो उन्होंने मुझे फोन पर बताया कि पप्पा कोई विल लिखवाकर गए हैं, जिसे वह फैमिली के सामने खोलना चाहते हैं। घर में बात करने के बाद मैंने पप्पा के वकील रमणीक जवेरी को घर बुला लिया और उन्होंने पूरे परिवार के सामने वसीयत पढ़ के सुना दी। सर, यह बात मेरी समझ से परे है कि मेरे फादर की मृत्यु के लगभग चार महीने बाद उनके नाम से मेरे खिलाफ शिकायत दर्ज करवानेवाला आखिर कौन हो सकता है?"

जज साहब ने आगे पूछा, "आपके फादर के वह वकील, जिन्होंने यह विल तैयार की थी, उनका नाम रमणीक जवेरी है?"

"जी!"

"आप जा सकते हैं। रमणीक जवेरी को पेश किया जाए।"

पुलिस ने केतन को विटनेस बॉक्स में से बाहर निकालकर एक तरफ़ खड़ा किया और उसकी जगह रमणीक ज़वेरी को विटनेस बॉक्स में खड़ा कर दिया।

केतन काफ़ी सहमा-सा नज़रें झुकाए चुपचाप खड़ा था और रमणीक ज़वेरी से पूछताछ का सिलसिला शुरू हुआ। पूछने पर उसने अपना नाम बताया, फिर यह स्वीकार किया कि वह स्वर्गीय केशू भाई सांधवी का लीगल एडवाइज़र भी था। उसी ने उनकी इच्छा के अनुसार वसीयत तैयार की थी...और परिवार के सभी सदस्यों को पढ़कर सुनवाई भी थी। तभी अर्दली के हाथों एक फ़ाइल रमणीक ज़वेरी के पास पहुँचाई गई और उससे पूछा गया, "क्या यह वसीयत आपने ही तैयार की थी और यह हस्ताक्षर केशू भाई के ही हैं?"

रमणीक ज़वेरी ने 'हाँ' में उत्तर दिया। फ़ाइल फ़ौरन उसके सामने से हटा ली गई और एक दूसरी फ़ाइल सामने कर दी गई और पूछा गया, "क्या यह वसीयत आपने ही तैयार करवाई थी, क्योंकि इसमें भी केशू भाई सांधवी के ही हस्ताक्षर हैं?"

अब रमणीक ने ख़ुद को फँसा हुआ महसूस करते माथे पर उभर आया पसीना पोंछते हुए 'ना' में सिर हिलाया।

जज बोले, "पर दोनों ही वसीयतों पर सिगनेचर एक जैसे ही हैं?"

रमणीक घबराहट में ज़ोर से बोला, "नहीं, यह कोई साजिश है। यह नहीं हो सकता! सर, मैं एक वकील हूँ, मैं इस बात का पता लगा लूँगा कि यह शरारत किसकी है। बस, मुझे बेल मिल जाए तो मैं खुद को और अपने क्लाइंट, दोनों को ही निरपराध साबित कर सकता हूँ।"

तभी ग़ुस्से में भरे केशू भाई उठ खड़े हुए और पुलिस के साथ कुछ ही दूरी पर खड़े केतन के मुँह से ज़ोर से निकला, "पप्पा!"

सभी उस दिशा में देखने लगे, जहाँ केतन की नज़रें टिकी हुई थीं। अभी तक बेंच पर बैठे केशू भाई के खड़े हो जाने पर केतन उन्हें ही देखे जा रहा था।

विटनेस बॉक्स में रमणीक ज़वेरी ने भी केतन के 'पप्पा' कहते ही चौंककर उसी तरफ़ देखा तो उसके भी होश उड़ गए।

केशू भाई सांधवी अब केतन की आँखों-में-आँखें डाले उसी की तरफ़ बढ़ने लगे। वह ठीक उसके सामने पहुँचकर बोले, "हाँ, मैं तेरा पप्पा ही हूँ और मेरा नाम केशू भाई सांधवी है।"

यह सुनकर कोर्ट में खड़े सभी लोगों में खुसुर-फुसुर होने लगी।

तभी आवाज़ गूँजी, 'सायलेंस प्लीज!'

इधर केतन 'पप्पा-पप्पा' कहते रो-रोकर माफ़ी माँगने लगा, "मुझसे गलती हो गई।" अब वह हाथ जोड़कर जज की तरफ़ देखते हुए बोला, "सर, मैं और झूठ नहीं बोल सकता। मेरी आँखों पर लालच की पट्टी बँध गई थी। अपने वकील से मैंने एक नई विल बनवाई और कई दिनों तक पप्पा के सिगनेचर बनाने की प्रैक्टिस की। एक दिन जब सिगनेचर मैच होने लगे तो मेरे वकील ने कहा, 'अब तुम वसीयत के कागजात पर ठीक ऐसे ही सिगनेचर करो, और मैंने कर दिये। फिर वही वसीयत परिवार के सामने सुना दी गई।"

जज ने पूछा, "लेकिन तुमने ऐसा क्यों किया?"

"मेरा दिमाग खराब हो गया था सर! दरअसल बचपन से ही मैंने देखा कि मेरे परिवार में सिर्फ माता-पिता, दादी और भाई ही नहीं हैं, मेरे पिता के दोस्त और उनके परिवार भी शामिल हैं । इस तरह मेरे पिता का साँझा परिवार बहुत बड़ा है। पप्पा ने इस साँझे परिवार के कई बच्चों को पढ़ाई के लिए विदेश भेजा और शादियाँ भी करवाईं। माँ भी पप्पा से जरा भी अलग नहीं हैं। पप्पा की वसीयत देखकर मुझे लगा

कि माँ भी अगर पप्पा की राह पर चलेंगी तो शायद हमारे लिए कुछ नहीं बचेगा...बस, यही सब सोचकर मैंने...'' और यह कहते-कहते केतन रोने लगा।

अब जज ने उससे पूछा, ''इसका मतलब, आप अदालत के सामने अपना जुर्म कबूल कर रहे हैं?''

केतन ने 'हाँ' में सिर हिलाते कहा, ''जी हाँ।''

यही सवाल रमणीक ज़वेरी से भी किया गया। केतन के 'हाँ' कहने के बाद रमणीक के लिए 'ना' कहने की गुंजाइश बची ही नहीं थी। अब इस बात में कोई संशय ही नहीं रह गया था कि केशूभाई सांधवी की वसीयत में हेराफेरी का अपराध केतन सांधवी और रमणीक ज़वेरी ने मिलकर ही किया था।

कुछ ही समय बाद जज महोदय ने इन दोनों मुलज़िमों को भारतीय दंड संहिता की धारा 467 के अन्तर्गत दस-दस साल के कारावास की सज़ा भी सुना दी। इसी के साथ अदालत उठ गई और वहाँ की भीड़ छँटने लगी।

पुलिस केतन और रमणीक को अदालत के बाहर ले जा रही थी। केशू भाई, आयशा और उनके साथ के सभी लोग भारी मन से यह सब देख रहे थे कि तभी अचानक केतन ठिठककर पुलिस से बोला, ''प्लीज, मुझे एक मिनट की मोहलत दे दीजिए!''

पुलिस ने जैसे ही अपनी पकड़ ढीली की, केतन पलटकर हाथ जोड़े अपने पिता की ओर बढ़ा। पास पहुँचकर, झुककर उसने केशू भाई के पाँव छूकर कहा, ''मैंने आपके साथ इतना बड़ा छल किया है कि मुझे आपको अपना पिता कहने का अधिकार भी नहीं है। अब तो मैं बस यही चाहता हूँ कि मेरी यह सजा मुझे एक नया जन्म दे और मैं सही मायनों में आपका बेटा और अपने आनेवाले बच्चे का पिता कहला सकूँ।'' वह आयशा की ओर देखते हुए बोला, ''प्लीज...आयशा का खयाल रखिएगा, इस मामले में इसका जरा-सा भी हाथ नहीं है।''

यह सुनकर आयशा के देर से रोके जा रहे आँसू बह निकले। केशू ने उसका सिर थपथपाया। केतन अब केशू के साथ खड़े आतिश से हाथ जोड़कर बोला, ''मेरी बदतमीजी के लिए मुझे माफ करिएगा काका!'' फिर वह फ़ौरन ही पलटकर आगे बढ़ गया और पुलिस उसे लेकर चल दी।

आयशा और केशू उसे जाते हुए तब तक देखते रहे जब तक कि वह आँखों से ओझल नहीं हो गया।

केशू भाई सांधवी अपने साँझे परिवार के साथ आज दूसरी बार 'सांधवी विला' में गृहप्रवेश कर रहे हैं। उन्हें लगता है, पिछले चार महीनों में यहाँ जो कुछ भी हुआ, उससे इस घर की दीवारें ज़रूर हिली होंगी, लेकिन बुनियाद पहले से भी अधिक मज़बूत हो गई।

!! इति !!